아름다운 숲에서 만나길

2022년 여름, 손보미♥

사라진 숲의 아이들

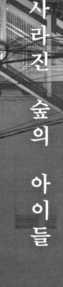

사라진
숲의 아이들

손보미 장편소설

안온

차례

프롤로그

도로를 구르는 자동차 바퀴 소리가 굳게 닫힌 창문 사이를 희미하게 파고들었다. 그는 가만히 창문을 응시했지만 아무것도 보이지 않았다. 밤이어서가 아니었다. 창에 온통 검은 종이를 발라놓았기 때문이다. 검은 종이와 창틀의 미세한 틈으로 오후의 햇살이 비쳐들며, 어두운 거실 바닥에 네모난 띠를 만들었다. 햇살이 만드는 가느다란 빛의 띠를 그는 좋아했다. 빛의 띠가 사라지면 어쩔 수 없이 작은 전등을 켜야 할 것이다. 완전한 어둠 속에 홀로 머무는 것은 싫었다. 적어도 이곳에서는.

'당신, 어디에 있어요?'

누군가 묻는다면 뭐라고 대답해야 할지 생각했다. 집이라고 말해도 될까? 이곳을 나의 집이라고 부를 수 있을까? 수도와 전기가 끊긴 지 오래고 화장실에서는 양초가 필요한 곳. 침대도, 옷장도, 신발장도 없는 곳. 이런 장소를 집이라고 불러도 될까? 안 될 것은 없었다. 왜 안 되겠는가? 이곳엔 따뜻한 물을 끓일 수 있는 작은 버너와 주전자, 인스턴트커피와 각종 티백, 물의 온도를 오래 유지할 수 있는 두꺼운 머그잔이 있었다. 거실에는 낡은 테이블과 의자도 있었다. 하지만 이런 식으로 말한다면 어떨까. 이곳에서 멀리 떨어지지 않은 곳에 침대와 옷장과 신발장을 갖춘 그의 집이 있다고. 수도와 전기가 들어오고, 작은 양초 따위는 필요하지 않으며, 냉장고와 전자레인지와 인덕션이 있는 그런 장소가. 며칠째 그곳은 텅 비어 있었다. 그의 몸은 그곳이 아닌 여기에 있다. 그의 마음도 그곳이 아닌 여기에 있다.

그런데 누군가를 초대할 수 있다면, 그게 바로 집이 아닐까? 그래, 그는 누군가를 초대하기 위해 여기에 홀로 머무는 것이었다.

누군가를 초대하기 위해.

여기에 머무른 지 며칠이나 지났을까? 시간 감각이 사라지고 있었다. 배도 고프지 않았다. 비참하거나 끔찍하거나 괴로운 마음도 들지 않았다. 후회하거나, 한탄하지도 않았다. 다만 두려웠다. 왜? 무엇이? 자신의 휴대전화가 영영 울리지 않을까 봐? 초대의 기회가 영영 오지 않을까 봐? 아니면…… 그가 두려워해야 하는 것들은 그의 과거와 미래에, 동시에 속해 있었다. 과거가 미래가 되고, 미래가 과거가 된다. 누구에게나 그런 것은 아니지, 그는 중얼거렸다.

그가 바라는 것이 있었다. 드디어 그에게 초대의 기회가 왔을 때, 비가 오지 않기를. 해가 나지 않아도 좋다. 다만 비는 오지 않았으면 좋겠다. 밤이라면 더 좋을 것이다. 무덥고 습한 공기를 품고 있는 어두운 대기, 피를 빨아먹으려는 모기가 윙윙거리고, 낮 동안 공기 중을 떠돌던 사람들의 체취가 무겁게 가라앉는 밤, 그런 밤이면 좋겠다. 만약 그렇게 된다면 처음이자 마지막으로 신에게 감사의 인사를 드릴 수도 있으리라. 하지만 용서는 구하지 않으리라고 그는 생각했다.

어느새 거실 바닥의 가느다란 빛은 사라졌다. 그는 참지 못하고 테이블 위의 작은 전등을 켰다. 동그란 불빛이 맞은편의 빈 의자를 비추었다. 그는 의자에 앉아 두 손으로 턱을 괸 채로 동그란 빛을 응시했다. 얼마나 시간이 지났을까? 알 수 없었다. 어디선가 하늘에 균열을 내는 듯한 소리가 났다. 박동하는 번개, 그리고 온 도시에 무차별적으로 쏟아지는 비, 빗방울, 물의 행렬, 어디로 흘러갈지 알 수 없는.

1부
나쁜 피

이 애들은 자신의 나쁜 피를 알아볼까? 유유상종이니까?

드디어, 무언가 뾰족한 것이 그녀의 왼쪽 귓바퀴를 통과하는 느낌이 들었다.

우지끈, 무언가 뚫리는 듯한 느낌.

1

"다음 주말에는 저녁 먹으러 올 거지? 아버지가 많이 섭섭해하셔."

그녀는 에어팟 너머로 들려오는 어머니의 말에 건성으로 고개를 끄덕이며 무릎을 꿇고 엎드린 채 휴대전화 불빛으로 침대 밑을 이리저리 비추는 중이었다. 드디어 양말 한 짝과 돌돌 말린 브래지어를 찾아냈다. 먹다 남은 피자 조각과 정체를 알 수 없는 음식 부스러기도 보였다. 아, 이상한 냄새가 저기서 나는 거였구나. 그녀는 팔을 뻗어 먼지 뭉치가 들러붙은 속옷과 양말, 그리고 곰팡이 핀 피자 조각과 음식 부스러기를 쓸어냈다. 우선은 빨래를 해야 했다. 더 이상 입을 브래지어가 없었다.

"내 말 듣고 있니?"

참을성 있게 대답을 기다리던 어머니가 다시 말을 꺼냈을 때에야 그녀는 자신이 대답은 하지 않고 고개만 끄덕였다는 사실을 깨달았다. 어머니는 한 번도 큰 소리를 내거나 무리한 요구를 한 적이 없었다. 아버지도 마찬가지였다. 그녀가 어린 아이였을 때부터, 그들은 언제나 '설명'했고 '이해'시키려고 애썼다. "우리 말을 이해했니?" 그녀가 부모에게서 가장 자주 들은 말이었다. 그들은 장난으로라도 그녀의 등짝 한번 때려본 적이 없었다. 중학생 시절 그녀의 어머니가 학교를 찾아와 반 아이들에게 맥도날드 치즈버거 세트를 돌린 적이 있었다.

버거를 씹어 넘기던 친구가 말했다. "너희 엄마, 꼭 드라마에 나오는 사람 같아. 엄청 교양 있어 보여."

그녀는 빙그레 웃었다. 아무도 그 말에 반박할 수 없었을 것이다. 왜 아니겠는가? 그녀는 부모님이 싸우는 소리도 들어본 적이 없었다. 무언가 갈등의 조짐이 생기면 그들은 밤늦게(그녀가 잠들었다고 판단될 즈음) 집 밖으로 나갔다. 그녀는 그것을 알고 있었다. 하지만 그들이 언성을 높이며 싸우는 모습은 아무래도 상상하기 어려웠다.

"알았어요, 알았어. 엄마, 꼭 갈게요."

통화가 끝나자, 에어팟을 통해 듣고 있던 새벽 뉴스가 흘러나왔다. 차분한 목소리의 앵커는 2019년 칸영화제 황금종려상에 노미네이트된 한국 영화가 시사회에서 최초 공개되었고 8분간 기립박수를 받았다는 소식을 전해주었다. 그녀는 에어팟을 탁자 위에 아무렇게나 올려두고 침대에 걸터앉았다. 이미 그렇게 해서 에어팟을 몇 번이나 잃어버렸으면서. 부모님이 지금 집 안 꼴을 본다면 뭐라고 할까? 불결이 사람의 정신건강과 육체 건강에 어떤 영향을 끼치는지 이해시키려고 애쓸까? 아니다, 그런 일은 일어나지 않을 것이다. 성인이 된 후로 부모님은 "우리 말을 이해했니?"라고 묻는 것도 그만두었다. 대신 자식의 선택을 이해하려고 애썼다. 그게 성인이 된 자식에게 부모가 취해야 할 자세라고 알고 있기 때문에. 이를테면 이런 식이었다.

"이유가 있지? 나한테도 설명을 해줄 수 있니?"

본가가 있는 지역의 국립대 법학과를 졸업한 후 진학한 서울의 로스쿨을 2년 만에 자퇴한다고 했을 때도, 첫 번째 직장이었던 무역 회사를 석 달 만에 그만둔다고 했을 때도, 그리고 몇 년 동안의 준비(이때 부모님은 그녀가 공부에 전념할 수 있도록 지원을 아끼지 않았다) 끝에 어렵게 입사했던 일간지의 기자 일을 1년 만에 그만둔다고 했을 때도.

그녀는 부모님의 질문이 정당하다는 걸 알고 있었다. 하지만 대답할 수는 없었다. 공부에 한계를 느꼈기 때문에? 권위적이고 잔소리가 심한 상사 때문에? 지나치게 수다를 떨거나 물건을 빌려가서 돌려주지 않거나 괜한 참견을 하는 동료들 때문에? 하지만 그것들이 이유가 될 수 있을까? 그런 건 이유가 될 수 없다고 생각했기 때문에 그녀는 부모님을 이해시키려는 시도조차 하지 않았다.

그때 문득 머릿속에 신랄한 생각이 떠올랐다. 그녀의 부모님이라면 자식이 집 안을 이렇게까지 돼지우리처럼 만들 거라고는 상상도 못 하리라.

그녀에게도 핑곗거리는 있었다. 지난 한 달 동안 그녀는 밤

11시가 넘은 시간에야 겨우 퇴근했고, 인스턴트 음식으로 저녁을 때운 후 잠들었다가 새벽에 다시 출근하는 생활을 반복했다. 회의와 외근, 회의와 외근, 회의와 외근의 연속이었다. 그녀는 넉 달 전에 인터넷방송 콘텐츠를 만드는 회사에 취직했다. 콘텐츠 서비스 플랫폼으로 시작한 회사는 5년 전부터 오리지널 프로그램을 만들기 시작했고, 20, 30대 사이에서는 꽤 탄탄하게 자리를 잡아가는 중이었다. 기자 일을 그만둔 후 다른 일자리를 찾으려고 이곳저곳에 이력서를 제출했지만 연락이 오는 곳은 없었다. 나이 때문에, 학벌 때문에, 잦은 이직 때문에 그리고 때때로 (동종업계에 퍼진) 악평 때문에. 지금의 직장에 들어온 건 대학 후배 윤종의 소개 덕분이었다.

"혹시나 했는데, 어떻게 전화번호가 아직도 그대로예요? 저 기억 안 나요? 나름 나이 많은 후배로 유명했는데."

윤종의 말을 들었을 때 그녀는 그가 연락하고 싶었던 사람은 자신이 아닐 거라고, 다른 사람과 헷갈렸을지도 모른다고 생각했다. 졸업한 후 그녀는 대학 동기들과 연락을 주고받은 적이 없었다. 대학뿐만 아니라 그녀가 속했던 그 모든 곳에서 함께 일한 모두와 그랬다. 좋지 않은 끝, 불화 그건 그녀의 재주였다.

그녀의 심드렁한 태도 때문인지 윤종은 횡설수설하면서 자신을 소개했다. 작은 법률회사에 근무하고 있다고, 돈 되는 일도 하지만 청소년이나 장애인과 관련된 인권 변호도 많이 한다는 말을 덧붙였다. 대체 자신에게 왜 전화를 건 것인지 알 수 없다는 생각에 빠져 있을 때 윤종이 본론을 꺼냈다.

"고등학교 선배가 인터넷 방송국 피디거든요. 사람을 구하고 있는데, 적합한 사람을 찾기가 쉽지 않다고…….. 동기들에게 물어보니까 선배한테 연락해보라고 하더라고요." 윤종은 그녀의 전공과 기자 경력이 인터넷 방송국에서 새로 만들려는 프로그램에 큰 도움이 될 거라고 말했다. "보수가 좋다고는 할 수 없지만, 그래도 노는 것보다는 낫지 않겠어요?"

노는 것보다는 낫다. 그는 전혀 의도하지 않았겠지만 이 말은 그녀의 정곡을 찔렀다.

취업에 관련한 이런저런 절차가 모두 끝난 후 윤종의 선배이자, 그녀의 상사가 된 최 피디는 약간은 심드렁한 투로 말했다. "우리 팀은 '범죄의 재구성'이라는 유튜브 프로그램을 만들고 있는데요."

그녀는 '범죄의 재구성' 팀에 들어오기 위해 면접을 본 것이었으므로 최 피디가 그 프로그램을 만들고 있다는 사실을 당연히 알고 있었다.

"이 방송을 본 적 있는지 모르겠네요."

물론 그녀는 봤다고 대답했다.

"TV에서 방영한 적이 있는 범죄 사건 중에서 아이템을 골라, 심리학자나 프로파일러들이 나와서 사건을 정리하고, 뭐 이야기도 하는 그런 프로그램이거든요. 우리 방송을 봤는지 모르겠지만."

그가 이 말을 반복했기 때문에 그녀는 봤다는 대답을 한 번 더 했다.

"꽤 인기가 좋아요. 믿기 어려우실 수도 있지만 정말 인기가 많아요. 조회 수가 잘 나오거든요."

그녀는 알고 있다고, 순수한 시청자로서도 '범죄의 재구성'을 무척 좋아한다고 대답했는데, 거짓말이었다. 사실 그녀는 면접 준비 전에 그 방송을 본 적이 없었다.

"우리 회사에서 만드는 콘텐츠 중에서는 언제나 1, 2위를 다투고 있어요. 휴, 그런데 앞으로는 우리 팀이 일하는 방식이 달라질 겁니다. 일이…… 쉽지는 않을 거예요. 그래도 모두 잘 버텨주면 좋겠네요."

여기까지 말한 후 최 피디는 어깨를 으쓱해 보였다. 잘 견디지 못하는 사람은 다름 아닌 최 피디가 아닐까, 그녀는 생각했다. 모든 것이 불만스럽다는 듯한, 혹은 재난이라도 닥친 것 같은 태도였다. 나중에 알고 보니, 최 피디는 방송국에서 입지가 꽤 탄탄했고, 영리하고 창의력이 넘친다는 평가를 받고 있었다. 좀더 높은 보수를 주겠다는 스카우트 제의를 받은 적도 여러 번 있었지만, 그는 모두 거절했다. 그가 왜 여기에 붙어 있는지 모르겠다고 말하는 사람들도 있었다.

"몇 달 전에 새로 사장이 부임했거든요. 그 이후로 모든 게 바뀌어버린 겁니다."

그녀도 새로 온 사장에 대해 알고 있었다. 한국계 미국인인 젊은 남자. 막대한 재력을 지녔다고 했다. 부임 후 그가 가장 먼저 한 일은 회사 건물 안에 있던 낡은 구내 식당을 구글 같은 IT업계 스타일로 리모델링하는 것이었다. 식당 한쪽에는 카페테리아를 만들어서 인퓨즈드 워터와 콤부차, 그리고 탄산수 제조기를 가져다놓았다. 피셔맨 니트와 운동화를 착용한 젊은 사장은 항상 그곳에서 점심을 먹었다.

그녀가 입사하기 전, 신년회에서 젊은 사장은 컨퍼런스룸에 직원들을 모아놓고 자신의 포부를 밝혔다. 언제나처럼 피셔맨 니트와 청바지를 입었지만, 이번에는 첼시부츠를 신고 있었다. 사장은 직원들에게 인터넷 방송국이 가지고 있는 한계를 뛰어넘어보라고 주문했다. 그리고 그 자리에서 '범죄의 재구성'을 콕 집어서 말했다.

"공중파에서 이미 방영된 범죄 사건을 재탕하는 건 의미가 없습니다. 그런 건 앵무새나 하는 일이거든요."

최 피디는 자존심이 상했다. 그 방송을 만드는 다른 사람들도 타격을 받았지만, 최 피디만큼은 아니었다. 어쩌면 동료 들은 최 피디가 자존심이 상했다는 사실 그 자체 때문에 훨씬 더 난감했을지 몰랐다. 사장은 거기서 멈추지 않았고 다음 날 최 피디를 자신의 사무실로 호출했다.

"새로운 영상 콘텐츠를 만들어봐요. 진짜 범죄 프로그램 말이에요. 아무도 다룬 적이 없는 것도 좋고, 이미 다루었다면 다른 방식으로 접근할 수 있는 그런 프로그램을요. 그야말로 오리지널리티를 가진 것 말입니다. 당신만의 관점을 펼쳐보이라는 뜻입니다."

최 피디는 복잡한 심정으로 사장의 얼굴을 바라봤다.

"하고 싶은 말이 있으면 다 해요. 난 열린 사람입니다."

"지금 일주일에 한 편씩 프로그램을 만들고 있습니다. 팀원들이 많은 것도 아니고, 그나마도 고정 팀원이 아니지 않습니까? 다들 밤잠 아껴가면서, 최소한의 인풋으로 최대의 아웃풋을 뽑아내고 있단 말입니다. 이런 형편인데, 다짜고짜 새로운 프로그램을 만들라고 하셔봤자 불가능한 일입니다."

사장은 최 피디가 그렇게 말할 줄 알았다는 듯이, 그리고 그런 건 별일도 아니라는 듯이 모범답안을 내뱉었다. "충분히 준비 기간을 드리겠습니다. 오로지 당신의 프로그램에 집중할 팀을 만들어드리죠. 예산도 더 드릴 겁니다. 기존 프로그램은 석 달 정도 쉬어가도록 하죠. 그리고 6개월 후에 60분짜리 영상을 하나 완성해서 가져오는 겁니다. 일종의 파일럿 프로그램이 되는 거죠. 어때요, 꽤 파격적인 제안 같은데요."

웃기고 있네. 최 피디는 사장이 전혀 열린 사람이 아니라는 사실을 알아챘고, 자신은 일개 직원 처지라는 것도 잊지 않았다. 최 피디는 고개를 끄덕일 수밖에 없었다. 나가는 최 피디의 뒤통수에 대고 사장은 뽐내듯이 한 번 더 말했다.

"당신만의 새로운 관점을 보여달란 말입니다!"

당신의 관점. 왜 저런 이들은 모든 일이 그냥 간단하게, 핑거 스냅 한 번만으로 이루어진다는 듯이 말하는 걸까? 대체 그들이 말하는 새로운 관점이란 무엇이란 말인가?

최 피디가 멈춰 서서 몸을 돌리고 입을 열었다. 마치 마지막 자존심이라도 세우고 싶은 사람처럼. "직원이 더 필요합니다."

사장은 그게 너무 사소한 요구여서 오히려 실망스럽다는 듯이, 거만하게 고개를 끄덕였다.

최 피디가 그녀를 채용한 건 사장실에 불려간 지 두 달도 더 지난 후였다. 그 기간에 최 피디는 아무것도 하지 않았다. 그녀를 채용한 후에도 곧바로 일이 시작된 건 아니었다. 한 달 동안은 거의 일이 없었다. 팀원들은 이러다 다 잘리는 거 아니냐며 걱정했지만, 최 피디는 뭉그적거리기만 했다. 그가 하는 일이라고는 회의실에 혼자 멍하니 앉아서 생각에 잠겨 있는 것뿐이었다.

그는 미묘하게 자기 비하적 발언을 툭툭 던지는 사람이었고, 그녀를 포함한 팀원들은 그 말에 적절한 대구를 하고 기분을 맞춰야만 했다. 팀원들은 최 피디가 없는 자리에서 그에 대한 불평불만을 털어놓곤 했지만 그녀는 동조한 적이 없었다. 그녀는 새로운 곳에서 새로운 삶을 시작했다는 사실에 안도했고 모든 것을 긍정적으로 보려고 노력하는 중이었다. 특별한 일정이 없으면 퇴근 후에 적당히 어질러진 집으로 돌아와서 든든하게 저녁 식사를 했고, 샤워 후에는 아일랜드 식탁 앞에 서서 캔맥주를 마시곤 했다. 한 캔을 단번에. 그녀의 장기 아닌 장기였다.

최 피디가 완전히 달라진 건 한 달 전이었다. 팀원들을 불러 모은 최 피디는 회사의 다른 두 팀(예능 프로그램과 요리 프로그램을 만들던)도 '범죄의 재구성'과 똑같은 제안을 받았다는 사실을 이야기했다.

"사장이 왜 이런 짓을 하는지 모르겠어요?"

팀원들은 어리둥절했다. 다른 팀들도 그런 제안을 받았다는 소식은 이미 몇 주 전부터 파다하게 퍼져 있었는데, 그 소식이 뒤늦게 왜 최 피디를 자극한 건지 알 수 없었다.

"세 팀 중 두 팀은 낙동강 오리알이 되는 겁니다."

최 피디는 자조적으로 말했지만, 팀원들은 어쨌든 일을 시작하는 건 좋은 징조라고 여겼다. 그리고 '범죄의 재구성' 팀은 전력 질주하기 시작했다. 하루아침에 바뀐 일상의 속도 때문에 그녀는 머리가 팽팽 도는 것 같았다.

최 피디는 기획이 절반은 먹고 들어간다고 말했다. "아무도 안 한 거, 그렇지만 한번 방송되기만 하면 사람들 얼을 쏙 빼놓을 수 있는 그런 거!"

팀원들이 새로운 기획을 가지고 갈 때마다 최 피디는 퇴짜를 놓았다. 그들은 온갖 인터넷 게시판과 뉴스를 뒤지고, 얼굴도 모르는 사람과 이메일을 주고받고 전화 통화를 끝도 없이 했다. 그중 몇몇은 실제로 만나기도 했다. 하지만 그런 식으로 내놓은 기획안이 최 피디를 만족시킨 적은 없었다. 어떤 건 채택할 듯이 굴다가 마지막에 생각을 바꿔서 팀원들의 사기를 꺾어놓았다. 최 피디는 이 말만 반복했다.

"아니야, 다른 걸 가지고 와요."

하지만 그녀는 최 피디로부터 그런 소리조차 듣지 못했다. 제대로 된 기획서 하나 제출하지 못했던 것이다. 이리저리 열심히 인터넷 게시판을 뒤지고 사람을 만나봐도 어떤 기획서를 내놓아야 할지 도저히 알 수가 없었다. 이 일 때문에 특별히 채용된 거나 다름없는데 아무런 역할도 하지 못하고 있는 거였다. 나쁘지 않다고 느꼈던 직장 생활은 압박감을 주기 시작했고, 몸은 천근만근인데 잠을 이루지 못하는 날도 많아졌다. 그래도 일단 직장에 가서는 이리 뛰고 저리 뛰면서 자신의 몫을 하려고 애썼다.

바로 그게, 지금 그녀의 집 안에서 정체를 알 수 없는 이상한 냄새가 풍기고 깨끗하게 세탁된 속옷 하나 남아 있지 않은 이유였다. 그리고 어머니로부터 다음 주말에는 꼭 내려와서 식사를 하라는 당부 전화를 받은 이유이기도 했다.

그녀가 마지막으로 본가에 갔던 건 방송국으로 출근한 지 얼마 지나지 않았을 때였다. 부모님은 한옥을 개조한 집에 살았는데 마당에는 작은 연못과 정원이 있었다. 집에 얼마나 공을 들였던지, 지역 방송국에서 몇 번이나 취재 제의를 했을 정도였다. 방송 출연은 거절했지만 리빙잡지나 일간지의 취재에는 응할 때가 있었다. 중앙지 토요판에 그들 가족의 사연이 대문짝만 하게 실린 적도 있었다. 독일에서 유학한 서울 유명 사립대 독문과 교수와 이탈리아에서 유학한 저명한 요리사가 일을 그만두고 지방으로 내려온 사연과 그 지역의 문화 발전을 위해 추진하는 아기자기한 문화 사업에 대한 내용이 주를 이루었고, 정원에서 찍은 가족(어머니와 아버지 그리고 그들의 작고 귀여운 딸) 사진이 함께 실렸다.

어머니는 그녀가 올 때마다 하루 종일 식사 준비에 몰두했다. 접시에 담긴 요리들은 너무 예뻐서 먹기가 미안할 정도였다. 계절마다 달라지는 식탁보(그날은 손자수가 들어가 있는 흰색 리넨 식탁보였다)와 손님용 커트러리 그리고 오동나무로 만든 수저 받침대와 수국이 담긴 화병까지. 식사가 끝나면 어머니는 미리 만들어놓은 디저트를 내오고 차를 내려주었다. 커다란 식탁의 좁은 쪽 한 면은 벽에 붙어 있었는데 벽 위쪽으로 커다란 유리창이 있었다. 창의 정중앙으로 정원에 심어놓은 이팝나무 한 그루가 보였다. 마치 그림같이. 3월 중순이 지났는데도 여전히 한겨울처럼 쌀쌀한 날이 이어지고, 나무는 죽은 것처럼 보였다. 아버지는 상록수를 좋아하지 않았다.

"나무가 계절에 따라서 변하는 모습을 좋아하는 거란다."

그날 아버지는 그녀에게 새로운 직장에 대해서 물었다(그녀는 아버지가 조심스러워한다는 걸 알고 있었다). 그녀는 괜찮다고, 좋다고 대답했다. 어머니가 그녀를 보며 미소 지었다. 그녀는 어머니의 시선을 피하며 갑자기 호들갑을 떨었다. 음식이 너무 맛있다는 둥, 꽃이 너무 예쁘다는 둥, 날씨가 아직도 너무 춥다는 둥. 어머니는 기꺼이 그녀의 호들갑에 맞장구를 쳐주었다. "아침에 꽃 시장에 다녀왔어"라든지, "이따가 갈 때 이것저것 싸줄 테니까 가지고 가서 먹어, 알았지?" 하는 식으로. 그녀는 누군가 바깥에 서서 저 창문을 통해 식사하는 자신들을 본다면 그림 같다고 표현하리라는 생각을 했다.

본가에 갔던 날을 떠올리다가, 기억은 그날 밤 서울로 돌아오는 자신의 자동차 안에서 느낀 감정에까지 다다랐다. 출발하고 얼마 지나지 않아 진눈깨비가 내리기 시작했었다. 그녀는 라디오를 켜고 차창을 조금 열었다. 차 안으로 들어오는 차가운 냄새를 맡으며 자신이 안정감을 느끼고 있다는 사실을, 그리고 이런 안정감 속에 계속 머물고 싶어 한다는 사실을 깨달았다. 그렇게 할 수 있을 것 같다는 자신감에 가득 차 있었다는 것도.

그녀는 알고 있었다. 자신이 그런 식으로 생각한 게 처음이 아니라는 걸. 새로운 곳에 속할 때마다 기대감에 부푸는 것도, 아무런 문제의 낌새도 보이지 않는다고 안심하는 것도, 본가에서 부모님과 식사를 끝내고 무언가 잘되리라는 예감에 사로잡혀 서울로 돌아오는 것도, 퇴근 후 혼자 침대에 걸터앉아 맥주를 마시며 '아, 이거 정말 끝내주는데?'라고 생각하는 것도, 몇 번이나 반복된 일이었다.

그러다가 어느 날 아무런 전조도 없이 모든 것이 달라진다. 마치 세상이 뒤집히는 것처럼. 정확하게는 그녀가 속한 그 작디작은 세상만이 순식간에 뒤집히는 것처럼. 그건 차용증 같은 거였다(그녀는 자신이 누구에게 무엇을 빌렸는지는 절대 알 수 없다고 생각했다). 이를테면 그런 느낌이 든다는 말이었다. 'ㅇㅇ을 포기하는 것으로 ㅁㅁ에 대한 대가를 지불하시오.' 그런 느낌을 받은 이상, 그녀는 더 이상 어떤 조직에 속한 자기 자신, 안정감을 느끼고 있는 자기 자신, 다른 사람들에게 친절을 베푸는 자기 자신을 받아들이는 게 힘들었다. 다른 사람들이 불평불만을 늘어놓을 만한 일들에 아무런 반응도 하지 않던 그녀는 갑자기 그 모든 일이 견딜 수 없어지고, 거기에 있는 사람들, 요구들, 규칙들 때문에 괴로워졌다. 같이 일하던 사람들은 영문을 몰랐다. 전날까지만 해도 그저 평범한 동료였던 사람이, 갑자기 적대감을 드러내고 분노를 표출하는 것에 대해. 순식간에 그전과는 다른 인간, 악평의 주인공이 되어버리는 것에 대해. 그녀 자신도 이유를 몰랐다. 누구로부터 그런 식의 지불을 요구받아야 하는지도 몰랐고, 궁금해한 적도 없었다. 그녀는 그냥 그런 일이 벌어지고 있다는 사실, 그리고 자신이 그것을 피할 수 없다는 사실만 알았다.

여전히 침대에 걸터앉은 채, 그녀는 애꿎은 손길로 양말 한

짝을 뒤집었다가 다시 또 뒤집는 일을 반복하며, 그런 생각을 털어버리려고 고개를 흔들었다. 그녀가 분란을 일으키고 기자 일을 그만뒀을 때 부모님은 언제나처럼 물었다. 그림 같은 식탁을 앞에 두고 마주 보고 앉아서.

"이유가 뭐니? 얘기를 해보렴."

하지만 그날 어머니는 거기서 멈추지 못했다. 참을 수 없다는 듯이 이렇게 물었던 것이다. "뭐가 그렇게 너를 화나게 하는 거니?"

그녀는 당황했다. 어머니도 당황했으리라고 짐작했지만, 아니었다. 어머니는 침착함을 유지하고 있었다. 너무 침착해 보여서 그녀가 충격을 받았을 정도였다.

어머니는 더 나아갔다. "우리가 너를 잘못 키운 거니?"

옆에 앉아 있던 아버지는 고개를 저었다. 그녀는 자신이 중학생이었던 시절, 부모님이 즐겨 시청하던 프로그램에 출연한 전문가의 말을 떠올렸다.

"부모의 역할은 아이를 어엿한 사회적 구성원으로 키우는 것이죠."

부모님은 이제껏 그 말을 가슴속에 품고 있었을까? 숨기려고 했지만 삐져나오는 어떤 감정, 미묘하게 달라지는 표정, 단어를 고르느라 길어지는 침묵, 자책하는 기미 같은 것들을 느낀 순간, 무슨 생각을 했던가? 그녀는 그냥 이렇게 말하고 싶었다.

아니에요. 그런 게 아니에요. 어머니와 아버지는 잘못한 게 없어요. 그냥 뽑기를 잘못하신 거예요. 하필이면 나 같은 아이를 데려와서 키운 것 말이에요. 더 착하고 멀쩡한 아이를 데려와서 키우셨어야 해요.

하지만 그녀는 그런 말을 할 수 없었다. 이 집에서 그런 말은 금기였다. 금기라고 공표된 적 없는 금기. 존재 자체가 인정된 적조차 없는 금기. 그녀는 궁금했다. 부모님은 자신이 입양 사실을 알고 있다는 것을 아실까? 그녀가 그 사실을 모른다고 믿는 게 정말 가능한 일인가?

어디선가 오토바이 지나가는 소리가 요란하게 들려왔다(그녀의 집은 9층이었는데도). 그녀가 사는 건물 뒤편으로는 도시의 북부를 관통하는 탄천이 흘렀고, 새벽이 되면 탄천 둔치는 10대 애들이 점령하곤 했다. 그녀가 어렸을 적에는 오토바이를 타고 도로를 누비는 애들을 '폭주족'이라고 불렀다. 이제 '폭주족'이라는 말은 거의 사라졌지만, 오토바이로 거리를 질주하고 싶어 하는 애들이 여전히 너무도 많이 존재한다는 걸, 그녀는 이곳에 살게 된 이후에야 알게 되었다. 도대체 왜? 그녀는 손가락으로 블라인드 살대를 벌려서 어두운 밤거리를, 그 아이들이 지나가고 이제는 텅 빈 그 길을 내려다보았다. 지금 이 순간, 나 말고도 저 애들이 훑고 간 길을 더듬고 있는 사람이 또 있을까? 아마 없을 것이다. 그녀는 갑자기 불길한 예언이라도 들은 사람처럼 고개를 돌려 옷장을 바라보았다.

옷장 안에 들어 있는 백팩, 백팩 안에 들어 있는 커다란 서류 봉투. 서울로 올라온 이후로 그녀가 백팩에서 서류 봉투를 꺼내 그 안에 든 것들을 열어 본 건 세 번이다. 로스쿨을 그만뒀을 때, 법무팀을 그만뒀을 때, 기자 일을 그만뒀을 때. 속해 있던 곳에 분탕질을 하고 사람들을 질리게 만든 후에, 그녀는 항상 옷장 문을 열고 그 앞에 웅크리고 앉아서 **그것들을** 확인하곤 했다. 그러고는 한 달 정도 현관문 한번 열지 않았다. 왜 그래야 하는 건지, 무엇이 그녀를 그렇게 만드는 건지 몰랐다. 루틴, 그저 반복되는 것. 그게 전부였다. 그녀는 루틴을 벗어나고 싶었다. 하지만 이 소망조차 루틴에 포함된 거였던가? 그녀는 두려웠다. 우습게도 이제껏 루틴에서 벗어난 일은 단 하나뿐이었다.

어머니의 바로 그 말. '우리가 너를 잘못 키운 거니?'

지금 그런 생각에 빠져들 만큼 좋은 시기가 아니라는 걸 알고 있었다. 루틴에서 벗어나야 해. 이 문장만 가슴에 새기기로 했다. 루틴에서 벗어나기 위해서 그녀가 해야 하는 일은 일단 회사에서 맡은 일을 제대로 해내는 것이었다. 차용증이 도착하지 못하도록 자기 자신을 억제하는 것이었다. 그리고 번듯한 사회인이 되는 것이었다. 그러기 위해서는 빨리 빨래를 하고 몇 시간이라도 잠을 자둬야 했다. 그녀는 에어팟을 다시 귓구멍에 꽂고 음악을 재생시켰다. 그런 후 집 안 여기저기에서 찾아낸 빨랫감들을 세탁기에 집어넣었고, 썩어가는 음식의 잔해를 마저 치웠다.

2

다음 날, 아침 일찍 그녀는 경기도 외곽에 위치한 구치소 입구에 서서 비를 피했다. 5월 말, 아침 공기는 여전히 쌀쌀한 기운을 품고 있었다. 긴 머리를 아무렇게나 묶은 채 후드티와 슬랙스, 커다란 트렌치코트를 입은 그녀는 맨가슴에 닿는 후드티의 어색한 촉감을 느끼며 접은 우산 끝으로 바닥을 긁었다. 전날 빨래 말리는 걸 깜빡한 탓에 새벽에 세탁기를 돌린 의미가 사라져버렸던 것이다. 그녀는 시계를 보았다. 8시 50분. 잠시 후 윤종이 한 손으로 비를 막으며 달려오는 게 보였다. 양복과 초록색 커프스단추, 구두, 서류 가방 그리고 안경. 윤종은 씩 웃었고, 그녀는 고개를 살짝 숙여 인사했다.

채용 문제로 전화 통화를 한 이후 둘이 만나는 건 두 번째였다. 취직이 결정된 후 윤종은 그녀에게 전화를 걸어서 취직 턱을 내라고 했고, 그녀는 그렇게 했다. 그때는 아직 최 피디가 각성(요즘 팀원들은 뒤에서 이렇게 말했다, "피디 나리가 각성을 하셨어!")하기 전이어서 여유가 있었다. 장소는 그가 정했는데, 그녀 회사 근처의 맥도날드였다. 윤종은 1955버거를, 그녀는 빅맥을 주문했고, 그들은 식사만 하고 헤어졌지만 그 시간이 결코 짧지만은 않았다. 적어도 윤종이 자신은 회사나 법원은 물론 주말에 마트를 가거나 동네를 산책할 때도 언제나 양복과 구두를 착용한다는 시답잖은 사실을 알려줄 정도의 시간은 되었다. 또한, 윤종의 커프스단추는 그가 직접 주문한 것으로, 세상에 단 하나뿐이라는 (역시) 시답잖은 사실을 알려줄 정도의 시간도 되었다. 그날 그녀는 무얼 입고 있었던가? 후드티와 슬랙스, 그리고 트렌치코트. 오늘과 다를 바 없었다.

어쨌든 그날 맥도날드에서 윤종은 자신이 변호를 맡은 살인 사건 피의자에 대한 고충을 털어놓았다. 올해 1월에 열여덟 살짜리 남자애가 자신보다 한 살 많은 여자애와 세 살 많은 남자를 동네에 있는 공원 안쪽, CCTV가 없는 한적한 산기슭으로 데리고 가서 각각 스무 번씩 칼로 찔렀다는 것이었다. 국과수에 따르면 피해자들의 숨이 끊어진 후에도 신체 부위를 가리지 않고 계속 찌른 것이라고 했다. 나중에 사건 조서에서 그 애는 자신이 김이정을 좋아하는데, 김이정이 자신의 마음을 받아주지 않고 허민수와 사귀는 것 때문에 화가 나서 살인을 저질렀다고 말했다. 그 애는 시신을 산에서 질질 끌고 내려와서 공원 구석에 내다 버렸다.

"새벽에 운동하러 나온 중년 부부가 시신을 발견했어요. 숨긴다고 숨긴 모양인데…… 멀리서 봤을 땐 망가진 마네킹인 줄 알았대요."

그녀도 기사를 읽은 적이 있었다. 범죄자가 미성년자라는 점, 미성년자의 치정 살인이라는 점, 피의자가 반성은커녕 당당했다는 점이 한동안 사람들의 관심을 끌었다. 몇 년 전에 일어났던 비슷한 사건이 다시 수면에 떠오르면서 요즘 애들이 얼마나 개차반인지, 그리고 그런 애들을 다루는 법이 얼마나 허술한지 하는 내용이 이슈화되기도 했다. 하지만 다른 많은 사건이 그렇듯이 이 사건 역시 금방 잊혔다. 그녀는 아직도 재판이 진행 중이라는 사실에 조금 놀라움을 느꼈다.

"처음엔 당당한 태도로 범죄를 인정했어요. 그런데 갑자기 범죄를 저질렀다는 사실을 부정하기 시작한 거예요. 그리고 요즘은 아예 입을 안 연다니깐요. 아주 힘들어 죽겠어요."

그녀는 콜라를 한 모금 마신 후, 윤종에게 물었다.

"그 애 부모님은 뭐라고 했어요?"

그녀는 자신이 무심코 그런 질문을 던졌다는 사실에 창피해졌다.

"할머니가 키웠대요. 부모님은 어렸을 적에 이혼했는데, 아무도 맡아 키우려고 하지 않았다는 거예요. 작년에 할머니가 돌아가신 후부터는 학교도 안 나가고 혼자 살았나 봐요. 낮에는 편의점 아르바이트를 하고 밤에는 배달 아르바이트를 했대요. 아버지는 일용직 노동자였어요. 아들 하나 없는 셈 치겠다고 하더군요. 엄청 냉담했어요. 그 애의 어머니도 만나긴 만났는데…… 별 이야기를 들을 수 없었어요. 재혼해서 새로운 가정을 꾸렸는데, 지금의 남편은 전남편 사이에서 태어난 아들의 존재를 아예 모른다고 하더군요. 아들을 만난 지 10년도 넘었다고 제발 다시는 이런 일로 자신을 찾아오지 말아달라고 하더군요."

그녀는 아무런 흥미가 없다는 듯이 고개를 숙였다. 그런 그녀를 바라보며 윤종이 다시 입을 열었다.

"걔도 부모 복이 참 지지리도 없어요."

진술을 거부하면 형량을 선고받는 데 불리할 수도 있다는 걸 그녀도 알고 있었다. 윤종이 인권 변호사 일도 종종 한다고 했던 말을 떠올리며 그녀가 물었다.

"그 애를 도와주고 있는 거예요?"

윤종은 씹고 있던 감자튀김을 내려놓고 시선을 돌린 후 고개를 끄덕였다. "뭐 그런 셈이죠."

여러 증거가 있었지만 결정적인 건 CCTV였다. 그 애가 피해자 둘과 함께 공원으로 들어가는 영상이 남아 있었다. CCTV에 기록된 시간은 피해자 사망 추정 시간과도 아귀가 맞았다.

"말해 뭐해요. 셋이 걸어 들어갔다가 하나만 내려온 건데." 윤종은 중지와 검지와 엄지를 들어 보인 후 엄지를 제외한 두 개를 한번에 접으며 말했다. "3 빼기 2는 1."

그때 그녀는 그가 손가락 두 개를 접은 게 아니라, 엄지를 치켜든 것처럼 보인다고 생각했다.

"왜 이렇게 일찍 왔어요?" 윤종은 머리카락에 맺힌 물방울을 털며 말했다.

그가 전혀 어색해하지 않았기 때문에 오히려 그녀는 좀더 어색해진 기분이 들었다.

"내가 일찍 나온 게 아니라 그쪽이 늦은 거 같은데요."

수용동에는 그들 말고도 접견을 기다리는 사람들이 있었다. 수용동에 들어가기 전, 가지고 있던 소지품을 맡기고 출입증을 받아 목에 걸면서 윤종은 떨리지 않느냐고 물었다. 그녀가 고개를 흔들자 그가 말했다.

"나는 여기 올 때마다 기분이 좀 그렇더라고요."

"떨린다고요?"

"아, 아니요. 떨리진 않고요."

막연하게 가라앉은 분위기일 거라고 생각했지만, 그렇지는 않았다. 대신 사무적인 분위기가 감돌았다. 윤종이 변호를 맡은 살인 피의자, 수감복을 입고 수갑을 찬 남자아이가 접견실로 들어왔을 때, 그녀는 놀랐다. 너무 평범하게 보여서, 아니, 그저 그런 볼품없는 아이처럼 보여서. 햇볕에 그을린 적이 없는 듯한 피부, 입을 앙다물 때마다 강조되는 턱 근육, 지저분해 보이는 머리카락, 반항적으로 보이려고 애쓰는 태도…….하지만 아니다. 그 애는 전혀 평범한 아이가 아닐 터였다. 압도적으로 커다란 몸과 커다란 손, 누군가를 죽이는 데 유리했을 만한 신체 조건. 순식간에 두 사람을 쓰러뜨릴 수 있는 눈과 몸과 손. 피해자들은 단 한 번의 저항도 하지 못했다.

변호사 옆에 앉아 있는, 예상치 못한 동행자를 보고도 그 애는 당황한 것처럼 보이지 않았다. 그녀가 누군지 궁금해하지도 않는 것 같았다. 윤종이 그녀를 기자라고, 사건을 조사하고 있다고 소개했지만 크게 관심은 없어 보였다. 미묘한 경멸. 그녀는 접견실로 우연히 날아들어온 작은 벌레에 지나지 않는다는 듯한 눈빛.

그 애는 자신은 아무도 죽이지 않았다는 말만 반복하다가 기어코 작은 소리로 욕설을 내뱉었다.

"씨발, 변호사님은 저를 믿어야 하는 거 아닌가요?"

그 말을 던진 후 그 애는 비로소 그녀 쪽을 바라보았다. 약간은 거만한 태도로, 그녀가 자신을 도와주는 게 정해진 수순 아니냐는 듯이. 그러고 나서는 그녀가 그런 수순을 따르지 않아서 화가 난다는 듯이 계속 그녀를 바라보았다. 어째서? 그녀는 그 애의 눈빛 속에 언뜻 드러나는 연약한 소심함 같은 것을 느꼈다. 정말 그랬을까?

"항상 이런 식이에요?"

접견실을 빠져나오면서 그녀가 묻자 윤종이 고개를 끄덕이며 대답했다.

"그렇다고 봐야죠."

접견실에 머물렀던 30분도 채 되지 않는 사이에 비는 그쳐 있었다. 주차장까지 걸어가면서 윤종이 물었다.

"어떤 것 같아요?"

그녀는 이 사건을 최 피디에게 던져줄 생각이었다. 윤종에게서 이야기를 들은 후로 지푸라기라도 잡자는 마음에 충동적으로 떠올린 생각이긴 했지만, 안 될 것도 없을 것 같았다. 그녀가 생각하기에 TV에서 방영하는 범죄 프로그램은 두 가지 종류였다. 한 가지는 미해결 사건을 다루는 것. 그리고 다른 하나는 (당연하게도) 해결된 사건을 다루는 것. 미해결 사건을 다루는 프로그램은 범죄를 따라가면서 범인에 대한 정보를 찾고 그것을 시청자들에게 전달하는 데 주력한다. 이미 해결된 사건을 다루는 프로그램은 마치 한 편의 추리소설처럼 어떤 식으로 범죄가 일어났고, 범죄자가 어떤 식으로 자신을 은폐했는지, 수사관들이 어떤 식으로 범죄자의 머리 꼭대기에 설 수 있었는지를 다룬다. 물론 정반대 경우도 있었다. 잘못된 판결을 다루면서 사법당국의 안일함을 비판하고 진짜 범인은 다른 곳에 있으리라고 예상하는 것. 그녀는 무작정 실시간으로 사건이 진행되는 과정(피의자의 재판 과정, 피의자의 범행 부정이 인정으로 바뀌는 순간에 대한 것, 그에 따라 변하는 범죄를 둘러싼 사람들의 반응 등)을 카메라에 담으면 어떨까 하는 생각을 했다. 그게 가능할까? 알 수 없었다.

미성년자의 사랑, 미성년자의 살인, 미성년자의 법적 책임. 혹은 미성년 범죄자에 대한 사회의 책임.

회의실에서 그녀가 이 이야기를 했을 때, 다른 팀원들은 고개를 갸웃거렸다.

"다른 프로그램이랑 그게 차이가 있어요? 그게 새로운 관점(팀원들은 최 피디가 들으라고 일부러 이 단어를 입에 올리곤 했다)을 보여줘요?"

그녀는 차이가 있다고 생각했다. 모든 것이 해결된 후 사건을 흥미에 맞게 재구성하는 시선은 완전무결하게 전지전능한 신의 위치에 있었다. 잘못된 판결에 대한 비판의 시선은 사건의 진실을 알고자 하는 합리적인 인간의 위치에 있었다. 그녀가 만들고 싶은 프로그램의 시선은 '완전무결하게 무지한 인간'의 위치에 있는 것이었다. 그 애가 어떤 형량을 받든 간에 청소년 범죄에 대한 사람들의 논란을 부추길 수도 있다. 무자비하게 살인을 저질러놓고 반성하는 낯빛 하나 없이 태연하게 거짓말을 하는 아이를 나랏돈으로 변호하는 문제를 건드릴 수도 있었다. 사람들은 언제나 세금 문제에 민감했으니까.

누군가 말했다. "이 사건에 대한 관심이 벌써 사라져가는데, 앞으로 흥미가 더 떨어지지 않을까요? 굳이 이걸 지금 할 이유가 있나?"

생각에 잠겨 있던 최 피디는 무언가 못마땅하다는 듯이 머리를 박박 긁었다. 그러고는 그녀에게 구치소에 가서 그 애를 한번 만나보라고 했다.

"만나보면 알지 않겠어요? 이야기가 될지 안 될지."

그녀는 최 피디가 반신반의하고 있다는 걸 알 수 있었다.

윤종은 그런 그녀의 상황을 잘 알고 있어서 어떤 것 같으냐는 질문을 던진 것이었다.

그녀는 솔직하게 대답했다. "잘 모르겠어요."

그녀와 윤종의 차는 다소 떨어진 거리에 주차되어 있었다. 길이 갈라지는 지점에서 윤종이 물었다.

"커피 한잔하지 않을래요? 여기 근처에 괜찮은 샌드위치 파는 곳이 있거든요. 아침 안 먹었죠?"

그녀는 땅바닥을 보며 고개를 흔들었다. "할 일이 많아서요. 경찰서에 가서 형사를 만나볼 생각이에요."

윤종이 약간 머뭇거리다가 말했다. "형사를 만나도 특별한 건 없을 텐데요."

"그래도 만나서 이야기를 들어보는 건 또 다를 테니까요."

윤종이 별수 없다는 듯이 고개를 끄덕였다. "다음에 또 도움이 필요하면 연락해요."

도움이 필요하면 연락을 하라니. 그가 왜 자신을 도와야 한단 말인가? 그녀는 주차장으로 걸어가는 윤종의 뒷모습을 바라보았다. 그리고 그가 자신의 시선을 의식하고 있으리라고, 그를 불러주기를 바라고 있으리라고 느꼈다. 문득 그녀는 깨달았다. 사건의 담당 형사 이름도 모르고 있음을. 윤종을 불러 세워서 물어볼까 했지만 그러지 않았다.

경찰서를 방문하는 게 낯선 일은 아니었다. 신문사에 취직하고 처음 3개월 동안은 경찰서에서 살다시피 했으니까. 수습

기자들은 제대로 씻지도, 옷을 갈아입지도 못한 채로 새벽까지 경찰서에 머물면서 하루 동안 어떤 사건 사고가 일어났는지, 새로운 기삿거리는 없는지 알아내야 했다. 버티지 못하고 일을 그만두는 사람들도 있었고, 버틴 이들은 하나같이 그 시간이 지옥 같았다고 회상하곤 했다.

중부서 강력 1팀의 위치는 눈에 쉽게 띄었지만, 자리에는 아무도 없었다. 고요한 사무실 안, 열린 창문으로 바람이 들어왔고, 창틀에 놓인 조그만 화분의 잎이 흔들리고 있었다. 도대체 누가 이런 곳에서 화분을 키우는 걸까? 상상할 수 없을 정도로 비참하고 끔찍하게 돌아가는 세계가 있다면, 이런 식으로 사소한 평화로움을 유지하는 세계도 있는 법이니까. 그녀는 입구에 어정쩡하게 서서 화분을 바라보고 있었다.

"무슨 일이죠?"

돌아보니 웬 여자가 서 있었다. 40대 후반으로 추정되는 나이, 작은 키, 곰 인형을 연상시키는 통통하고 동그란 몸, 염색을 하지 않아 군데군데 흰머리가 드러난 머리카락은 어깨에 닿지 않는 길이였는데, 머리숱은 무성하고 볼은 기미투성이였다. 목에 명찰이 걸려 있는데 뒤집어져서 이름과 계급을 확인할 수는 없었다. 여자는 부루퉁한 표정으로 그녀를 빤히 바라보았다. 자신의 신원을 밝혀야 한다고 생각한 그녀가 서둘러 명함을 건넸다.

"형사님을 뵈러 왔어요."

명함을 받아 든 후에도 여자는 계속해서 그녀의 얼굴만 쳐다보다가, 한숨을 쉬고는 정말 하고 싶지 않은 말을 한다는 투로 입을 열었다. "좀 비켜주겠어요?"

"아."

그녀는 그제야 자신이 입구를 완전히 막고 서 있었다는 것을 깨달았다. 그녀가 옆으로 비켜서자 명함을 든 채로 여자는 사무실 안쪽으로 들어갔고, 그녀는 그 뒤를 따랐다. 구석 자리에 앉은 여자는 책상 서랍에서 안경 통을 꺼낸 후 그 안에 든 돋보기안경을 안경 수건으로 정성스럽게 닦았다. 책상은 비교적 깔끔하게 정리되어 있었는데, 한쪽에는 아직 뜯지 않은 초록색 쿠키 봉지와 먹다가 입구를 봉해놓은 봉지들이 일렬로 놓여 있었다. 돋보기안경을 코에 걸치듯이 쓰고 난 후에야 여자는 비로소 그녀의 명함을 읽어보았다. 모든 일은 아주 천천히, 귀찮아서 못 견디겠다는 투였다.

"기자인 건가요?"

그녀는 고개를 흔들었다. "저는 범죄에 관한 프로그램을 준비하고 있는, 방송국에서 근무하는 피디예요."

회사는 엄밀히 말해 정식 방송국은 아니었지만, 설명한다 한들 잘 알아듣지 못할 거라고 생각했다.

"형사 누구를 만나러 온 건데요?" 명함을 돌려주며 여자가 물었다.

명함을 돌려주다니? 그녀는 약간 얼떨떨한 기분으로 홀린 듯이 명함을 받아 들었다.

"아, 그게······."

"무슨 사건을 취재하고 싶은 건데요?"

그녀는 재빨리 자신의 스마트폰에 저장된 사건 링크를 열어서 여자에게 건네주었다(그녀의 스마트폰에는 이 사건을 다룬 온갖 기사가 북마크되어 있었다). 여자는 이번에도 모든 것이 귀찮다는 투로 느긋하게 손가락으로 액정을 밀어가며 기사를 읽었다. 다 읽은 후에는 돋보기안경을 벗어서 책상 위에 올려두었다. 그러고는 방금 명함과 기사를 읽은 일로 굉장히 피곤해졌다는 듯이 한참 동안 두 눈을 비볐다.

"이걸 왜 취재하려는 거죠?"

이번에도 그녀는 뭐라고 대답해야 할지 알 수 없었다. 이 형사님, 사람 말문 막히게 하는 재주가 있으시네.

젊은 사장이 최 피디에게 던진 그 말, '새로운 관점'부터 설명해야 하는 걸까? 아니면 낙동강 오리알이 될 위기에 처한 팀 이야기부터 해야 하는 걸까?

형사는 마치 그녀의 마음을 꿰뚫어 보기라도 했다는 듯이 고개를 흔들면서 말했다. "아니, 아니, 내 말은 이 사건은 이제 너무 구닥다리라는 거예요. 관심을 가질 만한 특별한 부분이 하나도 없다니까. 그냥 정신 나간 애가 친구를 두 명 죽인 사건이죠. 당신들은 보통 좀, 음······ 괴상한 사건을 쫓아다니지 않아요? 더 흥미롭거나 더 자극적이거나. 지금도 봐요." 그러고는 빈 사무실을 손가락으로 가리켰다. "다들 사건을 수사하러 나갔거든요. 그 사건 알죠? 안국동 주택가 쓰레기봉투에서 잘린 발이 발견된 사건."

매일 뉴스에서 떠들어댔기 때문에 당연히 알고 있었다.

"다들 그 사건에 투입되었거든요. 물론 이 사건도 결국엔 뒷전으로 밀리겠죠. 범인을 잡든지 말든지 말이에요. 이유가 뭔지 알아요? 세상에는 미친 범죄자가 너무 많거든. 말도 안 되는 이유로 말도 안 되는 범죄를 저지르는 사람들 말이에요. 어휴, 세상이 어떻게 되려는지."

그녀는 사무실이 이토록 고요하고 평안할 수 있는 건 바로 바깥세상에 엄청나게 끔찍한 사건이 터진 결과라는 사실을 그제야 깨달았다.

혀를 끌끌 차던 여자는 그녀를 흘깃 올려다보고는 말을 이었다. "하긴 내가 그런 걸 상관할 필욘 없지만 여튼 내가 하고 싶은 말은, 그 사건을 맡았던 형사들은 지금 너무 바쁘고 정신이 없어서 당신에게 내어줄 시간이 별로 없다는 거예요."

마치 예언이라도 하는 듯한 형사의 말투 때문에 그녀는 불쾌해졌다. 게다가 자신이 선택한 아이템이 최 피디나 팀원들도 모자라, 태어나서 처음 보는 이 중년의 형사한테까지 무시당했다는 생각 때문에 기분이 몹시 상했다. 이 여자가 방송에 대해 뭘 안단 말인가?

형사는 할 말을 다 했다는 듯, 그녀에게 등을 돌린 후 다시 돌보기안경을 꼈다. 그러고는 노트를 펼쳐서 무언가를 쓰기 시작했다.

"하지만 이 사건도 아직 수사 중이라고 들었는데요."

형사는 그녀를 쳐다보지도 않고 대수롭지 않다는 듯이 물었다. "누가 그래요?"

"아직 재판이 진행 중이라고……."

"그건 형식에 불과하답니다."

여전히 부루퉁한 표정, 비꼬는 말투. 그녀는 형사가 자신을 무시한다고 느꼈다.

"형사님은 여기에 있어도 괜찮으신 거예요? 다들 사건을 조사하러 나갔다면서요. 다들 너무 바쁘고 정신이 없다면서요."

그녀의 말에 형사는 무언가를 적던 손을 멈추고 아주 천천히 돌보기안경을 벗은 후 몸을 돌렸다. 그러고는 그녀를 한참이나 올려다보았다. 어색함을 참지 못한 그녀가 결국 눈을 피할 때까지.

그제야 형사는 만족했다는 듯한 말투로 입을 열었다. "이봐요, 왜 내가 여기에 있겠어요? 모든 팀이 모조리 다 투입된 이시점에, 한 사람이라도 아쉬운데 왜 여기에 앉아 있겠느냐고요. 아무도 나를 필요로 하지 않으니까 그런 거 아니겠어요?"

형사는 곧 아주 엄숙한 표정을 지었다.

"이제 제발 나를 가만히 내버려둘래요? 이 눈치 없는 아가씨야?"

그러고는 책상 한구석에 놓인 봉투에서 초코칩쿠키를 하나 꺼내 입에 넣고 씹기 시작했다. 이번에도 아주 느릿느릿하게.

그녀는 건물 바깥으로 나왔다. 어느새 구름 사이로 해가 나와 있었고 쌀쌀하고 축축한 공기는 사라진 뒤였다. 아침에 급하게 아일랜드 식탁 위에 펼쳐놓은 속옷들도 잘 말라 있으리라. 그녀는 고작 반나절 만에 브래지어가 없는 상태에 익숙해졌다는 것을 깨달았고, 앞으로 브래지어 따위는 필요하지 않을지도 모른다는 생각을 했다. 이런 쓸잘머리 없는 생각을 할 때가 아닌데…… 그녀는 아침에 봤던 그 어린 피의자의 얼굴을 떠올렸다. 자신을 바라보던 눈빛. 그 애는 내게 뭘 바랐을까? 도대체 내가 누구라고 생각한 걸까?

올라간 기온 탓인지 옷차림이 거추장스럽다고 느꼈고, 더불어 어젯밤 이후로 아무것도 먹지 못했다는 사실도 깨달았다. 그래도 여기에서 다른 형사들이 돌아올 때까지 기다려야 했다. 수습기자 시절을 생각하면 식은 죽 먹기였다. 그 시절 그녀는 자신이 짐짝이 된 것 같다고 느꼈었다. 짐짝. 핵심은 그런 느낌이 싫지만은 않았다는 점이다. 일이 진행되던 그 모든 방식, 자신을 무감각하게 만들었던 그 시간을 지옥처럼 여기기만 했던 건 아니었다. 그녀가 부러웠던 건, 그런 식으로 혹독하게 수습기자를 돌리는 게 말도 안 된다고, 지옥 같다고 불평하던 사람들이 시간이 지난 후에 "그래도 그렇게까지 힘들진 않았어"라고 말하게 되는 바로 그 마음이었다. 그녀에게 힘들었던 일은 시간이 아무리 지나도 힘든 일이었다. 견딜 만한 일은 시간이 지나도 견딜 만한 일이었다. 한번 지옥은 영원한 지옥이지. 그렇다면 한번 천국은 시간이 아무리 지나도 천국인 걸까? 쓴웃음이 났다.

한 시간 후, 형사 몇 명이 짜증과 피로에 찌든 표정으로 사무실로 들어갔고 그 뒤를 다급한 표정의 기자들이 따라가고 있었다. 그녀도 빠르게 따라 들어섰다. 사무실 분위기가 조금 전하고 완연히 달라졌다. 소란스러운 압박감과 성급한 목소리, 애써 숨기려 하지만 자꾸만 드러나는 무력감과 분노 같은 것들이 떠돌았다. 아, 사건이 미궁으로 빠지고 있구나. 하지만 그녀에게 지금 그런 건(누가 남의 발을 잘라서 쓰레기봉투에 집어넣든지 말든지) 그다지 중요하지 않았다. 그녀는 눈에 제일 처음 띈 형사에게 명함을 건네고 자신이 찾아온 이유를 설명하려했다. 남자 형사는 그녀가 입을 떼기도 전에 명함을 구겨서 책상 위로 던졌고 고개를 돌려버렸다. 완전히 무시하겠다는 태도. 그 형사의 책상 위에는 이미 다른 명함 몇 장이 너저분하게 놓여 있었다. 쓸데없이 힘을 뺄 필요는 없었다. 그녀는 주위를 둘러보다가 다른 남자 형사에게로 다가갔다. 그는 손에 명함을 든 그녀가 다가오는 걸 보자마자 씩씩거리며 짜증을 냈다. 이번에도 잘못 골랐군. 이런 생각을 하고 있을 때 형사가 그녀의 손에서 명함을 낚아채며 화를 냈다.

"아, 아무것도 이야기할 게 없다니까. 나가라고, 좀!" 그녀가 뭐라 말하기도 전에 그는 손에 쥔 명함을 찢어서 던져버렸다. "나중에 기자회견 때 다 밝힌다고! 이게 무슨 애들 장난인 줄 아나!"

"저는 그 사건을 취재하러 온 게 아니에요. 저는 다른 사건 때문에⋯⋯."

남자 형사는 그녀를 떠밀기 시작했다. 떠밀고 떠밀리는 것은 실상 아무 의미도 없었다. 그 안에서 버티고 있는 게 그녀에게 아무런 도움이 되지 않듯이, 형사가 그녀를 바깥으로 내쫓아버리는 것도 결국은 아무 의미 없는 행위였다. 왜냐하면 그녀가 정말로 원한다면 무슨 수를 써서라도 다시 그곳으로 걸어 들어갈 수 있을 테니까. 형사도 그걸 알고 있겠지만, 바로 이 순간만큼은 그녀를 바깥으로 밀어버리지 않으면 안 된다는 듯이 갖은 애를 썼고, 그녀 역시 떠밀리지 않으려고 온 힘을 다했다. 기계적이고 의미 없는 몸짓들. 가끔 그런 게 필요할 때가 있다는 걸, 기계적이고 의미 없는 몸짓들이 사태를 앞으로 나아가게 해준다는 걸 그녀는 알고 있었다. 때로는 그런 기계적인 활동에 안정감을 느낀다는 것도. 사무실 여기저기에는 그런 식으로 떠밀리고 버티려는 힘들, 기자와 형사의 몸싸움과 짜증, 요구 같은 것들이 있었다.

남자 형사와 몸싸움을 하는 도중에 그녀의 눈에 들어오는 게 있었다. 자신을 불쾌하게 만든 바로 그 여자 형사였다. 그 자리만 마치 다른 세계처럼 보였다. 무엇을 떠밀 필요도, 떠밀려질 필요도 없다는 듯이, 앞으로 나아가는 것 따위엔 관심도 없다는 듯한 괴리감과 위화감이 있었다. 어딘가로 던져진 듯한 느낌. 그 누구도(그게 형사든, 기자든) 그 여자 형사에게 말을 걸거나, 아는 척을 하지 않았다.

아, 그래. 그녀는 생각했다. 짐짝 같아!

여자 형사는 그저 자리에 앉아서 쿠키를 씹으며, 그리고 마음에 들지 않는 게 있다는 듯이 고개를 흔들며 노트에 무언가를 적기만 했다. 아주 천천히, 마치 자신에게는 다른 사람보다 좀더 느리게 흘러가는 자신만의 고유한 시간이 존재하고, 그것을 충분히 즐기겠다는 태도로.

그녀는 결국 건물 바깥으로 쫓겨나고 말았다. 완전한 판단 착오였다. 어떻게 이리도 바보처럼 굴 수 있었을까? 낭패감이 스멀스멀 기어올랐다. 이런 상황에서 그녀를 상대해주는 형사가 없으리라는 건 불 보듯 뻔한 일이었는데. 인정하기 싫었지만, 그 동그란 여자 형사의 말은 적중했다. 이런 경우 방법은 하나밖에 없다는 걸 그녀는 알고 있었다. 끝까지 물고 늘어지는 것. 하지만…… 그녀의 머리 위로 자신의 명함을 돌려주었을지언정 훼손하지 않은 단 한 사람이 떠올랐다.

그녀는 경찰서 주위를 돌아다니다가 근처에 있는 베이커리 카페로 갔다. 잠시 후 다시 경찰서로 향하는 그녀의 한 손에는 뜨거운 아메리카노와 차가운 아메리카노가 한 잔씩 든 캐리어가, 다른 한 손에는 고구마치즈식빵과 솔티캐러멜스콘, 앙버터와 초코크림빵이 든 종이봉투가 들려 있었다. 다시 도착한 경찰서 사무실은 좀 전 같은 급박한 흥분감은 한풀 꺾인 듯했다. 물론 남아 있는 분위기의 여파가 있었다. 짜증 섞인 대화, 근심 어린 몰두, 인정할 수 없는 체념의 감정 같은 것.

형사는 여전히 자신만의 세계에 머물면서 무언가를 노트에 쓰고 있었다. 그녀가 다가가자 형사는 노트를 덮고(이번에도 귀찮아서 못 견디겠다는 투로), 아주 천천히 돋보기안경을 벗어서 책상 위에 올려두고는 부루퉁한 표정으로 그녀를 올려다보았다. 저렇게 느긋한 걸 봐서는 유능한 경찰이라고 말할 수는 없을 거라는 생각이 들었지만, 다른 뾰족한 방법도 없었다. 그녀는 자연스럽고 약간은 뻔뻔하게, 마치 부탁받은 음식을 배달해준다는 태도로 커피가 담긴 캐리어와 빵 봉투를 책상 위에 올려놓았다. 형사는 고개를 돌려 영문을 모르겠다는 표정으로 쳐다보았다. 그녀는 억지로 미소를 지으려고 노력하며 눈짓으로 빵 봉투를 가리켰다. 얼마나 시간이 흘렀을까? 이윽고 형사가 빵 봉투를 살짝 열어보았다. 그러고는 빵들을 꺼내서 책상 위에 올려놓고는 한동안 바라보기만 했다. 기분을 거스른 걸까? 너무 볼품없는 뇌물이어서 역효과가 난 것일까? 잠시 후 다시 빵을 봉투 안에 집어넣은 여자는 자리에서 일어났다.

아, 저렇게 재빨리 움직일 수도 있구나.

몸을 움직인 탓에 여자의 목에 걸린 명찰이 뒤집혔다. 경찰청 소속 진경언. 진 형사는 손을 말아 쥐고는 그녀를 노려보았다.

"나 참 어이가 없네."

진 형사는 한번 더 말했다. 믿을 수 없다는 듯. "정말 어이가 없어."

그러고는 내뱉듯이 말을 툭 던졌다.

"그러니까, 내게서 뭘 원하는 겁니까? 채유형 피디님."

3

그녀의 이름은 채유형이다. 지금의 부모님, 그러니까 양부모님이 지어준 이름. 그녀는 자신이 입양되던 날을 똑똑히 기억했다. 여섯 살, 여름이었다. 장마가 막 끝나고 무더위가 찾아왔던 그때. 사무실에서 함께 나누어 먹었던 복숭아의 향기. '진짜' 부모에 대한 기억 같은 건 없다. 이후 그녀가 살게 된 집에서는 한 번도 입양이라느니, 양부모라느니, 보육원이라느니 하는 단어가 나오지 않았다. 채유형이 입양된 건 여섯 살 때였는데 지금의 부모님은 그녀가 입양된 사실을 기억하지 못할 거라고 여기는 듯했고 이조차 이야기 나눈 적은 없다.

초등학교에 들어갔을 무렵, 그녀는 밤마다 눈을 감고 손을 모은 채 기도했다. 내일 아침 눈을 뜨면 엄마, 아빠의 '진짜' 딸로 변해 있게 해주세요. 어쩜 그리도 어리석고 허무맹랑한 바람을 가질 수 있었을까? 어린 그녀도 그런 소망이 '잃어버린 우산을 찾게 해주세요'라든지, '내일 비가 오지 않게 해주세요'라고 기도하는 것과는 차원이 다르다는 걸 알았다. 그야말로 이치에 닿지도 않는, 운이나 확률의 세계와도 동떨어져 있는 터무니없는 소망이라는 것도 알았다. 그러므로 소원이 이루어지지 않으리라는 것을, 자기 자신은 언제나 전날과 다를 바 없는 존재, 진짜 딸이 아닌 존재로 남아 있으리라는 것도 잘 알았다. 그럼에도 아침에 눈을 뜰 때마다 지독한 실망감을 느꼈다.

조금 더 자란 후에야 마침내 그런 기도를 멈추었다. 언제부터였을까? 그녀가 중학교에 입학하던 해, 평소보다 일찍 귀가한 어느 날이었다. 집은 텅 비어 있었다. 그녀는 냉동실에서 하겐다즈 녹차맛 아이스크림을 하나 꺼내서 서재로 들고 갔다. 그건 특별한 일이었다. 서재로 들어간 게 특별한 일이라는 건 아니라, 서재에 아이스크림을 들고 간 게 특별한 일이었다. 어머니가 알게 되면 왜 식탁에서만 음식을 먹어야 하는지에 대해 구구절절 설명을 들어야 했으리라. 서재 책꽂이에 꽂힌 책, 데스크톱, 쿠션이 깔린 커다란 의자. 창틀에 일렬로 놓인 작은 화분들과 책상 위 작은 메모지와 색색깔의 볼펜들. 먼지 하나 찾아볼 수 없는 깔끔한 공간. 데스크톱이 놓인 책상의 서랍은 언제나 잠겨 있었다. 그녀는 그걸 알고 있었고, 그 안에 들어 있는 걸 딱히 궁금해한 적도 없었다. 그래도 컴퓨터를 부팅시키고 나면 언제나 습관처럼 서랍 손잡이를 잡아당기고는 했다. 탁 하고 무언가 걸리는 느낌, 절대로 열리지 않을 듯한 그 느낌이 좋았기 때문에. 공개되지 않는 무언가가 집 안에 있다는 게 어쩐지 마음을 두근두근하게 만들었기 때문에. 하지만 그날, 그녀가 아이스크림의 녹차맛을 입안 가득히 느끼며 습관적으로 서랍 손잡이를 잡아당겼을 때, 서랍이 열렸다. 무방비하게, 걸리는 것 하나 없이 놀랍도록 부드럽게. 아버지의 실수였다. 열쇠를 구멍에 맞추어 넣고 돌리는 걸 깜빡한, 사소한 실수.

거기에서 그녀는 자신의 보육원 가기 전 모습이 담긴 사진을 발견했다. 여러 장이었는데, 거의 다 그녀 혼자만 찍힌 것들이었다. 기저귀를 차고 방바닥을 기고 있는 모습, 짧은 머리카락 일부를 위로 묶은 모습, 작은 강아지 인형을 손에 들고 신기하다는 듯이 쳐다보고 있는 모습……. 평범하고, 심지어는 행복해 보여서 부모에게 버림받을 운명에 처한 아이라고는 믿을 수 없을 정도라고 그녀는 생각했다. 빠르게 사진을 넘기던 그녀의 눈길이 사진 한 장에 머물렀다. 가족으로 '추정'되는 사람들의 모습이 찍힌 사진. 그녀의 뇌는 이제 그만 보라고 힘껏 명령했지만, 그녀의 손과 눈은 거기서 벗어나지 못했다. 마른 몸에 남루한 셔츠와 카고바지를 입은, (두세 살짜리 아이의 아빠라고 하기에는 약간) 나이 들어 보이는 남자와 뽀

글거리는 파마를 하고 칙칙한 색의 원피스를 입은 여자, 그리고 나란히 손을 잡고 있는 어린아이 두 명. 한 명은 여자아이, 다른 한 명은 남자아이였다. 동갑? 쌍둥이? 아니다, 남자아이가 더 컸다. 세상에, 그들에게는 자식이 하나 더 있었다. 그리고 그들은 남겨질 가족으로 '다른' 아이를 선택했다. 그녀는 생각을 멈출 수가 없었다. 한 명은 선택되고 다른 한 명은 버려졌다는 생각. 그녀는 버려진 것이었다. 한때 가족이었던 이들의 사진은 두어 장이 더 있었다. 모두 평온한 표정으로 웃고 있었다. 그들은 이 작고 연약해 보이는 여자아이를 '선택'해서 버리게 되리라는 사실을 알고 있었을까? 이 사진을 찍고 있을 때 이미 모든 계획이 세워져 있던 걸까? 그러면서도 이렇게 웃을 수 있었을까? 그녀는 자신이 왜 그러는지도 모르는 채, 그중 한 장을 챙기고 다른 사진은 모두 다 서랍 속에 집어넣었다. 정신이 나갈 것 같은 와중에도 데스크톱을 끄고 아이스크림 통과 숟가락을 챙긴 후 뭔가 흘린 게 없는지, 처음 들어왔을 때와 달라진 점은 없는지 확인했다. 자신이 서재에 들어왔다는 걸, 서랍을 만졌다는 걸 부모님이 알아서는 안 된다는 생각이 앞섰다.

자신의 방에 가 침대에 눕자마자 그때부터 비로소 몸이 떨리기 시작했다. 아무것도 달라진 건 없어. 그리고 앞으로 달라질 것도 없어. 그녀는 생각했다. 모든 것이 그대로였다. 그렇지만 갑자기 얻어맞은 사람처럼 정신을 차릴 수가 없었다. 부모님이 돌아왔을 때 그녀는 자는 척했고, 아프다고 말하고는 방에서 나오지 않았다. 그들은 몰랐을까? 그녀가 사진 한 장을 가지고 간 사실을? 그걸 모를 수가 있을까? 완벽한 '지금'의 부모님에게 부끄럽지 않은 '완벽한' 딸이 되어야 한다는 생각은 그때 시작됐을지도 모른다. 그건 어린 시절의 허무맹랑한 기도와는 달랐다. 터무니없는 소망이 아니었다. 하지만 허무맹랑하지도, 터무니없지도 않은 일이라고 해서 이루어지는 건 아니라는 사실을 그녀는 깨닫게 되었다. 운과 확률, 의지의 세계. 한 인간의 삶의 방향이 결정되는 데 필요한 것이 무엇인지 그녀는 궁금했다.

로스쿨에 입학하고 본가를 떠나 서울로 오던 날, 그녀는 부모님 몰래 그 사진을 작은 서류 봉투에 넣어서 백팩에 넣어두었다. 서류 봉투에 그 사진만 있는 건 아니었다. 열일곱 살이던 해 11월에 그녀 앞으로 도착한 우편물. 그리고 두 번의 배송이(열여덟 살과 열아홉 살 때) 더 이어졌다. 역시나 11월이었고, 발신인 자리는 언제나 공백이었다. 그녀의 부모님은 딸의 사적인 영역에 손을 대는 건 잘못된 행동이라고 여겼기 때문에 세 통의 우편물은 안전히 그녀의 손에 전달되었다. 어머니가 궁금해서 못 견디겠다는 투로 "그게 뭐니?"라고 물어본 적이 한 번 있지만, 대답을 강요하지는 않았다. 절대, 절대로.

그녀도 누가 보냈는지 알지 못했다(추측은 할 수 있었지만). 왜 우편물을 세 번만 보냈는지도 알지 못했다. 하지만 그 안에

든 내용물이 무엇을 뜻하는지는 분명히 알았다. 아무 설명도 없었지만, 그녀는 그게 자신의 '진짜' 아버지와 관련이 있다는 걸 본능적으로 알아차렸다.

처음에 배달되어온 봉투에는 흑백 사진만 한 장 들어 있었다. 군복을 입은 남자가 한 손에 든 소총의 총구를 바닥에 늘어뜨린 채 웃고 있었다. 뒤쪽으로는 희미하게 모래벌판이 넓게 펼쳐져 있었고, 야자수 한 그루가 프레임 안에 함께 담겨 있었다. 군복을 입은 남자는 소년처럼 보였다. 너무 앳돼 보여서 남의 군복을 빌려 입고 군인 흉내를 내는 게 아닌가 의심이 들 정도였다. 그녀는 몇 년 전 서재에서 몰래 가지고 나온 사진(그녀는 책가방에 사진을 넣고 다녔는데 특별한 의미가 있어서는 아니었고 가장 안전하다고 여겼기 때문이었다)을 꺼내어 우편물 속 사진과 비교해보았다. 동일인이 맞는 것 같았다. 소년 시절과 아버지가 된 모습. 그녀는 사진을 좀더 들여다보았다. 입고 있는 야전 조끼에는 수류탄이 매달려 있었고, 목에는 기다란 군번줄이 걸려 있었다. 군번줄 말고도 다른 무언가가 주렁주렁 매달려 있는 게 보였다. 그녀는 사진에 눈을 바짝 갖다 댔다. 그렇게 하면 뭐가 더 보이기라도 할 것처럼. 하지만 그게 무엇인지는 알 수 없었다. 알 수 있는 건 사진 속 장소가 해외라는 것, 소년의 머리와 몸이 땀에 푹 절어 있다는 것, 그리고 활짝 웃고 있다는 눈에 보이는 사실뿐이었다.

그다음 해 생일에 도착한 봉투에는 사진 몇 장과 책에서 찢어낸 종이 쪼가리가 있었다.

> 나이가 어려 입대가 어려워지자 ○○○은 궁리 끝에 혈서를 써서 병무청에 보냈고, 이것이 계기가 되어 입대를 통보받는다.

> 그는 전장인 베트남에서 과거에는 생각할 수 없었던 삶의 의미를 발견했다. 그에게는 그야말로 한국이 지옥이었다.[1]

그녀는 그제야 1년 전과 지금 자신에게 도착한 우편물 속 사진의 배경이 어디인지, 그 열기가 어디에서 비롯된 것인지 깨달았다. 베트남. 그녀는 베트남전쟁에 대해 잘 몰랐다. 파월 군인에 대해서도 아는 게 없었다. 진지하게 배운 적도 없었고, 시험 문제에 나오지도 않았다. 그 후로 그녀는 한동안 방문을 걸어 잠그고(물론 부모님은 허락 없이 그녀의 방에 들어오지 않았다) 고등학교 입학 기념으로 받은 랩톱으로 베트남전쟁이나 파월 군인에 대한 자료들을 찾으려고 노력했다. 무엇을 위해? 무엇이 알고 싶어서? 이번에도 그녀의 뇌는 그만 찾으라고 난리를 쳤지만, 손과 눈은 멈추지 못했다. 베트남에 있다는

---

1 윤충로, 《베트남전쟁의 한국 사회사》, 푸른역사, 2015, 36~37쪽 참조 및 변형.

'증오비'에 대한 기사를 읽은 후에도 멈추지 않던 그녀의 손과 눈은, 군인들이 부적처럼 작은 동물의 귀를 목에 걸고 다닌다는 기사를 읽은 후에야 뇌의 명령에 굴복했다. 욕지기가 났다. 뇌가 '거봐, 내가 뭐랬어?'라며 조소하는 것 같았다. 욕지기가 난 건 사진 속 남자의 목에 걸린 것의 정체 때문이 아니었다. 사진 속 그 남자의 환한 웃음 때문이었다. 그녀는 그 후로 다시는 베트남전쟁에 대해 찾아보지 않았다.

세 번째로 도착한 커다란 봉투 안에는 신문 기사 뭉치와 메모 한 장이 동봉되어 있었다. 기사는 모두 1993년의 것이었다. 인터넷 기사 아카이빙에서 출력한 것 같은 6월 13일자 기사에는 이렇게 쓰여 있었다. 화질이 좋지 않았지만 내용과 사진은 충분히 알아볼 수 있었다.

50여 명의 시위자들은…… 20여 년 전 파월 근무 중 제대로 받지 못한 임금을 요구하며…… 중구 소공동의 W빌딩 앞에서 시위를 벌였다…… 흥분한 시위자 일부는 건물로 난입했으며…… 화재가 일어났다…… 사상자는 아이를 포함해 서른 명에 달할 것으로 보인다…….

시위 주동자 중 몇몇 또한 그 자리에서 목숨을 잃었다는 내용도 있었다.

W기업 측은 파월 노동자에 대한 임금 논란은 이미 20여 년 전, 1971년 체불 시위가 일어났을 때 아무런 문제가 없다는 판결을 받았다는 점을 강조했다. 그때에도 이미 화재 사건으로 큰 손해를 감수했는데, 20여 년이나 흐른 지금 그 일을 다시 꼬투리 삼아 부당한 돈을 요구하며 중범죄를 저지른 범죄자에 대해 할 수 있는 모든 법적인 조치를 다 할 것이라고 밝혔다. 특히 노동자들과 아무 관련이 없는데도 시위에 동참한 파월 군인에 대해서는 일벌백계하겠다고 다짐하는 한편, 방화로 사망한 직원 유가족에 대해서는 지원을 아끼지 않을 것이라고도 밝혔다. W기업은 1971년 파월 노동자들의 시위로 인해 사옥에 불이 난 후 1980년대에 지금의 자리에 다시 사옥을 세웠지만 결국 다시 화염에 휩싸이는 운명을 겪게 되었다.

다른 기사에는 '어리석은 죽음'이라는 단어도 있었다. 그렇다면 어떤 죽음이 지혜로운 죽음일까? 베트남에서 죽은 참전 군인들의 죽음은 지혜로운 죽음일까? 어리석은 죽음일까? 왜 그런 식으로 죽음을 나누어야 하는가? 죽음을 구분하는 것이 윤리적으로 마땅한 일인가? 죽음이 이 세상에 교훈을 남기기 위한 일이 될 수 있을까? 그런 죽음이 존재하긴 하는 걸까?

서류 봉투 안에는 기사에서 오린 듯한 사진도 여러 장 있었다. 그중 하나는 야전 조끼를 입은 남자들이 망치와 화염병을 들고 뛰어가는 것이었다. 불에 타고 있는 건물 전체의 모습을 담은 것도 있었다. 흑백이었지만 그녀는 건물 창밖으로 피어오르는 검은 연기와 검붉은 불길, 그리고 그 안에서 우왕좌왕하고 있는 사람들까지도 다 보이는 듯했다. 왜 불을 질렀을까? 건물 안의 사람들을 모조리 죽이려고 그런 걸까?

사진 중 하나에 포스트잇이 붙어 있었다.

넌 어때?

그걸 보는 순간 심장이 내려앉는 것 같았다. 악의. 그녀는 그 세 글자 속에서 시공간의 어떤 장애물이라도 가뿐하게 통과해버리고 말 것 같은 자신만만한 악의를 느꼈다. 하지만 왜? 버림받은 건 나인데. 그녀는 억울함과 두려움을 느꼈다. 그리고 한동안 자신이 감시당하는 건 아닌지 촉각을 곤두세워야 했다. 어디를 가도 자신을 바라보는 시선이 있는 것 같았다. 잠들기 위해 불을 끄고 침대 위에 누우면 어떤 장면이 떠올랐다. 부모님이 TV에 나온 파월 군인 출신 방화범의 뉴스를 보며 경악하는 표정을 짓는 그런 장면. 오, 어떻게 자기들 욕심을 채우려고 저런 끔찍한 일을 할 수 있어? 저 사람도 아이가 있을 텐데, 혹은 저 사람도 한때는 누군가의 예쁜 아이였을 텐데, 라고 말하는 장면. 실제로 겪은 일이 아니었는데, 그런 말을 하는 부모님의 표정과 말투를 생생하게 떠올렸고 나중에는 진짜로 일어난 일처럼 느껴지기까지 했다.

그녀를 더 끔찍한 기분으로 몰아넣는 건 따로 있었다. 마음 속 깊은 곳에서 다음 해 11월에 도착할 우편물을 기다리고 있다는 사실이었다. 하지만 더 이상 우편물은 없었다.

언젠가 그녀는 기사 속 건물을 직접 보러 간 적이 있었다. 엄밀하게 말하면 기사 속 건물은 아니었다. 그 건물은 당연하게도 남아 있지 않았다. 몇 년 동안의 공사 끝에 그 일대에 새로운 건물이 완공되었다는 보도를 보고 일부러 찾아간 것이었다. 건물은 그녀가 상상하던 것보다 훨씬 더 어마어마했다. W시티, 하늘을 찌를 듯한 높은 빌딩 두 채와 8층짜리 건물 하나가 마치 성곽처럼 연결되어 있었다. 8층짜리 건물은 백화점이었고, 두 개의 높은 빌딩 중 하나는 특급 호텔, 다른 하나는 복합문화센터라고 했다(그녀는 그게 뭘 뜻하는지 몰라서 어리둥절했다). 복합문화센터는 건물을 세운 회사의 이름을 그대로 따서 'W'라고 불렸다. 지하에는 각종 베이커리와 카페, 프랑스 디저트 매장, 향수 전문점과 사시사철 캐시미어 용품을 파는 업장들, 그리고 고급 식료품을 파는 마트가 입점해 있었다. 2층에는 미술관과 파인 다이닝이 있었다. W기업은 1990년대부터 그 일대의 땅을 끈질기게 조금씩 사 모았고, 치밀하고 계획적으로 거기에 머물던 사람들을 쫓아냈다. 그런 후 성급하고 무분별한 시위자들에 의해 불타버린 사옥이 있던 자리에 거대하고 압도적인 건물을 세운 것이다. 도시를 아름답게 만드는 집합체. 사람들은 그 건물이 "기업의 가치와 도시의 가치를 모두 살리는 탁월한 선택"이라고 말했다. 이 도시에 길이 남을 랜드마크. 그날 그녀는 카페에 앉아 사람들, 작은 다크초콜릿과 에스프레소를 마시는 사람들을 바라보았다. 그들 중 그 누구도 이곳에서 많은 사람이 다치고 죽었다는 사실을 알지 못하리라.

그녀는 가끔 자신의 '원래' 이름이 궁금했다. 부모님은 알고 있을까? 본래 자신의 이름을? 그녀는 윤종과 함께 면회한 어린 살인자의 이름을 떠올리려고 애썼다. 그 애의 이름이 뭐였더라? 그 이름을 처음 들었을 때, 그녀는 그게 살인 피의자하고는 어울리지 않는 이름이라는 생각을 했었다. 아, 그래. 심효전. 그녀는 고개를 흔들었다. 말도 안 되는 생각이었다. 살인자에게 걸맞은 이름이라는 게 애당초 존재할 리 없었다. 그럼에도 그녀는 가끔 유전자나 피, 염색체에 대해 생각했다. 타고나는 것. 본성이나 천성에 대해서도. 그렇게 비합리적인 생각, 허황되고 터무니없는 생각에 빠져들곤 했다. 운과 확률, 운명에 대해. 그런 생각은 지속하는 것보다 멈추는 게 더 어려웠다.

4

경찰서에서 진 형사를 만나고 돌아오고 이틀 후, 그녀는 태어나서 처음 방문하는 동네에 와 있었다. 진 형사가 정한 약속 장소는 번화가에서 동떨어져 있어 버스에서 내려서도 한참을 걸어야만 했다. 도착하고 보니 약속 장소는 생뚱맞게도 도넛 가게였다. 작은 건물 2층이었고, 건물의 계단을 따라서 사람들이 길게 줄을 섰다. 세상에, 고작 도넛을 먹으려고 줄을 선단 말인가? 어쨌든 약속 시간보다 10여 분 일찍 도착한 그녀는 줄을 선 채로 진 형사를 기다리기로 했다. 하지만 20분이 지나고 매장 안으로 입장한 후에도 진 형사는 나타나지 않았다.

매장은 넓진 않았지만 꽤 고급스러웠다. 커다란 통창으로 늦은 오후의 햇볕이 길게 들어왔다. 이 모습을 사진으로 찍는다면 아름답게 보일 것이다. 그러나 실제로는 무척 시끄럽고 부산스러웠다. 사람들의 말소리와 음악 소리, 식기 부딪히는 소리가 매장의 구석구석을 파고들었다. 대체 이런 가게를 어떻게 알고 찾아오는 걸까? 그녀는 맛있는 음식을 맛보겠다고 일부러 어딘가를 방문해본 적이 없다. 대신 본가에 살 때 어머니가 만든 거창한 요리를 함께 먹는 건 주요 일정 중 하나였다. 떨어져 살게 된 이후로도 그녀가 본가에 방문할 때면 먹기 의식은 반복됐다. 자신을 미식가로 만들겠다고 작정한 것이 아닌가 느껴질 정도로 어머니의 요리에는 과도한 부분이 있었다. 그리고 두말할 필요도 없이 어머니는 그녀를 미식가로 만드는 데 실패했다.

딱히 이유를 설명할 수는 없지만 도넛 주문은 진 형사가 직접 해야 마땅한 것 같았다. 하지만 바깥에 줄 서 있는 사람들을 보니 마냥 앉아 있을 수만도 없었다. 그녀는 카운터 쪽으로 가서 두 줄로 늘어선 여덟 종류의 도넛 중 버터피스타치오라고 적힌 도넛과 크림브륄레, 그리고 아이스 아메리카노 한 잔을 주문했다.

잠시 후 도넛과 커피를 받아서 자리로 돌아온 그녀는 입구 쪽을 하릴없이 바라보며 오전에 최 피디가 했던 말을 떠올렸다.

"다른 두 팀은 순풍에 돛 단 듯 영상을 제작하고 있어요. 물론 이건 다 내가 부족해서 그런 거죠(팀원들은 이 대목에서 적극적으로 그렇지 않다고 대답했다). 내가 리더십이 부족하다는 건 알아요. 뭐 내가 만든 프로그램이 원래부터 그렇게까지 대단한 것도 아니었죠(이 부분에서 팀원들은 아주 격하게 고개를 흔들었다). 우리 방송이 끝난다 한들 누가 아쉬워하겠어요." 여기까지 말하고 최 피디는 팀원들이 고개를 흔들길 기다리기라도 하는 것처럼 말을 멈췄다. "정말로 우리는 아무것도 못 하고 셔터를 내려야 할지도 몰라요."

우울한 회의가 끝난 후 최 피디는 그녀를 불러 세웠다.

"심효전 건은 어떻게 되어가고 있어요?"

"아직은 별다른 진전이 없지만, 오후에 형사님을 만날 예정이에요."

최 피디는 그녀를 보며 살짝 미소 지었다. "심효전 같은 애들은 아무래도 집안 환경이 좋지 않겠죠?"

그녀는 어깨를 으쓱하며 대답했다. "뭐…… 부모님 두 분 다 아이를 방치하다시피 했다고 들었어요."

"채유형 씨 부모님은 어떤 분이에요? 아, 당연히 좋은 분이겠죠. 이렇게 훌륭하게 딸을 키워냈으니 말이에요."

그녀를 비롯한 팀원들은 모두 다 알고 있었다. 최 피디의 호감 표시는 언제나 묘하게 핀트가 어긋나 있다는 사실을. 하지만 그런 상사는 어디에나 있다. 그녀는 억지 미소를 지으며 고개를 끄덕였다. 최 피디는 무언가 어색한 기운을 감지했는지 재빨리 화제를 바꾸었다.

"윤종 변호사는 어때요?"

"아…… 좋은 분이에요."

"학교 후배라고 하던데?"

여전히 그녀는 그 시절 윤종을 기억해내지 못하고 있지만, 어차피 학교 선배나 후배, 동기를 통틀어 그녀가 기억하고 있는 사람은 거의 없는 거나 마찬가지였다. 그녀가 머뭇거리자 최 피디가 덧붙였다.

"아, 그 친구, 좋은 친구예요. 나 같은 머저리하고는 완전히 다르죠."

그녀는 지금 이 순간 '아니에요, 피디님은 머저리가 아니에요'라고 말해야 하는 건지 아니면 가만히 있어야 하는 건지 판단할 수 없었다.

최 피디는 계속 말을 이었다. "난 유형 씨 아이디어가 나쁘다고 생각하지 않아요. 내 굳은 머리에서 나온 것보다 훨씬 더 나아요. 사실 난 완전히 감을 잃었거든."

"아니에요, 그렇지 않아요." 드디어 그녀가 대답했다.

"재미있는 거, 사장 코를 납작하게 만들 뭔가가 숨어 있는 것 같은, 그런 예감이 들거든요. 그렇지만 다른 팀원들을 설득시킬 만한 무언가가 더 필요해요. 내가 채유형 씨를 특별 대우하고 있다고 생각하면 곤란하니까요. 최대한 빨리요. 좀 힘들더라도 전력을 다해주기를 바랍니다."

특별 대우라는 단어가 거슬렸지만 괜찮다고 생각했다. 어쨌든 최 피디는 그녀가 제 역할을 못 한다는 식으로 여기는 건 아닌 셈이었다. 여전히 기회가 남아 있었다. 물론 앞으로 잠을 더 줄이고 일하는 시간을 더 늘려야겠지만. 그녀는 그 말을 떠올렸다. 어엿한 사회의 구성원. 지금이야말로 그렇게 될 수 있는 절호의 기회였다.

그녀는 시계를 한 번 더 확인했다. 약속한 시간에서 25분이 지나고 있었다. 그녀는 한시가 급한데, 진 형사는 모든 게 느긋한 듯 보였다. 그날 그녀가 사다 준 빵 봉지를 앞에 두고 진 형사가 무엇을 원하느냐고 물었을 때, 그녀는 망설이지 않고 심효전 사건 수사 기록을 열람하고 싶다고 대답했다.

"알았어요. 내가 연락을 하죠." 진 형사는 흔쾌히 대답했는데, 그게 이틀이나 걸릴 줄은 몰랐다. 이런 생뚱맞은 곳을 약속 장소로 잡으리라는 것도.

진 형사는 결국 30분이나 지난 후에 백팩을 메고 줄에 매달린 돋보기안경을 목에 건 채 나타났다. 줄을 서 있는 사람들 사이를 비집고 들어온 진 형사는 눈으로 그녀를 확인하고는 도넛이 있는 진열장 쪽으로 갔고, 잠시 후 피넛버터도넛과 따뜻한 아메리카노가 담긴 트레이를 들고서, 부루퉁한 표정과 느긋한 태도로 그녀에게 다가왔다.

진 형사는 그녀 앞에 놓인, 손도 안 댄 도넛을 보며 물었다. "그 도넛은 피디님이 고른 거예요? 아니면 직원이 추천해준 거예요?"

그녀는 자신이 고른 거라고 대답했다.

"이 가게에서 내가 제일 좋아하는 도넛 두 개가 바로 여기 있는 것들이라우. 피디님이 그걸 샀길래, 나는 요거 하나만 샀어요. 안 먹을 거죠?"

그녀는 고개를 끄덕였다. 보기만 해도 너무 달아서 입안이 저릿한 느낌이었다. 진 형사는 반으로 자른 버터피스타치오를 포크로 집어서 크게 베어 물었다. 그러고는 어떤 고유한 리

듬에 따른다는 몸짓으로 뜨거운 커피를 후루룩 마셨다. 도저히 절제할 수 없다는 듯, 한 번 더 도넛을 베어 물고 뜨거운 커피를 마신 진 형사는 탄식하듯 말했다.

"세상에, 이렇게 맛있는 걸 안 먹는다고?"

그녀는 차가운 아메리카노를 연거푸 들이켜다가 진 형사에게 물었다. "수사 기록은요?"

어느새 도넛 하나를 다 먹어 치운 진 형사는 이번에는 피넛버터도넛을 바라보면서 입을 열었다. "틀렸어요."

"뭐가요?"

"그날 당신이 사 온 빵들 말이에요."

그녀는 영문을 모르겠다는 표정으로 진 형사를 바라보았다. "뭐가 틀려요?"

"고구마치즈식빵이 아니라 밤식빵을 좋아한다우. 그렇지만 사실 식빵보다는 캉파뉴나 바게트를 더 좋아하지. 브뢰첸이나 라우겐도 좋아하고. 솔티캐러멜스콘이 아니라 버터스콘, 앙버터가 아니라 버터라우겐, 초코크림빵이 아니라 우유생크림빵을 더 선호해요. 크림이 많이 들었거나 팥이 든 빵은 별로 좋아하지 않는다우. 아, 그리고 크루아상! 크루아상은 좋아하지만 퀸아망은 별로 좋아하지 않고."

어이가 없어진 그녀는 멍하니 진 형사를 바라볼 수밖에 없었다. 지금 이런 말을 할 때인가? 게다가 진 형사가 열거하는 빵이 다 뭔지 그녀는 잘 알지도 못했다. 갑자기 진 형사가 중요한 사실이 떠올랐다는 듯이 급하게 덧붙였다. "아, 하지만 찹쌀도넛에는 팥이 들어간 게 좋아요. 그렇지, 그렇고말고."

만족스럽다는 듯 물티슈로 천천히 손을 닦은 진 형사는 손목시계를 확인하고 가방에서 심효전의 수사 기록 복사본을 꺼내서 건네주었다. 주기 전에 안 되는 일인 걸 알고 있으라는 듯 눈을 질끈 감아 보였다. 진 형사가 땅콩 분태가 빼곡히 뿌려진 피넛버터도넛과 커피를 먹는 동안 그녀는 수사 기록을 읽어나갔다. 두 피해자의 이름은 각각 김이정(19세)과 허민수(21세). 수사 기록에 적힌 내용은 윤종이 말한 것과 대동소이했다. CCTV 영상은 금방 확보됐고, 용의자가 범행을 시인한 자백서 때문에 모든 것은 아주 명쾌해 보였다. 지인들과의 면담 수사 내용도 있었는데 그 양이 꽤 많았다. 대부분은 심효전과 죽은 여자아이가 다녔던 학교 친구들의 진술이었다. 심효전을 기른 할머니가 죽은 후 아버지가 법정 대리인으로 되어 있긴 했지만, 윤종의 말마따나 특별한 교류는 없는 것 같았다.

채유형이 기록을 읽다가 진 형사에게 물었다. "김이정이라는 아이의 할아버지가 국회의원이었어요?"

"맞아요."

"근데 용케 안 알려졌네요."

"할아버지가 3선 국회의원이더군요. 그런 사실은 철저하게 비밀에 부쳐졌어요."

"왜요?"

진 형사는 포크를 내려놓고 자신의 배에 두 손을 얹은 채 심드렁한 표정으로 대답했다. "추문이 되니까."

진 형사의 표정 때문에 그녀는 자신이 잘못된 질문을 던진 게 아닌가 하는 생각이 들어서 얼른 주제를 바꾸었다.

"범행 도구는 찾지 못했고요?"

진 형사가 고개를 끄덕이며 답했다. "일대를 다 뒤졌지만 범행 도구는 찾지 못했어요. 그 애는 칼을 돌에 매달아서 한강에 버렸다고만 했죠. 그 애가 범행을 자백했고 범행 동기도 분명했기 때문에 아마 경찰들이 그렇게까지 신경 쓰지 않은 모양이에요."

그녀는 진 형사가 심효전 사건에 관여하지 않았다는 걸 알 수 있었다. 이 여자는 대체 언제부터 모든 사건에서 배제된 채로 그만둘 날만 헤아리면서 머무르고 있는 것일까? 종이 쪼가리에 의미 없는 낙서들을 하면서. 그녀는 그날 빵 봉투를 들고 진 형사에게 다가갔을 때, 그리고 진 형사와 이야기를 나누고 돌아갈 때, 자신을 바라보던 다른 형사들의 눈빛을 기억했다. 묘한 눈빛. 동정심이었을까? 당신은 사람을 완전히 잘못 선택했어. 그 여자는 정말로 무능력해.

그녀 앞에 앉은 진 형사는 어느새 세 번째 도넛을 먹는 중이었다. 크림브륄레에서 삐져나온 크림을 말끔하게 핥아먹으면서 감탄한 듯한 표정을 짓고 있는 진 형사를 보며 그녀는 생각했다. 그 형사들의 생각이 맞을지도 몰라. 하지만 상관없다.

애초에 이 여자에게 그다지 많은 걸 기대하지도 않았다. 일단 사건 기록이 있으니까, 꼼꼼히 읽어보면 뭔가를 찾을 수 있을지도 몰랐다. 내가 원하는 건 사건의 해결이 아니니까. 그저 이야깃거리가 될 만한 것, 사람들을 자극할 수 있는 걸 찾아내는 것뿐이니까. 지금은 지푸라기라도 잡는 게 중요했다. 다시 한번 시간을 확인한 진 형사가 마지막 도넛을 욱여넣고, 역시 마지막으로 남은 커피를 후루룩 마신 뒤 자리에서 일어났다.

"이제 가봅시다."

"어디를요?"

진 형사가 어이가 없다는 듯이, 그리고 어딘가 못마땅하다는 듯이 대답했다. "심효전에 대해 알고 싶었던 것 아니에요?"

며칠 전과는 공기의 느낌이 완전히 달라져 있었다. 쨍한 하늘에 하얀 구름이 천천히 흘러가고 있었고, 온기를 품은 청량한 바람이 불었다. 여름의 초입에 당도한 느낌이었다. 아직 5월에 불과할 뿐인데. 그녀는 그날도 브래지어를 착용하지 않았고 윗옷을 조금 두껍게 입었기 때문에 금세 이마에 땀이 맺혔다. 진 형사는 손목시계로 시간을 확인하면서 느긋하게 걸었다. 진 형사의 걸음이 답답했지만 목적지를 알지 못했으므로 앞서갈 수도 없었다. 도대체 어디를 가는 걸까? 침묵 속에서 30여 분을 더 걸은 후에야 그들은 목적지에 도착할 수 있었다.

여자 고등학교 앞이었다. 여기에 왜 온 거지? 분명한 건 심
효전과 김이정이 다녔던 학교는 아니었다. 그들은 남녀공학
에 다녔으므로. 진 형사는 목에 걸린 돋보기안경을 쓰고는 그
녀에게 7분만 기다리자고 말했다. 그리고 얼마간의 시간(아마
도 7분쯤?)이 지나자 교복을 입은 여자애들이 교문 밖으로 나
오기 시작했다. 삼삼오오 짝을 지어 나오는 아이들 사이를 눈
이 빠지도록 바라보던 진 형사가 재빨리 (저 여자도 저렇게 빨
리 걸을 수 있구나, 라고 그녀가 생각하는 사이) 누군가에게 다
가갔다. 백팩의 끈을 손으로 잡고 에어팟을 꽂은 채 땅을 보며
혼자 터덜터덜 걷고 있는 여자애였다. 요즘도 복장 규율이 엄
격한 걸까? 여자애는 하얀색 면양말을 발목까지 올려 신었고,
교복 블라우스는 끝까지 단추를 채웠다. 교복 치마를 몸에 딱
맞게 입거나 길이를 짧게 하지도 않았다. 비교적 긴 머리카락
은 단정하게 뒤로 묶고 명찰도 그대로 달고 있었다. 다만 오른
쪽 귓바퀴에는 한때 피어싱을 했던 흔적이 다섯 개 남아 있었
다. 그녀는 그 애의 명찰을 확인했다. 이미윤. 심효전 사건 수
사 기록에서는 발견하지 못한 이름이었다.

"잠깐 이야기 좀 나누고 싶은데?"

그 애에게 말을 거는 진 형사는 좀 달라 보였다. 특유의 부
루퉁함은 사라졌고 표정은 부드러워졌지만, 말투는 오히려
고압적이었다.

"뭐라고요?"

그 애는 귀찮다는 듯이 왼쪽 귀에 꽂은 에어팟을 손가락 끝으로 두 번 쳤다.

"잠깐 얘기 좀 하자고."

뭐가 생각처럼 되지 않았는지, 그 애는 에어팟 하나를 귓구멍에서 뺐다.

"아, 왜요."

진 형사는 방금 전과 똑같은 말투를 유지하며 말했다. "김이정 알지?"

그 애의 표정이 한순간 구겨졌지만, 금방 아무렇지도 않은 얼굴로 돌아왔다. 그 이름이 특별히 어떤 기분을 불러일으키는 것처럼 느껴지지 않을 정도로 재빠르게.

"누구세요?"

"경찰."

"전 할 이야기 없는데요."

그 애가 귀에 에어팟을 꽂고 등을 돌리려는 찰나, 진 형사가 말했다.

"오토바이 타지?"

그 말에 그 애가 도전적으로 진 형사를 바라보았다.

"오토바이 타는 게 죄예요? 용돈 모아서 산 건데."

"죄도 아닌데 부모님에게는 왜 말 안 했어?"

이미윤이 잠자코 있자 진 형사가 한마디 더 했다.

"그리고 왜 죄가 아니니? 면허도 없을 텐데. 오토바이 살 때

허가는 어떻게 받았어? 부모님이 동행해준 건 아닌 거 같고."

그녀는 진 형사가 아이를 상대하는 방식이 마음에 들지 않았다. 치졸했다. 하지만 치졸한 행위가 거의 그렇듯이 진 형사의 말은 효과가 있었다. 이미윤은 에어팟을 빼내서 케이스에 집어넣고 그 자리에 우뚝 서서 팔짱을 꼈다. 그러고는 진 형사와 그녀를 번갈아 노려보았다. 그녀는 자신은 아무것도 모른다는 의도로 어깨를 으쓱했지만, 역효과였다.

여자애는 구역질하는 시늉을 하고는 진 형사를 똑바로 바라보며 말했다. "나, 그 언니 잘 알지도 못해요. 그냥 우리 중학교 2년 선배였어요. 제가 어릴 때 친하게 지낸 건 사실이지만, 그 언니가 고등학교에 들어간 후로는 만난 적 없어요."

"왜? 왜 안 만났어?"

"그냥 학교가 달라져서요. 게다가 어릴 적 놀았던 애들이랑 계속 어울릴 순 없잖아요."

자신이 불공평한 대우를 받고 있다는 듯 반항적인 말투였다. 진 형사가 손바닥으로 이마를 짚었다.

"너, 나한테 거짓말하고 있구나."

"아닌데요."

"너, 작년에 김이정이 죽기 몇 달 전에 같이 오토바이를 타다가 사고 낸 적이 있잖아."

순간적으로 정적이 흘렀다. 오토바이 사고? 갑자기 그 애가 고개를 푹 숙였다. 정말로 무언가를 숨기고 있는 건가? 하지만 그걸 숨긴 것과 심효전이 무슨 관계가 있길래?

잠시 후 다시 고개를 들었을 때 이미윤은 아무렇지도 않은 표정으로, 그리고 이 모든 상황이 가소롭다는 듯한 목소리로 대답했다. "아니요. 그런 적 없는데요."

진 형사는 낭패라는 듯한 표정을 지었다. 그녀는 그제야 진 형사가 그냥 떠본 것에 불과할지도 모른다는 생각을 했다. 저 영리해 보이는 아이는 진 형사의 덫에 빠지지 않은 것이다.

"더 물어볼 거 있어요?"

진 형사가 고개를 저었다.

"만약에 엄마, 아빠한테 오토바이 이야기하거나 다시 나 찾아오면, 나 죽어버릴 거예요. 진짜 죽어버릴 거라고요. 유서에는 아줌마 이름을 쓸 거고요."

"넌 내 이름도 모르잖니?"

이미윤은 작은 목소리로 욕설을 내뱉고는 뒤를 돌아 걷기 시작했다. 그 뒷모습을 바라보던 진 형사가 이윽고 입을 열었다.

"하, 쟤가 이런 식으로 거짓말하면 안 되는데."

5

집으로 돌아와서야 그녀는 냉장고가 텅 비어 있다는 사실을 떠올렸다. 진 형사와 만나서 마신 아이스 아메리카노를 제외하면 종일 먹은 게 없었다. 그녀는 싱크대 수전에 입을 가까이 대고 물을 벌컥벌컥 마신 후, 식탁 위의 (언제 잘라둔 건지 도통 기억도 나지 않는) 사과 반쪽을 집어 들었다. 머리 끈을 풀고 침대 위에 드러누웠다. 해가 길어진 모양이었다. 블라인드 살대 사이로 햇살이 들어와 어스름한 방 침대 위에 빛의 꼬리를 층층으로 남기고 있었다.

그녀는 누운 채로 푸석한 사과를 한입 가득 물고 씹으며 오후에 있었던 일들을 복기해보았다. 이상했다. 이미윤은 부모에게 오토바이 이야기를 하면 죽어버릴 거라고 했지만 미동도 하지 않던 진 형사의 표정을 봤을 때, 그녀는 자신이 상처받은 것 같다고 느꼈다. 그 애가 시야에서 완전히 사라졌을 때, 진 형사는 돋보기안경을 벗으며 그녀를 바라보았다. 그녀가 뭐라도 말하기를 기다린다는 투로. 하지만 그녀는 왜 진 형사가 그 학교 앞에 가서 이미윤을 만났는지, 그리고 왜 그 애에게 질문을 던졌는지 전혀 감을 잡지 못했으므로 할 말도 없었다. 진 형사는 그 애가 거짓말을 한다고 어떻게 확신하는 걸까? 뚜렷한 증거가 있었다. 거리낌 없이 학교 안으로 들어가서 운동장 스탠드에 걸터앉은 진 형사는 가방에서 파일 한 장을 꺼내서 그녀에게 건네주었다. 거기에는 김이정과 좀 전에 만났던 그 애, 이미윤이 경찰서에서 취조받은 진술서가 남아 있었다. 김이정이 죽기 6개월 전의 일이었다. 진 형사는 다시 돋보기안경을 썼다. 그러고는 고개를 숙이고 눈은 약간 치켜

뜬 채로 지그시 그녀를 바라보았다. 마치 돋보기안경을 쓴 할머니처럼. 표정에는 이미윤을 대할 때의 부드러움이 여전히 남아 있었다.

"이게 심효전 건과 관련이 있나요?"

"그건 모르죠."

"모른다고요?"

"반년 전 새벽에 김이정이 자기 오토바이에 이미윤을 태우고 돌아다니다가 술집 입간판을 들이받은 적이 있어요. 다행히 사람이 다치거나 대단한 피해가 있었던 건 아니지만 술집 주인이 굉장히 화가 났어요. 하필 그 사람은 오토바이 혐오자였거든."

"오토바이 혐오자요?"

"내가 만든 말이에요. 그런 사람 있잖아요. 오토바이가 인도에서 주행한다거나, 횡단보도를 건너간다거나, 신호를 무시한다거나, 그런 걸 볼 때면 크게 화나고 사진을 찍어서 민원을 넣는 사람들. 머리에 피도 안 마른 녀석들이 오토바이를 탄다는 게 그 사람을 완전히 분노하게 만든 거예요. 애초에 경찰서까지 올 일도 아니었거든. 김이정은 원동기 면허도 가지고 있었고. 안 봐도 뻔한 일 아니겠어요? 애들이 그 술집 사장에게 얼마나 반항적으로 굴었을지 말이에요. 술집 사장은 이 어린 녀석들에게 본때를 보여주자는 심정이 되었을 거고. 그런데 그날 담당 경찰은 이 아이들 부모에게 바로 연락하지 않았어요. 특별한 이유가 있어서 그런 게 아니라 그저 귀찮아서 그랬을 거예요. 그런데 이상하지 않아요?"

"뭐가요?"

"보통 이런 경우에 아이들은 빨리 부모에게 연락이 닿기를 바라죠. 부모에게 혼나더라도 경찰서에 갇히는 것보다는 낫다고 생각하거든. 게다가 아까 말했듯이 김이정의 할아버지는 서울에서 3선 국회의원을 지냈어요. 그런 집안이라면 그정도 범죄를 저지른 아이를 빼내오는 건 일도 아니죠. 그걸 그아이들이 몰랐을 리도 없고요. 하지만 김이정은 할아버지나부모에 대해 입도 뻥긋 안 했어요."

"그럼 누가 이 애들을 경찰서에서 꺼냈어요?"

"허민수요."

"허민수요?"

"네, 허민수는 당시 미성년자가 아니었으니까요. 허민수가올 때까지 그 애들은 약 세 시간을 유치장에 있었어요."

"그렇다면 이미윤이라는 이름은 왜 심효전 사건 조사 파일에 없었던 걸까요? 피해자 둘과 잘 아는 사이라면 심문을 했을 것 같은데……."

"이렇게 가정해볼 수 있지 않겠어요? 허민수가 애들을 데리러 왔을 때 경찰에게 약간의 현금을 건넸다면? 대단히 큰 액수는 아니고 술 한번 마실 정도의 금액, 뇌물이라고 부르기도민망한 푼돈…… 새벽이고, 아이들 부모가 올 때까지 기다리고 처리하고 이런저런 설명을 해야 하는 것보다는 그냥 간단히 끝내는 게 낫다고 생각했을 수 있죠. 그땐 별일도 아니었을 거예요. 그런데 몇 달 뒤에 그 둘이 죽었다고 했을 때, 그 약간의 현금을 받은 경찰이 어떻게 했을 것 같아요?”

그녀는 잘 모르겠다는 듯이 고개를 흔들었다.

“아니, 당신이라면 어떻게 했을 것 같은지 상상력을 발휘해 봐요.”

그녀가 여전히 생각에 빠져 있는 동안 진 형사가 도저히 못 기다리겠다는 듯 먼저 입을 열었다.

“살인 사건과 교통사고의 연결을 차단하고 싶지 않겠어요? 어쨌든 자신은 돈을 받았고, 아이들의 부모도 부르지 않았으니까. 그런 사실이 알려지면 징계를 받을 수도 있잖아요.”

“경찰 내부에서 어떤 수를 썼다는 말인가요?”

“그건 모르죠.”

그녀는 진 형사를 바라보았다.

“이건 그냥 가정일 뿐이에요. 애초에 그 두 사건을 연결할 생각을 하지 않았을지도 모르지. 왜냐하면 심효전, 그 아이는 잡혀오자마자 자신의 범죄를 자백해버렸으니까. 여기서부터 저기까지 굳이 연결시킬 필요성을 아무도 느끼지 않았을 수 있죠. 거기까지 조사할 필요성조차.”

진 형사는 손가락을 들어 허공에 점 두 개를 찍은 후 그것들을 잇는 듯한 제스처를 취했다.

"그런데 이미윤이 부모님 몰래 오토바이를 가지고 있다는 건 어떻게 아셨어요?"

진 형사는 어깨를 으쓱하더니 말을 이었다. "이래 봬도 형사 일을 20년도 넘게 했어요. 물론 당신 눈에는 내가 꿔다 놓은 보릿자루처럼 보였겠지만. 형사의 감이라는 게 있는 법이죠."

그녀는 정곡을 찔린 것 같은 마음에 얼른 사과했다. "그런 의미는 아니었어요. 기분 상하셨다면 죄송해요."

진 형사는 아무런 대꾸도 하지 않다가 이윽고 입을 열었다. "아이고 맙소사, 유머 감각이라고는 하나도 없구먼."

그녀는 민망함을 감추고 싶어서 어깨를 으쓱했다. "이미윤 이라는 애가 심효전도 알고 있었을까요?"

"그건 모르죠."

그녀는 진 형사의 얼굴에 어느새 그 특유의 부루퉁함이 완전히 되돌아와 있다는 것을 깨달았다.

"여기에 오기 전까지는 긴가민가했는데 지금은…… 알고 있을 가능성이 크다는 생각이 들긴 하네요."

"왜요?"

진 형사는 감이 없어도 그렇게 없을 수 있느냐는 듯한 표정을 지었다.

"거짓말을 했잖아요. 그것도 아주 필사적으로." 그러고는 돋보기안경을 벗은 후 덧붙였다. "보지 못한 거예요? 그 애 얼굴에 떠오른 두려움을."

그녀가 잠에서 깼을 때 블라인드 살대 사이로 비추던 햇살은 사라지고 대기는 어둠에 점령당한 후였다. 상체를 움직이자 한입 베어 물었던 반쪽짜리, 이제는 반의 반쪽이 되어버린 사과가 가슴에서 굴러떨어졌다. (자는 동안 한 번도 움직이지 않은 것이다. 똑바로 자기. 그건 그녀의 잠버릇이자 재능이었다.) 그녀는 먼지가 묻은 사과를 협탁에 올려둔 후 휴대전화를 찾았다. 시간은 22시 20분이었고, 부재중 전화가 와 있었다. 한 통은 어머니에게서, 다른 한 통은 최 피디에게서, 그리고 또 다른 한 통은 윤종에게서였다. 최 피디는 형사를 만난 결과가 궁금해서 전화를 걸었을 것이고, 어머니는 주말에 내려올 수 있는지 확인하고 싶어서 전화를 걸었을 것이다. 그렇다면 윤종은 왜? 낮에 진 형사가 먹던 도넛이 떠올랐다. 손가락 끝으로 꾹꾹 눌러 입으로 가져가던 도넛 부스러기들. 그게 그렇게 맛있었을까? 헤어지기 전에 진 형사는 취재를 돕길 원하느냐고 물었다. 여전히 그 부루퉁한 표정과 느긋한 말투로. 하지만 왜 자신을 돕겠다고 나서는 걸까? 모든 것이 귀찮다는 듯 사무실 구석에서 무의미한 낙서만 하고 있던 사람이 왜? 대가 없는 도움은 그녀가 믿지 않는 것 중 하나였다. 그녀는 자신이 믿지 않는 것은 손쉽게 거부했다. 진 형사는 그런 그녀의 마음을 알아차리기라도 했다는 듯 이렇게 말했었다.

"당신이 그날 커피를 두 잔 사 왔잖아요. 뜨거운 커피와 차가운 커피. 빵을 선택하는 솜씨는 완전히 틀려먹었지만, 두 가지 커피를 준비해줬기 때문에 내 마음이 동한 거예요. 하지만 난 뜨거운 커피만 마신다는 걸 알아두면 좋겠네요."

빵을 선택하는 솜씨가 틀려먹었다니, 빵 맛이 다 거기서 거기 아닌가? 진 형사가 좋아한다고 말했던 빵 중에는 라우겐이라는 게 있었다. 그건 대체 어떻게 생긴 걸까? 그제야 그녀는 배가 고프다는 걸 깨달았다. 배가 고프다는 느낌이 너무 오랜만이어서 당황스럽기까지 했다. 그녀는 산책도 할 겸 걸어서 5분가량 떨어져 있는 편의점에 가보기로 했다. 잠들기 전에 풀어놓은 머리 끈을 찾을 수 없어 어쩔 수 없이 머리를 풀어 헤친 채 티셔츠에 달린 후드를 뒤집어쓰고 반바지 차림으로 나왔다. 편의점에 도착해서 양념된 닭고기가 들어간 도시락과 생수를 계산하던 그녀는 문득 윤종이 전화를 건 이유가 심효전 건에 대해 할 말이 있어서일지도 모른다는 생각을 했다.

윤종은 전화를 받지 않았다.

집으로 도시락을 가져가 먹을 계획이었는데, 그냥 편의점 간이 테이블에 앉아서 먹어도 괜찮을 것 같았다. 도시락은 차가웠지만 전자레인지를 사용할 생각은 못 했다. 그냥 거기에 정자세로 앉아 냄새가 나는 차가운 고기를 질겅질겅 씹다가, 역시나 차가운 밥 한 젓가락을 입안 가득 넣었을 때 전화벨이 울렸다. 윤종이었다. 전화기 너머 그는 대뜸 별일이 없느냐고 물었다.

그녀는 한번에 밥을 꿀떡 삼키고는 대답했다. "별일요? 그건 내가 묻고 싶은 말이에요. 심효전에게 뭐 새로운 일이라도 생겼어요?"

"아니에요. 그냥 똑같아요. 똑같이 아무 말도 안 하고 있어요. 곧 재판이 시작될 것 같아요."

왜 전화를 걸었느냐고 물으려고 하는 찰나에 윤종이 먼저 질문했다. "뭐, 먹어요?"

너무 아무렇지도 않은, 자신이 응당 알아야 하는 것을 묻는다는 듯한 태도 때문에 얼떨결에 그녀도 자연스럽게 대답하고 말았다. "밥 먹어요."

"밥? 지금 이 시간에? 뭐 먹는데요?"

이런 것까지 대답을 해줘야 하는 건가? 그런 생각을 하며 그녀가 대답했다. "편의점 도시락요."

"맛있어요?"

"음…… 모르겠어요."

"담당 형사는 만났어요?"

이번에도 그녀는 뭐라고 대답을 해야 하는지 헷갈렸는데, 타당한 반응이었다. 진 형사는 심효전 사건의 담당 형사가 아니었으니까. 문득 윤종이 이미윤의 존재를 모르리라는 생각이 퍼뜩 지나갔다. 만약 이미윤에 대한 이야기를 윤종에게 한다면 심효전에게는 더 유리하게 작용하는 걸까? 불리하게 작용하는 걸까?

"뭐, 대충. 그런데 특별한 이야기는 없었어요. 내일 최 피디에게 뭐라고 해야 할지 모르겠어요."

"그렇군요."

이유는 알 수 없지만 윤종의 말투가 쓸쓸하게 느껴진다고, 그녀는 생각했다. 이 사람은 내게서 뭘 원하는 걸까?

"채유형 씨."

그녀는 그가 자신을 그런 식으로 호명하는 게 어색했다.

"왜요?"

"나는 당신이 걱정돼요."

"왜요?" 그녀가 차가운 닭고기를 헤집으며 물었다.

"저기 있잖아요. 나중에…… 아주 나중에……."

거기까지 말하고 윤종은 한참 뜸을 들였다. 그녀는 잠자코 그가 할 말을 기다렸다.

잠시 후, 윤종은 약간 꾸민 말투로 이야기했다. "나중에도 혼자 밥 먹을 일 있으면 나를 불러요."

이번에도 뭐라고 대답해야 할지 알 수 없어서 그녀는 그냥 얼버무렸다.

통화를 끝내고 도시락을 다 먹은 그녀는 식품 진열대를 서성이다가 차가운 커피와 플라스틱 용기에 든 '크림치즈롤케익'을 구입했다. 계산하는데, 그럴 이유가 전혀 없었는데도 조금 창피했다. 간이 테이블로 돌아와 롤케이크를 먹기 시작했지만 반도 다 먹지 못했다. 어리석은 선택이었어. 그녀는 남은 케이크는 버리고, 차가운 커피는 벌컥벌컥 한 번에 다 마신 후 집으로 돌아갈 생각이었다. 일교차가 심한 탓에 밤 온도는 뚝 떨어졌고, 어둠은 더 진해진 것 같았다. 후드티를 입은 상체는 포근했지만 반바지 아래로 드러난 종아리와 슬리퍼를 신은 발가락에 닿는 공기는 차가웠다. 도로를 달리는 자동차도 거의 없었고, 오피스텔들의 불빛도 거의 꺼져 있었다. 진짜 밤이 찾아온 것이다.

터벅터벅 걷다가, 그녀는 윤종에게 이미윤에 대한 이야기를 하지 않았다는 사실을 깨닫고 새삼스레 놀랐다. 나는 왜 그 일이 심효전에게 유리한지 불리한지를 따졌던 걸까? 사람을 둘이나 죽인 살인자인데, 왜 그 애의 이득을 따지고 있단 말인가? 하, 그녀는 길거리에 우뚝 섰다. 자연스럽게 자신의 방 옷장 안, 백팩 속의 서류 봉투에 담긴 사진과 기사들이 떠오른 것이다. 내가 그런 사람의 딸이라서, 그런 사람의 피를 이어받아서, 살인자의 편을 들고 싶어 하는 걸까? 뭐가 너를 그렇게까지 화나게 하는 거니? 우리가 너를 잘못 키운 거니? 어머니의 말. 그녀는 고개를 절레절레 흔들었다. 이런 생각은 좋지 않아. 그녀는 자신이 계속해서 생각 속으로 빠져들까 봐, 이번에는 정말로 자신을 통제할 수 없을까 봐, 두려움을 느꼈다. 하지만 그런 감상은 순식간에 날아가버렸다. 도로의 끝에서부터 장난스러운 비명을 실은 오토바이 다섯 대가 그녀가 서 있는 보도 옆을 지나갔기 때문에. 그들이 탄 오토바이는 편의점 앞에서 멈추었다. 몇 명은 헬멧을 쓴 채 오토바이에 머물렀고, 몇 명은 편의점 안으로 들어갔다. 그 애들을 가까이서 본

건 처음이었기 때문에 그녀는 멍하니 서서 대놓고 바라보았다. 잠시 후 양손에 비닐봉지를 잔뜩 든 애들이 나오자 오토바이를 타고 있던 애들도 오토바이에서 내린 후 헬멧을 벗었다. 여자애들도 있고 남자애들도 있었다. 그녀는 밤이 되면 저 애들이 편의점 앞에 오토바이를 세워두고 탄천 쪽으로 사라진다는 것을 알고 있었다. 그애들이 사라진 후 그녀는 오토바이 쪽으로 다가갔다. 오토바이는 거의 다 비슷하게 생긴 것 같았는데, 개중에는 번호판이 없는 것도 있었고, 사이드박스에 상스러운 말이 적혀 있기도 했다.

그녀는 망설였다. 이미윤이 오토바이 사고를 냈다는 사실이 떠올랐기 때문이었다. 혹시 저 애들이 이미윤을 알고 있을까? 그럴 가능성은 거의 없었다. 서울은 넓고 밤마다 오토바이를 타는 애들은 많고 많을 테니까. 그래도…… 그녀는 오토바이 무리들이 걸어간 길 쪽을 바라보다가 결국 그쪽으로 걸어가기 시작했다.

6

오토바이 무리들이 걸어간 쪽으로 향해 가자 기다랗게 쳐진 철조망이 나타났다. 출입 금지라는 표식. 불빛들은 너무 멀리 있었다. 한참 동안 어둠 속에서 철조망을 더듬거리다가 마침

내 엉성하게 뚫린 작은 구멍 같은 걸 발견한 그녀는 철사에 찔리지 않으려고 최대한 몸을 작게 만들어서 구멍을 통과했다. 안쪽은 온통 수풀이었다. 경사가 진 내리막길이 이어졌는데, 우거진 풀 사이로 아주 좁게, 어설프나마 사람이 지나다닌 흔적이 남아 있었다. 미끄러지지 않으려고 그녀는 엄지발가락에 힘을 잔뜩 줘야 했다.

얼마나 걸었을까? 내리막길이 끝나자 수풀 사이로 넓고 번듯한 길이 나왔다. 그녀는 잠시 멈춰 서서 슬리퍼를 고쳐 신었다. 그 길을 따라 한참 들어가자 아이들이 떠드는 소리가 멀리서 들려오기 시작했다. 상스러운 욕설과 거친 말투. 의미를 알 수 없는 단어들. 슬리퍼가 땅에 끌리는 소리가 들릴까 봐 그녀는 조심해서 걸었다. 하천이 좁아지는 지점, 수풀 사이로 작은 터널 같은 게 있었다. 터널 바깥으로 미약하게 뿜어져 나오는 불빛. 그녀는 입구 쪽으로 가 자신이 보이지 않을 만한 곳에 붙어 선 채, 안을 들여다보았다. 불이 켜진 휴대용 랜턴 몇 개가 바닥에 아무렇게나 놓여 있고 거기에서 나온 빛이 터널 벽면에 몇 개의 동그란 흔적을 남겼다.

에어팟을 끼고 있던 누군가 발로 랜턴을 건드리자, 안쪽에서 크롭티와 반바지를 입은, 비쩍 마른 여자애가 짜증을 냈다.

"아, 제발 좀!"

남자애 한 명이 대체 어디에서 난 건지 알 수 없는 의자에 정자세로 앉아 있고, 방금 짜증을 낸 여자애가 그 옆에서 허리를 굽힌 채 남자애의 한쪽 눈썹 부분을 유심히 만지고 있었다. 열 명쯤 되는 아이들이 더 있었다. 담배를 피우고 캔맥주를 마시면서 낄낄거리거나, 빠르게 손가락을 움직이며 게임을 하거나, 귀에 에어팟을 꽂은 채 휴대전화 영상에 완전히 정신이 팔린 아이들. 혹은 멍하니 벽에 기대 정신이 나간 것처럼 어딘가를 응시하는 아이도 있었다. 가끔 욕설이 오고 갔는데, 악의를 담았다기보다는 서로에 대한 애칭 같았다. 그렇겠지, 욕설이 친밀감의 표시가 되는 세계도 있는 거니까. 열서너 살 정도로 보이는, 너무 어린 애들도 있었다. 이상했다. 저런 애들은 다 똑같이 생긴 것처럼 보이잖아. 하지만 그건 착각이리라. 저 애들의 부모들은 지금 각자의 집, 어둠 속에서 깊은 잠에 들어 있을까? 자신의 아이들이 지금 어디에서 무엇을 하고 있는지 알고 있는 걸까? 두려운 마음이 들었다. 심효전처럼 저 애들도 칼 같은 걸 가지고 있을까? 만약 나를 발견한다면 해치려고 할까?

"이건 뭐야?"

뒤에서 들려오는 둔탁한 목소리, 그녀는 몸이 얼어붙는 것 같았다. 그녀가 미동도 하지 않자 목소리의 주인공이 아무런 망설임도 없이 그녀 쪽으로 저벅저벅 걸어왔다. 반팔 티셔츠 아래로 드러난 팔에는 전부 문신이 새겨져 있었다. 그리고 목과 턱 윗부분까지도. 남자애는 그녀의 목덜미를 잡고 터널 안으로 끌고 들어갔다. 터널에서는 이상한 냄새가 났다. 눅눅한

곰팡이와 술, 담배, 음식, 소독약 그리고 용도를 알 수 없는 버너와 버려진 쿠킹포일, 빨대와 약이 든 종이 파우치…… 일일이 그 정체를 밝힐 수도 없고 밝히고 싶지도 않은, 그런 것들에서 풍기는 냄새.

그녀에게 다가온 아이들은 온몸으로 적개심을 드러냈다. 정돈되지 않은 동물적인 감각들. 그녀는 두려움을 드러내지 않으려고 안간힘을 썼다. 뭐든 자기보다 약하다고 생각하는 상대는 물어뜯기 마련이지, 오직 이 문장만 마음속으로 되새기면서. 문신 남자애는 그녀의 팔을 꽉 잡은 채로 땅에 떨어져 있던 랜턴 하나를 집어 들었다.

"그 불 좀 안 건드리면 안 돼?"

짜증스럽다는 듯이 소리를 지르는 여자애의 말을 무시하고 남자애는 채유형의 얼굴 앞으로 랜턴 불빛을 갖다 댔다. 갑자기 눈앞에 들이민 불빛 때문에 그녀의 시야가 얼얼해졌다. 한대 얻어맞은 것 같은 기분이었다.

"아줌마, 여기 무슨 볼일 있어요?"

"아…… 나는…….

남자애가 랜턴 불빛을 거두고 그녀 쪽으로 바짝 다가왔다. 이 애도 칼을 가지고 있을까?

눈앞을 떠도는 빛의 잔상 때문에 어지러움을 느낀 그녀는 눈을 깜빡거리며 어눌하게 대답했다. "난…… 길을 잃었어."

"아줌마, 여긴 그런 식으로는 절대 올 수 없는 곳이거든?"

그 순간, 그녀는 남자애 혓바닥 아래쪽의 피어싱을 발견했다. 남자애는 그녀의 손목을 잡고 강한 힘을 주었다. 통증을 참기 어려웠지만 신음은 안으로 삼켰다. 그러고는 눈을 부릅떴다. 하던 일을 멈추고 의자 옆에 서서 그녀를 바라보던 여자애가 흥미롭다는 듯이 다가왔다. 그제야 그녀는 여자애가 의자에 앉아 있던 남자애의 눈썹 피어싱을 하던 중이라는 사실을 알 수 있었다. 짙은 화장을 한 여자애의 양쪽 귀에는 화려한 피어싱이 빽빽했고, 눈썹과 콧방울 부분에도 박혀 있었다. 너무 가느다란 나머지 부러질 것처럼 보이는 팔은 깨끗했다. 여자애의 몸 그 어디에도 문신은 없는 것 같았다. 그녀는 여자애의 귀를 바라보았다. 역겨운 기분이 들었는데도 그랬다. 아니, 역겨웠기 때문에 눈을 뗄 수 없었던 걸까?

여자애가 팔짱을 끼고는 딱하다는 듯 말했다. "솔직히 말하는 게 좋을 거예요, 아줌마. 쟤는 정말 개 쓰레기거든요? 학교 선생을 개 패듯 패고 퇴학당한 애예요. 완전히 제정신으로요. 그런데 심지어 가끔은 제정신이 아니기도 해요."

남자애가 그녀의 손목을 놔주었다. 손목이 욱신거렸지만 입을 악물고 참았다. 손이 떨리는 걸 들킬까 봐 겁이 났다. 그래도 손의 떨림이 잦아드는 데 그렇게 많은 시간이 필요하지는 않았다.

"난 기자야, 심효전이라는 애가 저지른 살인 사건을 조사하고 있어."

"심효전?" 문신 남자애가 얼굴을 찡그렸다.

"아, 아, 그 미친 새끼?"

그녀는 목소리가 난 쪽을 바라보았다. 지나치게 앳된 목소리였기 때문에. 그 애는 정말로 어려 보였다. 작은 몸에 어울리지 않는 화장. 나머지 애들이 고개를 끄덕이며 한마디씩 보탰다.

"그 새끼는 왜? 그 새끼는 감옥에 있지 않나?"

그녀는 작은 여자애에게 시선을 고정하고는 더듬거리지 않으려고 애쓰며 말했다. "자기가 죽인 게 아니라고 주장하고 있어."

그녀는 한쪽 손으로 얼굴에 달라붙은 머리카락을 넘겼다. 그 모든 행위가 부자연스럽게 느껴졌지만 견뎌야 했다.

"그런데?"

그녀의 말에 문신 남자애가 낮은 목소리로 되물었다. 무관심을 가장했지만 어쩔 수 없이 호기심의 흔적이 삐져나왔다.

"난 심효전이 정말로 그들을 죽였는지 알고 싶어."

"그 새끼가 죽였어. 좆나 미친 새끼야."

"입 닥쳐." 남자애가 나지막한 목소리로 경고했다. 또 다시 앳된 여자애의 목소리. "거기에 있는 새끼들은 자기들끼리 칼빵을 해도 이상할 게 없다고 네가 그랬잖아!"

"나한테 반말하지 마, 알았어? 씨발년아!"

남자애가 작은 여자애를 노려보았고, 그 여자애는 금방 기가 죽어서 구석으로 걸어간 후 웅크려 앉았다. 그러고는 귀에 이어폰을 꽂고 휴대전화를 들여다보기 시작했다.

"그 애가 만약 살인을 했다면 왜 그랬는지 알고 싶어. 그 애를 그렇게 만든 게 뭔지 궁금해."

그녀의 말에 남자애가 경멸하는 투로 말했다. "왜? 태어날 때부터 나쁜 인간은 없다는 교훈이라도 주고 싶은 거야? 아니면 어떤 인간들은 태어날 때부터 악마라는 걸 증명하고 싶은 거야? 자기가 무슨 판관이라도 된다고 생각하는 건가?"

남자애가 보내는 눈빛이 견딜 수 없어서 그녀는 시선을 피했다.

"나는……."

대답할 말을 찾을 수 없었다. 하지만 남자애는 그녀의 대답 따위는 기다리는 것 같지도 않았고, 심지어 심드렁해 보일 지경이었다. 그녀는 자신을 둘러싼 아이들이 좀 전보다 훨씬 더 심한 적개심을 내보이고 있다는 것을 알았다. 무언가 그녀의 몸을 꽉 내리누르는 듯한 느낌에 사로잡혔다. 압박감. 대체 무엇 때문에 내가 여기까지 온 거였지? 아, 이미윤. 이제 그 이름은 아무것도 아니었다. 그녀는 자신이 잘못된 판단을 내린 걸 인정했다. 하지만 다른 방법은 없었다. 그 이름이라도 대는 수밖에.

"이미윤이라는 애를 아는 사람 있어? 만약 그 애에 대한 정보를 주면 사례할게."

"사례? 얼마나 할 건데? 한 돈 천 줄 거야?"

남자애가 조롱하는 투로 말한 후 덧붙였다. "아줌마, 문제아는 문제아들을 다 알고 있는 것 같아? 쓰레기 같은 애들은 쓰레기들이랑 어울리니까? 냄새나는 것들은 냄새나는 것들에게 끌리는 법이니까?"

쓰레기는 쓰레기를 부르는 것일까? 쓰레기는 쓰레기에게 끌리는 것일까? 정말 그런 걸까? 정말로? 그녀는 고개를 흔들었다.

"좆나 우리가 한심하지? 우리가 인간쓰레기 같지? 당신 같은 사람들이 우리를 어떤 식으로 생각하는지 잘 알고 있거든? 내가 혐오스럽잖아?"

혐오. 온몸에 문신하고 혓바닥에 피어싱한 이 아이를 나는 혐오하는 걸까? 남자애가 바싹 다가왔다. 남자애의 몸이 그녀의 몸에 닿았다. 남자애의 숨결이 너무 생생하게 느껴졌다. 그녀는 자신도 모르게 눈을 감아버리고 말았다. 시간이 얼마나 흘렀을까? 꽤 긴 시간이라고 느꼈지만 어쩌면 3, 4초에 불과했는지도 모른다. 아무 일도 일어나지 않았기 때문에 그녀는 패배감을 느끼며 슬며시 눈을 떴다. 이제 눈앞에 서 있는 건 남자애가 아니라 여자애였다. 귀에 잔뜩 피어싱을 한. 가까이에서 본 여자애는 생각했던 것보다 어려 보였다. 그리고 너무, 너무 말랐다.

여자애는 그녀 눈 바로 앞으로 자신의 한쪽 귀를 바짝 붙이며 물었다. "아줌마, 아까 내 귀를 뚫어져라 쳐다봤죠?"

그녀는 천천히 고개를 끄덕였다. 귀에 빽빽하게 매달려 있는 작은 구슬들을 바로 눈앞에서 보니까, 의외로 처음처럼 역겹다는 기분은 들지 않았다. 뭐라고 대답도 하기 전에 여자애가 다시 말했다.

"이런 거 처음 봐요? 한번 만져봐요."

그녀는 문신 남자애와 자신을 둘러싼 아이들이 자신을 지켜보고 있다는 것을 알고 있었다. 만지기를 바란다는 것을 알고 있었다. 내키지 않았지만 그녀는 손가락을 들어 그 애의 귓불에 달린 커다란 구슬을 슬쩍 만져보는 시늉을 했다.

"아줌마도 하고 싶어요?"

그녀는 이번에는 소리 내어 대답했다. 그래야만 했다.

"아니."

"한번 해봐요."

여자애의 말투는 그녀를 겁에 질리게 한다거나 위협하는 것과는 달랐다. 그건 마치 유혹하는 말투, 애절하게 부탁하는 듯한 말투였다. 그녀는 고개를 저으며 애원하듯이 여자애를 바라보았다. 몇 살쯤 되었을까? 학교는 다니지 않는 걸까? 이 애는 앞으로 어떤 삶을 살게 될까? 어엿한 사회인……. 그녀가 그런 생각들을 하고 있을 때 남자애가 그녀의 머리채를 잡고 의자로 끌고 갔다.

"여기에 앉아. 앉으라고, 씨발년아."

그녀는 남자애가 좀 전보다 훨씬 더 흥분했고 분노하고 있다는 걸 알아차렸다. 다른 아이들도 주위로 동그랗게 원을 만들고는 그녀를 바라보고 있었다. 다른 방법이 없었다. 그녀는 숨을 들이마셨다. 괜찮아, 이런 건 아무것도 아니야. 나무 의자는 아주 오래전에 학교에서 사용했을 법한 작고 낡은 것이었다. 여자애는 그녀의 헝클어진 머리카락을 귀 뒤로 넘겨주었다. 자상하고 부드러운 손길로. 그녀는 눈을 꼭 감았다. 귀에 닿는 차가운 알코올 솜의 감촉. 감은 눈앞으로 자신의 귀 위쪽이 절단당하는 환상이 떠올랐다. 그다음 환상, 절단당하는 것은 그녀의 귀가 아니다. 그것은 누구의 귀란 말인가? 살아 있는 생물의 귀를 절단한다는 건 어떤 느낌일까? 환상 속에서 그녀는 토끼 귀로 만든 목걸이를 걸고 있다. '베트남 참전 용사들은 자신들을 지켜줄 표식으로 살아 있는 토끼의 귀를 잘라서 가지고 다녔다.'

그녀는 알고 있었다. 눈을 뜨기만 하면 이 환상에서 당장이라도 벗어날 수 있다는 것을. 하지만 언제나 그랬듯이 이번에도 손쉬운 선택은 하지 않았다. 이렇게 내 몸에 구멍을 낸 후이 아이들은 나를 어떻게 할까? 죽일 수도 있는 걸까? 고등학교 시절, 학교에는 징계를 밥 먹듯이 당하던 아이들이 있었다. 화장실에서 담배를 피우고, 남자친구와 외박을 하고, 다른 학교 아이들과 싸움을 하던……. 첫 번째 우편물을 받은 이래로 그녀는 자신이 '문제'를 일으킬까 봐 무서웠고, 자신의 나

쁜 피를 누군가, 특히 자신의 양부모님이 알아챌까 봐 전전긍
긍했다. 다니던 대학에서, 회사에서, 대학원에서 자신을 제어
하는 것에 실패할 때마다 죽고 싶은 기분이 들었다. 이 애들은
나의 나쁜 피를 알아볼까? 유유상종이니까?

드디어, 무언가 뾰족한 것이 그녀의 왼쪽 귓바퀴를 통과하
는 느낌이 들었다. 우지끈, 하고 무언가 뚫리는 듯한 느낌.

그녀의 몸에 구멍이 뚫린 것이다.

"하나."

그렇게 말한 후 여자애는 바로 밑에 또 구멍을 뚫었다.

"둘."

그 밑에 하나 더.

"셋."

귓불에 하나 더.

"넷."

그리고 또 하나.

"다섯, 끝."

끝, 그 소리에 그녀는 눈을 떴다. 그녀의 눈에서 눈물이 주
르륵 흘렀다. 주위에는 아까 자신을 둘러싼 채 적개심을 표출
하던 애들도, 문신 남자애도 없었다. 담배를 피우거나 술을 마
시거나 휴대전화로 게임을 하거나 영상을 보던 자신의 자리
로 돌아가 있었다. 그녀는 손가락을 들어 자신의 귀를 만져보
았다. 동그란 볼 모양의 귀걸이가 다섯 개 쪼르르 달려 있었

다. 통증은 없었지만 축축한 게 만져졌다. 피.

여자애는 두 팔을 허리에 짚고 그녀를 내려다보며 근엄한 얼굴로 말했다. "피가 많이 날 거예요."

그녀는 귓바퀴에서 나온 피가 목덜미를 타고 흐르는 걸 느꼈다.

"하지만 결국엔 멈출 거예요."

그녀는 자신의 손에 묻은 피를 바라보았다. 눈앞이 빙빙 도는 것 같았다. 여자애가 그녀의 턱을 잡고 자신의 얼굴을 바라보게 했다.

"나는 아줌마 같은 사람을 보면 죽여버리고 싶어."

아줌마 같은 사람. 하지만 자신이 어떤 부류의 사람인지 저 여자애가 어떻게 안단 말인가? 그녀가 무엇을 견디고 무엇을 두려워하며 살고 있는지, 저 여자애가 무엇을 안단 말인가? 살생을 한 자의 자식이라는 감각을 가지고 살아간다는 게 어떤 기분인지 저 여자애가 어떻게 안단 말인가? 길거리에서 마주쳐도 알아보지 못할 혈육에게 뜻도 모를, 그렇지만 악의가 가득한 것만은 알 수 있는 사진과 문장을 받은 기분이 어떤지, 저 여자애가 어떻게 안단 말인가? 여전히 그녀의 턱을 꽉 잡고 있던 여자애가 피가 흐르는 그녀의 귀에 입술을 갖다 댔다.

"아줌마, 우리는 서로의 구역에 침범 안 해요. 다른 구역에서 있었던 일에 관심 갖지도 않고요. 우리가 아무리 개 쓰레기 같아도, 쓰레기들에게는 쓰레기들만의 법칙이 있는 법이거든. 하지만 내가 아줌마 몸에 구멍을 다섯 개나 뚫었으니까 이것 하나만 말해줄게요. 을지로에 있는 숲에 가봐요, 꽃이 피어 있던 숲으로."

7

집에 돌아오자마자 그녀는 화장실로 달려가 변기에 얼굴을 박고 편의점에서 먹은 것을 모두 게워냈다. 위액까지 다 쏟아낸 후 후드티를 벗어던지고 입을 헹구던 그녀는 세면대 거울에 비친 자신의 모습을 보았다. 땀 범벅이 된 얼굴과 젖은 채 곱슬거리는 긴 머리카락, 좌우가 미묘하게 달라 보이는 눈의 모양. 왼쪽 볼에 멍이 들어 있었고, 후드티를 벗으면서 건드렸는지 왼쪽 귀에서 다시 피가 흐르고 있었다. 그녀는 놀랐다. 거울 속 망가진 자신의 모습이 낯설지가 않아서. 떨리는 손가락으로 맨 위에 있는 피어싱을 빼기 시작했다. 두 번째 피어싱까지 빼냈을 때, 이상한 기분이 들었다. 마치 자신에게 오랫동안 속해 있던 어떤 것이 신체로부터 박탈되는 느낌. 약간의 슬픔. 손이 너무 떨려서 피어싱 빼는 걸 그만둬야 했다. 뭔가를 잘못 건드렸는지 귀에 생긴 피딱지 위로 다시 피가 더 많이 흐르기 시작했다. 피가 그렇게 많이 나는데도, 통증은 느껴지지 않았다. 이게 정상인 걸까? 덜컥 겁이 났다. 통증을 느끼지 못하는 게 정상일까? 이래도 되는 걸까? 다급하게 화장실 거울 뒤 수납장을 열어서 한참을 뒤진 후에 눈썹 가위를 찾아낼 수 있었다. 그게 바로 눈썹 가위의 유일한 쓰임새라도 되는 것처럼 아무런 망설임도 없이 가위 끝을 왼쪽 손등에 찔러 넣었다가 뺐다. 오래되고 견고한 침묵을 갑자기 깨뜨리며 솟는 단말마처럼 빨간 피가 나오기 시작했다. 그리고 극심한 통증이 찾아왔다.

다행이다. 나는 아직 정상이야.

비틀거리며 화장실에서 나온 그녀는 벽에 기대어 앉아서 자신은 이런 식의 신체적 통증에 익숙하지 않다는 생각을 했다. (하지만 이 세상 누가 이런 식의 신체적 통증에 익숙하단 말인가?) 그리고 통증이 아주 나쁘지만은 않다는 생각도. 누군가 신체적 통증을 빌미로 나를 조종하려 든다면 나는 기꺼이 나 자신을 바칠 거야…….

다음 날 그녀는 벽에 기댄 채로 잠에서 깼다. 머리가 멍하고 아무 생각도 나지 않았다. 시간은 이미 아침 11시를 지나고 있었다. 젠장, 갑자기 정신이 번쩍 들었다. 매일 아침 10시에는 회의가 있었다. 휴대전화를 확인하니, 전화가 최 피디에게서 다섯 통, 팀원들에게서는 수도 없이 많이 와 있었다. 뻐근한 몸을 움직이려던 순간 그녀는, 지독하고 불쾌한 통증 때문에 자리에 주저앉을 수밖에 없었다. 오른쪽 손목에는 전날 새벽 문신 남자애가 힘을 준 그대로 퍼렇게 멍이 들어 있었고, 눈썹 가위로 찌른 손등에는 상처에서 흘러나온 피가 말라붙어 있었다. 그리고 왼쪽 귀와 볼에서 느껴지는 둔중하게 찌르는 듯한 통증. 그제야 그녀는 자기 자신에게서 풍기는 불쾌한 냄새도 맡을 수 있었다. 쇠와 소금이 섞인 눅진하고 찝찔한 냄새. 그녀를 견딜 수 없게 만드는 냄새. 통각 다음에 후각. 감각은 이런 식으로 순차적으로 돌아오는 걸까? 하나의 감각이 다른 감각을 깨우는 식으로, 도미노처럼? 그렇다면 이다음에 깨어날 감각은 무엇일까?

일단 화장실로 들어가 손등을 씻어냈다. 들러붙은 피는 쉽사리 지워지지 않았다. 왼쪽 귀는 눈 뜨고 볼 수 없을 정도로 참혹했다. 고름과 피딱지가 피어싱한 금속 징 위로 들러붙어 있었다. 그녀는 고개를 저었다. 이러고 있을 시간이 없었다. 일단은 빨리 나가야 했다. 그녀는 벌거벗은 후, 왼쪽 귀에 물이 닿지 않도록 조심하면서 샤워기로 몸과 얼굴을 적셨다. 대충 옷을 챙겨 입었을 때 전화벨이 울렸다. 전화를 건 사람은 '범죄의 재구성' 팀원이었고, 팀원은 그녀가 전화를 받자마자 최 피디를 바꿔주었다.

"도대체 어딥니까?"

감정의 높낮이는 느껴지지 않았지만, 머리끝까지 화가 났다는 것을 알 수 있었다.

"죄송해요. 제가 지금……."

"사장이 나를 무시하니까 채유형 씨도 나를 무시하고 일을 제대로 안 해도 된다고 생각하는 거죠? 사람들은 그래도 된다고 생각하는 상대에게만 무례하게 대하는 법이니까 말이죠."

"그런 게 아니에요. 피디님…….'

그녀가 뭐라고 말할 새도 없이 최 피디가 말했다. "하긴 누굴 탓하겠습니까? 내가 못난 탓이죠."

"그런 게 아니에요. 피디님, 정말 죄송해요. 제가 어제 늦게 취재 갔다가…… 그런데 제가…….'

갑자기 전화가 뚝 끊겼다. 곧바로 통화 버튼을 누르자 전화를 받은 팀원이 소곤거리는 목소리로 나중에 다시 이야기하자고 말하고는 전화를 끊어버렸다. 다시 전화를 걸어야 하는지 고민하다가, 문득 그런 생각이 들었다. 최 피디에게 무슨 말을 해야 한단 말인가? 불량 청소년들을 몰래 따라갔다가 이 꼴이 되었다고? 무엇을 취재했느냐고 물어보면 뭐라고 해야 할까? 형사하고 유명한 가게에 가서 도넛을 먹은 것? 피해자와 함께 오토바이 사고를 냈다는 여자아이를 만난 것? 심효전하고는 별다른 접점이 없는 오토바이 무리들을 만난 것? 그녀는 대충 옷을 챙겨 입고 야구 모자를 눌러쓴 후, 최대한 머리카락으로 왼쪽 귀를 가린 채 바깥으로 나갔다. 회사로 가는 택시 안에서 그녀는 창밖을 보며 계속 손톱을 물어뜯어야만 했다.

사무실로 뛰어 들어가자 다른 팀원들이 난감하다는 표정으로 그녀를 흘긋거렸다. 그녀는 곧바로 최 피디에게 갔다. 최 피디는 그녀의 몰골을 보고 질린 듯한 표정을 지었다.

"그 꼴이 뭡니까?"

"어제 취재를 하다가 사고가 있었어요. 그래도 진척이 좀 있었습니다. 죽은 여자 피해자랑 같이 오토바이를 타다가 사고를 낸 적이 있다는 여자애를 만났어요. 그리고……."

최 피디가 그녀의 말을 잘랐다. "채유형 씨, 지금 뭐 하는 겁니까? 왜 나를 무시합니까? 당신이 뭐라도 된다고 생각하는 거예요? 이렇게 다치면서 취재하니까 뭔가 대단한 사람이라도 된 것 같냐고!"

그녀는 순간 전날 새벽, 문신 남자애가 했던 말이 떠올랐다. 자기가 무슨 판관이라도 된다고 생각하는 건가? 약점을 들킨 기분이었다.

"저는 최대한 진실을 알아내려고……."

"당신이 경찰이라도 됩니까? 진실? 우리가 언제 그런 걸 다룬다고 했습니까? 사람들을 자극하고 흥분시킬 수 있는 이야기를 가지고 오라고 했잖아요! 내 말을 의도적으로 무시하는 겁니까? 뭘 하고 돌아다니다가 회의에도 안 들어온 겁니까? 아니, 내가 우습나요? 내가 무능하니까, 무시해도 된다고 생각하는 겁니까?"

"제가 왜 피디님의 말을 무시하겠어요? 도대체 누가 피디님을 무시한다고 그러시는 거예요? 그런 자기 비하적인 말 좀 그만하시라고요."

숨죽여 이야기를 엿듣던 팀원들이 일제히 그녀를 바라보며 제발 그러지 말라는 표정을 지었다. 최 피디에게 그런 식으로 말하는 건 금기였다. 최 피디의 기분이 나빠지면 그 피해는 함께 일하는 팀원들의 몫일 터였다. 최 피디의 얼굴이 일그러지기 시작했다.

최 피디는 목소리를 낮춘 후 그녀에게 손가락질하며 말했다. "착각하나 본데, 당신이 해야 하는 일은 이미 드러난 사실들을 짜깁기하는 거라고. 하…… 어떻게 이렇게 멍청하게 굴수 있지? 그 애가 왜 그런 악마가 되었는지, 친구들을 왜 죽였는지, 지금 와서 왜 범행을 부인하는지…… 그런 사실들은 중요하지 않아! 그 애가 면회 때 어떤 말을 했는지, 친구들을 어떤 방법으로 죽였는지, 어른들에 대해서 뭐라고 떠들어대는지, 사회에 어떤 적개심을 품고 있는지, 다른 사람들은 그런 아이를 어떤 식으로 비난하는지, 그 애가 어떤 식의 처벌을 받으면 좋을지, 그런 이야기를 만들어 오란 말이야! 그 애가 저지른 행동의 이유를 당신이 만들어 오란 말이야! 자극적인 사실들로 재구성된 사건의 전말, 그런 거. 사람들이 보고 즉각적으로 충격을 받을 만한 그런 거. 사람들은 진실에 관심이 없다고요! 내 말 알겠어요? 사람들이 원하는 건 모니터를 끄면 잊어버려도 되는, 그런 일회성의 진실이란 말이에요. 자기들은 안전한 세계에 속해 있다고, 악과는 전혀 상관없는 삶을 살고 있다는 안도감을 줄 만한 것! 당신이 이렇게 머리가 나쁜 사람인지는 미처 몰랐군요. 아니면 그냥 멍청하게 보이고 싶은 겁니까?"

그녀는 주먹을 꽉 쥐며 말했다. "저는 그냥 제 일을 열심히 하려고…….'

"그건 당신 일이 아닙니다!"

"그럼 면전에 대고 절대 나쁜 말을 할 수 없는 사람들 앞에서 자기 비하적인 발언을 일삼는 건 피디님 일인가요?"

"뭐라고요?" 최 피디의 입술이 떨렸다.

"항상 그러시잖아요! 저는 피디님 한마디에 잘릴 수도 있는 사람인데 제가 감히 어떻게 피디님을 무시하겠어요? 그럴 수 없다는 걸 뻔히 알면서 그런 말을 내뱉으시잖아요. 우리가 피디님에게 절대 나쁜 말은 할 수 없다는 걸 이용해서 자존감을 세우시는 거잖아요! 알량한 자존심을 지키려고 우리를 괴롭히고 있다고요! 그런 식으로 말하는 것 자체가 얼마나 폭력적인지 모르시겠어요?"

"폭력이라고요?"

"네, 피디님은 일은 잘하시는지 몰라도 인간으로서는 정말 엉망진창이에요! 친구도 없고 동료도 없고 이런 식으로 살다가 혼자 죽게 될 거예요!"

"뭐라고요? 나 참 어이가 없어서, 살다 살다 이런 모욕적인 말은 처음 들어봅니다! 내가 부하 직원에게 이런 말을 들으려고 그동안 이렇게 열심히 일한 줄 압니까? 당신이 대체 뭐나 되는 줄 아는 모양인데!"

"더 말해볼까요? 난 더 이상 여기에서 일하지 않을 거예요. 씨발, 당신과 일을 하느니 차라리 죽어버리지!"

채유형은 책상 위에 놓여 있는 종이들을 갈기갈기 찢어버렸다. 소리를 지르고, 화분을 집어 던지고 싶었다. 당황한 듯한 최 피디가 그녀를 바라보았고 다른 팀원들이 달려와 제지했다. 그녀가 숨을 몰아쉬며 최 피디와 팀원들을 바라보았다.

이윽고 목소리를 가다듬은 최 피디가 다른 팀원들을 둘러보며 조용히 물었다. "당신들도 다 같은 생각입니까?"

다들 고개를 가로저었다. 누군가 절대 그렇게 생각하지 않는다고 작은 목소리로 말하자 다른 팀원들이 그렇다고 맞장구를 쳤다. 그녀는 그들을 바라보았다. 원래대로라면 그녀는 지금 이 자리에서 팀원들의 이름을 대며 그들이 각각 최 피디에 대해 했던 말을 읊었을 것이다. 소리를 지르고, 무언가를 깨부수고, 난동을 부렸을 것이다. 하지만 이상했다. 그녀 마음속에 떠오른 어떤 이미지들(무언가가 찢기고, 너덜너덜해지고, 추락하는 것 같은)이 금세 사그라지고, 너무도 쉽게 다시 평정심을 유지할 수 있어서. 예전의 직장에서 그런 일(소리를 지르거나, 물건을 던지거나, 자신의 손에서 피가 날 때까지 책상을 주먹으로 내려친다거나 하는)을 저지른 자기 자신과 지금 이 순간의 자기 자신이 전혀 다른 사람인 것 같아서. 내부에서 어떤 감정들이 휘몰아치다가 그녀의 신체 바깥으로 빠져나가는 듯한 기분이 들었다. 어쩌면, 어제 뚫린 귓바퀴의 작은 구멍을 통해서?

　그녀는 병원 대기실에 앉아서 이름이 불리기만을 기다리고
있었다. 대기실의 사람들이 자신의 손등과 팔목의 상처, 그리
고 피고름이 맺힌 귀와 그 귀의 피어싱을 흘긋거린다는 사실
을 알아차리고는, 이름이 불릴 때까지 오직 벽에 걸린 흔하디
흔한 명화 프린트만 쳐다보았다.

　의사는 조금만 늦었으면 귀를 잘라낼 뻔했다며 딱하다는 듯
이 혀를 찼다.

　"세상에, 어쩌다 귀를 이렇게 만들어놨소? 고흐처럼 되고
싶은 게 아니라면 약 꼭 챙겨 먹고 제때제때 병원에 와서 드레
싱을 해야 해요."

　그녀는 웃음이 나왔다. 대기실에 걸려 있던 그림, 그녀가 시
선을 고정하고 있었던 그 그림이 바로 고흐의 '해바라기'였
기 때문에. 이런 우연의 일치라니. 아니, 운명인가. 귀가 너덜
너덜해진 여자가 고흐의 그림이 걸린 병원으로 온 것은. 하지
만 그건 우연도 운명도 아니리라. 그건 그저 삶의 어떤 특정
한 장면들이 한 인간의 의식의 표면에 떠올랐다 사라지는 정
도의 문제였을 뿐이다. 선택된 사실들로 재구성된 사건의 전
말…… 만들어진 진실, 재구성된 진실. 그건 진실일까? 아닐
까? 의사도 간호사도 왜, 어떻게 다친 건지는 묻지 않았다. 골
치 아픈 일과는 엮이고 싶지 않을 테니까. 처치를 받는 동안

그녀는 또다시 극심한 통증을 느꼈다. 물론 또다시, 라고 말하는 건 잘못된 것이었다. 지난밤 이후로 계속 신체적 통증에 노출되어 있었으니까. 하지만 의사가 그녀의 귀와 손등에 소독약을 바르고 치료하는 동안, 자신이 지난 몇 시간 동안 통증의 일부가 되었다는 사실(통증이 그녀의 일부가 아니라)로부터 분리되는 것 같은 기분을 느꼈다. 그러므로 이러한 종류의 통증은 그녀를 어떤 환상으로도 데려가지 못할 것이 분명했고, 오히려 현실 감각을 되찾게 만드는 듯했다.

치료를 받는 동안 문득 전날 밤에 그 문신 남자애가 했던 말이 떠올랐다. "문제아는 문제아들을 다 알고 있는 것 같아? 쓰레기 같은 애들은 쓰레기들이랑 어울리니까? 냄새나는 것들은 냄새나는 것들에게 끌리는 법이니까?"

아, 그 애는 그렇게 말했다. 그리고…… 작은 여자애는 '자기들'이라는 단어를 사용했었다. "거기에 있는 새끼들은 자기들끼리 칼빵을 해도 이상할 게 없다고 네가 그랬잖아!" 그 순간에는 그게 살인자와 피해자를 통틀어 지칭하는 단어일 거라 여겼지만, 어쩌면 다른 걸 의미하는 걸 수도 있었다. 혹은 그냥 경솔하게 내뱉은 말일 수도.

하지만 마지막에 그녀의 귀에 구멍을 뚫은 여자애가 했던 말은 마냥 경솔한 발언은 아니었다. 숲. 꽃이 피어 있던 숲. 어제 그 아이들은 강둑에 있었는데, 다른 아이들은 숲에 있다고? 그럼 또 다른 아이들은 산에 있는 걸까? 그리고 또 다른 아이들은 바다에 있고? 실없는 생각은 그만두자. 집중해야 했다. 을지로에 숲이라고 불릴 만한 장소가 있을까? 공원? 그럴수도 있었다. 후미진 곳에 있는 공원은 밤이 되면 애들이 모일 만한 공간이 될 테니까. 하지만…… 을지로에 그럴 만한 장소가 있을까? 진 형사의 도움이 필요할지도 모르겠다. 그녀는 대가 없는 도움을 주겠다는 사람도, 그걸 받는 사람도 증오했지만, 이번에는 선택의 여지가 없었다.

치료가 끝난 후 의사는 혀를 내두르며 말했다. "고통을 정말 잘 참는구먼."

약국에서 약과 연고를 구입해 나오면서 그녀는 생각했다. 고통을 잘 참는다니. 어쩌면 그건 움직이지 않고 죽은 듯이 수면하기처럼 나의 또 다른 재능 같은 것일까? 그녀는 심효전을 떠올렸다. 그 애를 만나야 했다.

구치소에서 면회 신청을 하는 순간까지도 심효전이 자신을 거절할 가능성을 배제하지 않고 있었는데, 심효전은 그녀와의 접견을 순순히 받아들였다.

"나 기억해?"

다시 봐도 심효전의 몸은 압도적이었다. 어떤 아이들은 저런 몸을 갖고 싶어 할 것이다. 이를테면 농구나 야구선수가 되고 싶은 아이들. 기자 일을 할 때 그런 부모들을 취재한 적이 있었다. 아이를 스포츠 선수로 만들고 싶어서 거액을 들여 성장 촉진 주사를 맞히는 부모들. 심효전의 부모는 이 아이를 어떻게 키우고 싶었을까?

"아들 하나 없는 셈 치겠다고 하더군요. 엄청 냉담했어요." 윤종은 심효전의 아버지에 대해 그렇게 말을 했었다.

순순히 그녀 앞에 앉은 심효전은 의자에 몸을 기대고는 따분하다는 표정을 지었다. 하지만 그녀는 그 애가 당황하고 있다고, 초조해하고 있다고 느꼈다.

"곧 재판이 시작된다고 들었어."

"무슨 일로 여기에 온 거예요? 나한테 뭘 원하는 건데?"

저 애는 내가 왜 다시, 그것도 혼자서 찾아왔는지 궁금해서 면회 신청을 받아들인 거구나……. 언제나 호기심은 그런 식으로 다른 감정들을 손쉽게 이겨버리지. 마치 그녀가 심효전 또래였을 때 친부에 대한 정보를 찾으려고 베트남전쟁에 대해 알아봤던 것처럼. 뇌는 그렇게 하지 말라고 난리를 쳤지만 멈추지 못했던 것처럼. 그녀는 모자를 벗고 머리카락을 한 번 쓸어 올렸다. 그 애에게 보여주려고. 심효전은 훤하게 드러난 그녀의 멍든 얼굴과 귀, 그리고 손목과 손등의 상처를 한눈에 볼 수 있었다. 그녀는 그 애가 자신의 상처를 보고 무슨 생각을 할지 궁금했다. 자신이 죽인 피해자들을 떠올릴까? 아니면…… 동질감 같은 걸 느낄까? 심효전은 그녀의 얼굴에서 시선을 거두었고, 그녀를 처음 만났을 때 지었던, 벌레를 보는 듯한 표정을 지었다.

"이미윤을 만났어."

그 말을 듣자 심효전은 그녀와 눈을 맞췄다. 아주 천천히 몇 번이나 고개를 끄덕이더니 입을 열었다. "그게 누군데요?"

그녀는 할 수 있는 만큼 심효전에게 몸을 가까이 한 후 목소리를 낮추었다. "난 너를 믿어. 네가 아무도 죽이지 않았다는 걸 믿는다고."

심효전은 잠시 숨을 골랐다. 그녀는 심효전이 얼굴에서 감정을 지우려 노력한다는 사실을 알아차렸다. 그리고 자신을 탐색하고 있다는 것도. 나는 정말 이 애를 믿는가? 아니면 이 애를 구슬리려는 얕은 술책을 부리고 있는 걸까?

마음을 정했다는 듯이 심효전이 입을 열었다.

"왜?"

"뭐?"

"왜 나를 믿어?"

그건 그녀가 예상한 반응이 아니었다. 당황하는 그녀를 앞에 두고 그 애가 자리에서 벌떡 일어났다. 육중한 몸, 한 손에 한 명씩 치명적인 타격을 줄 수 있는 손바닥 두 개.

"다시는 찾아오지 마. 당신 같은 어른들, 우리에게 뭘 원하는지 잘 아니까."

"우리?"

심효전은 침을 뱉는 시늉을 하고 아주 잠깐 동안 그녀를 내려다보았다. 그녀는 자신의 앞에 서 있는 남자애, 몸이 어마어

마하게 큰 아이에게 매달려서 묻고 싶었다. 내가 뭘 원하는지 잘 안다고? 그게 무엇인 것 같니? 나조차 내가 뭘 원하는지 모르겠는데? 심효전이 몸을 돌렸을 때 그녀는 자리에서 벌떡 일어났다. 평정심을 잃었다는 걸 깨달았지만 자신을 제어할 수도 없으니 그 애의 뒷통수에 대고 이렇게 소리칠 수밖에.

"숲이 어디야? 너랑 김이정, 허민수, 이미윤이 함께 있었던 곳이 어디냐고? 거기서 뭘 했어?"

심효전은 한동안 움직이지 않았다. 잠시 후, 천천히 몸을 돌린 심효전은 멍하게 그녀의 얼굴을 바라보았다. 그녀는 숨을 몰아쉬며 심효전을 노려보았다. 심효전이 입술을 비틀며 웃었다. 꾸민 것이 아닌 진짜 웃음, 조소. 멍청하다고 질책하는 듯한 웃음. 그녀는 자신이 완전히 패배했다는 사실을 인정했다. 그렇지. 내가 조금이라도 덜 멍청했다면 이런 식으로 소리 지르지는 않았겠지.

그 애는 충분히 다 웃고 난 후에 짧게 욕설을 내뱉었다. "씨발, 토 쏠려."

집에 돌아가는 길에 그녀는 드라이 샴푸를 하나 샀다. 그게 의사가 내린 첫 번째 처방이었다. 그러고 김밥집에 가서 참치김밥을 한 줄 샀다. 이게 의사가 내린 두 번째 처방이었다. 그리고 집에 돌아가서 드라이 샴푸를 머리에 뿌리고, 참치김밥 반 줄과 생수 한 병을 단숨에 먹어치운 후에 항생제를 삼켰다.

이게 세 번째 처방이었다. 지난 며칠 동안 일어난 일을 정리해보려고 했지만, 떠올려보아도 무슨 일이 벌어지는 중인지 알 수 없었다. 그녀는 병원 대기실에서, 구치소에서, 버스 안에서 자신을 흘긋대던 사람들의 시선을 기억했다. 사람들은 그녀를 뭐라고 생각했을까? 힐끔거리게 만드는 존재, 사회부적응자, 혹은 악덕한惡德漢. 열여덟 살 때 두 번째 우편물을 받은 후에 찾아 읽었던 책에서 파월 군인이 이런 표현을 쓰는 걸 본 적이 있었다.

'유일하게 좋은 베트남인은 죽은 베트남인이죠.'

그걸 읽었을 때 채유형은 가슴이 내려앉는 것 같았다. 그건 뭐였을까? 두려움이었을까? 쾌감이었을까? 막연하게 그녀는 자신이 앞으로도 그 두 가지 감정을 완벽하게 구분해내지는 못하리라고, 그런 특징이 자신의 피에 섞여 있다고, 그래서 언제나 쾌감 대신 두려움을 느끼며 살아가야 할지도 모른다는 생각을 했다. 쾌감보다는 두려움이 나았으므로.

그녀는 불현듯 구치소에서 본 심효전의 손을 기억해냈다. 그리고 그 문신 남자애의 혓바닥, 자신의 귀에 구멍을 뚫던 여자애의 숨소리 같은 것들을 생생하게 기억해냈다. 짐승 같은 것들. 하지만 그녀는 이런 생각들이 과장된 측면이 있다는 것을 알고 있었다. 문제는 바로 그것이다. '알고 있다'는 것. 무언가를 알고 있다는 사실 자체는 그녀를 구원해주지 않을 터였다.

전화벨 소리 때문에 그녀는 생각에서 빠져나올 수 있었다. 발신자는 어머니였다. 벨 소리가 끊길 때까지 그냥 두었지만, 그 후로도 끈질기게 다시 울렸기 때문에 결국 전화를 받아야만 했다.

전화기 너머에는 어머니가 아닌 남자의 목소리가 들려왔다. 그녀는 그제야 전화기 액정을 확인했다. 전화를 건 사람은 윤종이었다.

"오늘 심효전에게 다녀갔어요?"

"어떻게 알았어요?"

"오늘 면회를 갔는데, 접견이 더 이상 불가능하다고 하더라고요."

여기까지 말한 윤종은 잠시 침묵을 지켰다. 채유형은 잠자코 그의 다음 말을 기다렸다.

"그래서 누가 왔다 갔을까 생각해보니까 유형 씨밖에 안 떠오르더라고요. 둘이 무슨 이야기를 했어요?"

채유형은 그의 목소리가 이상하다고 느끼며 대답했다. "별 이야기 안 했어요."

"인터뷰한 거예요? 방송 때문에?"

방송은 커녕 그녀는 회사를 그만둬야 하는 처지였다.

"방송은 못 만들 것 같아요. 최 피디님은 아마 다른…… 기획을 진행하실 거예요."

윤종이 믿을 수 없다는 듯한 말투로 물었다. "그럼, 거긴 왜

간 거예요?"

"모르겠어요." 그녀는 이번에도 솔직하게 대답했다.

이상하지, 왜 이 남자에게는 이렇게 솔직해지는 걸까?

잠시 후 윤종이 조심스러운 말투로 물었다. "회사를 그만 두는 건가요?"

아, 그랬지. 이 회사를 소개한 게 윤종이었지. 그녀는 그제야 자신이 최 피디에게 소리를 지르고 난동을 부린 걸, 윤종이 곧 알게 되리라는 생각이 들었다.

"미안해요. 괜히 나 때문에 곤란해질 수도 있겠어요."

"아니, 그래서 물어본 건 아니에요."

그녀는 붕대가 감긴 자신의 왼손을 바라보다가 입을 열었다. "그쪽은 심효전이 살인자라는 사실에 의심을 품어본 적이 없죠?"

한동안 말이 없던 윤종이 입을 열었다. "채유형 씨, 그 사실에는 절대 의심을 품지 말아요. 그건 정말로 일어난 일이에요. 그걸 바꿀 수는 없어요. 그러니까…… 회사를 그만두면 좀 쉬어요. 심효전이고 최 피디고 다 잊어버리고……."

그녀는 전화기를 귀에 댄 채로 블라인드를 끝까지 올렸다. 서쪽으로 넘어가는 햇빛이 여전히 강렬했다. 남은 빛을 보면서 그녀는 윤종에게 듣고 싶은 다른 말이 있다는 사실을 깨달았다. 이 마음을 누구에게도 발설하지 않으리라 다짐했지만 동시에 그에게 무슨 말이든 하지 않고는 버티지 못할 것 같은 기분도 느꼈다.

"우리 아버지는 방화범이었어요."

"뭐라고요?" 윤종이 되물었다.

"아버지는 전쟁에 나가서 죄 없는 사람들을 마구잡이로 죽였어요."

그녀는 윤종의 대답을 기다렸지만, 그는 내내 입을 다물고 있었다.

"아버지는 시체의 귀를 잘라서 목에 걸고 다녔대요."

그녀의 입에서 토끼의 사체가 아니라 시체라는 말이 튀어나왔다. 그녀의 심장이 요동쳤다. 얼마나 시간이 흘렀을까? 윤종은 여전히 아무 말도 하지 않았다. 그녀는 휴대전화의 종료 버튼을 누르고 바닥으로 내동댕이쳐버렸다. 심장에 약한 전류의 전기가 흐르는 듯한 느낌, 마음의 통증이 일렁였다.

8

언제 잠이 들었던 것일까? 얼마나 잔 것일까? 귀가 욱신거렸다. 햇살은 마치 오후처럼 강렬한데 시간은 오전 7시 반에 불과했다. 지금쯤이면 부모님 집 주방의 커다란 창 너머로는 무성하게 자라난 이팝나무의 초록 잎들이 보이리라. 그녀는 전날 걸어놓은 블라인드를 내렸다. 집 안으로 들어오는 햇빛

은 차단되었다. 귀에 물이 닿지 않게 조심스레 샤워를 하고 전
날 먹다 남은 김밥 반 줄을 하나씩 입에 욱여넣으며 식탁 주위
를 맴돌았다. 그러다가 침대 위에 드러누워 자신이 전날 내뱉
은 말을 곱씹었다.

'우리 아버지는 방화범이었어요, 아버지는 전쟁에 나가서
죄 없는 사람들을 마구잡이로 죽였어요…….'

다시 눈을 떴을 때 주위는 온통 어두웠다. 밤 9시가 넘은 시
간. 얼마 전까지만 해도 잠들지 못해서 안달이었는데, 이제는
애쓰지 않아도 이렇게 쉽게 잘 수 있다니……. 왜 어떤 것들은
원할 때는 절대 주어지지 않다가 원하지 않을 때 비로소 가질
수 있게 되는 걸까? 그녀는 부재중 전화를 확인했다. 진 형사
에게 한 통, 그리고 최 피디에게 열두 통. 심지어 최 피디는 문
자도 수차례 보냈다.

'채유형 씨, 나는 미성숙해도 당신은 어른스럽게 굴어야죠.'

여전한 자기 비하. 머리가 아파왔다. 부모님과 진 형사에게
서도 전화가 와 있는 걸 확인한 그녀는 항생제를 챙겨 먹고
500밀리리터 생수를 한번에 꿀떡꿀떡 다 마신 뒤 어머니에게
문자를 보냈다.

'죄송해요. 일이 너무 바빠서 이번에도 내려가지 못할 것 같
아요.'

곧바로 어머니에게서 답장이 왔다.

'바쁜 건 좋은 거지. 건강 조심하고. 그래도 시간이 나면 전

화 한 통 해주면 좋겠구나. 우리는 네 목소리가 듣고 싶어.'

부모님이 한 번이라도 꼬치꼬치 무언가를 캐물었으면 어땠을까? 그녀의 삶에 간섭하고 참견하려고 했다면 어땠을까? 이를테면 열일곱 살 때 도착한 우편물들을 그녀 몰래 미리 열어봤다면 어땠을까? 그래서 그게 결국 그녀의 손으로 전달되지 않았다면 어땠을까? 쓸데없는 생각이었다.

그때 다시 전화벨이 울렸다. 이번에는 윤종이었다. 그녀는 액정에 뜬 이름을 오랫동안 바라보다가 결국 전화를 받았다. 수화기 너머 그는 약간 취한 것 같았다. 다짜고짜 자신이 있는 심야 카페의 위치를 댔다.

"꼭 와야 해요."

그녀는 윤종의 말대로 했다. 윤종이 알려준 대로 길을 찾아갔다. 버스에서 내려 한참을 걷자, 거리 한복판에 빽빽하게 자리를 차지하고 있는 플라스틱 간이 테이블과 거기에 모여 앉아서 술을 마시며 떠드는 사람들이 나타났다. 그녀는 그 무리들을 그대로 지나쳐서 안쪽 골목으로 조금 더 걸어 들어갔다. 그러자 갑자기 사위를 점령한 것 같은 극적인 정적과 마주하게 되었다. 가로등 하나 없는 어둠, 멀지 않은 곳에서 전해오는 미약한 빛이 겨우 거리의 조도를 조금 높이고 있을 뿐이었다. 그녀는 천천히 걸으며 녹이 슨 것처럼 보이는 위태로운 벽과 간판들을 올려다보았다. 태백기계, 한일공구, 유진전선……. 어떤 간판은 자음이나 모음의 일부가 떨어져 나간 탓에 온전한 이름을 알아볼 수 없었다. **이름을 잃어버린 가게들.** 파란색 셔터를 내린 가게들은 폐업한 것처럼, 다시는 그 육중한 셔터를 올릴 일이 없는 것처럼 보이기도 했다. 하지만 아닐 것이다. 가게의 주인들은 한숨을 쉬며 각자의 밤을 보낸 후, 아침이면 다시 힘겹게 이 셔터를 들어 올릴 것이 분명했다. 언젠가는 폐업을 할지언정, 적어도 오늘 밤은 아니었다.

윤종이 알려준 건물의 1층 간판에는 '청우기술'이라고 적혀 있었다. 낡고 조악한 간판. 잠시 망설이던 그녀는 몸을 구겨서 반쯤 열린 셔터를 통과한 뒤, 여전히 의심스러운 마음으로 좁고 가파른 계단을 올라갔다. 그러고는 2층, 차가운 쇠문을 밀었다. 매장 안의 조명은 어두웠고, 인테리어는 투박했으며, 음악 소리도 없었다. 육중해 보이는 갈색 소파와 체리색 테이블이 자리를 차지하고 있었다. 미처 빠져나가지 못한 열기가 느껴졌다. 천장에는 아무런 기능도 하지 못할 것 같은 우드 실링 팬이 힘겹게 돌아가는 중이었다. 카운터의 대머리 남자는 꾸벅꾸벅 졸고 있었는데, 새로운 손님을 맞이할 생각 같은 건 전혀 없어 보였다. 손님은 윤종뿐이었다. 정장 재킷과 바지, 와이셔츠와 넥타이 그리고 시계와 구두, 커프스단추까지 착용하고 있었다. 저 남자는 한여름이 되어도 저렇게 입고 다닐 생각인가? 그녀를 발견한 윤종이 자리에서 벌떡 일어나서는 기가 막히다는 표정으로 말을 걸었다.

"무슨 일이 있었던 거예요? 얼굴이 왜 그래요? 손에 붕대는 또 뭐고요?”

“왜 만나자고 한 거예요?”

그녀는 아무렇지도 않은 척, 윤종의 시선을 피하며 자리에 털썩 앉았다. 윤종은 고개를 흔들면서 그녀를 따라서 자리에 앉았다.

“도대체 무슨 일을 하고 다니는 거예요?”

“취재요.”

“그렇게 귀가 너덜너덜해진 채로? 손에 붕대를 칭칭 감은 채로 말이에요?”

그러고는 윤종은 고개를 숙이고 손가락으로 이마를 긁었다.

“채유형 씨, 나는 당신이 걱정돼요…… 모르겠어요. 당신이 걱정된다고요.”

“내 걱정을 왜 하는 건데요?”

그녀는 윤종의 얼굴을 똑바로 바라보았다. 그의 눈을 피하거나 딴청을 피우고 싶지 않았다. 그리고 그 또한 자신의 눈을 피하거나 딴청을 피우지 않길 바랐다.

“왜 내가 심효전에게 관심을 끊길 바라는 건데요?”

“당연하잖아요. 그 애는 살인자니까요.”

“이미윤이라는 애를 알아요?”

윤종은 생각에 잠긴 듯하더니 고개를 떨구고 자신감 없는 목소리로 말했다. “몰라요.” 그리고 이 말을 한 번 더 반복했다. “몰라요.”

"심효전이 죽인 애들과 아는 사이였다는데, 정말 몰라요? 담당 형사 말로는 그 애가 뭔가를 숨기고 있는 것 같다고."

"그 애가 숨기는 건 없을 거예요. 난 그 애를 모르지만, 거기에 숨길 만한 일은 하나도 없어요. 알겠어요? 비밀 같은 건 없다고요. 명명백백한 살인 사건이라고요. 그건……."

윤종은 필요 이상으로 흥분했다. 왜? 술을 마셨기 때문에? 그는 이 시간에 이런 장소에 앉아서 술을 마시다가 왜 자신에게 전화를 건 걸까? 왜 자꾸 고개를 떨구는 걸까? 그녀는 결국 이 말을 하고야 말았다.

"당신, 어제 내 이야기 들었잖아요." 그녀는 한 번 더 말했다. "우리 아버지에 대한 이야기 들었잖아요."

윤종은 고개를 숙이고 두 손을 모아 쥔 후 입을 열었다. "난 당신 아버지가 어떤 일을 했는지 관심 없어요."

마치 선언문이라도 읽는 사람처럼 엄숙하고 딱딱한 말투. 그녀는 화가 났다. 태어나서 처음으로 입 밖에 낸 사실에 그가 아무런 반응도 하지 않아서. 아무도 듣지 못한, 아무도 상상하지 못한 자신의 비밀을 털어놨는데도 아무런 관심이 없고 상관하지도 않는 것 같아서. 그런 건 전혀 중요하지 않다는 듯이 굴고 있어서.

그녀는 나직하게 내뱉었다. "거짓말."

그 말에 윤종이 고개를 들었다. 그러고는 눈을 질끈 감았다가 뜬 후 입을 열었다.

"그래요, 거짓말일지도 몰라요."

그녀는 또다시, 마치 심장에 전류가 흐르는 것 같은 저릿한 통증을 느꼈다. 그 통증을 인정하고 싶지 않아서, 자리에서 벌떡 일어났다. 그녀가 무심코 건드린 테이블 위의 빈 술잔이 요란한 소리를 내며 바닥으로 떨어져서 구르다가 멈추었다. 잠에서 퍼뜩 깬 대머리 사내가 멍청한 눈으로 주위를 두리번거렸다.

윤종이 다급한 목소리로 말했다. "제발요. 난 정말 당신이 걱정돼요. 제발 모두 그만둬요."

모두? 저 남자는 대체 무슨 말을 하고 있는 건가? 그만두라고? 무엇을 그만두라는 말인가? 방화범의 자식이라는 사실을, 무고한 사람을 죽인 남자의 자식이라는 사실을 곱씹는 걸 그만두라는 의미일까? 대체 저 남자는 무슨 말을 하고 있나? 그녀는 저 남자가 자신에게 무슨 말을 해주길 바랐던 것일까? 무엇을 원했던 것일까?

그녀는 자신의 심장을 지나가는 그 가냘픈 통증의 정체가 수치심이라는 사실을 깨달았다. 부끄러움, 무자비하게 자신을 덮치는 참혹한 부끄러움.

그녀는 빠른 걸음으로 심야 카페를 나선 후 좁은 계단을 서슴없이 내려가기 시작했다. 그리고 거침없이 셔터 밑으로 몸을 구겨서 바깥으로 빠져나왔다. 곧바로 그녀를 뒤쫓아 나온 윤종이 팔을 뻗어 그녀의 손목을 잡았다. 희미하게 남아 있는 보랏빛의 멍 자국을 그의 손가락이 부드럽게 감쌌다. 윤종이 손을 당겨 그녀를 끌어안았다. 아주 천천히, 공을 들여서, 조심스럽게. 마치 죄 많은 아비가 자신의 아이를 끌어안는 것 같은 포옹. 그의 숨결에서 술 냄새가 먼저 풍겼고 그다음에는 그녀의 왼쪽 볼에 닿은 (이 세상에 단 하나밖에 없다는) 커프스단추의 차가운 감촉이 느껴졌다. 그녀는 문득 두려웠다. 자신의 왼쪽 귀가 그의 몸에 닿을까 봐. 지금은 다른 종류의 신체적 고통을 느끼고 싶지 않았다. 그녀는 궁금했다. 자신을 끌어안고 있는 이 남자는 어떤 기분일까?

잠시 후 그가 팔을 풀었을 때, 그녀는 어색한 기분이 되었다. 그런 기분을 느꼈다는 사실 때문에 조금 서글퍼졌는지도 모른다. 그의 표정을 확인하지 않아도 그 역시 어색해하고 있다는 것을 알 수 있었다. 그도 슬퍼하고 있을까? 그녀는 뒷걸음쳐서 그와 떨어진 후 뒤로 돌아 달리기 시작했다. 멀지 않은 곳에서 미약하게 전해져오는 불빛 때문에 그녀는 자신의 그림자가 따라온다는 사실을 실감할 수 있었다. 그 길이 끝날 것 같지 않다고 느꼈지만, 아주 조금만 달렸을 뿐인데 갑자기 거리는 환해졌다. 길가 간이 테이블에 앉아 웃고 떠들며 술을 마시는 사람들의 소리, 불빛, 냄새가 일시에 그녀를 덮쳤다. 딴 세상 같아, 그런 생각을 하며 초여름 밤 아직 설익은 여름의 열기 속을 그녀는 내처 달렸다.

다음 날, 정오까지 침대 위에 누워 있던 그녀는 몸을 벌떡 일으킨 후 방 안을 서성거리다 옷장 앞에 섰다. 옷장 속 백팩, 백팩 안 서류 봉투 속 사진과 기사를 꺼내 보고 싶은 마음을 억누를 수가 없었다. 죽은 토끼 귀를 목에 걸고 다니던 남자, 건물에 불을 내서 무고한 사람들을 죽인 남자의 사진이 보고 싶어서.

'넌 어때?'

그녀는 그 문장을 떠올렸다. 그 문장을 떠올리면서 옷장 옆에 걸린 거울에 비친 자기 자신의 얼굴을 바라보았다. 넌 어때? 무엇을 묻고 싶었던 것일까? 무엇을 확인하고 싶었던 것일까? 그녀는 고개를 저었다. 그리고 진 형사가 남긴 부재중 전화를 떠올렸다.

느지막한 오후, 일전에 진 형사에게 줄 빵을 샀던 경찰서 근처 베이커리 카페로 간 그녀는 아이스 아메리카노를 주문한 후 진 형사에게 전화를 걸었다. 아주 오랫동안 신호가 울린 뒤에야 진 형사는 전화를 받았다. 진 형사는 노트 위에 무언가를 쓰다가 전화벨 소리에 연필을 내려놓았을 것이다. 천천히 돋보기안경을 벗고 노트를 덮은 후 느긋한 태도로 전화를 받았을 테지. 어쩌면 전화를 받기 전에 두 손으로 눈자위를 지그시 지압했을지도 모른다. 만나고 싶다고 말하자 진 형사는 흔쾌히 응했지만, 카페의 이름을 댔을 때는 못마땅한 기색이 역력했다.

"알았어요. 지금 그리로 갈게."

그녀는 진 형사가 먹을 만한 빵들을 미리 주문해두기로 했다. 뭐라고 했더라? 버터스콘, 라우겐, 크루아상…… 그리고 캉파뉴? 직원은 라우겐은 없다고 했고, 무화과가 들어간 캉파뉴를 추천해주었다. 주문을 끝내고 자리에 앉아 있던 그녀는 잠시 후 백팩을 멘 채로 느긋하게 카페로 들어서는 진 형사를 볼 수 있었다. 진 형사는 건성으로 한 손을 들어 인사를 하고, 테이블 위의 빵에 눈길을 고정하며 다가왔다. 며칠 전이었다면 지나치게 느긋한 행동 때문에 짜증이 났을 테지만 이제는 상관없었다. 어차피 남아도는 건 시간뿐이었다.

진 형사는 백팩을 의자에 올려두면서도 접시에서 눈을 떼지 않았다.

"여긴, 사실 빵이 맛이 없거든."

그렇게 말한 진 형사는 목에 걸려 있는 돋보기안경을 쓰고 미간을 구긴 채로 그녀 쪽으로 몸을 기울였다. 그렇게 자세히 바라보면 그녀에게 있었던 일을 알아차리기라도 할 수 있다는 듯이. 문득 그런 생각이 들었다. 지금 내 앞에서 돋보기를 쓰고 나를 뜯어보는 이 여자는 형사이니까, 어쩌면 지금의 이 모습만으로도 알아차리는 사실이 있을지도 몰라. 하지만 아니었다. 진 형사는 아무것도 알아내지 못했고, 그저 이렇게 물었을 뿐이다.

"무슨 일이에요?"

"사고가 있었어요."

그녀는 모자를 벗고 머리를 쓸어 올렸다. 이번에는 어떤 계책이 있어서가 아니라 자연스럽게 나온 행동이었다. 완전히 드러난 자신의 끔찍한 몰골에 진 형사가 충격을 받을지도 모른다고 생각했지만, 이번에도 아니었다. 진 형사는 일단 한번 충격을 받은 대상에 대해서는 무감각해지는 부류였다.

"전화는 왜 안 받았어요?"

그녀는 몸을 의자 뒤로 깊숙이 기댄 후 아이스 아메리카노의 얼음을 입속에 넣고 녹이면서 최대한 태연하게 보이기를 바라며 대답했다.

"잤어요."

"잤다고?"

"네, 잠자는 숲속의 공주처럼요."

"흐음……."

진 형사는 돋보기 너머로 두 눈을 치켜뜨며 한동안 그녀를 바라보았다. 그녀는 이런 식으로는 내게서 아무것도 알아내지 못할 거라고 생각했지만, 알아내지 못한 정도가 아니라 진 형사는 방금 한 대답 자체에 흥미를 잃은 것 같았다.

"나는 지난 이틀 동안 이미윤을 따라다녔어요. 그날 피디님과 헤어진 후에도 사실 그 애 집에서 지키고 있다가……."

"집을 찾아갔다고요?"

그녀는 이미윤이 한 말이 떠올랐다. 그 애는 부모님이 자신

123

의 오토바이에 대해 알게 되면 유서에 진 형사의 이름을 쓰고 죽어버릴 거라고 했다.

진 형사는 크루아상을 한입 베어 물고 남은 크루아상의 단면을 그녀 쪽으로 내보이면서 말했다. "크루아상은 안쪽에 결이 살아 있어야 하거든. 마치 숨을 품고 있는 것처럼 말이에요. 겉은 바삭하고 구수해야지. 근데 이것 좀 봐요. 결이 다 죽었잖아요……. 게다가 난 좀더 버터의 풍미가 느껴지는 그런 크루아상을 좋아한다우."

진 형사는 크루아상을 한 입 더 베어 물고는 그녀의 얼굴을 바라보았다.

"괜찮아요. 걔 부모나 다른 친구나 선생에게 접근한 건 아니니까. 나만의 방법이라는 게 있어요. 그러니까 걔가 유서에 내 이름을 써놓고 죽을 일은 없다는 말이에요. 뭐 그런 일이 벌어진다 해도 상관없지만. 아, 그런 표정 하지 말아요. 그런 일은 정말 없을 테니까. 이미윤은 학교생활을 아주 얌전하게 하더라고요. 뭐라고 할까, 그냥 그림자 같은 아이라고나 할까. 아버지는 대기업 임원이고, 어머니는 그냥 가정주부예요. 다섯 살 어린 여동생이 있고 사이가 아주 좋아 보이진 않지만, 그나이 땐 다 그러니까. 어쨌든 집안이 참 화목해 보이더라고."

크루아상을 다 먹은 진 형사는 뜨거운 커피를 한 모금 마신 후 스콘을 먹기 시작했다.

"아, 여기 스콘은 너무 퍽퍽해요. 부드러움이라고는 찾을 수가 없다고. 스콘이라는 건 너무 뻑뻑해도 안 되고 너무 촉촉해도 안 돼요. 홍차가 없어도 부드럽게 목구멍을 타고 넘어가야 한다고요. 홍차와 스콘은 서로의 풍미를 돋워주는 역할을 하는 거지, 어느 한쪽이 다른 한쪽에 의존해서는 안 된다고."

그녀는 고개를 흔들었다. 스콘이 촉촉하든, 퍽퍽하든, 그게 뭔 대수란 말인가? 게다가 지금 홍차를 마시고 있는 것도 아닌데?

진 형사는 못마땅하다는 듯, 먹다 남은 스콘을 손가락으로 누르면서 말했다. "다만 몇 년 전에 돈 문제가 좀 있었대요."

"돈 문제요?"

"대리 입금을 사용하다 빚을 진 모양이에요."

"대리 입금?"

"급하게 사고 싶은 물건이 있는데 돈이 없을 때 SNS 같은 곳에 글을 올리면 어른들이 돈을 빌려주는 거예요. 그렇게 큰돈은 아니고 5만 원, 10만 원 정도니까 애들도 그냥 손쉽게 빌리는 건데, 제때 갚지 못하면 이자가 눈덩이처럼 불어나는 거지."

이렇게 말한 후 진 형사는 스콘을 한 입 더 먹고 불만스러운 표정으로 씹어 넘겼다.

"그런데 부모는 그런 일이 있었다는 사실도 전혀 모르는 것 같더라고. 학교 선생들도 모르고."

진 형사는 티슈로 손가락에 묻은 스콘 부스러기를 닦아낸 후 가방에서 뭔가를 꺼내 그녀에게 건넸다. 그건 2년 전에 있었던 청소년 살인 사건의 사건 파일이었다. 그녀가 기자로 일하던 시절에 일어났던 사건이었고 그녀 역시 간단하게나마 알고 있었다. 고등학교에 다니는 남자애가 새벽에 길거리에서 또래 남자애를 죽인 사건이었다. 피해자와 가해자의 연관 관계가 드러나지 않았기 때문에, 어떤 기자는 헤드라인을 이런 식으로 뽑았었다. '고교판 묻지 마 살인 사건?!'

그녀는 사건 파일을 진 형사에게 돌려주며 이해가 안 된다는 듯이 물었다. "이걸 왜……?"

진 형사는 손가락으로 한쪽 눈썹을 천천히 긁으며 답했다. "이때 살인을 저지른 아이가 이미윤, 김이정과 같은 중학교를 졸업했더군요."

그녀는 고개를 갸웃거렸다. "하지만 이 애들이 같은 학년인 것도 아니잖아요. 게다가 이미윤과는 학교를 다녔던 시기가 겹치지도 않고요."

"계산이 빠르네요." 진 형사는 감탄했다는 듯 그녀를 슬쩍 보고 웃었다. 그러고는 스콘을 한 입 더 베어 물었다. "피디님 말이 맞아요. 이때 살인을 저지른 아이는 김이정보다는 한 살이 많았고, 이미윤보다는 세 살이 많았으니까요. 그래도 이런저런 가능성을 고려해보는 거예요."

무언가 못마땅하다는 듯한 표정으로 커피를 꿀꺽꿀꺽 마시는 진 형사를 바라보며 그녀가 입을 열었다. "그들이 같은 중학교 출신이라는 사실이 의미가 있을까요?"

"그건 모르죠." 진 형사는 표정을 한껏 구기고 마지막 스콘 조각을 털어 넣은 후 말했다. "이미윤은 자기가 미행당하는 걸 알고 있었어요."

"그걸 안 게 대단한 사실인가요?"

진 형사는 약간 상처받은 표정으로 그녀를 바라보았다. "자꾸 잊어버리는 모양인데, 난 지난 몇십 년 동안 수사를 전문으로 한 사람이에요. 그런 꼬맹이가 내 미행을 알아차린다? 어림도 없지. 그건 누군가에게 주의를 받은 거예요. 누군가가 미행할지도 모르니까 조심하라고."

"누가 그런 주의를 준단 말이에요?"

"그건 모르죠."

그건 모르죠. 그렇지, 이게 진 형사의 말버릇이지.

"형사님은 뭘 찾고 계셨어요?"

"오토바이. 그 애의 오토바이."

"그걸 왜……."

"왜냐고 묻지 말아요. 그냥 감이니까."

그녀의 머릿속으로 퍼뜩 지나가는 게 있었다. 그 애들, 그 문신 남자애와 피어싱 여자애 무리는 하천 근처의 편의점 앞에 오토바이를 세워두었다.

"그 오토바이가 어디에 있는지 알 것 같아요."

"어디에 세워두는데요?"

"이미윤이 자기 무리와 모이는 곳이에요."

"무리?"

"숲에다가요. 정확히 어디에 있는 숲인지는 몰라요. 을지로 부근에 있다는 것만 알아요."

"숲? 을지로?"

이렇게 물은 진 형사는 무화과캉파뉴 한 조각을 입안에 집 어넣었다. 뭐가 또 마음에 들지 않는지 조용히 혼잣말을 했다. "그나마 이게 제일 낫네."

"어떤 아이들에게 들었어요. 이미윤의 이름을 대니까, 을지 로에 있는 숲으로 가보라고 했어요."

빵을 천천히 씹어 넘긴 후 진 형사는 의심과 불만이 가득한 표정으로 그녀를 바라보았다.

"도대체 뭘 하면서 돌아다니는 거예요?"

그녀는 진 형사가 금방 자신에게 흥미를 잃을 거라고, 그러 므로 대답을 필요로 하지 않으리라고 생각했지만, 이번엔 아 니었다. 진 형사는 의자에 몸을 깊숙이 기대고, 두 손을 모은 채 배 위에 가지런히 올려둔 뒤 그녀를 유심히 바라보았다.

"어제 피디님이 전화를 안 받아서 명함에 적혀 있던 직장 번 호로 전화를 했거든요. 그런데 직원이…… 채유형 피디님은 더 이상 함께 일하지 않을 거라고 말하더군요."

그녀는 말문이 막혔고 순간적으로 얼굴이 홧홧거렸다. 한때 의 동료 직원이 진 형사에게 어디까지 털어놓았을지 알 수 없 었다. 채유형은 자포자기하는 심정으로 말했다.

"난리를 쳤어요."

"난리요?"

"상사에게 욕하고 대드는, 뭐 성숙한 어른이라면 하지 않을 그런 일요……."

진 형사는 유심히 채유형을 바라보다가 입을 열었다. "왜 심효전에 대한 조사를 그만두지 않는 건지 물어보고 싶은데요. 피디님이 왜 이 일을 계속하는 건지 말입니다. 이제는 그럴 필요 없잖아요."

그 질문을 받는 순간, 옷장 속 백팩에 간직한 서류 봉투 속 기사와 사진이 떠올랐다가 사라졌다. 왜? 그녀는 고개를 흔들었다.

"죄송해요. 일을 그만둔 이야기를 했어야 하는데. 저, 안 도와주셔도 돼요. 더 이상 저를 피디님이라고도 부르지 마시고요. 저는 이제 피디가 아니니까요……."

그녀 역시 자신이 왜 이 일을 계속하려는 건지 알 수 없었다. 아니, 그건 다름 아닌 그녀 자신이 제일 궁금한 부분이기도 했다. 진 형사는 무화과강파뉴를 한 조각 더 입에 넣고 씹다가 어깨를 으쓱했다.

"이런 걸 어떻게 설명해야 할지 알 수 없는데, 어쨌든 나는 오랫동안 형사 일을 해왔어요. 나는 가끔…… 다른 사람들의 충고를 듣지 않을 때가 있어요. 이걸 뭐라고 해야 할지 모르겠는데, 여하튼 한번 결정을 하면 그대로 따라야 기분이 좋아진다고나 할까? 그래요. 기분이 좋아진다는 게 중요해요. 이게 핵심이지. 난 내 기분을 좋게 만들려고 항상 애를 쓰거든. 이유가 뭐였든 간에, 나는 심효전 사건에 대해 조사하기로 결정했고, 이게 내 기분을 좋게 만들어줄 거고…… 나는 이걸 계속할 거란 말이에요. 내 말 알아들어요?"

진 형사가 하는 말의 의미를 완전히 파악할 수 없어서 그녀는 잠자코 있었다.

"그러니까, 나는 앞으로도 계속 피디님을 피디님이라고 부를 거라고요. 하지만 이거 하나만 확실하게 합시다. 혹시 피디님은 심효전이 살인범이 아니라고 생각하는 거예요?"

왜 다들 내게 저 질문을 못 해서 안달인 걸까? 그녀는 진저리가 났다. 진 형사는 그녀를 뚫어지게 바라보다가 돋보기안경을 벗었다.

"그런 생각을 한다면 그만두는 게 좋을 거예요. 그 애가 범인이라는 건 바꿀 수 없는 사실이니까."

또 같은 소리였다.

그러고는 남은 캉파뉴 두 조각을 그녀 쪽으로 밀어주었다.
"이거라도 먹어둬요. 그렇게 맛있진 않지만, 몸에 탄수화물이 조금이라도 들어가야 머리도 돌아가는 법이랍니다."

진 형사는 끙 소리를 내며 자리에서 일어난 후, 마치 큰일이라도 한 사람처럼 한숨을 쉬었다.

"나중에 다시 만나서 이야기를 좀 해봅시다. 그건 그렇고 피디님 참 대단하시네."

"뭐가요?" 그녀는 얼떨떨한 기분으로 되물었다.

"오늘 여기서 빵을 먹으면서 생각한 건데, 그때 피디님이 사온 빵들이 그나마 이 가게에서 맛있는 축에 드는 것 같거든. 빵을 고르는 데 천부적인 재능이 있나 봐요. 이러니 내가 피디님을 돕지 않을 수가 있나."

진 형사의 표정이 너무 진지해서 웃어야 하는 건지 고개를 끄덕여야 하는 건지 알 수 없었다. 진 형사는 백팩을 둘러멘 후 느릿느릿 걸어서 카페를 빠져나갔다. 그녀는 주위를 둘러보았다. 삼삼오오 모인 사람들이 빵과 음료를 먹고 있었다. 하지만 진 형사처럼 불만스러운 표정을 짓는 사람은 없었다. 무화과캉파뉴 한 조각을 입에 집어넣은 그녀는 깜짝 놀랐다. 너무 맛있었기 때문에.

9

그날 밤 그녀는 낮에 카페에서 사온 무화과캉파뉴를 씹으며 (열 봉지를 사왔고, 아홉 봉지는 직원의 충고에 따라 냉동실에 넣어두었다) 진 형사가 가져다준 사건 파일들을 찬찬히 살펴보고 있었다. 일단 '지민준 사건'부터. 그 당시 지민준은 피해자와는 전혀 안면이 없고 그저 밤에 길을 지나가다가 마주친 사람을 죽인 거라고 말했다. 꽤 이슈가 된 사건이어서 기사도 많이 나왔고 여러 논쟁을 불러일으켰다. 청소년이지만 이례적으로 포토 라인에 서게 했는데, 이것 역시 논쟁의 대상이 되었다. 그 당시에 비리를 저지른 거물 정치인의 딸이 판결을 앞두고 있었는데, 어떤 사람들은 정치적 이슈를 덮기 위해 언론에서 지민준을 과하게 악마화시켰다고 주장하기도 했다. 하지만 이제 사람들은 지민준이든, 거물 정치인의 딸이 저지른 일이든 그 무엇도 잘 기억하지 못했다. 다음 사건이 이 사건을 밀어냈고, 이 사건은 또 다른 사건 때문에 밀려났다.

전문가들은 지민준의 정신감정이 필요하다고 주장했다. 평소에는 그런 범죄를 저지를 만한 기색은 찾을 수 없었다고 했다. 폭력성을 드러내는 것도, 학업에 문제가 있는 것도, 부모님과 특별히 불화가 있던 것도 아니었다. 돈 문제도 없었다. 오히려 그 반대였다. 지민준의 아버지는 비교적 젊은 나이에 이미 국내 굴지의 건설 회사 임원으로 근무 중이었다. 어머니는 사회적 활동을 활발히 하는 주부였다.

참고인 조사 당시 부모는 이렇게 말했다. "무언가 잘못된 거예요. 우리 애가 그럴 리 없어요. 우리 애는 한 번도 말썽을 부린 적이 없어요."

어떤 전문가들은 조금만 이해할 수 없는 대상이 나타나면 무조건 '사이코패스'라는 단어를 붙이고 싶어 하는 사람들의 태도에 불만을 터뜨렸다. "그 단어를 남용하는 건 좋지 않은

행위입니다." 이런 헤드라인도 있었다. '청소년 사이코패스 탄생?'

지민준에게 살해당한 박준호는 동갑내기 남자아이였다. 성적은 중간 정도, 교우 관계나 학교의 전반적인 생활 모두 평범했다. 다만 참고인 조사에서 같은 반 친구는 이런 이야기를 했다. "아버지에게 얻어맞고 학교에 온 적이 있었어요. 가끔은 정말 심하게 맞았더라구요."

다른 친구는 "아르바이트를 되게 열심히 했어요. 그래서 학교에서 졸다가 선생님에게 두들겨 맞은 적도 있고요"라고 했고, 또 다른 친구는 "좋은 물건을 엄청 많이 가지고 있었어요. 폰도 맨날 최신이었고요. 옷도 브랜드만 입었거든요"라고 말했다.

그녀는 다시 사건 조서로 돌아갔다. 혹시 살해당한 아이의 소지품이 없어진 것이 있었나? 그런 건 없었다.

김이정의 학교생활 역시 평범해 보였고, 성적은 상위권에 가까웠다. 참고인 진술서를 모조리 뒤져봤지만, 그 애의 부모나 학원 친구들, 학교 선생이나 과외 선생들 중 그 애가 오토바이를 탄다는 이야기를 하는 사람은 없었다. 심효전은? 심효전은 알고 있었을까? 사망 당시, 허민수는 삼수를 준비 중이었다. 건축직 5급 공무원이었던 아버지가 벨기에에 체류하는 바람에 중학교 때까지는 그곳에서 살았고, 한국으로 온 후 학교생활에 적응을 못했다. 특별하게 교류를 하는 친구도 손에 꼽을 정도였다. 고교 때 같은 반이었던 친구는 참고인 조사에서 이런 진술을 했다. "학교에 오면 거의 말을 안 했어요."

허민수의 어머니는 이렇게 말했다. "애를 한국에 데려온 게 잘못이었어요. 한국으로 오고 싶어 하지 않았거든요. 거기에 두고 왔어야 했는데……."

여기까지 읽었을 때 전화벨이 울렸다. 최 피디였다. 그날 오후에만도 최 피디는 그녀에게 두 개의 메시지를 보냈다. 그중 하나는 출근을 다시 하라는 내용이었다.

'채유형 씨 아이템이 채택되지 않더라도 일은 해야 하는 것 아닙니까. 정말 책임감이 없군요.'

놀랍게도 그 두 개의 문자에는 최 피디가 말할 때마다 늘 사용하는 방식(자기 모멸과 비하)은 쏙 빠져 있었다.

그녀는 전화벨을 무음으로 바꾼 후에 작은 노트와 펜을 꺼냈다. 그리고 이렇게 휘갈겨 적기 시작했다.

1. 심효전은 김이정과 허민수를 죽였다(이건 부정할 수 없는 사실이다).
2. 처음에는 살인을 순순히 인정했고, 김이정이 자신을 배신했기 때문이라고 말했다.
3. 지금 심효전은 범행을 전면 부인하고 있다.
4. 이미윤은 죽은 김이정, 허민수와 아는 사이였다.
5. 이미윤과 김이정, 2년 전 청소년판 묻지 마 살인 사건의

범인인 지민준은 같은 중학교 출신이다.

6. 김이정에게는 어울리는 오토바이 무리가 있었고, 그들
    은 을지로에 있는 숲(?)에서 만난다.

여기까지 적은 그녀는 냉동고에 얼려놓은 캉파뉴 한 봉지를
더 꺼내 전자레인지에 돌렸다. 빵을 한입 가득 넣고 씹으면서
좀 전에 노트한 것 아래에 이렇게 적었다.

7. 김이정, 허민수, 이미윤, 심효전, 지민준은 모두 아는 사
    이인가? 그렇다면 죽은 박준호는?
8. 이들을 엮어주는 것은 무엇인가? 오토바이? 숲?

그리고 번호를 하나 더 붙였다.

9. 만약 이들이 모두 다 아는 사이라면 어떤 의미가 있는
    걸까? 모두? 모두란 누구를 의미하는 걸까?

그러다 갑자기 그녀는 거칠게 지민준의 사건 파일을 넘겨보
았다. 아, 세상에 어떻게 이걸 그냥 지나칠 수 있었을까? 지민
준이 박준호를 죽인 곳은 을지로 부근이었다.

'이것 하나만 말해줄게요. 을지로에 있는 숲에 가봐요, 꽃이
피어 있던 숲으로.' 그때 그녀의 귀에 구멍을 뚫은 여자애는

그렇게 말했었다.

그곳에 직접 가봐야 했다. 그곳? 을지로는 너무 넓었다. 거기에 가면 나무나 풀이 있는 걸까? 그때 그 애는 '숲'이라고 표현했지만 진짜 '숲'을 말한 건 아니었을 것이다. 그녀가 아는한, 을지로에 그런 곳은 없었다. 나무가 우거져 있는 곳이거나, 조경을 위한 관목숲이 있거나, 화단이 조성된 곳? 그녀는 입에 빵을 욱여넣은 후 진 형사에게 전화를 걸기 위해 휴대전화를 집어 들었다. 그리고 그녀는 어머니에게서 문자가 와 있다는 걸 확인했다.

'우리는 네가 무엇을 하든지 항상 너의 편이란다.'

그들은 한동안 기다릴 것이다. 그녀에게 방해가 되길 원하지 않으니까. 그게 성인인 자식에게 부모가 해야 하는 마땅한 행동이니까. 그러고 싶지 않았지만 그녀는 윤종을 떠올렸다. 전날 밤, 그녀의 볼에 와닿던 차가운 커프스단추의 감촉. 어색해하는 표정, 감출 수 없던 감정. 그녀는 고개를 흔들며 진 형사에게 전화를 걸었다.

며칠 후, 그녀는 늦은 점심으로 부엌에 선 채로 생수와 무화과캉파뉴를 챙겨 먹은 후 병원에 들렀다. 치료를 받는 동안 잊고 있던 귀와 손등의 통증이 되살아났다. 통증에 익숙해졌다고 생각한 데다 통증을 잘 참는 건 자신의 (맥주 한 캔을 한 번에 마시기와 자는 동안 꼼짝도 하지 않기에 이은) 세 번째 재능이

나 마찬가지라고 믿었기 때문에 실망감마저 들었다. 소독하고 새 붕대를 감는 동안 조금만 귀를 건드려도 아파서 몸이 움찔거렸다. 보다 못한 간호사가 인형을 하나 가져다주었다. 그녀는 두 손으로 인형을 꽉 잡았다.

"민감해진 거요. 그건 좋은 징조지." 의사는 일주일 뒤에 다시 와야 한다고 경고했다. "안 그러면 진짜 귀를 잘라내야 할지도 몰라. 아직도 방심할 수 없어요. 약도 잘 바르고, 관리에 더 신경을 써야 해요. 내 말 꼭 명심하고."

의사는 자신의 병원에 걸어놓은 고흐의 자화상을 들먹일 수 있는 환자가 찾아와서 들뜬 게 틀림없어 보였다.

진료실에서 나와 전화기를 확인하니 문자 두 통과 부재중 전화가 한 통 와 있었다. 한 문자는 진 형사가 약속을 확인하느라 보낸 것이었고, 나머지 문자와 부재중 전화는 최 피디가 남긴 것이었다. 다시 시작한 자기 모멸과 비하, 그리고 집요함…… 그녀는 최 피디의 부재중 전화 기록과 문자를 삭제했다.

언제나처럼 백팩을 멘 진 형사는 도로 한복판 가로수 그늘 아래에서 부루퉁한 표정으로 그녀를 기다리고 있었다. 리넨 소재의 고동색 반팔 셔츠와 긴 바지, 가죽으로 된 샌들에 양말을 착용하고서. 평년보다 훨씬 더 여름이 빨리 찾아온 것 같다고, 뉴스 앵커는 이상 기후를 말했다. 정말로 봄이 사라진 느낌이었다. 한낮의 해가 나뭇잎 사이사이, 그리고 진 형사의 둥근 몸으로 떨어지는 게 보였다.

그녀를 발견한 진 형사는 목에 걸린 안경을 코에 걸친 후 손가락으로 그녀의 귀를 가리키며 느긋한 말투로 입을 열었다. "붕대가 바뀌었네요."

그녀는 진 형사가 그런 것까지 신경 쓰는지 몰랐기 때문에 약간 쑥스러운 기분마저 들었다.

그들이 도착한 곳은 주택가에 있는 조그만 카페였다. 출입구가 숨겨져 있어 자세히 살피지 않으면 그냥 지나칠 만한 곳이었다. 공간도 작고, 테이블과 의자도 작은 편이어서 진 형사의 엉덩이는 의자에 그냥 걸치는 수준이었다. 거기서 그들을 기다리는 여자애가 있었다. 누구인지는 알 수 없었지만, 불만에 가득 차 있다는 건 누가 봐도 알 수 있었다.

"뚱뚱이와 홀쭉이 콤비야, 뭐야. 겁나 웃겨." 여자애는 어처구니가 없다는 듯이 말했다.

특별난 태도는 아닐 것이다, 저 나이 때의 시각에서 세상은 언제나 어처구니없는 일로 가득 차 있으니까.

어정쩡하게 표출되는 실패한 악의. 그녀는 그 애가 처량해 보인다고 생각했다. 이미윤을 만났을 때 그랬던 것처럼 진 형사의 표정이 바뀌었다. 부루퉁함은 순식간에 사라지고, 마치 구름과도 같은 부드러운 표정이 드러나는 것. 진 형사는 끙 소리를 내고 자리에서 일어나 그녀와 그 애에게 묻지도 않고 아이스 라테 두 잔과 핸드드립 커피, 그리고 토마토콩피스콘을 주문했다. 반을 가른 스콘 사이에 모차렐라치즈를 넣고 올리브오일로 절인 토마토콩피와 바질페스토를 올린 것이었다. 올리브오일이 홍건하게 깔린 스콘 접시를 바라보며 그녀는 생각했다. 이런 걸 어떻게 먹어?

그때 진 형사가 그 애에게 말했다. "먹어봐."

고작 음식을 권하는 것뿐인데도 진 형사의 입에서는 고압적인 말투가 흘러나왔다. 그랬지, 그때 이미윤을 만났을 때도 그랬지. 불만 가득한 표정으로 기름에 적셔진 스콘을 포크로 찍어 입에 넣은 그 애는 약간 당황한 것 같았다. 아이는 진 형사의 눈치를 보고 한 번 더 스콘을 떠먹었다. 그리고 한 번 더. 그리고 또다시. 스콘은 어느새 바닥이 났고, 진 형사는 토마토콩피스콘을 한 개 더 주문해주었다. 하지만 그 애는 겨우 그 정도로 조종당하지 않겠다는 듯이 말했다. "아줌마가 나오라고 하니까 나오긴 했는데 별로 할 말은 없어요."

진 형사는 포크를 들고 있는 그 애의 손을 살짝 잡고 입을 열었다. 부드러운 표정을 유지한 채, 고압적인 말투로.

"난 억지로 만나달라고 한 적 없다. 네가 스스로 여기에 나온 거지."

그 말에 그 애는 자신의 입장을 순간적으로 깨달은 듯했지만 인정하지 않겠다는 듯이, 진 형사의 손 아래에 잡힌 자신의 손을 빼내려고 안간힘을 썼다.

"김이정이 학교에서 고립된 적이 있니?"

그제야 그녀는 자신들 앞에 앉아 있는 여자애가 김이정과 같은 학교에 다닌 친구라는 것, 그리고 진 형사가 이미윤에게 했던 것처럼 저 애의 약점을 잡았으리라는 사실을 알았다. 이 자리에 나오지 않고서는 버틸 수 없는 그런 약점을. 하지만 진 형사가 던진 질문은 이상했다. 사건 조서에는 김이정은 우등생이었으며, 학교생활에 문제가 없다고 쓰여 있었다. 손을 빼내려고 안간힘을 쓰던 아이는 진 형사와 그녀를 번갈아 보다가 드디어 패배 선언을 하듯, 고개를 떨구었다. 진 형사가 그 애의 손을 놔주었다.

"정말 재수 없어요."

진 형사의 얼굴 위로 아주 잠시 부루퉁한 표정이 살아났고, 완전히 동의한다는 듯 고개를 끄덕였다. 그 애는 한숨을 쉬고 머뭇거리다가 입을 열었다.

"걔는…… 원래 좀 불만이 많았어요. 왜 그런 애 있잖아요. 뭐든 삐딱한 애…… 그걸 뭐라고 하지? 냉소적이라고 하나? 그래도 반 친구들에게 인기는 좋았어요. 말도 잘하고, 공부도 잘하고, 시니컬하게 웃고……. 그런데…… 선생님하고 싸운 적이 있어요."

"선생님하고 싸워?" 그녀가 물었다.

"수업 시간에 영어 쌤이 질문을 했는데 대답을 잘 못 했거든요. 멍 때리고 있었는지, 여하튼 그래서 혼이 났는데 갑자기 이정이가 모르는 게 왜 잘못이냐고 따진 거예요. 모르니까 수

업을 듣는 거 아니냐고요. 근데 사실 걔 말이 맞잖아요. 모를 수도 있는 거지. 그런데 영어 쌤이 이정이 머리를 손바닥으로 때린 거예요. 그러고는 버릇이 없다느니, 어쩌느니 계속 혼을 냈어요. 그런데…… 걔가 갑자기 폭발해서 욕을 했어요. 씨발. 다들 놀랐어요. 평소에도 좀 나대긴 했지만, 그런 식으로 선생님에게 욕을 하는 애는 아니었거든요. 영어 쌤은 우리한테 자율학습을 시키고는 교무실로 이정이를 데리고 갔어요. 그리고 이정이는 다음 수업 때까지 들어오지 못했고요. 한참 후에 교실로 돌아왔는데 얼마나 많이 울었는지 얼굴이 퉁퉁 부었더라고요."

거기까지 말한 그 애는 잠시 숨을 고르다가 다시 말을 이어 갔다.

"저는 중학교 때부터 이정이랑 같은 학교에 다녔는데, 이정이네 집이 되게 부자거든요. 부모님도 학교 일에 적극적으로 참여하시고."

"이정이가 중학교 때도 그런 문제를 일으킨 적이 있니?"

"약간 버릇없이 굴긴 했는데 선생님들이 그냥 우쭈쭈 하고 넘어갔어요. 특별 취급을 받은 거죠. 할아버지도 국회의원이었고. 아마 영어 쌤은 이정이네 집에 대해 잘 몰랐을 거예요. 이정이가 그렇게 혼난 거 알고 담임이 되게 쫄았거든요. 혹시나 이정이네 부모님이 찾아와서 문제 삼을까 봐……. 우리도 다들 그럴 거라고 예상했는데, 이상하게도 그런 일이 일어나

지 않았어요. 이정이도…… 아무 일 없다는 듯이 학교생활을
했고요. 겉으로 특별히 달라진 건 없었거든요. 뭐라고 하지,
분위기가 좀 바뀌었다고 해야 하나…… 하지만 그건 1학년 때
일이고, 이정이가." 그러고는 잠시 뜸을 들였다. "죽기 훨씬 전
의 일이니까……."

거기까지 말한 뒤 그 애는 울적한 표정을 지었고, 나머지 스
콘을 입안에 한꺼번에 다 넣은 후 우물우물 씹었다. 그녀는 실
망스러움을 느꼈다. 그 애가 김이정에 대한 대단한 비밀을 알
려주리라고 기대했는데 별것 아닌 이야기였다. 그녀는 진 형
사를 바라보았다. 지금 진 형사는 무슨 생각을 하는 걸까?

"이런 이야기 하기 싫었어요. 정말 하기 싫었다고요."

"왜?"

그녀의 질문에 여자애는 정말 어처구니가 없다는 듯한 표정
을 지었다.

"내 입으로 죽은 친구 뒷담화 까긴 싫으니까요. 사패야, 뭐야."

죽은 사람의 추문을 들춰내기 싫은 그 마음을 진 형사는 누
구보다 잘 알았다. 배신자, 라는 단어가 떠올랐다가 사라졌다.

진 형사는 조용하게 말했다. "내가 얘기하게 만든 게 아니라
네가 스스로 이야기한 거란다."

"아줌마 정말 싫어요."

그 애는 울적한 표정으로 거기에 앉아 있었고, 진 형사와 그
녀는 그 애를 내버려두었다.

여자애가 돌아간 후 진 형사는 그제야 자기 몫의 토마토콩피스콘을 주문했다. 다시 부루퉁한 표정으로 돌아온 진 형사는 한입 가득 스콘을 넣은 후 천천히 음미하듯 씹었다. 그녀도 한입 먹어보고 깜짝 놀랐다. 다시는 먹고 싶지 않은 맛이었다. 그녀는 자신이 미맹에 가깝다는 것을 인정했지만, 이 음식이 호불호가 갈릴 거라는 사실은 분명히 알 수 있었다. 진 형사는 그 애가 이 스콘을 좋아하리라는 사실을 어떻게 알아낸 걸까? 척 보면 누가 어떤 음식을 좋아할지 알아차리는 능력이 있는 걸까? 입에 남은 괴상한 느낌을 지우려고 물을 마시며, 그녀는 자신의 냉동고에 들어 있는 무화과캉파뉴를 떠올렸다.

잠시 후 그녀가 입을 열었다. "이해가 안 돼요."

"뭐가요?"

"왜 참고인 조사를 할 때 저런 이야기를 한 명도 안 한 거죠? 조서에는 학교생활에 전혀 문제가 없다고 쓰여 있었는데. 부모나 친구들 모두 다 그렇게 말했어요."

진 형사는 코끝에 걸친 안경을 벗으며 한숨을 내쉬었다.

"저런 걸 뭐하러 말하겠어요. 그 애가 죽은 사건과는 직접적인 관련도 없는데." 진 형사는 그녀를 바라보고 말을 이었다. "부모는 아이에게 저런 일이 있었다는 걸 아예 몰랐을 가능성이 커요. 알았다면 가만히 있지 않았을 테니까. 그리고 아까 그 애가 말했잖아요. 죽은 친구에 대해 나쁜 이야기는 하기 싫었다고요. 그렇지 않겠어요? 죽은 사람이 추문에 휩싸이는 건 끔찍한 일이니까…….”

채유형은 '죽은 사람'이라 발음하는 진 형사의 표정이 묘하다고 느꼈다.

“학교생활에 문제가 있었다고 하더라도, 그게 우리에게 어떤 의미가 있는 거죠?”

“그건 모르죠.”

“그런데 아까 그 애 말이에요. 어떤 약점이라도 잡으신 거예요? 어떻게 하니까 만나준다고 한 거예요?”

“아르바이트.”

“하면 안 되는 아르바이트?”

“아니, 동네에서 멀리 떨어진 곳에 있는 옷가게에서 일하고 있어요. 그런데 친구들도 모르고, 부모님도 모르는 사실이래요.”

그녀는 이해할 수 없다는 듯 고개를 흔들었다. “그게 왜 비밀이 되어야 하는 건데요?”

진 형사는 마지막 남은, 처음 나왔을 때보다 훨씬 더 오일에 절여져서 축축해진 스콘 조각을 음미했다.

“하, 정말 맛있네.” 그러고는 그녀의 얼굴을 바라보았다. “그 애의 세상에서는 그게 사소한 일이 아닐 수도 있는 거죠. 피디님 세상에서 중요한 일이라고 생각하는 비밀이 남에겐 대단한 게 아닐 수도 있는 것처럼요……. 물론 반대의 경우도 있긴 하지. 어떤 사람은 숨겨야 마땅한 일들을 거침없이 세상에 드러내기도 하거든. 그렇게 하는 것만으로 면죄부를 받을 수 있는 것처럼. 난 언제나 그럴 때 더 놀랍긴 하더라고요."

그녀는 문득 자신이 윤종에게 발설한 이야기들을 떠올렸다. 그건 자신만이 홀로 품고 있어야 했던, 끝까지 숨겨야 마땅한 그런 일이었을까? 그녀는 머릿속에 떠오르는 윤종의 마지막 표정을 지우려고 고개를 흔들었다.

10

그녀는 블라인드를 걷고 창문을 열었다. 집 안으로 오후 끝자락의 빛이 비쳐 들어왔다. 실내에 가득하던 이산화탄소의 농도가 점차 옅어지고 서서히 신선한 산소가 뇌로 주입되는 것 같았다. 그녀가 방바닥에 널브러져 있는 옷가지와 맥주 캔을 치우는 동안, 뒤따라 들어온 진 형사가 마치 사건 현장에라도 온 것처럼 집 안을 둘러보다가 입을 열었다.

"좋은 집이네요. 냄새 나고 더러운 걸 빼면 말이에요."

아침에 먹다가 식탁 위에 남겨놓은 무화과캉파뉴를 발견한 진 형사는 갑자기 심각해졌다.

"이걸 사 먹었어요?"

잘못을 들킨 것 같은 기분이 들어서 그녀는 머리를 긁적이며 대답했다. "네, 저는…… 그렇게 나쁘지 않더라고요."

그녀는 그 빵이 냉동고 안에 몇 봉지나 더 있다는 말은 하지 않았다.

그들은 진 형사가 가지고 온 사건 관련 자료를 함께 보려 그녀의 집으로 온 참이었다. 카페에서 만난 김이정의 친구가 돌아간 후 한참 동안 말없이 앉아 있던 진 형사가 갑자기 이렇게 말했던 것이다.

"피디님 집에서 다른 사건 파일들을 같이 보면 좋을 거 같은데."

이상했다. 부루퉁한 얼굴로 불만스럽다는 듯 말하는 진 형사의 그 말을 아무렇지도 않게 승낙했다는 것이. 지금 자신의 집 한가운데에 가족이 아닌 다른 누군가가 서 있다는 것이. 그리고 그게 생각보다 그녀를 불편하게 만들지 않는다는 것이. 진 형사는 별로 어색해하는 기색도 없어 보였는데, 그건 진 형사의 표정 때문일지도 몰랐다. 저런 지나친 부루퉁함은 과도한 반가움이나 낯섦보다 더 자연스럽게 받아들여지는 걸까? 빵 봉지 옆에 널브러져 있는 속옷을 치워주자 그제야 식탁 앞에 앉은 진 형사는 끄응 소리를 내며 백팩에서 접어놓은 종이를 몇 장 꺼내어 그 위에 올려두었다. 네 손가락으로 식탁을 두드리다가 그녀가 식탁 앞에 앉자 입을 열었다.

"이미 알아봤겠지만, 을지로 부근에서는 숲이라든가 아이들이 모여서 무언가를 할 만한 장소를 찾기가 어려웠어요. 그래서 생각을 해봤는데, 그 '숲'이라는 게 현재의 숲을 말하는 건 아닐 것 같다는 생각이 들었거든요. 한때는 공원이었거나 나무가 있었다거나, 뭐 그런 곳이었는데 지금은 건물이 들어섰다든지…… 그러니까 어쨌든 과거에 숲 비슷한 공간이었던 장소…….”

진 형사가 꺼낸 종이는 과거 을지로 일대의 지도 출력본과 현재 을지로와 종로, 명동 일대의 지도였다. 진 형사는 손가락으로 네 구역을 짚었다.

“여기, 여기, 여기, 여기. 이 부근에 1980년대까지 잔디밭이랑 관목숲이 조성되어 있었어요. 여기는 지금 현대식 높은 빌딩이 들어서 있고 각종 프랜차이즈 카페들이 입점해 있어요. 여기는 바로 맞은편인데, 1980년대 말 이후로 조성된 철물점이나 판촉물 회사가 남아 있고요. 이거 봐요.”

진 형사는 휴대전화의 지도 어플을 연 후에 로드뷰를 보여주었다. 먼저 눈에 들어온 건 웅장하고 세련된 느낌을 주는 빌딩이었다. 너무 높아서 로드뷰상으로도 끝이 보이지 않을 지경이었다. 벽면은 모두 유리로 만들어져 있었고, 중간층 곳곳에 기하학적 재미를 주었다. 건축 디자이너의 공이 들어간 건물이었다. 그녀는 손가락을 움직여서 로드뷰의 카메라를 맞은편으로 돌렸다. 왕복 6차선 도로를 사이에 두고 다닥다닥 붙어 있는 2층짜리 건물들. 색이 바랜 타일 벽면에는 금이 가 있고, 중간중간 녹이 슬어 있었다. 불투명한 작은 창문들, 낡은 고동색 철제 새시. 미적 고려라고는 필요하지 않았을 건물들…….

"잘 알겠지만 이 지역은 땅값이 비싸거든요, 특히 이 지역이. 너무 비싼 나머지 아직도 개발이 안 된 채 남아 있는 거예요. 이 건물들은 평균 30년은 되었을 거예요. 금이 가고 물이 새기도 하지만, 어쩔 도리가 없어요. 수리하기에는 너무 낡았고 재건축을 하기에는 돈이 너무 많이 드니까. 언젠가는 분명히 사달이 나고 말 거예요. 사람이 죽을 수도 있겠죠. 언젠가는 말이죠. 지금 당장은 아니겠지만."

그녀는 진 형사에게 휴대전화를 돌려주었다. 다시 지도를 펼친 진 형사는 전과는 조금 떨어진 곳을 손가락으로 짚었다.

"여기는 새로운 건물을 세우는 공사 중이고……." 그리고 다른 곳을 손가락으로 짚었다. "여기는 호텔이에요. 바움 호텔 을지로. 지어진 지 얼마 안 되었지만, 중국이나 일본에서 온 관광객들이 많이 머무르는 호텔이라고 하더군요."

"이 네 곳 어디에도 애들이 아지트로 삼을 만한 곳은 없네요. 이미윤 같은 애들이 오토바이를 세워두고 몰래 보관할 장소도 마땅치 않고요."

"그럼 완전히 잘못 짚은 걸까요?"

진 형사의 손가락이 지도 위 허공을 맴돌았다. 그러다가 문득 한 곳을 짚었다. 바움 호텔 을지로. 한참 동안 뜸을 들이다가 천천히 입을 열었다.

"독일어로 바움은 나무를 뜻해요."

그녀는 지도에서 눈을 들어 진 형사의 얼굴을 바라보았다.

"호텔이니까 당연히 주차장이 있을 거고 오토바이 문제는 손쉽게 해결될 수 있죠."

그녀는 미간을 찌푸리며 진 형사에게 물었다. "그렇지만 애들끼리 호텔에 묵을 수 있나요? 무엇보다…… 돈이 필요할 텐데요."

"그게 바로 핵심이에요."

진 형사는 천천히 돋보기 안경을 벗었다. 그녀는 진 형사가 입을 열기 전까지 뜸을 들일 거라는 사실을 알고 있었기 때문에 채근하지 않고 기다리기로 했다.

이윽고 진 형사가 말했다. "이 애들을 돌봐주는 어른이 있는 거예요. 부모님에게도 말하지 못한 비밀을 가진 아이들, 마음의 상처를 가지고 있는 아이들의 문제를 해결해주고 돌봐주는 어른. 다른 사람들은 아무도 모르게 말이죠."

"비밀? 어른?"

진 형사는 고개를 끄덕였다.

"도대체, 누가, 무슨 이유로요?"

진 형사는 맥이 풀린다는 듯이 고개를 젖히고 천천히 흔들었다. 그녀는 진 형사가 뭐라고 할지 알고 있었고 진 형사는 정확하게 그 말을 내뱉었다. "그건 모르죠."

"김이정, 허민수, 이미윤과 심효전, 지민준이 모두 다 어떻게든 연결되어 있고, 아이들을 연결 짓는 어른이 존재한다면…… 그가 살인 사건과 관련이 있다는 의미예요?"

진 형사는 조심스럽게 고개를 끄덕였다.

그녀는 고개를 저었다. "글쎄요. 전 잘 모르겠어요. 누가 왜 그런 짓을 한다는 말이에요? 증거 같은 게 있어요?"

"지민준이나 심효전이나 그 애들이 살인자라는 사실에는 변함이 없어요. 정말 끔찍한 일을 저지른 애들이죠. 피디님 말이 맞아요. 이건 그냥 내 추측일 뿐이에요. 어쩌면 이 모든 가정이 아무 의미가 없을 수도 있어요. 그냥 어떤 우연들이 겹쳐서 우리 앞에 모습을 드러냈고 우리는 그냥 보고 싶은 걸 보고 있는 건지도 모르죠. 멋대로 의미를 부여하면서 말이에요."

진 형사의 얼굴에서 부루퉁함이 사라지고, 다른 감정이 떠올랐다가 사라졌다. 그건 뭐였을까?

저녁 끄트머리를 잡고 있던 희끄무레한 빛이 사라져갔다. 어둠이 찾아오는 시간이 된 것이다.

멋대로 의미를 부여한다……. 진 형사는 다름 아닌 자신의 기분을 좋게 만들기 위해 이 일을 계속 함께하는 것이라고 말했다. 즐거움을 위해 멋대로 의미를 부여한다. 좋다, 그건. 하지만…… 그녀는 새삼스러운 질문이 떠올랐다. 그렇다면 나는 지금 무엇을 위해 이런 일을 하는 걸까?

진 형사는 어떤 생각을 떨치려는 사람처럼, 마치 주문을 외우는 사람처럼 단호한 투로 말했다.

"분명히…… 이 일 전체에는 뭔가 부자연스러운 면이 있어요. 그건 피디님도 인정하는 부분이잖아요."

그녀는 아무런 대답도 하지 않았고, 자신이 전날 정리해둔 노트를 가지고 와 진 형사에게 건넸다. "지민준의 살인 사건이 을지로 부근에서 일어났어요. 다른 건 몰라도 이건 을지로의 숲이라고 불리는 장소와 어떤 관련이 있을 거예요."

그녀는 자신이 정리한 노트의 내용을 진 형사도 다른 사건 파일을 통해 숙지하고 있으리라 짐작했지만 그래도 진 형사에게 보여주고 싶었다. 진 형사는 내용을 꼼꼼히 살펴보았다. 진 형사가 그것들을 읽는 동안 저녁 해는 완전히 자취를 감추었고 어둠이 찾아왔다. 그녀는 창문을 닫고 블라인드를 내린 후 식탁 위의 작은 전등을 켰다.

"내일 을지로에 있는 호텔로 같이 가봅시다."

진 형사가 그렇게 말했을 때 그녀의 전화벨이 울렸다. 전화기 액정을 확인한 그녀는 전화기를 무음으로 바꾼 후 엎어버렸다.

"누구예요?"

"최 피디요."

진 형사가 아무 말도 없이 자신을 바라봤기 때문에 채유형은 어쩔 수 없다는 듯이 입을 열었다.

"최 피디가 계속 연락을 해요. 다시 회사로 돌아오랬다가 자기에게 욕한 걸 사과하라고 했다가…… 그 사람은 욕 들을 만

151

했어요. 왜 그런 사람들 있잖아요. 자기 능력과 권력으로 부하 직원 괴롭히고 조종하려고 하는 놈 말이에요. 일이 잘 안 풀리니까 화풀이할 데가 필요한 거겠죠. 물론 제가 너무 나간 건 알아요. 여튼 어제는 문자로 자기가 원하는 걸, 심효전에 관해서 이제껏 모은 자료를 다 넘겨달라고 하더라고요. 회사에서 시켜서 한 일이니까 회사 소유라고 생각한 거겠죠."

"그래서 줬어요?"

"아니요. 안 줄 거예요. 그리고 자꾸 저에게 사과하라고 하는 것도……."

"사과할 생각은 없는 거죠?"

채유형은 고개를 끄덕이다가 물었다. "이렇게 계속 연락하는 것도 신고할 수 있어요?"

진 형사는 안경을 벗은 후 그녀를 지그시 바라보다가 입을 열었다. "사표 내고 정식으로 그만뒀어요?"

그녀는 진 형사의 목에 걸린 줄에 매달린 돋보기안경에 시선을 고정한 채로 고개를 흔들었다.

"어떤 사람들은 그런 형식에 집착한다고요. 그러니까 정식으로 사표를 제출해요. 그 후에 어떻게 나오는지 봅시다."

"다시는 거기에 가고 싶지도 않아요."

"그러지 않으면 최 피디는 계속 연락할 거예요. 내가 맞혀볼까요?"

"뭘요?"

"손쉽게 해결할 방법이 있는데도 최 피디가 계속 연락하도록 놔두는 이유."

"그런 이유 같은 건 없어요."

"아니요. 사실은 그런 식으로 자기 자신을 벌주고 싶은 거 아니에요? 오해는 말아요. 내가 무슨 상담 같은 걸 하는 사람은 아니지만 이런 건 그냥 척 보면 누구나 알게 되거든. 제발 그런 사소한 일로 쓸데없이 자기 자신을 괴롭히지 말았으면 좋겠네요."

그녀는 입술을 앙다물고 한 번 더 고개를 흔들었다. 그러고는 자리에서 벌떡 일어나 냉장고에서 맥주 두 캔을 꺼낸 후 하나를 진 형사에게 건네주었다.

"안주는 없어요?"

그녀는 술을 마실 때 안주를 먹는 법이 없었다. 게다가 집에 음식도 없었다. 고개를 흔들자 진 형사가 말했다.

"나는 안주 없이는 술을 못 마시겠던데."

그녀는 무화과캉파뉴를 손으로 가리켰고, 진 형사는 진지한 표정으로 고개를 저었다.

"피자 시켜드릴게요."

"선드라이토마토, 신선한 부라타치즈, 루콜라가 잔뜩 올라간 화덕 피자를 먹고 싶은데."

그녀는 고개를 끄덕이며 휴대전화의 버튼을 몇 번 누른 후에 진 형사에게 말했다.

"피자헛에서 콤비네이션으로 주문했어요."

"멋대로 의미를 부여하는 거, 그런 걸 보고 뭐라고 하는 줄 알아요?"

진 형사는 의자에 몸을 깊숙이 기대고 한쪽 발을 다른 쪽 무릎에 얹은 채 손가락으로 자신의 턱을 문지르고 있었다. 진 형사는 자신이 고양이 한 마리와 함께 살고 있었다는 것, 그리고 2년 전에 그 고양이가 죽었다는 사실을 털어놓았다. 겨우 맥주 두 캔째인데 얼굴과 목은 약간 부은 채로 완전히 불콰해졌다. 진 형사가 술에 이토록 약한 줄 알았으면 권하지 않았을 텐데. 어쩌면 안주가 마음에 안 들어 평소보다 더 빨리 취한 것인지도 몰랐다. 입에 안 맞는다는 걸 강조하고 싶은 듯, 진 형사는 피자의 끄트머리만 조금씩 뜯어먹었다. 여전히 그 특유의 부루퉁함이 남은 표정을 짓고 있었지만, 거기에는 무언가 다른 감정들이 섞여 들어가는 중이었고 시간이 지날수록 부루퉁함은 점점 옅어지고 있었다. 선풍기 돌아가는 소리는 마치 불운한 연주자의 마지막 공연처럼 들렸다.

그녀가 질문했다. "그런 걸 뭐라고 하는데요?"

"강박." 진 형사는 블라인드가 걷힌 창문에 시선을 고정한 채, 턱을 문지르며 답했다. "한번 마음의 방향을 정하고 나면, 모든 게 다 그런 식으로 보이기 시작하는 거. 그게 아니라는 걸, 혹은 잘못되었다는 걸, 이치에 맞지 않는다는 걸 알아채더라도 계속 거기에 끌려다니는 거. 절대 포기를 하지 않아. 멈추지를 못하죠. 그런 사람들은…….”

여기까지 말한 후 진 형사는 잠시 쉬었다 다시 입을 열었다.

“융통성을 발휘하지 못하고, 가끔은 말도 안 되는 일을 저질러요. 그런 사람들은 남들은 가지 않을 길을 가죠. 아무도 열어보지 않은 상자를 가만히 두지 못하는 거야, 아무도 열어보지 않을 때는 그런 이유가 있는 건데. 정의를 위해서? 옳은 일을 위해서? 아니, 그냥 그게 즐겁기 때문에, 쾌감을 주기 때문에, 그런 행동이 누군가를 상처 입히고, 자기 자신을 고립시킨다고 해도…… 멈추지를 못하는 거지.”

그녀는 맥주 반 캔을 한번에 꿀떡꿀떡 마신 후에 진 형사를 바라보았다.

“이봐요, 피디님, 피디님은 어때요?”

어떠냐니. 그녀는 준비도 안 됐는데 무대에 올라갈 것을 요청받은 배우처럼 당혹스러워서 고개를 숙였다. 그리고 그런 생각을 했다. 윤종에게 털어놓은 이야기를 진 형사에게도 하고 싶다고. 그렇게 하면 윤종에게 받은 상처를 잊을 수 있을 것 같다는, 뜬금없는 생각을 했다. 그 순간 비로소 인정할 수 있었다. 자신이 윤종 때문에 상처를 받았다는 사실을. 전화벨이 울릴 때마다 자신이 기대하고 있다는 사실을. 그리고 늘 배신감을 느낀다는 사실을. 하지만 그녀는 말하지 않을 것이다. 세상에는 밖으로 드러나서는 안 되는 쓰레기 같은 진실도 있는 법이니까.

진 형사는 두 번째 캔 바닥에 찰랑거리는 맥주까지 기어코 다 마시고, 중얼거리듯이 말했다. "그러니까 나는 병에 걸린 환자나 마찬가지예요. 내 말 알겠어요?"

진 형사의 갑작스러운 고백과 인칭의 도약에 그녀는 적잖게 놀랐다. 알 수 없는 누군가에서 '나'로의 도약. 처음 경찰서에 갔던 날, 자신과 진 형사를 바라보던 다른 경찰들의 눈빛이 떠올랐다. 그녀는 그게 무능한 경찰에게 도움을 청하는, 한심하고 운 없는 젊은이에게 보내는 눈빛이라고 생각했지만, 어쩌면 다른 의미였는지도 모른다. 그런 골칫덩어리랑 엮이다니…… 사람을 잘못 골랐구면. 참 안됐어. 그런 의미.

"저는…… 사람들과 어울리는 걸 못 해요."

진 형사가 불콰해진 얼굴로 그녀를 바라보았다. 그녀는 진 형사에게 친구가 별로 없었던 고등학교 시절과 거의 혼자 지냈던 대학 시절, 그리고 다니던 직장마다 모두 사람들과의 불화로 그만둬야 했던 걸 이야기해줬다.

"마치 고장 난 수도꼭지 같은 거죠. 물이 나오지 않게 억지로 잠그고 있던 수도꼭지가 갑자기 터지는 것처럼, 모든 걸 견딜 수 없게 되어버려요. 저는 도무지 그 중간을 못 찾겠어요. 기를 쓰고 모든 걸 참아내거나 미친듯이 분노하거나. 제게 주어진 건 그것밖에 없는 것 같아요. 이번 직장은 다를 줄 알았는데, 이번엔 잘할 자신이 있었는데…… 최 피디는 정말이지……."

　채유형은 여기까지 말하고, 혼자 너무 오랫동안 주절거렸다는 것, 그리고 진 형사가 정식으로 사표를 제출하라고 잔소리를 하리라는 사실을 떠올렸다. 진 형사가 갑자기 자리에서 벌떡 일어나 믿을 수 없을 정도로 재빠르게, 쿵쿵거리며 화장실로 향했다. 그러고는 변기를 부여잡고 피자 쪼가리와 술을 게워내기 시작했다.

　그녀는 새벽 5시가 조금 넘어 눈을 떴다. 겨우 맥주 두 캔 때문에 취한 진 형사를 택시에 태워 보낸 후, 집으로 돌아와서 그대로 뻗어버렸는데, 이 시간에 잠에서 깨버린 것이다. 다시 잠들려고 뒤척여보았지만, 도저히 잠들 수 없을 것 같았다. 이른 새벽 거리를 달리는 요란한 오토바이 소리가 들렸다. 저 애들은 어디로 가는 걸까? 저 애들이 세상으로 배출하고 싶은 건 비명인가? 아니면 웃음인가? 누군가를 조롱하기 위한 비명과 고통에 찬 웃음. 그녀는 그 두 가지를 구분하는 게 힘들었다. 희붐한 새벽빛 속에서 붕대로 감싸놓은 자신의 귀를 만져보았다. 여전히 느껴지는 약간의 통증.

　'나는 병에 걸린 환자나 마찬가지예요.' 진 형사의 말이 귓가에 맴돌았다.

　그녀는 한 번도 자신이 병에 걸렸다고 생각해본 적 없었다. 병에 걸렸다는 건 병에 걸리지 않은 건강한 상태를 전제로 하는 것이었으니까. 불치병에 걸렸다는 것은 한때는 불치병에 걸린 적이 없다는 사실을 의미한다. 그녀에게는 그런 것이 중요했다. 건강한 상태의 느낌을 아는 것. 그것을 간직하는 것. 그 감각을 잊지 않는 것. 그녀는 병에 걸린 게 아니었으므로 환자가 아니었다. 그녀는 자신이 가지고 있는 바로 그 특질이 오로지 자신을 가리킨다는 것, 그 특질이 절대 바꿀 수 없는 자신의 기저의 상태라고 느꼈다. 그런 생각을 하면 믿을 수 없을 만큼 두려워졌다. 하지만 동시에 궁금해지기도 했다. 문신 남자애나 자신의 귀에 구멍을 뚫은 여자애는 환자인가? 아닌가? 지민준이나 심효전은 환자인가? 아닌가? 그럼 이미윤은? 아니면…… 그녀는 이름들을 나열하길 그만두었다. "죽은 사람이 추문에 휩싸이는 건 끔찍한 일이니까"라고 말하던 진 형사의 말이 떠올랐기 때문에.

진 형사는 자신을 환자라고 했다. 진 형사의 건강했던 시절은 어떤 모습이었을까? 어째서 진 형사는 환자가 되어 살아가는 편을 택했는가? 그녀는 참을 수 없는 궁금증이 일었고, 침대에서 빠져나와 먹고 마신 흔적(빈 맥주캔, 피자 조각, 넘어진 의자, 쏟아진 콜라)이 그대로 남아 있는 아일랜드 식탁 앞에 앉아서 그 쓰레기들을 한쪽으로 밀었다. 노트북을 열어 포털사이트에서 진 형사에 대한 것을 검색하기 시작했다. 처음에는 조심스럽게 이름만 쳐보았다. 특이한 이름이라고 생각했는데 의외로 동명이인이 많았다. 그다음으로 진 형사의 근무지와 계급을 붙여 검색했다. 드디어 진 형사에 대한 기사가 나왔다. 10년 전 우수 경찰 표창을 받고 특진했다는 내용이었다. 지금보다 젊은 사진 속 진 형사는 정복을 착용한 채, 카메라를 응시하며 어색하게 미소 짓고 있었다. 너무나 낯선 모습, 그렇지만 어딘가 모르게 풍기는 익숙한 느낌. 이때에도 진 형사 특유의 부루퉁함은 그대로였다. 사진을 꼭 찍어야 하느냐며 툴툴거렸을 게 분명한 진 형사를 떠올리자 그녀는 자신도 모르는 사이에 슬며시 미소가 지어졌다.

망설이던 그녀는 방금 전 검색한 키워드 옆에 '죽음'이라는 단어를 추가했다가 지웠다가를 반복하다가 결국 검색 버튼을 눌렀다. 그렇게 나온 몇 개의 기사가 있었지만 너무 산발적이고 중구난방이었다. 아까보다 더 오래 망설이던 그녀는 관련된 단어를 몇 개 더 추가해서 검색했고, 오래된 순으로 게시물을 나열해보았다. 결국 그녀는 대형 커뮤니티에 오래전에 누군가 올린 게시물을 발견할 수 있었다. 상당히 긴 글이었고, 고유명사나 구체적인 지시어가 없었으며, 주의해서 읽지 않으면 의미를 파악하기도 어려웠지만, 그녀는 그게 아까 읽은 산발적이고 중구난방인 기사와 관련되어 있다는 걸 알 수 있었다. 조회 수는 적었고, 댓글이 하나 달려 있었다. '세 줄 요약 요망.'

그만 읽어야 한다는 걸 알고 있었다. 거기에 나온 내용이 전부 다 사실인지 아닌지 알 수 없었지만, 어쨌든 잔뜩 술에 취하고서도 진 형사가 절대 털어놓지 않았던 사실을 일부라도 알게 되는 건 여러모로 좋지 않은 일이었다. 하지만 그녀는 읽는 걸 멈출 수 없었다. 멈춰야 하는 걸 알면서도 그랬다. 알면서도 멈추지 못하는 것 역시 그녀의 특질이었다. 그리고 다 읽은 후에는 경솔한 변덕쟁이처럼, 방금 읽은 내용을 털어버리고 싶다고 후회에 휩싸이는 것 역시, 그녀의 특질이었다.

손톱을 깨물며, 그녀는 지민준과 관련된 기사(포토라인에 선 지민준의 사진이 대문짝만하게 실린)를 모니터 가득 키워놓았다. 그러고는 작은 등을 켜고 심효전 사건 파일과 지민준 사건 파일을 꼼꼼하게 읽기 시작했다. 방금 본 진 형사와 관련된 정보들을 다른 글자들로 덮어버리고 싶다는 듯이, 맹렬하게. 사위가 밝아오자 졸음이 밀려왔다. 그녀는 침대로 돌아갔다. 진 형사의 과거의 편린이 떠올랐다가 파도에 쓸려가듯이 순차적으로 어딘가로 떠밀려가는 것 같았다.

다시 눈을 떴을 때는 오후 1시가 조금 지나 있었다. 진 형사와는 3시에 만나기로 했으므로 시간적 여유가 조금 있었다. 집 안에서 쿰쿰한 술 냄새와 음식 냄새를 느낄 수 있었고, '좋은 집이지만 냄새가 난다'던 진 형사의 말을 떠올렸다. 샤워 후 젖은 머리를 수건으로 감은 채, 그녀는 맥주 캔과 남은 음식물을 치우고 물티슈로 식탁 위에 쏟아진 맥주와 콜라를 닦았다. 무심결에 노트북의 자판을 건드린 탓에 새벽에 봤던 지민준의 기사 사진이 모니터에 떠올랐다. 사진에 시선을 둔 채

식탁을 닦던 그녀는 문득 이상한 위화감 같은 걸 느꼈다. 모니터에 떠 있는 기사의 헤드라인은 '미성년자 범죄자의 인권은?'이었다. 1심 재판 직후 마스크를 쓴 지민준에게 기자들이 몰려가는 사진이었다. 그녀는 식탁을 닦던 손을 멈추고, 사진을 확대했다. 마스크를 썼지만 당황한 기색이 역력한 지민준과 그런 지민준을 기자들로부터 막아서는 누군가의 상반신이 한 프레임 안에 있었다. 양복, 넥타이, 조끼, 그리고 와이셔츠 소매에 달린 커프스단추.

진 형사는 그 애들의 연결고리로, 애들을 돌봐주는 어른이 있을 거라고 했다. 아니야, 아니야. 그녀는 고개를 흔들었다. 아닐 거야. 그녀는 자신이 왜 그래야 하는지도 모르면서 필사적으로 고개를 가로저었다. 쓰러지듯 의자에 주저앉은 그녀는 침착하려 애쓰며, 지민준의 사건 조서를 넘겨보았다. 지민준 측은 중간에 변호팀을 바꾸었다. 그녀는 바뀌기 전 변호사의 이름을 확인했다.

윤현기.

이름이 다르다. 하지만 사진 속 커프스단추는 윤종의 것이었다. 세상에 단 하나뿐이라던 단추. 그녀의 볼에 차갑게 와닿던 바로 그 초록색 단추. 사진 속 그 남자는 윤종이었다. 윤현기? 윤종? 이름을 바꾸었어? 대체 왜?

그날 밤, 설익은 여름의 열기 속에서 조심스럽게 그녀를 껴안던, 용서를 구하듯 그녀의 머리를 쓰다듬던 그의 손길이 떠올랐다. 그의 숨결과 체취…… 그 순간 그녀는 자신이 여전히 그의 품 안에 머무는 듯했다. 왜? 대체 왜? 자신이 웃고 싶은 건지, 비명을 지르고 싶은 건지 구분이 되지 않았다. 조롱하고 싶은 건지, 고통에 찬 건지 구분할 수 없었다. 무슨 일이 벌어지고 있는 거지?

윤종은 거짓말을 했다. 그게 무엇을 뜻하는 걸까? 그녀는 전화를 걸었지만 윤종은 받지 않았다. 윤종에 대한 모든 걸 진 형사에게 이야기해야 할까? 하지만…… 별일 아닐 수도 있잖아? 윤종은 다른 이유로 이름을 바꾼 것일 뿐이고, 지민준과 심효전의 사건을 둘 다 맡았던 건 그저 우연의 일치일 수도 있잖아? 그녀는 진 형사의 말을 떠올렸다.

"어떤 우연들이 겹쳐서 우리 앞에 모습을 드러냈고 우리는 그냥 보고 싶은 걸 보고 있는 건지도 모르죠. 멋대로 의미를 부여하면서 말이에요."

멋대로 의미를 부여하면서 말이에요.

그 문장을 소리 내서 반복하던 그녀는 갑자기 울리는 전화벨 소리에 화들짝 놀랐다. 전화를 건 사람은 윤종이 아니었다. 진 형사였다. 호텔 바움에서 만나기로 한 시간이 훌쩍 지나가 있었다. 그녀는 전화를 무시하고 침대 속으로 다시 들어가기로 결정했다. 다시 어두운 밤이 되고 기계 거리에 아무도 남아 있지 않게 되는 시간까지.

11

오후 3시가 지났는데도 진 형사는 여전히 전날 마신 맥주 두 캔 때문에 두통에 시달리고 있었다. 약속한 시간이 훌쩍 지났는데도 채유형은 나타나지 않았다. 심지어는 전화도 받지 않았다. 진 형사는 짜증이 났는데, 전날 먹은 맛없는 피자 때문인지, 괜히 마신 술 때문인지, 아니면 나타나지 않는 채유형 때문인지, 이른 더위 때문인지 분간할 수 없었다. 지금 입고 있는 야상 점퍼는 옷장 깊숙이 넣어두고 다시 꺼내지 않겠다는 다짐을 하며 진 형사는 혼자서라도 호텔 바움을 방문해보는 수밖에 없다고 생각했다. 무언가 대단한 증거를 잡으리라고 기대하는 건 아니었다. 만에 하나 호텔 바움이 아이들의 은신처로 활용되었다 할지라도 아이들과 연관된 '어른'의 이름으로 예약되어 있을 터였고, 자신은 그 이름에 대한 정보가 전혀 없었다. 하지만 적어도 진 형사에게는 실제 장소를 체험해보는 게 중요했다.

그건 기분의 문제였다. 오랜 시간 일을 해오면서 진 형사가 중요하게 고려하게 된 건 결국 자신의 기분이었다. 뜻하지 않은 계시라도 받은 것처럼 아주 작은 불씨가 가슴속을 파고들어서 영감이 떠오르게 만드는 상태의 기분. 결국은 사소하고 대단치 않은 단서라도 얻게 되었다. 그리고 그러한 단서는 언제나 모든 것의 시작이었다.

그렇지······ 모든 것의 시작이었지······.

호텔 바움 을지로는 지어진 지 3년밖에 되지 않은 20층 신축 호텔이었다. 진 형사는 곧바로 호텔로 들어가지는 않았다. 원하는 기분에 도달하기 위해서는 일종의 빈둥거림이 필요했다. 진 형사에게 한번에 목적지로 곧바로 향하는 일은 금기나 마찬가지여서 우선 호텔 주변을 비롯해 마음이 내키는 곳까지 슬슬 걸어 다녀볼 계획이었다.

호텔 근처에는 최근에 문을 연 듯한 작은 규모의 특색 있는 카페나 식당들이 모여 있었다. 가게들을 지나치던 진 형사가 갑자기 멈추어 섰다. 독일 빵을 전문으로 파는 가게를 발견했기 때문이었다. 들어가고 싶은 마음이 굴뚝 같았지만, 그런 마음을 억눌렀다. 새롭게 발견한 빵집이 마음에 든다면 마음에 들기 때문에, 마음에 들지 않는다면 마음에 들지 않기 때문에 집중력이 흐트러질 게 뻔했으므로. 진 형사는 머릿속으로 떠오르는 브레첼의 모양과 식감, 그 위에 뿌려졌을 굵은 소금의 모습을 지우려고 노력하며 발걸음을 내디뎠다.

호텔과 조금 멀리 떨어진 곳까지 걸어가자 낡은 건물들이 이어지는 구역이 나왔다. 골목 안에는 삼삼오오 담배를 피우는 사람들이 모여 있었고, 오래된 복권 판매점과 빛바랜 간판의 문구용품점, 편의점, 분식집 그리고 무질서하게 화분과 식물이 진열된 꽃집이 늘어서 있었다. 붐비는 정도는 아니었지만, 구도심 특유의 어수선한 활력 같은 게 있었다. 도로 건너

편의 풍경은 조금 달랐다. 공사가 중단되었는지, 공터가 이어져 있었는데 공터 한가운데에는 커다란 건물 한 채가 버려진 듯 우두커니 서 있었다. 저렇게 거대한 건물을 버려졌다고 표현해도 되는 것일까? 저걸 뭐라고 불러야 할까? 빌딩? 오피스텔? 맨션? 빌라? 적당한 단어가 떠오르지 않았다. 지나치게 크고 높은 건물. 색이 바랜 듯한 연둣빛 벽면은 군데군데 페인트가 벗겨진 채로 온통 금이 가 있었다. 기이할 정도로 굳게 닫힌 창문과 얼룩진 채로 벽면에 매달려 있는 녹슨 에어컨 실외기들. 마치 세상의 종말 후 혼자 남겨진, 현실과는 동떨어진 장소에 존재하는 것처럼 보이는 거대하고 낡은 건물. 한편으로는 아주 절박해 보이고, 한편으로는 이 세상의 모든 질서에 무관심한 것처럼 보이는.

진 형사는 도로를 건너서 건물 가까이 갔다. 1층에는 예전에 있던 업장들의 간판이 여전히 남아 있었다. 그다지 부서지거나 손상되지는 않았지만 어쩐지 생명력을 잃은 것처럼 보였다. 한 업장의 철문에 이런 종이가 붙어 있었다.

'절대 출입 금지. CCTV 작동 중.'

CCTV는 고장 난 것 같았다. 건물 1층 중앙에 건물 내부로 들어가는 문이 있었지만, 자물쇠가 채워져 있었고 똑같은 문구가 적힌 경고장이었다. 건물을 따라 걷던 진 형사는 끄트머리에 있는 가게 앞에서 멈추었다. 다른 업장들에 비해 규모가 꽤 컸다. 진 형사는 손차양을 하고 먼지투성이인 전면 창에 붙어 서서 안을 들여다보았다. 하얗고 커다란 테이블 세 개가 일렬로 놓여 있었고, 안쪽에는 커다란 쇼케이스가 두 개 있었다. 베이커리 카페였으리라. 진 형사는 잠깐 테이블 위에 세팅되어 있었을 빵들의 종류를 가늠해보았다. 쇼케이스가 있었던 걸 보면 디저트나 케이크 전문이었는지도 몰랐다. 방금 지나쳐왔던 독일식 빵집이 떠올랐다. 집에 돌아갈 때 들를까, 말까? 그때까지 영업을 할까? 진 형사는 창에 몸을 붙인 채 간판을 올려다보았다. 채도가 낮은 에메랄드빛에서 느껴지는 세련된 활기는 건물이 허물어져가는 지금까지도 희미하게나마 그 흔적을 간직하고 있었다. 간판의 테두리는 하얀 선이 그어져 있었고 업장 이름은 한글이 아닌 알파벳으로 쓰여 있었다. 간판이 너무 커서 바로 아래에서는 한눈에 다 들어오지 않는데다, 중간중간에 알파벳이 지워져 있어서 정확하게 알아보기 힘들었다. 그래도 글자 중간에 '콜론' 표시가 있는 건 알아볼 수 있었다. 마치 지중해에서나 볼 법한 색깔의 간판, 상당히 멋을 부린 가게 이름.

알파벳 사이에 기호를 집어넣으면서, 주인은 언젠가 많은 돈을 벌어 지중해에 가고 말리라는 꿈에 부풀었을지도 모른다. 주인은 어디에 있을까? 이 멋들어진 간판을 기억하고 있을까? 진 형사는 지중해에 가본 적이 없다. 가보고 싶다고 생각한 적도 없다. 그 진저리 나는 초록빛 바다. 절대 그런 곳엔 여행을 가지 않을 것이다……. 욱신거리는 머리를 꾹꾹 누르다가 문득 시선을 더 위쪽으로 주었다. 그러고 나서 다섯 발자국 정도 뒤로 걸어간 후 목에 걸린 안경을 썼다. 거의 꼭대기 층, 베란다 빨랫줄에 빨래가 걸린 게 보였다. 저게 뭐지? 하얀색 광목? 사람이 사는 건가? 저런 곳에 사람이 살 수 있나? 바로 옆집의 베란다 창문은 깨져 있었다. 안경을 벗은 진 형사는 좀더 뒤로 물러서서 건물이 끝나는 지점, 하늘이 시작되는 바로 그 경계선을 바라보았다. 저녁 해 때문에 붉게 물들어가는 구름이 천천히 흘러가고 있었다.

진 형사는 건너편에 있는 복권 판매점으로 들어갔다. 가게 문과 창문에 빽빽하게 붙어 있는 각종 광고 포스터들 때문에 해가 들어오지 않아 어두컴컴하고 괴괴한 분위기가 감돌았다. 진 형사는 5만 원권 지폐를 내밀며, 몸이 바싹 마르고 얼굴 전체가 주름투성이인 주인 할머니에게 말했다.

"로또 주세요."

"5만 원어치?"

"아뇨, 한 장……."

할머니는 무슨 소리냐는 표정으로 진 형사를 멀뚱히 바라보았다. 그제야 진 형사는 할머니가 보청기를 착용하고 있다는 것을 알아차리고 좀더 큰 목소리로 똑같은 말을 반복했다. 하지만 이번에도 무슨 말이냐는 듯이 멀뚱히 진 형사를 바라보던 할머니는 짜증을 내며 되물었다.

"한 장? 5천 원어치?"

"네, 5천 원……."

"번호는?"

진 형사가 우물쭈물하자 주인 할머니는 쯧 하고 혀를 차고는 기계에서 출력된 로또를 건네주었다. 그러고 나서 거슬러 줘야 하는 지폐를 하나하나 신중하게 세기 시작했다.

"저 건너편 건물에 아직도 사람이 사나 봐요?" 큰 목소리로, 진 형사는 괜히 민망해서 그런다는 듯 질문을 던졌다.

할머니가 바로 옆에 있는 작은 창문을 열어서 고개를 빼꼼 내밀었다가 창문을 닫았다.

"아, 저거?"

할머니는 마치 잊고 있던 사실을 갑자기 떠올린 사람처럼 고개를 주억거렸다. 그렇겠지, 여기에 사는 사람들에게는 이미 너무 익숙해서 존재감을 잃어버린 거겠지. 거대하고 흉물스럽지만 이제는 보이지 않는 건물이 되어버린.

"나도 몰라. 한 3, 4년 됐나…… 뭐 여기를 개발하니 마니, 얼마나 시끄러웠는지 통 살 수가 있었겠어?"

진 형사는 순간적으로 할머니의 보청기를 바라보았다.

"귀가 아니라 속이 시끄러웠다는 말이야. 나 원 참."

진 형사는 최대한 미소를 지으려고 노력하면서 대답했다. "그런 의미인지 알고 있었어요."

"저기 개발된다고 거기서 가게 하던 사람들 다 쫓아내고 건물 부순다고 야단법석이고……. 이쪽 건물 주인들은 왜 길 하나 사이에 두고 저기는 되고 여기는 안 되냐고 떼를 쓰고. 뭐 우리야 여기가 그대로여서 다행이지만…….”

“그런데 왜 개발이 멈추었습니까?”

“그걸 내가 어찌 알겠수. 우째 되었는지는 나도 모르지. 높으신 분들이 결정 내리는 거겠지, 쯧.”

성가시다는 듯이 혀를 차고, 다시 처음부터 돈을 세기 시작한 할머니는 한참 후에야 1만 원권 세 장과 5천 원권 두 장, 그리고 천 원권 다섯 장을 거슬러주었다.

잠시 후 진 형사는 호텔 바움의 로비에 앉아서 미리 호텔 측에 요청한 숙박자 명단을 확인하고 있었다. 날짜를 특정할 수도 없었던 진 형사는 어림잡아 6개월 치의 명단을 요청했고, 출력된 종이의 두께는 상당했다. 이렇게 많은 사람이 여기에 머물다 가는구나. 진 형사는 자신이 이른 휴가를 즐기러 온 관광객처럼 보이기를 바랐다. 목에 걸린 돋보기안경을 쓰고, 느긋하게 호텔 카페에서 파는 커피와 크루아상을 먹으며 게으름을 부리고 있는 관광객.

진 형사는 명단을 대충 훑어보다가 날이 좀 어둑해졌을 무렵 로비를 빠져나와 호텔 주차장을 돌아보았다. 자신이 찾는 게 무언지 알 수 없었다. 오토바이? 하지만 그게 누구의 어떤 오토바이인지 무슨 수로 안단 말인가? 그걸 찾는다 한들, 어떻게 한단 말인가? 허탕이었다. 무언가 잘못 생각한 것이다. 여기에서 그 어떤 것도 얻을 수 없으리라는 게, 진 형사가 건 진 단 하나의 사실이었다. 진 형사는 고개를 흔들었다. 어떤 사건이든, 확신 없이도 일단은 밀고 나가야 했다. 비관주의는 아무런 도움이 되지 않는다. 그런 면에서 진 형사는 자신이 낙관주의자라고 생각했다. 물론 진 형사를 아는 사람들은 단호하게 고개를 흔들 테지만, 진 형사는 자신이 뼛속까지 낙관주의자라고 생각했다. 그리고 비관주의자는 절대로 훌륭한 형사가 될 수 없다고도.

그날 밤, 집으로 돌아온 진 형사는 냉동실에 정성스럽게 밀봉해둔 크루아상 하나를 꺼냈다. 진 형사의 집은 복도식 아파트로 작은 방 두 개, 화장실 하나, 좁은 거실, 소박한 부엌으로 이루어져 있었다. 혼자 살기에는 충분했지만, 싱크대 위는 매우 복잡했다. (이제는 아무도 사용하지 않을 것 같은) 커다랗고 둔탁하게 생긴 캡슐 커피 기계와 커다란 변압기, 전기밥솥과 토스터, 에어프라이어와 전자레인지가 다닥다닥 붙어 있었다. 찬장에서 머그를 꺼낸 진 형사는 변압기를 켜고 커피 기계 안에 캡슐을 집어넣고 버튼을 눌렀다. 요란한 소리를 내며 커피가 다 내려오자 변압기를 끈 후 토스터 안에 크루아상을 넣고 작동시켰다. 멍하니 창밖을 응시하던 진 형사는 토스터의 알림 소리에 재빠른 동작으로 바삭해진 크루아상을 접시에 담았다. 그런 후 커피가 담긴 머그와 빵 접시를 들고 거실 테이블로 가서 앉았다. 모든 과정은 그저 기계적으로 이루어지는 것처럼 보였다. 진 형사는 크루아상을 베어 물었다. 접시 위로 바사삭 하고 빵 부스러기들이 떨어졌다. 이상했다. 바삭한 빵 껍질과 버터의 풍미를 음미하는 동안에도 진 형사의 마음을 애타게 만드는 게 있었다. 무언가를 놔두고 온 것 같은 기분이 들었다. 어디에? 그곳에, 그러니까, 호텔 바움에, 호텔 바움이 서 있는 거리, 을지로에.

채유형은 하루 종일 전화를 받지 않았다. 대체 어디서 무얼 하는 거야?

채유형을 처음 봤을 때를 떠올렸다. 버둥거리는 눈빛, 어디론가 떠밀려가는 어리석은 사람의 분위기 같은 게 있었다. 그렇지만 동시에 그런 걸 숨길 이유가 하등 없다는 허세를 부리는 듯한 태도도 있었다. 진 형사는 그런 그녀를 보며 어떤 기분을 느꼈던가? 분명한 건 처음 만난 날, 채유형이 진 형사에게 빵 그리고 뜨거운 커피와 차가운 커피를 두고 갔을 때 안심이 되었다는 점이다. 무엇 때문에? 진 형사는 자신에게 그런 걸 질문하고 싶지 않았다. 그런 것에 대해 생각하고 싶지 않았다. 다시는 과거에 얽매이고 싶지도 않았다. 진 형사는 은퇴할 때까지 그저 아무 일 없다는 듯 출근해 조용히 책상에 앉아 시간을 보내고, 노트에 이제껏 다녀온 빵집과 앞으로 가고 싶은 빵집에 대해 끼적거리다가, 저녁이 되면 퇴근하고 싶을 뿐이었다. 동네 단골 빵집에 들러 먹고 싶은 빵을 사 집으로 돌아가고 싶을 뿐이었다. 집에서 맛있는 빵과 뜨거운 커피를 마시며 하루를 마감하고 싶을 뿐이었다. 은퇴 후에는 베이킹 학원을 다니면서 작은 빵집을 여는 것…… 그게 진 형사가 바라는, 나머지 인생의 일부였다. 다시는 다른 사람의 삶에 파묻히고 싶지 않았다. 하지만 진 형사는 자신이 그 소망에서 점점 멀어져가는 중이라는 것을 알고 있었다. 누구도 강요한 사람이 없는데 진 형사 스스로 채유형의 삶에 개입하는 것을 멈추지 않고 있었으므로.

이것도 낙관주의의 일부인 걸까?

진 형사는 남은 크루아상을 다 먹고, 역시 딱 알맞게 남은 커피를 마신 후 생각에 잠겼다. 채유형에게 무슨 일이 생긴 건 아닌지 확인해봐야 할까? 그냥 모른 척해야 하나? 진 형사는 채유형의 집 문을 열고 들어가 확인하고 싶었다. 만약 채유형이 문을 열어주지 않으면 주먹을 쥐고 문을 두드리고 싶었다. 집요하고, 끈질기게. 당장 채유형의 집으로 가야 한다는 생각이 한번 떠오르자 견딜 수 없어졌다. 하, 병이 또 도진 모양이구먼……. 진 형사는 (원래라면 곧 죽어도 먹은 흔적은 곧바로 치웠겠지만) 접시와 컵을 설거지통에 담가 두고 택시를 잡아 채유형이 사는 오피스텔 건물로 향했다.

오피스텔의 엘리베이터는 오늘따라 모두 다 고층으로 올라가는 중이거나 혹은 고층에서 내려올 생각을 안 하고 있었다. 진 형사는 참을 수 없는 초조함을 느꼈다. 차라리 계단을 따라 올라가는 게 나을 것 같았다. 처음에는 호기롭게 한번에 두 개씩 뛰어 올라갔지만, 3층도 못 가 속도는 눈에 띄게 줄어들었고, 나중에는 난간을 붙잡고 겨우 발을 끌면서 올라가게 되었다.

채유형의 집이 있는 9층 통로까지 겨우 올라온 진 형사는 통로 문을 바로 여는 대신 계단에 걸터앉아서 숨을 골랐다. 앞으로는 무슨 일이 생겨도, 계단을 걸어서 오르지 않겠다고 다짐하면서. 이마에서는 땀이 뚝뚝 떨어졌고 턱까지 차오른 숨은 좀처럼 사그라지지 않았다. 급격한 신체 활동 탓인지 복부도 아픈 것 같았다. 신체 능력의 퇴화를 고스란히 느끼며, 기가 꺾이는 기분이었다. 채유형은 종일 자신의 전화를 받지 않았다. 자신을 거부한 것이다. 이유는 알 수 없지만, 어쨌든 자신을 거부한 건 명백한 사실이었다. 나의 방문을 채유형이 참을 수 있을까? 이렇게까지 다른 사람의 삶에 무단 침입해도 되는 건가? 숨이 잦아들었을 때 진 형사는 고개를 갸웃했다. 완전히 잘못 생각했어. 이건 과도한 낙관주의야. 너무 과도해. 나에겐 이렇게 할 의무도, 권리도 없어. 나는 채유형이 요구하는 것만, 그것까지만 해주면 돼. 지금 내가 할 일은 집으로 돌아가서 크루아상을 하나 더 먹는 거야. 커피도 한 잔 더 마시고……. 그러려면 일단 엘리베이터를 타야겠지. 절대, 절대 이거지 같은 계단을 걸어 내려가진 않을 거야. 엘리베이터가 도착할 때까지 100만 년이 걸리더라도 나는 기다리겠어…….

통로 문을 열고 복도로 나왔을 때, 진 형사는 익숙한 뒷모습을 발견했다. 채유형이었다. 채유형이 엘리베이터를 기다리는 중이었다. 주머니에 두 손을 쏙 집어넣고, 후드를 뒤집어쓴 고개를 아래로 떨군 채로. 상심이라는 단어가 떠올랐지만 진 형사는 고개를 흔들었다. 과도한 추측은 자제해야 했다. 외출하는 걸까? 누구를 만날 생각이지? 채유형에게 다가가서 무슨 일이 있는 거냐고, 왜 약속을 지키지 않았느냐고 물어볼 수도 있었다. 하지만 진 형사는 재빨리, 그렇지만 조심스럽게 비상구 계단 쪽으로 몸을 숨겼다. 그건 순전히 진 형사의 몸에 새겨진 자동 반사 같은 것이었다. 잠복 중인 것도 아니었고, 그녀가 범죄자인 것도 아니었는데 진 형사는 왜 그래야 하는지도 모르는 채 비상구 계단을 다시 뛰어 내려가기 시작했다. 이 빌어먹을 건물의 엘리베이터가 채유형을 싣고 내려가는 것보다 자신이 먼저 로비에 닿기 위해서. 숨을 헉헉거리며 1층의 비상문을 열었을 때 후드를 뒤집어쓴 채유형이 로비 바깥으로 나가는 게 보였다.

진 형사는 채유형을 따라가기 시작했다.

택시에서 내린 채유형은 밤에는 자동차 진입이 금지되는 도로 위, 간이 테이블들이 줄지어 펼쳐져 있는 거리 사이를 혼자 걸었다. 다른 사람들에게는 시선도 주지 않고, 귀도 열지 않겠다는 태도. 절대로 저 사람들 사이로 섞이지 않겠다는 의지가 엿보였다. 아니, 아니다. 그들에게 관심조차 없어 보인다고 말하는 편이 나았다. 아무런 기대도 흥미도 없는 듯한 걸음…….

진 형사는 그녀가 이방인 같다고 생각했다. 이방인, 그게 바로 채유형을 처음 본 순간 진 형사가 느꼈던 기분의 정체였을까? 그녀는 거침없이 좁은 골목으로 들어섰다. 전에도 와본 게 틀림없군, 하고 생각하며 진 형사가 그 골목을 지나자 마치 다른 세상 같은 공간이 나왔다. 고요하고 모든 것이 멈춘 듯이 보이는 거리. 먼지가 쌓인 간판이 늘어서 있는 거리. 생기를 잃어버린 것 같은 공간. 간간이 저 멀리에서 사람들의 웃음소리가 전해졌다가, 수신자를 잃어버린 무전기 소리처럼 어디론가 흩어져버렸다.

채유형은 낡은 3층짜리 건물 앞에 서 있다가, 반쯤 열린 셔터를 위로 올리고 그 안으로 거침없이 걸어 올라갔다. 대체 채유형은 뭘 하면서 돌아다니는 건가? 진 형사는 그 모습을 지켜보다가 그 건물과 옆 건물 사이에 한 남자가 서 있는 걸 발견했다. 검은 야구 모자를 눌러쓴, 키가 큰 남자였다. 진 형사는 어둠 속에 숨어 그 남자를 바라보았다. 많은 시간이 흐르지도 않았는데, 채유형이 계단을 터덜터덜 내려오고 있었다. 허탕을 친 듯한 분위기. 오늘은 이래저래 모두 허탕 치는 날인가 보군.

남자가 채유형의 뒤를 따라 걷기 시작했고 진 형사는 남자의 뒤를 따라 걷기 시작했다. 누구지? 왜 채유형의 뒤를 밟는 거지?

번화가에 다다랐을 때, 그녀가 다닥다닥 붙어서 먹고 마시는 사람들에게 가까워졌을 때 남자가 걸음을 멈추었다. 진 형사도 따라 멈추었다. 채유형은 아까 왔던 길을 되짚어 걸어가는 중이었다. 아주 잠시 채유형에게 시선을 주었을 뿐인데, 남자가 서 있던 자리는 텅 비어 있었다. 진 형사는 주위를 살폈다. 저 멀리, 채유형이 걸어가는 길과는 전혀 다른 방향으로, 인파 사이로 남자가 빠르게 섞여 들어갔고, 이제 진 형사는 그 남자를 찾을 수 없게 되었다. 미행하는 사람을 놓치다니…… 진 형사는 자신의 실수를 믿을 수 없었다.

진 형사는 조금 전 채유형이 들어갔다가 나온 건물로 돌아가 간판을 확인했다.

청우기술.

이상했다. 이름이 낯설지 않았다. 어디서 봤더라? 진 형사는 간판을 오랫동안 바라보았다.

경찰서로 들어온 진 형사를 당직 형사가 의아한 눈빛으로 바라보았다. 진 형사는 애써 무시하며 사건 데이터 파일을 뒤지기 시작했다. 당직 형사가 혀를 끌끌 차며 지나갔다. 진 형사는 그 의미를 알았다. 자신들의 평안을 위해 그만둘 때까지 제발 다른 문제를 일으키지 말라는 경고의 의미, 혹은 차라리 결정적인 문제를 일으켜서 완전하게 몰락해버리라는 부추김의 의미. 이중적이고 어정쩡한 조소, 경고, 독려를 견디는 것이 진 형사의 일이었다. 견디는 것, 진 형사는 잘할 자신이 있었다. 하지만…… 때때로 마음이 아팠다. 자신에게서 영원히 떨어져 나갔다고 믿었던 어떤 순간들이 되돌아오는 것을 느낄 때가 있었다. 그런 생각을 멈추고 싶어서 진 형사는 책상 위에 놓인 페퍼리지팜 밀라노의 다크초코쿠키 세 개를 연달아 입에 넣고 씹기 시작했다. 부드러운 쿠키가 진 형사의 입에서 와사삭, 하고 녹으며 목 안으로 넘어갔다.

그렇지, 청우기술과 관련된 파일을 찾아낸 진 형사가 조그맣게 내뱉었다. 이럴 줄 알았어. 청우기술은 5년 전 불법 도박장으로 사용되던 비밀 장소였다. 5년 전이라면 아직은 진 형사에게 문제가 발생하기 전이었다. 변호사, 의사, 대기업 임원 정치가들이 '청우기술 도박사건'에 대거 연루되었고, 한동안 신문의 사회면과 정치면을 뜨겁게 달구었다. 하지만 결국 굵직굵직한 거물들은 교묘하게 처벌에서 벗어났고, 나중에는 사건 자체가 흐지부지 끝났다. 진 형사나 그의 동료들은 이 사건을 맡은 다른 경찰들이 골치깨나 썩을 것이라고, 자신들이 맡지 않아서 정말 다행이라고 여겼다. 진 형사는 그런 식으로 눈앞에서 자신의 사건이 공중 분해되는 것을 바라봐야 했다면 견딜 수 없었을 거라고 말하기도 했었다. 불과 몇 달 후에 자신에게 닥칠 '골치깨나 썩을 일'은 상상도 하지 못한 채로. 그런데…… 채유형은 대체 여기에 왜 간 걸까……? 그곳에 아직도 도박판이 벌어지는 걸까? 채유형이 도박에 빠진 건가? 설마, 그럴 리가 없다. 진 형사는 현장에서 검거된 사람들의 명단을 살펴보았다. 대부분은 벌금형을 선고받거나 훈방

조치를 받았다. 한참 동안 명단을 뒤지던 진 형사는 낯익은 이름을 하나 발견했다.

윤현기.

지민준의 첫 변호인. 진 형사는 지민준 살인 사건 파일과 청우기술 사건 파일을 비교해보았다. 윤현기는 청우기술 사건 당시 서초동에 위치한 국내 굴지의 로펌 '송문' 소속이었고, 그 후 지민준의 사건을 맡았던 2년 전에는 광교에 있는 '이루' 소속이었다. 검색해보니 '이루'는 이혼 소송을 전문으로 하는 소규모 법률 사무실이었다. '송문'에서 기업과 정계에 관련된 굵직한 사건만 다루며 능력을 인정받고 있었던 윤현기에게는 일종의 좌천인 셈이었다.

잠시 눈을 감고 생각에 잠겨 있던 진 형사는 '송문'에서 윤현기와 함께 사건에 참여했던 다른 동료 변호인들을 체크하고, 그중 하나의 이름을 메모지에 적었다. 그러고는 코에 걸려 있던 돋보기안경을 벗고 의자 깊숙이 몸을 기댔다. 대체 무슨 일이 일어나고 있는 거야? 채유형은 윤현기를 만나러 청우기술에 간 걸까? 지민준의 변호인 윤현기가 청우기술과 관련이 있다는 사실을 알아차리고 무작정 그곳에 찾아간 걸까? 검은 모자를 쓴 남자가 윤현기였을까? 그렇다면 그는 왜 채유형을 미행한 걸까? 진 형사는 아주 오랫동안 고민을 하다가, 항상 (빵집에 대해 적느라) 사용하는 노트의 마지막 장을 펼쳤다. 연필로 뭔가를 적기 시작했다. 글자를 적고 지우기를 반복하던 진 형사가 연필을 내려놓았다.

> 아이들, 아이들을 돌보는 어른, 윤현기, 검은 모자, 을지로
> 의 숲, 채유형.

글자들을 뚫어지게 바라보았다. 이 모든 게 연결된 걸까? 그
럴 수가 있는 걸까? 아니면 지금 내 멋대로 의미를 부여하고
있는 걸까? 머릿속이 복잡할 때는 더하는 것보다 빼는 게 훨
씬 더 효과적이라는 사실을 진 형사는 경험으로 알았다. 어떤
법칙이 있는 건 아니었다. 때로는 무작위로 이루어질 때도 있
었다. 남아 있는 것들의 연결점이 보일 때까지 그것을 반복해
보는 것이다. 이번에도 연필을 사용했다. 진 형사의 연필은 허
공을 맴돌다가 먼저 '아이들'이라는 글자 가운데에 줄을 그었
다. 그리고 '을지로의 숲' 가운데에도 줄을 그었다. 그런 후에
는 '검은 모자'에도 줄을 그었다. 진 형사는 남은 글자들(아이
들을 돌보는 어른, 윤현기, 채유형)에 각각 동그라미를 치고 세
개의 동그라미를 하나의 선으로 연결한 후, 선의 끝에는 이렇
게 적어 넣었다.

> 청우기술

진 형사는 자신의 마음 밑바닥에서 계속해서 물음표들이 끝

도 없이 밀려 올라오고 있다는 것, 그것이 머지않아 자신의 머릿속을 가득 채우리라는 것을 예감했다. 그 글자들을 뚫어지게 바라보던 진 형사는 다크초코쿠키를 하나 더 입에 넣고 천천히 씹으며 눈을 감고 생각했다. 아, 우유가 필요해.

12

그녀는 두 발을 의자 위에 올린 채로 식탁 앞에 앉아 전자레인지로 데운 무화과캉파뉴를 뜯어먹는 중이었다. 거의 기계적인 행위에 불과했지만, 종잇장 같은 형편없는 식감은 온전히 느낄 수 있었다. 방 안은 고장 난 선풍기가 탈탈거리는 소리와 TV에서 흘러나오는 뉴스 앵커의 목소리만 맴돌았다. 바닥에는 서류 봉투와 기사, 사진들이 널브러져 있었다. 무음으로 바꾸어놓은 휴대전화 액정에 문자가 왔다는 알림이 떴다. 최 피디였다. 그녀는 읽지도 않고 문자를 바로 삭제해버렸다. 그리고 잠시 후 그의 번호를 스팸 처리했다. 진작 이랬어야 했어. 그녀는 생각했다. 진 형사는 정식으로 사표를 내지 않고 최 피디에게 연락할 빌미를 주는 건 사소한 일로라도 자기 자신을 벌주고 괴롭히고 싶은 마음이 반영이 된 거라고 했다. 정말 그런가? 그녀는 고개를 가로저었다. 그렇다면 윤종이 한 그 모든 행동은 자기 자신을 괴롭히고 싶어서 한 것에 불과한 걸까? 그녀는 이번에는 고개를 가로젓지 못했다. 그녀는 이른 여름과 어울리지 않는 강렬한 햇살이 내리쬐는 도시를 바라보며, 전날 밤을 떠올렸다. 그 모든 게 꿈 같았고, 절망감이 스멀스멀 기어올랐다.

전날, 진 형사와의 약속을 무시하고 침대 속으로 기어 들어가 어둠이 올 때까지 기다리던 그녀는 자신을 끌어안던 윤종의 감촉을 떠올리고 있었다. 원하지 않아도 자꾸 그때의 감각이 살아나 미칠 것 같았다. 그러므로 윤종을 만나야만 했다. 윤종이 자신에게 숨기고 있는 사실이 있다면 그것을 속속들이 다 알아야만 했다. 그러지 않으면 견딜 수 없을 것 같았다. 견딜 수 없다? 무엇을? 윤종이 계속 전화를 받지 않기 때문에 그녀는 무작정 청우기술, 혹은 심야 카페로 가기로 했다. 후드를 뒤집어쓴 채로, 길가를 점령한 식당의 간이 테이블에서 시끄럽게 떠들며 술을 마시는 사람들에게는 시선을 주지 않으면서.

청우기술의 문을 열었을 때 카운터의 대머리 남자는 턱을 괸 채 졸고 있었다. 천장에 매달린 거대한 우드 실링팬은 천천히 돌아갔고, 손님은 아무도 없었다. 방금까지 누군가 머물렀던 흔적이 있는 자리가 하나. 그녀는 그게 아마도 윤종의 흔적일 거라고 생각했다. 그녀는 카운터의 남자를 깨웠다.

남자는 별로 놀라는 기색도 없이 흐린 눈으로 쳐다보며 물었다. "뭐를 원해요?"

"내가 뭘 원해야 해요?"

그녀의 대답에 대머리 남자는 혼란스럽다는 듯한 표정을 지었다. 그녀는 그 남자의 뺨을 때리고 싶은 충동을 느꼈다.

"아까 저기 앉아 있던 남자요. 그 사람 어디로 갔어요?"

남자는 고개를 흔들었다. 그녀는 주먹으로 이 남자의 뺨을 때리고 카운터 바깥으로 끌어내서 발로 배를 가격하고 싶었다. 남자에게 치명적인 타격을 주고 싶었다. 그런 기분을 억누르기 위해 그녀는 바깥으로 뛰쳐나왔고, 다시 후드를 뒤집어쓴 채로 걷기 시작했다. 몸이 부들부들 떨렸다. 사람들이 비좁게 모여 있는 식당가까지 단숨에 걸어간 그녀는 한동안 우두커니 서 있었다. 방향감을 완전히 상실한 채였다. 얼마나 오랫동안 그렇게 서 있었을까? 아주 짧은 시간에 불과할 수도 있고, 꽤 긴 시간이었는지 모른다. 술 취한 사람들 무리가 길을 막고 있다며 그녀에게 욕을 뱉고 지나갔다.

그러다 어느 순간, 그녀의 눈앞에 윤종이 나타났다.

언제나처럼 갖춰 입고 있었지만, 모든 것이 헝클어져 있었다. 넥타이는 반쯤 돌아가 있었고 바지는 구겨져 있었다. 하지만 그 커프스단추만은 잘 착용한 채, 윤종은 체념한 듯한 표정을 짓고 있었다. 그렇지만 그가 무엇을 체념했단 말인가? 그녀는 헛것을 본 것일까 봐 무서운 마음이 들었다. 어떤 대상을 그토록 강렬하게 원하고 있다는 사실 때문에 무서운 마음이 들었다. 하지만 눈앞에 서 있는 사람은 헛것이 아니었다. 진짜 사람이었다. 그녀는 윤종에게 다가갔다. 그러고 그를 끌어안았다. 한동안 잊고 있던 귀의 통증이 되살아났다. 그녀는 자신이 명징한 통증을 기다리고 있었다는 사실을 깨달았다. 한동안 둘은 서로를 안고 있었다. 서로를 당기면서 밀어내는 그런 포옹, 아니, 서로를 밀어내면서 동시에 끌어당기는 포옹을.

윤종은 그녀를 자신의 집으로 데리고 갔다. 윤종의 집은 길가와 맞붙은, 동네 초입에 있는 6층짜리 빌라였다. 윤종은 그 건물의 가장 위층에 살았다. 동네는 가파른 비탈로 연결되었고 좁은 골목으로 오토바이와 자동차들이 아슬아슬하게 주차되어 있었다. 출입문이 활짝 열려 있었는데, 잘못 닫히면 다시 열리지 않기 때문에 항상 열어둔다고 했다. 입구 옆 벽을 따라 수거를 기다리는 쓰레기봉투들이 아무렇게나 쌓여 있었다.

엘리베이터가 없어서 그들은 6층까지 걸어 올라가야 했다. 윤종은 자주 멈춰서 그녀가 잘 따라오고 있는지 살폈다. 집 안에는 가구라고는 없었다. 소파도, TV도, 수납장도, 책장도 없었다. 식탁은 있었다. 네 명이 앉을 수 있을 만한 네모난 식탁과 의자가 하나. 그리고 작은 냉장고와 낡은 전자레인지도 있었다. 집 내부는 낮 동안의 열기를 그대로 품고 있어 바깥보다 기온이 더 높다고 느껴졌다. 콧방울에 맺힌 땀을 닦아내며, 그녀는 집 안에 알 수 없는 분위기가 감돈다고 생각했다.

윤종이 창문을 열려고 하자 그녀가 말했다. "열지 말아요."

그게, 그날 밤 처음으로 소리 내어 한 말이었다. 그들은 열기 속에서, 불도 켜지 않은 거실 한가운데에 버티고 서서 서로를 바라보았다. 다가가지도, 멀어지지도 않은 채로. 창문으로 도시의 달빛과 불빛이 비쳐들었다. 한번 살아난 귀의 통증은 그 존재감을 더해가고 있었다. 이제는 제발 멈춰달라고 빌고 싶은 기분이 들 정도로. 아파서라기보다, 너무 거슬렸기 때문에. 그녀는 윤종에게 한 발짝 다가갔다. 윤종은 꼼짝도 하지 않고 어둠 속에서 그녀를 내려다보았다. 그녀는 한 발짝 더 다가갔다. 그는 여전히 꼼짝도 하지 않았다. 그를 만나면 물어보고 싶은 것들이 많다고 생각했는데, 정작 얼굴을 보니 아무 생각도 나지 않았다. 무슨 질문을 먼저 던져야 할까? 내가 무엇을 궁금해해야 할까?

그녀는 초조함을 숨기려고, 작지만 분명하게 말했다. "무슨 말이건 해봐요. 왜 내게서 숨으려고 했는지, 왜 심효전에 대한 사건을 조사하지 말라고 한 건지…… 왜……."

그는 손을 뻗어 그녀의 손등에 미세하게 남은 상처를 어루만졌다. 그의 손길이 지나갈 때마다 소름이 돋는 것 같았다.

"채유형 씨, 난 아무 말도 안 할 거예요. 아니, 애초에 내가 말해줄 수 있는 사실이 별로 없어요. 그저 나는 당신이 원래의 삶으로 돌아가기를 바랄 뿐이에요. 회사도 그만뒀다면서요. 심효전이니 그런 것도 다 잊어버리라고요."

'원래의 삶', 이라는 말에 그녀는 놀랄 수밖에 없었다. 원래의 삶? 그게 뭐란 말인가? 사람들 사이에서 분란을 일으키고 아무도 자신의 곁에 남아 있지 않게 하는 것? 양부모님과 매번 식사하며, 있는 힘을 다해 서로가 알고 있는 사실을 모른 척하는 것? 범죄자의 피가 몸속에 흐른다는 걸 누군가 알아차릴까 봐 전전긍긍하는 것?

"뭐가 그렇게 걱정되는 거예요?" 그녀는 감정을 억누르며 물었다.

"나도 몰라요. 무슨 말을 해야 할지 나도 모르겠다고요."

"왜 이름을 바꿨어요?"

이 물음에 윤종은 그녀의 손목을 놓았다.

"지민준과 심효전 사건이 무슨 관련이 있는 거예요?"

처음 집에 들어올 때보다 실내 온도는 더 올라간 것 같았다. 더 이상 이 열기를 견딜 수 없다는 듯, 그가 창문을 벌컥 열었다. 하지만 바람 한 점 불어오지 않았다.

그녀는 재촉하듯 그에게 물었다. "당신하고 어떤 관련이 있는 거냐고요."

"아무 관련도 없어요. 믿어줘요, 진짜예요." 그는 등을 보인 채 창밖을 바라보며 단호하게 말했다.

열어놓은 창문을 통해 자동차 바퀴가 도로를 구르는 소리가 집 안으로 흘러 들어왔다. 그녀는 그게 무엇이든 자신들이 느끼고 있는 감정이 아주 사소하고 초라한 조각일 뿐이라는 것, 세상 어디 자리 하나 제대로 마련하지 못하리라는 사실을 실감했다. 화려한 야경 속 자그마한 불빛 같은 것. 갑자기 꺼진다 한들 아무도 신경 쓰지 않을…….

윤종이 몸을 돌리고 그녀를 바라보았다. "그냥…… 다 잊어요…… 나도 잊어버려요."

"왜 날 여기로 데리고 온 거예요? 내가 그 모든 일, 그리고 당신과의 모든 일을 잊길 원했다면 왜 데리고 온 거냐고요!"

잠시 후에 그가 코를 훌쩍이더니 진저리가 난다는 듯 소리쳤다. "몰라요, 나도 몰라요. 당신을 여기로 데리고 온 건, 실수예요. 이러지 말았어야 했어요."

"실수요?"

"그래요. 실수예요!" 그는 절망적이라는 듯이 소리를 질렀다. "이름을 왜 바꾸었냐고 물었죠? 당연한 거 아니에요? 난 새로운 삶을 살고 싶었어요. 다른 삶을 살고 싶었다고요. 나는 도박 중독자였어요. 아무리 거기에서 빠져나오려고 해도…… 어느 날 이름을 바꾸고 새롭게 살아보려고 했어요. 하지만 결국 그것도 실패한 거예요. 내 삶은 내 것이 아니게 되었어요. 아무리 빠져나오려고 해도…… 아무리 노력해도 난 안 돼요. 난…… 끝났어요…… 끝났다고요!"

귀를 파고드는 통증을 가까스로 참으며 그녀는 말했다. "아니에요. 당신은 끝나지 않았어요. 당신은…….."

"채유형 씨, 그건 내가 당신에게 할 말이에요. 당신은 새 삶을 살 수 있어요. 그러니까, 제발 내 말을 들어요. 나와 처음 연락했던 그 시점부터 일어난 그 모든 일을 당신의 삶에서 도려내요. 그 모든 것을요. 방송국, 취재, 심효전, 나 그리고 당신의 친아버지…… 모두 다…….”

"내 친아버지요?"

그녀는 윤종에게 바싹 다가갔다. 그의 얼굴을 올려다보던 그녀는 오른손으로 그의 뺨을 때렸다. 그런 후에는 주먹을 쥐고 그의 복부를 가격했다. 뺨을 맞은 것에는 약간 타격을 받은 것 같았지만 복부에는 전혀 타격이 없는 것 같았다. 그녀가 다시 배를 가격하려고 했기 때문에 윤종은 양손으로 그녀의 손목을 잡았다. 그러고는 그녀의 얼굴에 자신의 얼굴을 가까이 댔다. 그녀는 손목을 빼려고 버둥거렸다. 그는 점점 더 강하게 그녀의 손목을 그러쥐었다. 그녀의 성치 않은 귀 쪽으로 윤종이 자신의 얼굴을 가져다 댔다. 그녀는 그의 뜨거운 숨결을 느낄 수 있었다.

윤종이 가라앉은 목소리로 차갑게 말했다. "이봐요, 채유형 씨, 우리 아버지도 그곳에 있었어요. 내 말 알아들어요? 우리 아버지도 거기에 있었다고요.”

그녀는 버둥거리는 걸 그만두었다. 윤종은 그녀가 상처받은 어린아이 같다고 생각하며 그녀에게서 떨어졌다.

"난 떠날 거예요. 이 지긋지긋한 삶에서 벗어날 거예요. 그러니까, 당신도 제발…….”

윤종의 말에 그녀는 핏기 없는 얼굴로 입술을 달싹였지만 결국 아무 말도 하지 못했다. 길을 잃은 사람처럼 거실 안을 맴돌던 그녀는 현관문을 열고 도망이라도 치듯 단숨에 계단을 걸어 내려갔다. 숨이 차오르지도 않았다. 귀의 통증도 순식간에 사라진 것 같았다. 건물 밖으로 나온 그녀는 그의 집을 바라보았다. 창문으로 그가 내려다보리라고 기대한 것일까? 하지만 그런 일은 일어나지 않았다. 그저 창문이 닫히고 그의 집 안으로 환하게 불이 들어왔을 뿐.

집으로 돌아온 그녀는 손톱을 물어뜯으며 거실을 서성거리다가, 결국 옷장 앞에 섰던 것이다. 어쩔 수 없이, 마지못해서 한다는 몸짓으로 옷장 문을 열어서 백팩을 열고, 백팩에서 서류 봉투를 꺼낸 다음, 그 안에 든 기사와 사진 그리고 '넌 어때?'라고 적힌 메모지를 겹치지 않게 바닥 위에 펼쳐놓았다. 마치 처음 보는 것인 양, 아주 낯선 것을 대하는 것처럼. 하지만 그것은 처음 보는 것도, 낯선 것도 아니었다. 그것들은 그녀에게 속한 것이었다. 아니다, 그녀가 그것들에게 속해 있는 걸까?

넌 어때?

그녀의 시선이 손등의 상처로 향하다, 손목의 멍 자국으로 옮겨갔다. 윤종이 꽉 잡았던 손목. 멍 위에 멍. 그녀는 어머니가 남긴 문자의 내용을 떠올렸다. 우리는 네가 무엇을 하든지 항상 너의 편이란다. 정말로 당신들은 언제나 내 편이 될 수 있어요? 내가 어떤 사람인지 알게 되더라도? 내 몸에 흐르는 피의 정체를 알게 되더라도? 그래도 나를 데려와서 키웠겠어요? 그녀는 기사와 사진을 저벅저벅 밟으며 화장실로 향했다. 화장실 불빛 아래에서 거울에 비친 자신을 바라보다가 귀를 감싸고 있는 붕대를 풀어버렸다. 아물기 시작한 귀의 구멍들. 그녀는 화장실 서랍에서 꺼낸 바늘을 구멍 속으로 밀어 넣었다. 아주 천천히 공을 들여서. 그리고 살을 뚫는 감각이 느껴졌을 때야 비로소 바늘을 뺐다. 이번에도 천천히 공을 들여서. 피가 흐를 줄 알았는데, 아니었다. 그냥 그 자리에 눈에 보이지도 않을 만한 작은 구멍이 하나 생겼을 뿐이었다. 귀를 잘라내야 할지도 몰라. 의사의 경고가 떠올랐다.

다시 널브러진 기사와 사진 앞으로 돌아온 그녀는 무릎을 꿇고 그것들을 하나하나 꼼꼼히 보기 시작했다. 그리고 그중 하나의 사진을 뚫어지게 바라보았다. 불에 타고 있는 건물의 내부를 찍은 흑백 사진. 물론 이전에도 여러 번 본 적이 있었다. 건물 안을 탈출하던 직원이 마침 가지고 있던 사진기로 찍어서 신문사에 제공한 것이었다. 벽면에는 세계지도를 형상화한 커다란 그림판이 붙어 있었는데, 한국에서 시작된 화살표가 각각의 대륙으로 뻗어 있었다. 지도 그림판 아래로 벽을 따라 이어진 기다란 선반 위와 바닥에는 부서진 사무실 집기와 용도를 알 수 없을 정도로 처참하게 망가진 물품들이 널브러져 있었다. 그리고 프레임 가장자리, 벽의 끝에서부터 불이 활활 타오르고 있었다. 그 불길은 처참하다기보다는 불길하게 느껴졌고, 위협적이기보다는 기이했다.

파월 노동자들과 참전 용사들은 이날 손에 망치와 화염병을 들고 있었다. 문득 그녀는 자신의 귀에 구멍을 낸 패거리의 남자애가 했던 말을 떠올렸다.

냄새나는 것들은 냄새나는 것들에게 끌리는 법이니까…….

그것이었을까? 내가 그토록 윤종을 만나기를 원했던 이유는?

전날의 일을 떠올리며 그녀는 마치 꿈에서 깨어난 사람처럼 눈을 몇 번 깜빡였다. 여전히 집 안에는 탈탈거리는 선풍기와 뉴스 소리가 맴돌았다. 기상캐스터는 오후부터 비가 내릴 것이라고 말했다.

그녀는 창밖을 바라보았다. 정오의 해가 강렬하게 내리쬐고 있었고, 하늘은 수채 물감을 풀어놓은 것처럼 투명하게 파란빛을 띠었다. 비가 올 거라고? 그녀는 도시의 많은 사람이 그러는 것처럼 기상청을 믿지 않았다.

루틴. 새로운 직장을 얻고, (양부모님이 원한 것처럼) 평범한 사회 구성원으로서의 역할을 하려고 노력하지만 결국은 모든 것이 실패로 돌아가는 일. 그토록 벗어나고 싶었던 것. 하지만 그녀는 이번에도 그 루틴을 벗어나지 못했다. 왜? 어째서? 이번에는 어떠한 차용증도 받지 않았고, 특별히 사람들과 불화를 일으킨 것도 아니었는데! 그렇지만…… 이번에는 몸에 '진짜' 상처가 남았다. 귀, 얼굴, 손등, 손목…… 갑자기 이루 말할 수 없는 허기를 느낀 그녀는 냉동실에서 캉파뉴 하나를 꺼내서 허겁지겁 통째로 입안에 집어넣었다. 하지만 곧바로 뱉을 수밖에 없었다. 너무 딱딱했다. 그때 휴대전화 액정으로 진 형사의 번호가 떴다. 진 형사는 몇 시간 전에도 전화를 걸었지만, 그녀는 받지 않았었다. 그녀는 꽝꽝 언 무화과캉파뉴를 내려다보면서, 만약 진 형사가 이 꼴을 본다면 한심해서 다시는 연락하지 않을지도 모른다고 생각했다. 그런 생각이 들자 저도 모르게 웃음이 나왔고, 웃음이 나왔다는 사실에 놀랐다.

진 형사의 번호는 액정 위에 끈질기게 남아 있다가 사라졌다. 그녀는 무화과캉파뉴를 전자레인지에 넣고 버튼을 누른 다음, 창문 쪽으로 다가가 블라인드를 내렸다. 그러고는 한동안 블라인드가 내려진 창문을 응시했다. 거기에 자신이 찾는 무언가가 있기라도 하다는 듯이. 1분 후, 전자레인지에서 알림음이 울리자, 그녀는 깜짝 놀랐다. 정체를 알 수 없던, 머릿속을 이리저리 마구잡이로 떠돌아다니던 생각들이 순식간에 정돈되는 듯했다. 그 모든 게 갑자기 너무나 명료하고 단순하게 다가와서 어안이 벙벙해질 지경이었다.

그녀는 윤종에게 전화를 걸었다. 그는 전화를 받지 않았다. 이번에는 윤종이 근무하는 법률회사로 전화를 걸었다. 전화를 받은 사무원은 딱딱한 말투로 윤종이 며칠 전 사직서를 냈다고 말했다. 윤종이 맡았던 사건은 어떻게 되는 거냐고 묻자, 사무원은 짜증이 난다는 듯이 대답했다.

"그러게 말이에요."

전화를 끊은 다음 그녀는 두 가지 선택지를 만들었다. 첫 번째, 오늘 중으로 진 형사가 한 번 더 전화를 건다면 지체하지 않고 받는다. 그리고 청우기술과 윤종과 심효전과 지민준의 연관 관계에 대해서도 모두 다 털어놓을 것이다.

그게 어떤 결과로 이어질지, 어떤 상황이 펼쳐질지는 그녀도, 진 형사도 짐작할 수 없다. 어쩌면 아무런 일도 벌어지지 않을 수 있어. 그녀는 생각했다. 그저 모든 일이 우연에 불과하고 싱거운 웃음으로 끝맺을 수도 있다고.

다른 선택지도 있었다. 오늘 중으로 진 형사가 자신을 찾지 않으면, 윤종의 말대로 이 모든 일에서 손을 뗀다. 회사도, 최피디도, 심효전도, 윤종도, 심지어는 진 형사도 모두 자신의 삶에서 지워버리리라. 그리고 길을 잃은 채 살아가는 게 자신의 숙명이라는 것을 받아들이겠다. 바로 그게 두 번째 선택지였다. 그녀는 여전히 바닥에 아무렇게나 펼쳐져 있는 서류 봉투와 기사와 사진들을 바라보았다. 자신이 첫 번째를 선택하든, 두 번째를 선택하든, 저것들은 영원히 변하지 않은 채로 자신을 쫓아다닐 것이다.

넌 어때?

이 세 글자를 볼 때마다, 아니, 이 세 글자를 보고 있지 않을 때에도 그녀는 그 의미를 생각해보곤 했다. 그리고 그 의미는 그녀의 마음속에서 바뀌곤 했다. 끔찍한 일을 저지른 남자의 딸로서 살아가는 게 넌 어때? 부모로부터 선택받지 못한 삶을 사는 게 넌 어때? 다른 사람들과 평범하게 어울리지 못하는 게 넌 어때? 마음을 털어놓을 사람 하나 없는 게 넌 어때? 거칠게 바닥에 펼쳐져 있는 기사와 사진들을 다시 가방에 넣은 후 옷장 안 깊숙이 숨겨두었다.

그녀는 전화가 오면 바로 알아차릴 수 있도록 에어팟을 꼈다. 블라인드를 걷고, 창문도 열었다. 더운 공기가 집 안으로 훅 끼쳐 들어왔고 조금 상쾌한 기분이 들었다. 다시 태어나는 기분 정도는 아니더라도, 무언가 다시 시작할 수 있을 것 같은 기분 정도는 된다고, 그녀는 생각했다. 청소기로 바닥을 밀고, 거실 바닥에 얼룩을 찾아서 물티슈로 슬슬 닦아낸 후, 침대 위 이불을 걷어 창문 밖으로 내 탈탈 털고, 침대에 보기 좋게 펼쳐놓았다. 빨랫감을 세탁기에 집어넣고 부엌으로 가 얼마 전 진 형사와 피자를 먹을 때 사용했던 접시와 컵도 깨끗하게 씻기 시작했다. 치우다 만 식탁 위에는 그동안 모아둔 사건 자료와 기사들, 진 형사가 두고 간 을지로의 지도 같은 것들이 아무렇게나 펼쳐져 있었다. 그중 일부에는 커피 자국과 피자에서 번져 나온 기름기가 남아 있었다. 그녀는 자료들을 한데 모아서 정리한 후 벽 쪽으로 밀어놓았다.

창문을 닫고 선풍기를 튼 후에 눅눅해진 캉파뉴를 조금 뜯어 입에 넣고 씹었다. 이제부터는 아무것도 하지 않고 그저 진 형사의 전화를 기다릴 생각이었다.

2부
도시의 심연

도시 속으로 몸을 던졌다.

그 발밑으로 펼쳐져 있던 도시…… 아니, 무無의 도시,

아니, 아니다. 도시의 무라고 해야 옳을까?

도시의 심연에는 결국 아무것도 존재하지 않을 테니까.

13

알람이 울리기 직전 진 형사는 자동 인형처럼 침대에서 벌떡 일어났다. 전날 경찰서에서 자료를 찾느라 새벽이 다 되어서야 잠에 들었지만, 일어나는 시간은 언제나 같았다. 협탁에 둔 안경이 매달린 목걸이를 걸치고, 거실로 나가 베란다 커튼을 걷고 창문을 열었다. 올해는 여름이 유난히 일찍 찾아온 것 같았지만, 서늘한 기운을 품은 6월의 새벽 공기가 감돌았다. 오후에 폭우가 내릴 거라는 일기예보를 확인한 진 형사는 부엌으로 가 냉동실에서 바게트 두 조각을 꺼내 토스터에 집어넣었다. 그런 다음 화장실로 들어가 고양이 세수를 하고 오랫동안 이를 닦았다.

부엌으로 다시 돌아온 진 형사는 멍한 표정으로 변압기와 캡슐 커피 기계를 바라보다가 고개를 흔들었다. 이 둔중해 보이는 기계는 오래전 진 형사의 후배이자 파트너였던 정인서가 미국 여행 선물로 준 것이었다. 잠시 머물렀던 도시의 마트에서 겨우 40달러밖에 하지 않았다며, 심지어 커피 캡슐을 100개나 줬다며, 그 무거운 걸 한국까지 들고 왔다.

"선배님, 캡슐 커피가 뭔지 알아요?"

진 형사는 고개를 흔들었다. 몰랐던 것은 또 있었다. 그걸 사용하기 위해서는 5만 원이 넘는, 그러니까 커피 기계 가격과 맞먹는 변압기가 있어야 한다는 것. 그 이야기를 들었을 때, 정인서는 함박 웃음을 지었다.

5년 전, 진 형사는 그 커피 기계와 변압기부터 가장 먼저 갖다 버리려고 했지만, 그러지 못했다. 이제 진 형사는 그 물건들을 봐도 별생각이 들지 않았다. 그저 자리만 많이 차지하는 애물단지, 기회가 되면 언제든 버릴 수 있는 구식 기계에 불과했다. 사실 정인서가 커피 기계를 사 왔던 시절을 떠올린 것도 실로 오랜만의 일이었다. 코를 훌쩍이던 진 형사는 바게트 하나를 베어 물고 천천히 씹어 넘겼다. 나머지 한 조각에는 고메 버터와 꿀을 발라서 신중하게 입안에 넣었다. 그리고 커피를 후루룩 소리 나게 마시기.

진 형사는 자신이 해야 할 일을 머릿속으로 떠올리고 숫자를 붙여보았다.

1. 채유형에게 전화를 걸어볼 것.
2. 윤현기를 찾아가볼 것.
3. (2번이 실패할 경우) 윤현기가 도박을 하던 시절 동료 변호사를 찾아가볼 것.
4. (1번이 실패할 경우) 채유형에게 다시 한번 전화를 걸어볼 것.

5. 지민준의 어머니와 만날 약속을 정할 것.

6. 호텔 바움 숙박 명부에 윤현기의 이름이 있는지 알아볼 것.

진 형사는 자신이 무엇을 쫓고 있는지 알지 못했고, 그러므로 윤현기의 동료 변호사나 지민준의 어머니를 만나서 정확하게 무엇을 물어야 할지 몰랐다. 하지만 대화를 하다 보면 어떤 실마리를 얻게 되는 순간이 있을 것이다. 아주 사소한 것이라도 좋았다. 그리고 5번 일정까지 끝낸다면, 전날 못 갔던 독일식 빵집에 들러볼 생각이었다.

간단하게 설거지를 마친 진 형사는 전날 밤 청우기술에서 나와 어두운 길을 혼자 걷던 채유형의 뒷모습을 떠올렸다. 채유형은 여전히 전화를 받지 않았다. 일부러 나를 피하는 걸까? 진 형사는 약간 섭섭해졌고, 그런 기분을 느꼈다는 사실 때문에 자기 자신이 싫어졌다. 자신이 싫어지는 순간이 그리 길지 않도록 하는 것, 그게 진 형사의 특기 중 하나였다. 어떤 사람들은 진 형사의 그런 특기를 비난했다. 그들은 진 형사가 충분히 자기 자신을 싫어해야 한다고 주장했고 그렇게 하지 않는 것을 못마땅하게 여겼다. 생각이 너무 많아지고 있었다. 이런 건 좋지 않아. 진 형사는 이 모든 일에 흥미를 잃었으면 좋겠다고 생각했다. 하지만 흥미가 사라지지 않으니까…… 멈추지 못하니까…… 나는 환자니까……. 진 형사는 고개를 흔들었다. 1번을 끝냈으니, 이제 2번을 시작할 차례다.

오전 11시 진 형사는 한 손에 장우산을 든 채로 '송문' 사무
실이 있는 서초동 빌딩, 엘리베이터 안에 서 있었다. 집에서
나오기 전, 윤현기가 현재 근무하는 것으로 추정되는 '이루'로
전화를 걸었지만, 자기네 사무실에 윤현기 변호사라는 사람
은 일하지 않는다고 대답했다. 사무실을 옮긴 걸까? 그 말투
속에 거짓이 없다고 판단한 진 형사는 2번 '윤현기를 찾아가
볼 것'에 세모를 그리고, 그 옆에 '이직 가능성'이라고 적어놓
았다. 그런 후 윤현기가 예전에 일했던 '송문'으로 전화를 걸
었다. 윤현기의 동료 변호사 이름을 대며 변호를 의뢰하고 싶
다고 말하자, 수화기 너머의 비서는 떨떠름한 태도로 되물었
다. "오늘요?" 그렇다고 대답하자, 비서는 잠시만 기다리라고
하고는 수화기 너머에서 사라졌다. 꽤 오랜 시간을 기다려야
해서, 혹시나 전화가 끊긴 게 아닌가 싶어 몇 번이나 액정을
확인해야 했다. 한참 후에 나타난 비서는 고압적이면서도 선
심이라도 쓴다는 듯한 말투로 말했다. "11시까지 오시랍니다.
그 외의 시간은 없으십니다."
6층에서 엘리베이터의 문이 열리자 갑자기 쏟아져 들어오
는 차가운 에어컨 공기와 다소 미래 지향적으로 느껴지는 인
테리어 때문에 얼떨떨한 기분이 되었다. 엘리베이터 맞은편
에 안내데스크가 있었다. 진 형사가 다가가자 푸른색 슈트를

입은 직원이 싱긋 미소를 지었기 때문에 거의 반사적으로, 진 형사도 싱긋 웃어버렸다. 직원은 진 형사의 웃음에는 전혀 관심이 없는 것 같았다. 약간 무안해진 진 형사가 예의 부루퉁한 표정으로 자신의 이름과 용무를 밝히자, 직원은 진 형사를 복도 반대편에 있는 또 다른 엘리베이터로 데리고 갔다.

"3층으로 올라가시면 됩니다. 변호사님은 315호실에서 기다리고 계십니다."

진 형사가 황당하다는 듯이 물었다. "아니, 여기가 6층인데 어떻게 3층으로 올라갑니까?"

아무 대답도 없이, 이번에도 싱긋 웃어 보인 직원은 자신의 자리로 돌아갔다. 엘리베이터에 타고 나서야 직원이 한 말의 의미를 알 수 있었다. 엘리베이터에는 버튼이 여섯 개밖에 없었다. 1층부터 6층까지. 별 쓸데없는 데 공을 들였구먼. 하지만 때때로 이런 쓰잘머리 없어 보이는 사소한 디테일이 사람들의 신임을 얻는 데 중요하게 작용할 때도 있는 법이지. 국내에서 세 손가락 안에 꼽힌다는 법무법인다운 발상이었다. 고객들에게 안정감을 주고 보호받고 있다는 느낌을 갖게 할 것이다.

315호실은 정사각형 구조의 사무실이었다. 전면 창밖으로는 도시의 거리가 펼쳐져 있었고, 맞은편 벽의 중앙에는 서울대학교 법대 졸업증과 학위증, 변호사 자격증이 걸려 있었고, 마치 그 주위를 둘러싸듯이 사진들이 여럿 걸려 있었다. 가족,

각종 기념일과 친구들. 문에 가까운 벽에는 테두리를 청동으로 장식한 으리으리한 거울이 있었다.

커다란 책상 뒤에 앉아 있던 남자는 진 형사가 들어오는 걸 보고 천천히 자리에서 일어났다. 2주에 한 번씩 미용실을 예약하고, 적어도 이틀에 한 번은 헬스장 트레드밀 위를 달릴 것 같은 남자였다. 섬세하게 허리선이 들어간 재킷, 미묘하게 맞춘 셔츠와 구두의 톤, 튀지 않고 편안하면서도 고급스러운 느낌을 주는 옷차림이었다. 하지만 옷을 고르느라 시간을 많이 투자할 것 같지는 않았다. 자신만의 옷 고르는 루틴이 있을 것 같은 타입. 진 형사가 바닥에 깔린 남색 러그를 밟으며 다가가자 그가 명함을 건넸다.

"어떤…… 무슨 일을 도와드리면 됩니까?"

그는 의외라는 표정으로 진 형사를 바라보았다. 무언가 자신의 예상과 완전히 상반되는 사람이 방문했다는 듯이. 진 형사는 그제야 비서의 태도를 이해할 수 있었다. 이 정도 로펌에 일을 의뢰하는 사람들은 비서에게 직접 전화를 걸지는 않을 터였다. 연줄에 의해서 수임을 의뢰한다거나, 오히려 더 공식적인 연락망을 이용할지도 몰랐다. 그렇다면 이 남자는 대체 어떤 부류의 사람을 기다렸을까?

진 형사는 들고 있던 장우산을 바닥에 던져놓고 명함의 앞뒤를 슬쩍 살펴본 후 주머니에 넣었다. 그러고는 자신의 명함을 건넸다. 변호사는 기계적인 미소를 지으며, 비싸 보이는 기다란 가죽 의자를 가리켰다. 각종 범죄 사건에 휘말린 사람들은 여기에 앉아 이런저런 거짓이 뒤섞인 진실을 털어놓겠지. 혹은 진실이 뒤섞인 거짓이라든지……. 의자가 지나치게 편안해서 진 형사는 불시의 공격을 받은 것처럼 놀랐고, 엉덩이를 두 번 들썩였다. 영원히 의자에 파묻히고 싶다는 생각을 억누르며 진 형사는 자리에서 일어났다. 그러고는 사무실 안을 어슬렁거렸다. 책상 위에 놓아둔 진 형사의 명함을 내려다보며 변호사는 팔짱을 낀 채로 입을 열었다.

"제가 완전히 속았습니다."

"허술하시네요."

"수사에 도움이 필요하다고 말씀하셨으면 어차피 시간을 내드렸을 겁니다. 무슨 일인지는 전혀 짐작이 안 되지만."

진 형사는 액자가 걸린 벽 앞에 멈춰 서서 눈길을 둔 채로 부드럽게 물었다. "윤현기 변호사가 여기에서 얼마나 근무를 했습니까?"

그는 잠시 진 형사를 바라보다가 대답했다. "그 친구에 대한 건은 오래전에 끝난 거 아닙니까?"

진 형사가 어깨를 으쓱해 보이자 변호사는 재킷 매무새를 가다듬고는 거리낌 없이 말했다.

"꽤 오래 했습니다. 여기서 근무를 하다가, 아마도 그 일 때문에 오신 것 같은데, 도박 문제 때문에 변호사 자격이 정지되었습니다. 그러다가 다시 변호사 일을 시작한 걸로 알고 있는

데…… 그 친구에게 무슨 문제가 생긴 겁니까? 연락을 안 한
지 좀 되어서요."

벽에 걸린 사진들을 살펴보던 진 형사의 시선이 거울에 비
친 자신의 모습으로 향했다. 주근깨 가득한 얼굴, 벌집 같은
머리카락, 부루퉁한 표정과 마주하자 약간 머쓱한 기분이 들
었다. 아침마다 보는 얼굴인데도 그랬다. 진 형사는 사진 액자
로 시선을 옮겼다. 명품 양복, 고급 시계 그리고 넥타이핀을
꽂은, 한 치의 오차도 없는 옷차림을 한 남자 여러 명이 호텔
연회장의 원형 테이블에 앉아서 카메라를 향해 활짝 웃고 있
었다. 이 중에 윤현기가 있는 걸까?

"팔짱을 끼고 앉아 있는 친구예요."

역시 눈치가 빠르네, 진 형사는 생각하며 사진 속 윤현기를
바라보았다. 사진 속 그는 다소 딱딱한 미소를 짓고 있었는데,
그건 어쩌면 진 형사의 느낌일 뿐인지도 몰랐다. 이 남자가 그
날 검은 모자를 쓰고 채유형을 뒤쫓던 자일까? 알 수 없었다.
이런 식으로는 무엇도 확신할 수 없었다. 진 형사는 기묘한 이
질감을 느꼈다.

"형사님…… 그러니까 제게 하실 말이…….'

진 형사가 나긋나긋한 목소리로 말했다. "변호사님도 도박
문제로 기소당할 뻔했죠?"

그는 순간적으로 멈칫했지만 금방 평정심을 되찾은 것 같았
고, 심지어 빙그레 미소를 지어 보였다.

"형사님, 무슨 일인지 먼저 말씀해주시는 게 좋을 것 같은데요. 잊으셨나 본데 저는 변호사입니다. 이런 상황에서의 제 권리에 대해서 잘 알고 있다는 뜻입니다."

진 형사는 느긋한 표정을 지으며 다시 그 가죽 의자에 엉덩이를 갖다 댔다. 이런 의자는 대체 무엇으로 만드는 건지, 어디서 파는 건지, 가격은 얼마인지 묻고 싶다는 마음을 애써 억눌렀다.

"이 상황에서는 당신의 권리라고 할 만할 게 없어요. 나는 그저 몇 가지 사소한 사항을 물으러 온 것뿐이니까요. 협조하고 싶지 않다면 안 해주셔도 됩니다. 그러시겠다면 저는 그냥 저 문으로 나갈 겁니다."

그는 맥이 풀린다는 듯이 고개를 흔들고는 자신의 머리를 매만졌다.

"그런 걸 이야기하는 게 뭐 어려운 일이겠습니까?" 옷매무새를 바로 잡은 후 그가 입을 열었다. "우리는 같은 대학을 나왔어요. 가까운 사이는 아니었습니다. 현기는 가까운 사이랄 게 없었죠. 동기들과 술을 마신다든가 하며 어울리는 일도 잘 없었거든요. 성격이 그런 줄 알았는데 나중에 알고 보니 그럴 여유가 없던 거였어요. 과외 아르바이트를 많이 했다고 들었습니다. 아마 힘들었을 겁니다. 가장이나 마찬가지였다고 하더라고요. 대학교 3학년 때부터였나, 어머니가 많이 편찮으셨던 것 같아요. 그래서 군 면제를 받았고요. 자세한 건 몰라요.

저도 여기서 같이 일을 하면서 띄엄띄엄 알게 된 사실입니다. 동기 중에서는 여전히 그 친구의 사정을 모르는 녀석들도 있을 겁니다."

"그게 무슨 말입니까?"

"머리가 굉장히 비상했어요. 장학금을 놓친 적도 없고, 사시도 일찌감치 합격하고. 연수원 성적도 무척 좋았죠. 이른 나이에 여기, 송문에 입사를 했으니까요. 그런데 약간 허세 같은 게 있었죠. 어머니 병원비를 대는 것도 빠듯했을 텐데 아르바이트로 번 돈으로 좋은 신발과 옷 같은 걸 샀거든요. 대학 다닐 때…… 뭐랄까, 생활이 어려운 집의 자식이라고는 아무도 생각 못 했을 겁니다."

"윤현기의 어머니는……."

"돌아가셨습니다. 폐암이라고 했나……? 장례식에 갔었습니다. 그…… 도박 문제를 일으키기 전이에요. 그래도 그런 꼴을 안 보고 돌아가셨으니 다행이라고 해야 하나요?"

"여기서 일할 때는 그래도 꽤 가깝게 지냈던 것 같던데요. 같이 수임한 사건도 여럿 있고……." 진 형사는 벽에 걸린 사진을 눈으로 가리키며 물었다.

"가깝다……라고 말할 수 있을 겁니다. 하지만 현기에게는 개인적인 관계라는 것 자체가 전무했습니다. 제가 알기론 그래요. 일만 죽어라 했거든요. 동기들 모임에 가끔 나가긴 했지만 그것도 다 연줄 때문이었죠. 야망 있는 친구였어요. 욕심이

있었죠. 돈도 좋아하고…… 무엇보다 인맥을 쌓고 싶어 했어
요……. 그래서 제가 그 친구에게 도움을 받고, 그 친구도 제
게 도움을 주고 그랬습니다."

"변호사님에게는 인맥이 있었습니까?"

"뭐, 그런 셈이죠. 부모님이 다 법조계 분들이라……."

진 형사가 고개를 끄덕이자, 갑자기 그가 언성을 높였다.

"형사님, 제가 여기에 이렇게 앉아 있는 게 아주 손쉬운 일
처럼 보이십니까? 고객들을 만나고, 가방 들고 법원에 왔다
갔다 하고, 그러면 되는 일이 아닙니다. 여기에 오는 사람들
은…… 그저 그런 사람들이 아니에요. 머리 빠지게 일하고 있
단 말입니다, 제가."

손쉽게 흥분하지만, 동시에 자신을 제어하는 데 능한 타입.
진 형사는 생각했다.

그는 다시 누그러진 말투로 이야기했다. "저 위에는 전관 변
호사들이 한자리씩 차지하고 있고, 머리 좋은 후배들은 치고
올라오고…… 부모님의 연줄이 저에게 좀 유리하게 작용을
하긴 하죠. 그렇다고 제 실력을 부정당하고 싶은 마음은 없습
니다. 궂은일도 많이 했거든요. 다른 회사에 파견을 나가기도
하고…… 물론 그 친구 도움을 많이 받았죠. 정말이지 머리가
비상한 친구였거든요."

"여자가 나오는 술집에 가서 시시덕거리는 것도 필요한 일
입니까?"

진 형사는 맥락도 없이 왜 그런 말을 했는지 스스로도 알 수 없었다. 이런 식으로 빈정거리는 말투라니. 개인적인 감정을 드러내는 건 옳지 못했다.

그는 그냥 가볍게 웃었지만 곧바로 웃음기를 싹 지우고 거들먹거리며 말했다. "제 뒷조사를 하셨군요. 숨길 마음은 없습니다. 그런 것도 일의 연장선입니다. 룸살롱에서 시시덕거리는 것 말입니다. 거기서 문제들이 발생하기도 하지만……."

"여자 문제도 발생하고요."

그의 눈썹이 움직였다.

"형사님, 저를 취조하러 오신 게 아니라면 선은 지키시죠."

진 형사는 엉덩이를 움직여 자세를 바꿔 의자 위에 안착하며 대꾸했다. "미안합니다."

"현기는 술은 입에도 안 댔어요. 여자에게도 그리 관심이 있진 않았고. 때문에 뒷말이 돌기도 했죠. 그 친구가 특별히 도덕적이어서 그랬던 건 아니었고…… 즐거운 일이 따로 있었던 겁니다."

"도박이군요."

"네, 그리고 술이 약하기도 했고요."

"술이 약했습니까?"

윤현기와 내가 의외의 공통점이 있군, 하고 생각하며 진 형사가 질문하자, 변호사는 표정을 살짝 찡그렸다.

"현기가 그 도박 사건 전에, 회사 임원들이랑 관련 공무원들을 접대하는 자리에서 술을 과하게 마신 적이 있습니다. 거기서 실수를 좀 했죠."

"접대요? 변호사가 그런 일도 합니까?"

"때에 따라서는 하죠. 상대가 누구냐에 따라."

"상대가 누구였습니까?"

"말씀드렸잖습니까. 회사 임원들과 관련 공무원들."

"어떤 회사 말입니까?"

"그것까지 말해야 합니까?"

진 형사는 빙그레 웃고 질문을 바꾸었다. "윤현기가 어떤 실수를 했습니까?"

"형사님도 알고 계시죠. 제가 이런 것까지 대답할 필요가 없다는 것 말입니다. 그렇지만 특별히 말씀드리겠습니다."

진 형사가 가만히 그를 바라보자 그는 얼굴을 찡그린 채 어깨를 으쓱했다.

"고통에 대해 이야기했습니다. 그 정도로만 말해두죠."

고통이라고? 전혀 의외의 단어가 나와서 놀랐지만 진 형사는 내색하지 않았다.

"고객들이 화가 났겠군요."

그가 웃으며 대답했다. "아니요. 전혀 아닙니다. 그들의 기분을 거스르기에 현기는 너무 애송이였습니다. 개미 때문에 화를 내진 않죠. 물론 계속 성가시게 한다면 그땐 개미를 죽일 수도 있겠지만."

"당신은 개미입니까?"

그가 고개를 흔들었다. "당연히 아니죠."

"도박은 어떻게 시작한 거랍니까?"

"어쩌다 그렇게 되었는지는 모르겠어요. 하지만 도박이라는 게 그렇지 않습니까? 자기도 모르는 사이에 빠져드는 거죠. 처음에는 돈을 좀 땄던 것 같아요. 시계도 사고, 차도 바꾸고, 양복도 맞추고요. 한번 그런 것에 맛을 들이면 되돌아가는 건 어렵죠. 그러다가…… 아시지 않습니까? 첫 끗발이 개 끗발이라고. 모르겠어요. 워낙 뭐든 티를 잘 안 내는 친구였으니까요. 아마 그렇게 된 것 같아요. 그런데 어느 날 그러더군요. 자기는 이제 강원도까지 안 간다고. 을지로에 가서 논다고요. 현기 입에서 논다는 말이 나오니까 좀 이상하긴 하더군요."

"같이 가신 적도 있나요?"

"몇 번쯤은 갔지만, 그리 즐기지는 않았어요."

"변호사님께 돈을 빌리기도 했습니까?"

"네."

"그게 언제죠?"

그는 진 형사를 바라보고는 억지 미소를 지었다. "2년 전에요."

"윤현기가 변호사로 복직한 후였군요."

"네, 맞아요. 어쨌든 저는 그 친구를 좋아했어요. 그 친구 신세도 많이 졌으니까 도와주고 싶은 마음도 있었고요. 갑자기 정직이라니, 안타까운 마음도 있었습니다. 그런데 어느 날 회사로 저를 찾아왔어요. 겉으로는 멀쩡해 보였어요. 다시 변호사 일을 시작했다고 하더군요. 이혼 사건을 전문으로 하는…… 그래도 겉모습은 예전보다 더 멀끔해졌던걸요."

"도박 때문에 당신에게 돈을 빌린 것 같았습니까?"

"저는 모르죠."

"얼마나 빌려주셨죠?"

"천만 원요. 뭔지는 몰라도, 문제가 있다는 건 알았어요, 왜냐하면 저한테 돈을 빌릴 정도라니, 그 친구 자존심을 고려하면 거의 불가능한 일에 가까웠습니다. 그게 뭘 뜻하겠습니까?"

그는 재킷의 소매 끝단을 차례대로 만진 후 어깨를 으쓱하고 진 형사를 바라보았다. 마치 진 형사의 질문을 바란다는 듯이. 하지만 진 형사의 표정에 아무런 변화도 없었기 때문에 그는 어깨를 한 번 더 으쓱하고는 말을 이었다.

"제1금융권에서는 돈을 빌릴 경로가 막혔다는 의미입니다."

"그래도 빌려주셨군요."

"형사님이 보기에는 제가 악랄한 변호사 나부랭이로 보이겠죠. 범죄자들을 변호해서 돈을 벌고 피해자들이 죽을 쑤게 만드는 변호사 말입니다. 피도 눈물도 없는……."

진 형사는 그의 말을 잘랐다. "저는 변호사의 직업 윤리를 존중해요. 그런 생각은 단 한 번도 한 적 없습니다."

그건 진심이었다. 그는 민망하다는 듯 목을 좌우로 한 번씩 움직이고 이번에는 소매를 만지작거렸다.

"돈을 빌리러 왔을 때 제가 말했어요. 진심이었습니다. 도움을 받는 게 어떠냐고요. 상담이라도 받으라고요. 그때 그 친구가 말하길, 치료는 받고 있다고 했어요."

"치료를 받고 있다고요?"

"치료라는 단어는 사용하지 않았지만…… 도움을 받을 수 있는, 그런 모임에 나가고 있다고 했어요……. 그런데 그게 아무런 소용이 없는 것 같다고…… 나가지 말걸 그랬다고……. 그게 무슨 말이냐고 물으니까, 그냥 웃더라고요."

모임이라, 진형사는 고개를 갸웃거리며 그에게 질문했다.

"돈은 갚았나요?"

"뭐라고요?"

"윤현기가 돈을 갚았느냐고요."

그는 거만하게 고개를 흔들었다. "받을 생각을 하고 빌려준 건 아니거든요."

"윤현기 변호사가 지민준의 사건을 맡았다는 걸 알고 계셨습니까?"

"네…… 그런 소문은 워낙 빨라서요."

"돈을 빌리러 온 건 지민준의 변호를 맡기 전이었습니까? 후였습니까?"

그때 방문을 노크하는 소리가 났고, 비서가 고개를 빼꼼 내밀고 손님이 왔다는 사실을 알려주었다.

"오해하실까 봐 말씀드리는데, 정말 고객이 온 겁니다." 그가 말했다.

"아, 그렇군요."

그의 말이 사실이든 아니든 퇴장할 시간이었다. 진 형사는 무엇보다 의자에서 일어나야 한다는 점이 아쉬웠다. 안락하게 보호받던 엉덩이가 이제 다시 거친 세상에 무방비하게 노출되어야 할 시간이 온 것이다. 진 형사가 자리에서 일어났을 때, 그가 갑자기 떠올랐다는 듯이 말했다.

"전이었어요."

"네?"

"돈을 빌리러 온 게 그 사건을 맡기 전이었다고요."

진 형사는 별 뜻 없이 고개를 끄덕이고는 그에게 물었다. "변호사님은 그 후로는 도박을 한 적이 한 번도 없었다는 거죠?"

그가 웃으며 고개를 흔들었다. "그때 겨우 불똥을 피했는걸요. 그렇게까지 무모하거나 어리석진 않습니다."

진 형사는 그가 처벌을 면하려 얼마나 많은 인맥과 돈을 사용했을지 잠시 생각해보았다.

"당신은 그런 식으로 처벌을 피했고, 윤현기는 정직을 당한 거군요."

"현기랑 저는 경우가 다르죠. 그 친구가 주범에 가깝다면,

저는 장난처럼 몇 번 왔다 갔다 한 것뿐이니까요."

진 형사는 그의 말이 사실이라고 생각했다. 하지만 그가 윤현기처럼 청우기술에 깊게 연루되었다 할지라도, 결국은 법망을 빠져나왔으리라는 사실도 알고 있었다. 다른 많은 고위층 자식이 그래왔던 것처럼.

"지금은 누가 당신에게 도움을 줍니까?"

그 말에 그는 씩 웃었다. "그런 식으로 도움을 줄 친구들은 많죠."

"한 가지만 더 질문합시다."

"하세요."

"내가 어떤 사람이라 생각하고 약속을 잡은 겁니까?"

그가 웃었다. 그리고 솔직한 태도로 말했다. "무언가 숨길 게 있는 사람? 내가 약점을 잡을 가능성이 있는, 돈과 권력이 있는 사람?"

"그런 사람들이 자주 옵니까?"

그는 자리에서 일어나 진 형사 쪽으로 걸어왔다. 그러고는 벽에 걸린 거울에 자신을 비춰 보며 말했다. "형사님, 저는 항상 이 거울을 봅니다. 제 얼굴을 비추어 보죠. 자신의 얼굴을 기억한다는 건 중요한 일이 거든요. 누구든 자신의 얼굴을 잊어버리면 끝장이 납니다. 끝장나는 누군가와 대면할 수 있다는 것은 굉장한 행운 아니겠습니까? 교훈을 얻을 수 있는 아주 간단한 방법이거든요."

그렇게 말한 후 그는 한참 동안 거울 속에 비친 자신을 바라보고 있었다.

건물 바깥으로 가려면 올라왔을 때 했던 것처럼 엘리베이터를 한 번 갈아타야 했다. '가짜' 1층에서 '진짜' 1층으로 내려가기 위해 엘리베이터를 기다리는 동안, 진 형사는 장우산으로 바닥을 쿵쿵 찧으며 생각했다. 나르시시즘에 빠진 자들은 말도 장황하구만.

14

진 형사는 경찰서로 돌아가 지민준 사건 파일을 다시 들추어 보았다. 지민준의 어머니는 진 형사를 만나려고 하지 않을 가능성이 컸다. 지민준의 가족은 그 사건을 다시 들춰낼 이유가 없을 것이므로. 지민준은 결과적으로 징역 2년 6개월에 집행유예 4년을 받았다. 판결문에는 이렇게 쓰여 있었다.

> 범행의 대상과 내용 및 결과를 따져볼 때 죄질이 나쁘나 이를 전부 인정하고 반성하는 점, 정신병적 장애로 사물을 변별하고 의사 결정할 능력이 미약한 상태에서 행한 범죄로 보이는 점 등을 종합하여 판단했다.

사건 초기 기사가 쏟아졌던 것과는 딴판으로, 판결 내용은 그다지 알려지지 않았다. 재판을 질질 끈 탓에 사람들의 관심은 점점 옅어졌고, 판결이 났을 즈음에는 아무도 이 사건에 관심을 기울이지 않았다.

진 형사는 자리에서 일어나 경찰서 밖으로 나갔다. 어느새 해는 중천에 걸려 온 도시를 삼켜버리겠다는 듯이 쨍하게 비추고 있었다. 겨우 몇 분 서 있었을 뿐인데 이마에 땀이 송골송골 맺혔다. 도저히 비가 올 것 같지 않은 날씨였다. 1번이 실패했으니, 4번 계획을 시도해야 했다. '채유형에게 다시 한번 전화를 걸어볼 것.' 이번에도 전화를 받지 않으면, 어떻게 해야 하는 거지? 번호를 다시 붙여야 하나?

채유형은 전화를 받지 않았다. 진 형사는 자신이 왜 이렇게까지 채유형에게 전화를 걸어야 하는지 알지 못했다. 아니, 알고 있었다. 채유형이 청우기술을 찾아간 이유를 알고 싶어서, 윤현기 변호사와 어떤 관계인지 알고 싶어서. 채유형의 입에서 직접 듣고 싶었다. 하지만 더 중요한 이유는 따로 있었다. 진 형사는 채유형의 '요청'이 필요했다. 자신의 호기심이 아닌 채유형의 요청으로 움직이고 싶었다. 그것이 나중에 자신을 보호해주리라고 생각했다. 나중에? 진 형사는 고개를 흔들었다. 나중에, 언제? 예상하지 못한 결과가 도출되었을 때, 말도 안 되는 방식으로 일이 진행된다고 느낄 때, 책임을 미룰 사람이 필요했다……. 진 형사는 다시 한번 고개를 흔들며 생각들을 털어냈다. 더 이상 무작정 그녀가 사는 곳을 찾아가거나, 미행하지는 않으리라고 다짐했다. 그런 일은 한 번으로 족했다. 일단 지금은 계획한 일과표의 번호를 차례로 지우는 게 먼저였다.

그러기로 했으니까, 그렇게 하는 것이다.

지하철역에서 나온 진 형사는 장우산을 땅에 끌며 걸었다. 오후에 비가 오지 않는다면, 장우산을 던져버릴지도 몰랐다. 커다란 가로수들이 늘어선 양쪽 길을 따라 유기농 채소 가게, 일식집, 문방구, 팥빙수 가게 그리고 뒤편으로 지은 지 오래된 낮은 복도식 아파트와 고층 신축 아파트가 세월의 격차를 뛰어넘은 채 함께 서 있었다. 지민준의 어머니는 신축 아파트의 꼭대기 층에 살고 있었다. 2년 전 사건으로 확인할 것이 있다고 말했을 때, 수화기 너머 지민준의 어머니는 제대로 말을 잇지 못했다. 아들의 살인 사건과 관련된 모든 상황을 견뎌내고 결국 아들의 실형을 면하는 데 성공했지만, 그럼에도 여전히 이 모든 일이 익숙하지 않다는 듯한 태도가 있었다. 어느 정도는 무력하고, 과도하게 신경질적인 느낌. 그리고 숨길 길 없이 뿜어져 나오는 당황스러움.

약속을 잡고 30분 정도 지났을 때, 지민준의 어머니는 진 형사에게 몇 차례 전화를 걸었다. 약속을 취소하고 싶다거나, 찾아오면 고소할 거라거나, 그런 이야기를 하려는 것이리라. 지민준의 어머니가 문을 열어주지 않으리라고, 혹은 아예 집을 비웠을지도 모른다고 예상했지만 그래도 일단 가보기로 했다. 일과표의 번호를 지우지는 못할지언정 어쨌든 그러기로 했으니까. 진 형사는 아파트 단지 앞 가게에서 생수를 한 병 사서 벌컥벌컥 마셨다.

집 앞에 도착한 후 진 형사는 응답이 없으리라고 생각하고 초인종을 세 번 연속으로 눌렀는데, 현관문이 스르르 열리는 통에 깜짝 놀라고 말았다. 지민준의 어머니는 진 형사를 한심하다는 듯 바라보았다. 웨이브가 들어간 단발머리, 동그란 얼굴, 약간은 살집이 있는 몸매, 그리고 안경. 진 형사보다는 아주 조금 연배가 있어 보였다.

"초인종을 몇 번이나 누르는 거죠?"

진 형사의 예상과 다르게, 지민준의 어머니는 긴장하거나 당황한 것처럼 보이지는 않았다. 예상치 못한 반응에 당황한 건 오히려 진 형사였다.

"들어오세요."

진 형사는 장우산을 현관에 얌전하게 세워놓은 후 집 안으로 들어갔다. 가구나 인테리어는 아주 깔끔하고 고급스러웠으며 창밖으로는 한강과 공원이 펼쳐져 있었다. 진 형사에게 앉으라는 말도 없이, 지민준의 어머니는 조용히 소파에 앉았다. 그리고 진 형사가 따라 앉자 허리를 꼿꼿하게 편 채 엄숙한 목소리로 말했다.

"저희 변호사와 통화를 했어요."

진 형사는 고개를 끄덕였다.

"제가 너무 당황해서 덜컥 약속을 잡아버렸는데, 취소하려고 전화를 걸었더니 받지 않으시더군요."

진 형사를 나무라는 듯한 말투였다. 진 형사는 끙, 소리를 내며 엉덩이를 움직였는데, 갑자기 송문 315호실의 의자가 못 견디게 그리워졌다.

"불편하신 마음 충분히 이해합니다. 몇 가지 질문만 하면 됩니다."

"변호사가 질문에 답할 필요가 없다고 했어요."

"네, 그럴 겁니다."

"제가 형사님을 피하지 않은 건 예의를 갖추고 싶기 때문이지, 무언가를 말하겠다는 의도는 아닙니다."

"알고 있어요."

"알고 있으면 돌아가세요. 저는 할 말이 없습니다. 다시 그때의 일을 떠올리고 싶지도 않고요."

진 형사는 지민준의 어머니를 바라보았다. 여자는 집에서 당당하게 자신을 기다리고, 그리고 문도 열어주었다. 만약 그러지 않았다면, 지민준의 어머니가 자신을 피했다면, 진 형사는 집요하게 물고 늘어졌을 것이다. 궁금한 것을 물어보고 그 대답을 듣기 위해 별별 수를 다 썼을 것이다. 하지만…… 저 여자가 끝까지 아무것도 말하지 않으리라는 것을, 진 형사는 알 수 있었다. 그래도 뭔가 묻지 않을 수 없었다.

"변호사를 왜 바꾸신 겁니까?"

여자가 어처구니없다는 표정으로 진 형사를 바라보았다.

"그걸 몰라서 묻는 거예요? 변호사를 바꾸었기 때문에 우리 애가……."

여기까지 말한 여자는 입을 다물었다.

"그럼 처음부터 왜 그 변호사를 고용하지 않은 겁니까?"

"처음에 우리가 경찰서에 갔을 때, 변호사가 이미 왔다 갔다고 하더라고요. 우리는 무슨 영문인지 몰랐지만, 민준이가…… 그 변호사가 아니면 재판도 받지 않겠다고 고집을 부렸어요. 마치 이 세상에서 그 변호사만 믿을 수 있는 사람인 것처럼 굴더라고요. 애 아빠가 그 변호사를 알고 있었는지, 문제가 있어서 정직을 당한 적이 있다고 말하더군요."

"아마 기사에서 봤을 겁니다."

"네, 아침마다 신문을 여덟 개씩 읽던 사람이니까요. 어쨌든 화도 내고 구슬려보기도 하고…… 그런데도 애가 고집을 부렸어요."

"그러다가 생각을 바꾼 겁니까?"

"사실, 우리는 변호사를 거의 만나보지도 못했어요. 그런데 1심 때 너무 무거운 형량을 받은 거예요. 그러고 나니 애가 마음을 바꾸더라고요. 얼마나 무서웠겠어요. 애가 거기서, 구치소에서…… 그렇게 겨우 전관을 써서 애를……."

여자는 그런 말을 입에 올린 것만으로도 충분히 괴롭다는 듯이 고개를 흔들었다.

"형사님, 우리 가족은 충분히 고통을 겪었어요. 남편은 임원으로 지내던 회사를 그만두어야 했고요. 무려 20년을 다닌 회사를 말이에요."

진 형사도 알고 있었다. 하지만 지민준의 아버지는 그 일이 터진 후 계열사 해외 지점의 본부장 발령을 받았으므로 회사를 완전히 그만두었다고 말할 수는 없었다. 부부는 이혼했고, 지민준은 현재 지방에 있는 외갓집에서 지내고 있었다.

"그거 알아요, 형사님? 우리 남편이 이 도시에 세운 건물이 몇 개나 되는지? 남편이 기획하고 공을 들인 건물 중에서는 랜드마크라고 불리는 것들도 있다고요. 하지만 그게 무슨 소용이겠어요? 그 모든 것이 다 의미 없는 일이 되어버렸는데요. 우리 가족은 망가졌는데……. 아니, 이제 우리 가족이라고 말할 수도 없겠네요. 남편은 내가 아들을 잘못 키운 탓이라고 하더군요. 그게 모두 내 책임이라면서. 정말 그런가요? 정말 그런가요, 형사님?"

진 형사는 '랜드마크'라는 단어를 곱씹으며 고개를 끄덕였지만 대답의 의미는 아니었다. 거기에는 아무런 의미도 없었다. 한번 입을 열자 말하지 않고는 견딜 수 없다는 듯 여자는 말을 이어갔다. 진 형사를 향한 적개심은 옅어졌고, 꼿꼿하던 상체는 무너져 있었다.

"알고 있어요, 우리 애가 끔찍한 일을 저질렀다는 걸요. 하지만 그 애는 내 아들이잖아요. 나도 끔찍한 기분이 들어요. 내가 아들을 잘못 키운 거라는, 애 아빠의 말이 맞는다는 생각이 들면 정말 끔찍해진다고요. 죽은 아이가 생각난다고요……. 우리 애가 그저 친구를 잘못 사귀었을 뿐이라고 생각하려고 애를 썼어요. 우리 애가 얼마나 착한 아이였는지 알아요? 그 애가 바보 같은, 끔찍한 일을 저질렀지만, 내 말은……."

진 형사는 속으로 자신의 앞에 앉은 여자가 '끔찍하다'라는 단어를 몇 번 말하는지 세고 있는 중이었다.

갑자기 여자가 입을 다물고는 고개를 떨구고 힘없이 말했다. "이제 제발 가주세요."

여자는 두 손으로 얼굴을 가리고 있었다. 진 형사는 더 이상 던질 질문이 남아 있지 않았다.

바깥으로 나온 진 형사는 먼저 들렀던 슈퍼에 가 생수 한 병을 다시 샀다. 이 와중에 장우산을 잊어버리지 않고 챙긴 것이 어쩐지 짜증스러웠다. 물을 너무 급하게 마신 탓에 오랫동안 기침을 해야 했다. 겨우 기침을 멈추고 난 후에도, 진 형사는 머릿속 일과표의 5번을 지워야 할지, 그대로 둬야 할지, 판단할 수 없었다. 지민준 어머니와의 만남은 수행했지만 별다른 질문은 던지지도 못했고, 심지어 그 집을 찾아간 걸 후회하는 감정마저 들었다. 후회? 후회하는 중이라고? 나 원 참 어이가 없네……. 진 형사는 안경을 벗었다가 썼다가 또다시 벗었다.

아이들을 돌보는 어른, 윤현기, 채유형.

호텔 바움에 찾아간다 한들, 윤현기의 이름을 발견할 수 있을까? 만약 그 이름이 없다면? 사건 조서에 나온 사람들을 모두 차례대로 만나야 하는 걸까? 만나서 별다른 질문을 던지지 못한 채로 후회하면서 걸음을 옮기는 일을 반복할 게 뻔했다. 인정하고 싶지 않았지만, 진 형사는 지금 자신이 중요한 사실을 놓친 상태라는 걸 뼈저리게 받아들일 수밖에 없었다. 진 형사에게는 당장, 윤현기에 대한 정확하고 확실한 '숫자'가 필요했다. 그게 자신을 어디로 데려다줄 수 있을지는 알 수 없었지만, 지금 상황에서 윤현기라는 한 인간의 삶의 굴곡을 알려주는 객관적인 지표라면 그게 무엇이든 진 형사에게는 필요했다. 윤현기는 현재 그 어떤 사건의 용의자나 피의자도 아니었으므로 개인적인 정보를 캐낼 방법이 없다는 게 문제였다. 특히 진 형사의 처지로서는 어림도 없었다. 이제는 어쩔 수 없이 일과표에 번호가 더 필요하다는 점을 받아들여야 했다.

7. 그 숫자 뒤의 문장이 쉽사리 떠오르지 않았다. 경찰 중에 나를 도와줄 수 있는 사람이 남아 있을까? 정보를 빼줄 동료가 남아 있을까? 없었다……. 아니, 사실은 하나의 이름이 떠올랐다. 진 형사는 고개를 흔들었다. 하지만 다른 수가 없었다. 이게 내게 이렇게까지 절박한 일인 걸까? 절박하다? 진 형사는 모르겠다고 생각했다. 하지만 내가 이 일에 대한 흥미

를 잃어버릴 수 있을까? 내가 멈출 수 있을까? 나는 환자인
데……. 이번에도 진 형사는 고개를 흔들었다. 그리고 7번에
붙여야 할 문장을 떠올렸다.

　　7. 강태민에게 연락해볼 것.

　어딘가 마음에 들지 않았다. 진 형사는 머릿속으로 '연락해
볼 것'이라는 글자를 지우고 다른 문장을 집어넣었다.

　　7. 강태민에게 도움을 요청할 것.

15

　진 형사가 강태민을 마지막으로 만난 건 2년 전이었다. 5년
전, 강태민은 관할서를 옮겼다. 강태민의 의지였나? 아니었
나? 진 형사는 알지 못했다. 강태민이 근무지를 옮긴 후 그에
게 연락해본 적 없었다. 강태민도 마찬가지였다. 그래도 몇 년
동안은 우연히라도 스칠 때가 있었다. 1년에 한 번 진 형사가
납골당에 도착할 때면, 언제나 강태민이 나타났었다. 그날이
되면 강태민이 거기에서 하루 종일 머무는 것이 아닐까 막연
하게 생각했다. 진 형사는 그에게 말을 걸지 않았고, 그 역시

진 형사에게 말을 걸지 않았다. 그저 서로를 바라보고 눈인사를 하고(마지못해서 한다는 인상은 아니었다), 각자의 공간에서 각자의 방식으로 망자를 추모하다가 돌아갔다. 처음 그곳에서 강태민을 마주쳤을 때 진 형사는 사실 마음이 무너지는 것 같았다. 아니다. 언제나 그랬다. 강태민이 자신에게 아무런 적의도 내보이지 않아서, 다른 동료들은 그토록 진 형사를 비난했는데, 정작 강태민은 그러지 않아서.

2년 전 함께 살던 고양이가 죽은 후, 진 형사는 그 모든 상황을 더는 견디지 않겠다고 결심했다. 처음으로 자신이 경찰이라는 사실에 진저리가 났다. 그전까지는 허울뿐이라 해도 끝까지 경찰로 남겠다고 매일 아침 다짐했었다. 모멸감을 이겨내고 뻔뻔함을 가장해 사건 조사에 동참하고, 투명 인간 취급을 받으며 혼자서 증거를 수집하기도 했다. 하지만 고양이가 죽은 그날, 진 형사는 하루 종일 설명할 수 없는 감정에 휩싸여 있었다. 감정? 아니었다. 그건 명백한 신체적 반응이었다. 핏속에서 무언가가 떠돌아다니는 것 같은 기분. 고양이를 묻어주고 나서부터 진 형사는 정인서의 기일에 납골당에 찾아가는 일을 그만두었다. 경찰로서의 자의식을 버리기로 했다. 진 형사는 매일 아침 생각했다. 더는 경찰로 남지 않겠다고. 은퇴하는 날까지 그저 그냥 자리를 지킬 뿐이라고. 이제는 그저 자신의 기분을 돌보고 싶었다.

그 후로 정인서의 기일이 되면, 집 안에 처박혀서 아무것도 먹지 않고 잠만 잤다. 때때로 그런 생각이 들었다. 강태민이 자신을 저주하고 조롱하고 경멸했다면, 그 후에 자신의 삶이 달라졌을 수도 있다고. 강태민이 자신을 증오하지 않았기 때문에, 혹은 그 증오를 누구에게도 드러내지 않았기 때문에 용서받을 기회를 영영 놓쳐버린 것이라고. 그러니까, 강태민은 자신만의 방식으로 진 형사에게 끈질기고 집요하게 복수를 하는 중일지도 모른다고. 하지만 그런 생각의 끝에 다다르면 수치심에 얼굴이 화끈거렸다. 강태민은 진 형사를 비난할 자격을 지닌 유일한 사람이면서도, 진 형사를 비난하지 않은 유일한 사람이었다.

진 형사는 새로 추가한 7번 항목이 정신 나간 생각이라는 걸 알고 있었다. 몇 년 만에 갑자기 강태민 앞에 나타나 민간인의 정보를, 그것도 불법적으로 알아봐달라고 요청하는 건 제정신이라면 할 수 없는 일에 가까웠다. 하지만 그러지 않으면 이 사건은 앞으로 나아갈 수 없다. 그리고 자신이 그런 방법을 떠올렸다면 멈출 수 없으리라는 것도 알았다. 해야 하니까 하는 것이다.

아무리 그렇더라도 미친 짓을 하려면 무언가 명분이 필요했다. 이를테면, 채유형의 '요청' 같은 것. 7번을 수행하려면 채유형과 연락이 닿아야 했다. 채유형 때문에 어쩔 수 없이 떠밀리는 듯한 포즈를 취할 수 있어야 했다. 포즈, 더 정확하게 말하자면 연극이었다. 연출자도, 배우도, 관객도, 오로지 진 형사 하나뿐인 그런 기만적인 연극. 당연히 우스꽝스럽겠지만, 자신이 해야 할 일을 훨씬 더 쉽게 만들어주리라고 믿었다. 하지만 이상했다. 7번을 떠올린 직후부터 채유형에게 전화를 걸어야 한다고 생각했지만 결국 하지 못했다. 무엇 때문일까? 적어도 강태민을 만날 때는 그런 기만적인 연극을 해서는 안 된다고 생각하는 걸까? 강태민을 위해서? 아니었다. 그건 진 형사 본인을 위해서였다. 그렇게 하는 것이, 아무런 가면도 없이 상황 속으로 던져지는 것이, 자신에게 진정으로 필요하리라는 생각이 든 것이다. 아무런 가면도 없이 상황 속으로 던져진다. 그건 충동적으로 진 형사를 파고든 생각이었지만, 너무 강렬하고 자극적이어서 쉽게 떨쳐버릴 수가 없었다.

바로 그게 눅눅해진 캉파뉴를 씹으며 진 형사로부터 한 번만 더 전화가 온다면 모든 것을 다 털어놓으리라고 다짐한 채유형이 그날 늦은 시간까지 진 형사에게 연락을 받지 못한 이유이기도 했다.

6번을 수행했으나 도움이 될 만한 정보를 얻지 못한 진 형사는, 그날 저녁 빵이 잔뜩 든 에코백을 어깨에 메고 장우산을 벽에 세워둔 채 강태민의 아파트 복도에 서서 주차장을 내려다보고 있었다. 강태민에게 주기 위해 집에 들러서 냉동실에 들어 있는 유명 빵집의 빵들을 종류별로 가지고 온 것이다. 강태민의 거주지는 나홀로아파트로, 주택가 한가운데에 말 그대로 홀로 우뚝 서 있었다. 5년 전보다 좀더 을씨년스러워진 것 같았다. 정말 그런 것인지 그저 느낌일 뿐인지는 알 수 없었다. 다만, 복도에는 쥐새끼 한 마리도 얼씬하지 않았다.

사위가 어둑해지고 있었다. 조금 전까지 붉게 물들었던 구름의 가장자리가 점점 옅어지고 형체를 잃어갔다. 그때 아파트 입구로 파란색 미니가 진입하는 게 보였다. 음, 이 아파트에 저런 멋쟁이가 살고 있었네. 아무도 몰랐고 믿으려고 하지도 않겠지만 진 형사는 멋쟁이를 좋아했다. 진 형사는 느긋하게, 강태민은 잠시 제쳐두고 파란색 미니를 눈으로 좇았다. 주차할 곳을 찾으려고 뱅뱅 돌던 미니는 결국 인도 옆으로 평행 주차를 선택했는데 어찌나 주차하는 솜씨가 형편없는지, 진 형사는 자신이 해도 저것보다는 잘하리라고 생각했다. 하지만 진 형사의 운전 실력은 엉망진창이었고, 마지막으로 운전대를 잡은 게 언제인지 기억도 나지 않았다. 그러다가 문득 지상 주차장이 차로 빼곡하다는 사실이 새삼스럽게 다가왔다. 이렇게 많은 차의 주인들이 모두 이 아파트에 살고 있는데 이렇게 복도가 쥐 죽은 듯이 조용하다니!

잠시 후, 삐뚜름하게 주차된 파란색 미니에서 나온 남자는, 다름 아닌 진 형사가 기다리고 있던 강태민이었다. 세상에, 파란색 미니라니. 강태민과는 너무 어울리지 않았다. 진 형사가 알고 있는 강태민은 멋쟁이가 아니었다. 게다가 강태민은 부쩍 살이 올라 있었다. 진 형사가 아는 강태민은 마른 체형이었는데 지난 2년 동안 그에게 무슨 일이 있었던 걸까? 그래도 저 멀리에 서 있는 강태민을 보자 진 형사의 마음은 편안해졌다. 어제 보고 헤어진 사람을 만나는 것처럼 어색하지 않았다. 심지어, 강태민에게 도움을 청하기로 한 자신의 계획이 이루 말할 수 없이 적절했다는 생각이 들 정도였다. 진 형사는 느긋하게 안경을 벗었고, 엘리베이터와 복도가 이어지는 통로 쪽을 바라보고 섰다. 포옹이라도 해줄 수 있을 것 같았다.

엘리베이터에서 내린 후 노래를 나지막이 흥얼거리며 걸어오던 강태민은 헛것이라도 본 것처럼 걸음을 멈추었다.

"선배님?" 그는 믿을 수 없다는 듯이 다시 한번 말했다. "선배님이에요?"

"자네, 살이 많이 올랐구먼."

강태민은 뜨악한 표정을 지었고, 잠시 후에는 어쩔 줄 몰라 했다. 진 형사는 방금 자신이 한 말을 곱씹어보았다. 자네, 살이 많이 올랐구먼. 그런 말을 입 밖에 냈다는 사실을 믿을 수 없었다. 아니, 그것보다 여기에 서서 강태민과 마주하고 있다는 사실을 믿을 수 없었다. 전혀 어색하지 않다고, 마음이 편안하다고 생각했던 걸 믿을 수 없었다. 미친 생각은 미친 생각일 뿐인데! 그 명백한 진실을 경솔하게 무시한 채, 마음껏 방심한 자기 자신을 믿을 수 없었다. 그 순간, 지난 세월의 공백이 되돌아왔고 그들 사이에 견고한 벽이 세워졌다.

"미안하네⋯⋯ 나는⋯⋯."

진 형사는 들고 있던 에코백을 강태민에게 안겨준 후 빠르게 걷기 시작했다.

"선배님!"

강태민의 부름에도 진 형사는 뒤를 돌아보지 않았다. 엘리베이터를 기다릴 생각도 못하고 계단을 따라 내려갔다. 이 빌어먹을 놈의 계단……. 진 형사는 이 세상의 모든 건물이 단층이어야 한다고, 계단 따위 없어져야 한다고 중얼거렸다.

마침내 1층 현관에 도착해 건물 바깥으로 발을 디디려고 했을 때, 어디선가 후둑후둑 하는 소리가 들려오기 시작했다. 물방울들이 세차게 지면과 마찰하는 소리. 드디어 일기예보가 맞아떨어진 것이다. 아, 내 우산. 진 형사는 자신이 하루 종일 애물단지처럼 들고 다녔던 장우산을 아파트 복도에 두고 왔다는 사실을 깨달았다. 그렇다고 우산을 가지러 다시 올라갈 수는 없었다. 비가 잦아질 때까지 기다리는 건 죽기보다 싫었다. 진 형사는 입고 있던 재킷으로 머리 위까지 덮고 빗속으로 달려나갔다.

그때, 강태민의 목소리가 들렸다. "선배님!"

진 형사는 멈춰 서서 뒤를 돌아보았다. 어둑어둑한 사위, 눈으로 계속 들이쳐오는 빗줄기 때문에 강태민의 얼굴이 자꾸 흐릿해졌다. 강태민의 한쪽 손에는 자신이 건네준 에코백이, 그리고 다른 손에는 진 형사의 장우산이 들려 있었다.

잠시 후 진 형사는 커다란 수건을 머리에 얹고 강태민의 집 거실 한가운데에 우두커니 서 있었다. 온몸이 젖어서 바닥에 물기를 남길까 봐 걱정되었다. 강태민의 집은 5년 전에 마지막으로 왔을 때와 달라진 점이 거의 없었다. 삐걱거리는 나무 바닥 집과 어울리지 않는 커다란 벽걸이 TV. 소파는 없었고, 한가운데에는 앤티크풍의 커다란 나무 탁자가 놓여 있었다. 말이 좋아 앤티크지, 사실은 그저 촌스럽기만 했다. 20년은 족히 지났을 것 같은 하얀색 싱크대와 원목 가구도 마찬가지였다. 베란다에는 각종 초록색 화분들이 늘어서 있었는데, 강태민은 거실에 있던 화분들도 베란다로 옮겨놓고 나서 베란다 문을 닫았다. 집 안을 가득 메우던 빗소리가 끊겼다. 갑자기 고요 속으로 던져진 것이다. 아무리 둘러봐도 달라진 게 없는데, 진 형사는 이상한 위화감을 느꼈다. 뭐가 달라진 거지? 강태민은 커다란 수건을 몇 장 들고 나와서, 거실 탁자에 딸린 의자와 진 형사가 서 있는 바닥 주위에 깔았다.

"앉으세요."

진 형사는 엉거주춤 앉은 후 몸을 숙여 양말을 벗었다. 다른 건 참아도 젖은 발은 참을 수가 없었다. 진 형사는 발만 움직여서 바닥에 깔아놓은 수건에 비볐고, 양말은 벗은 그대로 바닥에 두었다. 강태민은 뜨거운 커피가 든 잔을 가져다주고는 팔짱을 낀 채로 진 형사를 내려다보았다. 예전이라면 상상도 못 할 일이었다. 그는 진 형사 앞에서 팔짱을 낀 적이 한 번도 없었다. 진 형사는 강태민의 눈치를 살피며 커피가 든 잔을 입에 갖다 댔다. 인스턴트였다. 진 형사가 알았던 강태민은 인스턴트커피는 절대 마시지 않았다. 진 형사가 커피를 마시는 둥 마는 둥 내려놓는 걸 보고 강태민이 입을 열었다.

"그러니까, 지금 누군가의 입출금 내역 조사를 부탁하려고 저를 찾아오셨다는 거예요?"

진 형사는 고개를 끄덕였다. "더 정확하게는 돈을 빌린 흔적을 좀 알아봐줘. 아마 대부업체에 돈을 빌린 일이 있을 거야. 그런 것까지 다. 아, 통화 내역까지 알아봐주면 더 좋고."

"그러니까 영장도 없이 일반인의 개인 정보를 알아봐달라고요?"

진 형사는 아무렇지도 않다는 듯이 고개를 끄덕였지만 마음속은 이미 여러 가지 감정으로 소용돌이치고 있었다.

"불법이라는 건 알고 계시는 거죠?"

진 형사는 이번에도 고개를 끄덕였다.

"이야, 5년 만에 그런 일로 저를 찾아오신 거군요." 강태민은 감탄했다는 듯 말했다.

진 형사는 안경을 벗으며 피곤하다는 듯이 대답했다. "뻔뻔한 생각이었다는 건 인정하네."

사실 진 형사도 자신에게 왜 그런 게 필요한지 알지 못했다. 윤현기에게서 어떻게든 가지를 뻗어 나가려면 그의 주위 사람에 대해 더 알 필요가 있었다. 그뿐이었다.

강태민은 진 형사의 맞은편에 앉아 에코백 안을 들여다보다가 말했다.

"뻔뻔하다고요? 고작 그런 단어로 이 상황이 설명됩니까?"

진 형사는 한 손에 안경을 든 채, 최대한 아무렇지도 않은 표정을 지으려 노력했다.

"선배님은 하나도 변하신 게 없네요. 심지어 몸무게도 그대로이신 것처럼 보여요."

이번에야말로 진 형사는 잠자코 있기로 했다.

"저는 살이 많이 쪘었어요. 100킬로그램이 넘었었다니까요. 그래서 밀가루를 끊었는데 벌써 1년이 넘었어요. 밀가루를 끊으니까 몸도 가벼워지고, 피부도 말끔해지고, 여러 가지 면에서 좋더라고요."

"적어도 지금은 100킬로그램은 아니란 말이군. 자네가 이렇게 변했으리라고는 생각 못 했어."

진 형사는 이렇게 말해놓고 자신이 또 실수를 했다고 생각했다. 강태민이 어떤 방식으로 살고 있는지, 자신이 어떻게 예상한단 말인가? 어떻게 감히 그럴 수 있단 말인가?

"선배님은 늘 선배님 위주로 생각하셨잖아요."

고작 그 정도 발언에도 진 형사는 상처받은 듯한 기분이 들었다. 강태민이 자신에게 적대감을 가지고 있다는 것을 확인했기 때문에. 아니, 강태민이 악감정이 없기를 바라는, 그런 얼토당토않은 소망을 미약하게나마 품어왔다는 사실을 그 순간 깨달았기 때문에.

강태민이 입을 열었다. "몇 년간 아무런 사건도 담당하지 않았다고 들었는데…… 이렇게 저를 찾아오신 거 보니까 굉장히 중요한 일인가 보네요."

"공식적인 사건은 아니야."

"또 혼자서 일을 벌이시는 거예요?"

"아니야, 나는 그냥 어떤 여자를 도와주고 있는 거야."

"어떤 여자인데요?"

"잘 몰라. 그냥 젊은 여자."

강태민은 흥미롭다는 듯이 눈을 가느다랗게 뜨고 물었다. "잘 몰라요?"

진 형사는 자신이 채유형에 대해 아는 게 별로 없다는 사실을 그제야 깨달을 수 있었다.

"정말 잘 몰라. 무슨 방송국의 피디라고 했어. 어떤 사건을 조사 중인데……."

"뭘 도와주는 건데요?"

"나를 심문하는 거야?"

"뭘 도와주는 거냐고요."

"잘 몰라."

"그것도 모른다고요?"

이것 또한 사실이었다. 진 형사는 지금 이 사건이 무엇을 향하고 있는지, 어떤 의미가 있는지, 누군가 범죄를 저지르고 있는 게 맞기나 한지 아무런 확신이 없었다. 강태민은 미심쩍다

234

는 표정으로 진 형사를 바라보았다.

"정말이야. 알아가는 중이야."

"선배님은 정말 그대로네요."

강태민은 진 형사의 얼굴을 뚫어지게 바라보았고, 진 형사는 그의 시선을 피하려 거실과 베란다 쪽으로 천천히 시선을 옮겼다. 이상하다. 분명히 무언가 달라졌다. 무엇일까?

"다 알게 되면, 저에게 모든 걸 말씀해주실 거예요?"

"뭐라고?"

"이번에는 저에게 숨기는 거 없이 다 말씀해주실 거냐고요." 강태민은 다그치듯이 말했다. 방금 전까지의 느긋하고 여유 넘치는 모습은 온데간데없이 사라졌다. 매우 초조해 보였다.

"이건 자네하고 상관없는 일이야."

"저에게 숨기는 거 없이 다 말씀해주실 거냐고요."

강태민은 앵무새처럼 했던 말을 반복했다. 진 형사는 주위를 둘러보았다. 그제야 자신이 느꼈던 위화감의 정체가 무엇인지 알 것 같았다. 이 집에는 액자가 없었다. 예전에는 곳곳에 액자가 놓여 있었다. 강태민과 정인서가 같이 찍은 사진, 때로는 진 형사도 함께 찍힌 사진 그리고 그저 풍경 사진, 그 수많던 사진…… 액자가 너무 많아서 무서울 정도라고, 액자가 액자를 낳는 게 아니냐고 농담을 하고 큰 소리로 웃곤 했었다.

진 형사는 한숨을 쉬고 고개를 끄덕였다. "그래."

강태민은 그래도 못 미덥다는 듯이 다시 한번 물었다. "약속 해주실 수 있어요?"

"약속할게."

"그 여자가 죽지 않게 될 거라고 말해줘요."

이건 너무 강력한 한 방이라 진 형사는 고개를 숙일 수밖에 없었다. 자신의 맨발이 눈에 들어왔다. 이제 발은 바싹 말라 있었고, 차가운 느낌마저 들었다. 진 형사는 눈을 질끈 감았다 가 떴다. 강태민은 진 형사가 가지고 온 에코백 안에 든 빵을 차례로 꺼냈다. 진 형사는 강태민에게 그 빵들을 설명하고 싶 었다. 그 빵을 사기 위해서 얼마나 고생을 했는지, 어떻게 정 성 들여 보관했는지, 어떻게 해야 가장 맛있게 먹을 수 있는 지…… 강태민은 녹차 카눌레의 봉지를 벗긴 후 그걸 한입에 넣고 씹었다.

"죽을 때까지 밀가루를 안 먹고 살 수는 없잖아요. 언젠가는 먹어야지 싶었는데 그게 오늘이었네요." 강태민은 진 형사를 보고 쓸쓸하게 웃으며 덧붙였다. "선배님도 한번 밀가루를 끊 어보세요. 아마 많은 부분이 좋아질 거예요."

강태민의 집을 나왔을 때, 비는 그쳐 있었다. 장우산은 한 번도 펼쳐보지 못한 셈이었다. 엘리베이터로 향하는 통로를 걸으며, 진 형사는 젖은 양말을 그냥 두고 나왔다는 걸 깨달았 다. 양말을 찾으러 다시 돌아갈 생각은 없었다. 나중에 혹시라도 강태민이 양말에 대해 말하면 버려 달라고 말하면 된다. 신발에 닿는 맨발의 촉감을 느끼며, 진 형사는 자신이 낯선 기분에 사로잡혔다는 것, 이게 어떤 감정인지 설명할 자신이 없다는 점을 인정했다. 하지만 누군가에게 이런 감정을 털어놓고 싶다고 느낀 건 절대로 인정하지 않을 참이었다. 지난 몇 년 동안 진 형사가 몰두했던 건 자기 자신의 기분을 나아지게 만드는 방법이었고, 그건 언제나 먹혀들었으며, 이번에도 그럴 것이었다. 진 형사는 계단을 걸어 내려가지 않아도 된다는 사실에 새삼 감사했다. 엘리베이터를 타고, 숨이 가빠지지도 않고 심박수가 변하지도 않은, 아주 안정적인 상태로 아파트 공용 현관 앞에 다다랐을 때, 진 형사는 문득 채유형을 떠올렸다. 공용 현관의 시계는 9시 25분을 가리키고 있었다. 진 형사는 자신의 일과를 돌이켜보았다. 새로 생긴 독일식 빵집에 들르겠다는 계획도 이미 물 건너간 후였다. 일과표에 숫자 하나를 더할까? '8. 채유형에게 전화를 다시 걸어볼 것' 하지만 오늘은 충분히 많은 일을 한 것 같은데. 잠시 생각에 잠겨 있던 진 형사는 마침내 마음을 정하고 고개를 흔들며 어둠 속으로 느긋하게 나아갔다.

16

다음 날 눈을 떴을 때, 그녀는 어리둥절했다. 언제 잠이 든 거지? 전날 밤, 갑자기 쏟아지기 시작한 빗소리를 들으며 맥주를 마셨던 것까지는 기억이 나는데, 그 후의 일은 잘 떠오르지 않았다. 그녀는 전화기부터 확인했다. 진 형사에게서 걸려 온 전화는 없었다. 대신 아버지가 보낸 문자가 하나 있었다.

'잘 지내고 있니? 회사 일이 무척 바쁜가 보구나. 일을 열심히 하는 건 좋은 거지. 보고 싶구나. 어머니의 안부를 함께 보낸다.'

그 무엇도 재촉하지 않는 부모님. 억지로 무언가를 물어보지 않으려고 안간힘을 쓰고 있을 그들이 떠올랐다. 진 형사가 어제 연락을 해오지 않았으니, 그녀는 이제 두 번째 선택지를 골라야만 했다. 회사도, 최 피디도, 심효전도, 윤종도, 심지어는 진 형사도 모두 삶에서 지워버리고 길을 잃은 채 살아가는 게 자신의 숙명임을 받아들이겠다는 다짐. 하지만 그건 어떤 식으로 이루어져야 한단 말인가? 그녀는 부모님에게 문자메시지를 보내려다가 도무지 어떤 말을 해야 할지 알 수 없어서 그만두었다. 그리고 깔끔해진 집 안을 멍하니 둘러보았다. 전날 마신 맥주 네 캔은 싱크대 안에 얌전히 놓여 있었다. 열심히 청소를 하던 자신의 모습이 떠올랐다. 인정하고 싶지 않지만, 그녀는 진 형사가 전화를 걸어올 거라고 기대했던 것이다.

그렇게, 무언가 새롭게 시작할 수 있으리라는 기대를 한 것이었다. 세상에, 그녀는 중얼거렸다. 나는 그저 또다시 하나의 루틴을 시작하려고 했던 거야. 전 직장에서 어엿한 사회인이 될 가능성을 망친 후 새 출발을 하려고 안간힘을 썼던 그 시간처럼. 부모님 집에서 식사하고 산뜻해진 양 운전을 해서 서울로 돌아오던 것처럼…… 실패를 대체할 무언가를 다시 찾고 싶었던 걸까? 루틴. 그저 그런 습관의 연속일 뿐이었다. 넌 어때, 그 말이 다시 한번 그녀의 마음속을 맴돌았다.

똑같은 실수를 반복하는 삶을 살아가는 넌 어때?

그녀는 고개를 흔들었다.

언제나 너를 키워준 부모님을 배반하는 삶을 사는 넌 어때?

그녀는 고개를 흔들었다.

우리가 너를 잘못 키운 거니?

그녀는 고개를 흔들었다.

나와 처음 연락했던 그 시점부터 일어난 그 모든 일을 당신의 삶에서 도려내요…….

그랬다. 진 형사에게 연락이 오지 않았으니, 모든 것을 털어버려야 했다. 그녀의 삶에서 다 도려내야 했다. 하지만…… 그녀는 충동적으로 휴대전화를 들고 진 형사의 이름을 찾아 버튼을 눌렀다. 연결 신호음이 끝나고 음성 녹음을 안내하는 기계음이 들릴 때까지 잠자코 있었다. 종료 버튼을 누른 후 그녀는 초조하게 방 안을 왔다 갔다 하며 손톱을 물어뜯다가 한

번 더 전화를 걸어보기로 했다. 이번에는 신호음이 두 번도 안
울렸는데, 갑자기 진 형사의 목소리가 수화기 너머로 튀어나
왔다.

"피디님이에요?"

들는 것만으로도 부루퉁한 표정이 떠오르는 그 목소리. 전
혀 당황하거나 조급해하지는 않는 목소리. 그녀의 전화 따위
는 기다린 적이 없다는 듯한. 그녀는 종료 버튼을 누르고 휴대
전화를 던져버린 후 두 손으로 머리를 감싸고 침대 위에 무너
지듯 걸터앉았다.

진 형사는 어안이 벙벙해진 채로 휴대전화의 액정을 바라
보다가 방금 뽑은 커피가 든 머그잔을 테이블 위에 올려두었
다. 머그잔 옆으로 심효전과 지민준 사건과 관련된 자료들과
노트, 펜과 포스트잇 같은 것들이 펼쳐져 있었다. 그리고 아직
손을 대기 전의 버터 식빵 두 쪽, 약간의 치즈, 프로슈토가 담
겨 있는 접시도.

전날 밤, 강태민을 만나고 돌아온 진 형사는 심효전 사건과
청우기술, 그리고 지민준 사건과 관련된 자료들을 새벽녘까
지 살펴봤다. 콕 집어 말할 수는 없지만, 무언가 설명할 수 없
는 공백이 도사리고 있다는 느낌이 진 형사를 쫓아다녔다. 사
건을 추적하다 보면 언제나 공백을 마주하게 마련이었다. 마
주한다, 그건 사건을 해결하기 위한 선행 조건이나 마찬가지
였다. 하지만 이 사건은 뭔가 달랐다. 사건 전체를 바라보는

자신의 관점에 어색하고 어설픈 기운이 맴돌아서 진 형사를 답답하고 꺼림칙하게 만들었다. 그러므로 진 형사가 마주하고 있는 건 공백이 아닐 가능성이 컸다. 그게 뭘까? 명백하게 모습을 드러내고 있는데 자꾸 놓치고 있는 것. 일을 그만둘 때가 온 걸까? 감을 잃은 걸까? 진 형사는 자신이 적어놓은 글자들 '아이들, 아이들을 돌보는 어른, 윤현기, 검은 모자, 을지로의 사라진 숲, 채유형'을 바라보다가 '아이들을 돌보는 어른', '윤현기', '채유형'에 그렸던 동그라미와 선들을 지웠다. 문득 지민준의 어머니가 했던 말을 떠올렸다. 우리 남편이 이 도시에 세운 건물이 몇 개나 되는지 알고 있어요? 도시라…… 그 흔하고 낡아빠진 단어가 겹겹이 쌓인 매트리스에 들어간 콩알 하나처럼 진 형사를 괴롭혔다. 진 형사는 안경을 벗고, 연필을 내려놓은 후 거실을 서성였다. 아무 글자나 노트에 막 적어놓을 수는 없었다. 그런 식의 단어 나열은 자칫 잘못하면 오히려 시야를 막아버릴 수도 있다.

　새벽녘에 겨우 잠이 들었지만 진 형사는 평소와 같은 시간에 잠에서 깨버렸고 아침 산책을 하며 생각을 정리해보기로 했다. 걸으면 무언가 떠오를 수도 있으므로. 한참을 걸었지만, 별 소득이 없었다. 아, 소득이 전혀 없던 건 아니었다. 동네 빵집에서 갓 나온 버터 식빵을 구한 것이다. 집으로 돌아와 따뜻하고 버터 냄새가 잔뜩 풍기는 식빵을 손으로 뜯어 먹던 진 형사는 냉장고에서 치즈와 프로슈토를 꺼내 접시에 덜고 잘

라낸 식빵을 그 옆에 놓은 다음, 거실 테이블 위에 가져다두었다. 그런 후 캡슐을 커피 기계에 넣고 멍하니 허공에 시선을 고정하고 있었다. 커피 기계는 언제나 그렇듯이 둔탁하고 요란한 소리를 냈기 때문에 진 형사는 전화가 걸려 온 사실을 알아차리지 못했다. 그리고 커피가 든 머그잔을 거실 테이블로 가지고 왔을 때, 채유형에게서 두 번째 전화가 걸려왔던 것이다.

갑작스러운 전화 때문에, 그리고 갑자기 툭 끊긴 전화 때문에 진 형사는 오래전 정인서를 마지막으로 마주했던 날, 그리고 자신의 고양이가 죽은 날 자신을 휘감던 기분이 되살아오는 걸 느꼈다. 작은 벌레가 몸속을 기어 다니며 혈관을 빨아먹는 것 같은 기분, 마음을 옥죄는 듯한 느낌. 얼굴이 붉어지고 심장이 터질 듯이 쿵쿵거리는 명백한 신체적 반응.

분노.

진 형사는 자신이 지난 몇 년 동안 가장 피하고 싶었던 감정이 바로 이것이었음을 깨달았다. 울적하고, 참담하고, 우울한 건 괜찮았다. 슬픔을 느끼고 눈물을 찍어내는 것도 괜찮았다. 모든 것이 순식간에 무의미해지고 공허해지는 것도 괜찮았다. 하지만 분노를 느끼는 건 싫었다. 화를 내고 싶지 않았다. 오, 세상에. 진 형사는 두 손으로 얼굴을 비볐다. 그러고는 손대지 않은 빵과 커피를 남겨둔 채 집 바깥으로 나갔다.

택시에서 내린 진 형사는 머뭇거리지는 않되, 느릿한 걸음으로 건물 안으로 들어갔다. 엘리베이터에서 내린 후에도 여전히 느긋한 태도로 그녀의 현관문 앞에 다다랐고, 한 치의 망설임도 없이 초인종을 두 번 눌렀다. 한참 동안 반응이 없었지만, 진 형사는 문 앞에 보란 듯이 버티고 섰다. 그 모든 행동이 너무 자연스러워서 누군가 진 형사를 봤다면 미리 약속하고 찾아온 게 틀림없다고 생각했으리라.

채유형은 비디오폰 화면으로 진 형사를 바라보고 있었다. 진 형사의 표정은 평소처럼 부루퉁하지도, 누군가를 심문할 때처럼 부드럽지도 않았다. 모든 게 평안해 보였지만, 진 형사가 숨을 거칠게 들이쉬었다가 내뱉고 있다는 걸 그녀는 알 수 있었다. 목줄에 매달린 진 형사의 안경이 그 어느 때보다 가슴과 배 사이를 크게 오르락내리락하고 있었으므로. 어쩌면 진 형사가 혼란스러워하는 중일지도 모른다고 그녀는 생각했다. 아니다, 혼란스러운 건 나인가? 지금 이 상황에 나는 어떤 선택을 해야 하는가? 진 형사에게 모든 것을 털어놓아야 하는가? 아니면 모든 것을 그냥 묻어두어야 하는가? 그녀는 일단 문을 열어 주기로 했다.

그녀와 눈이 마주친 진 형사가 입술 끝을 올려 억지 미소를 지었다. 진 형사의 그런 미소는 처음 본다고, 그녀는 생각했다. 진 형사는 집 안이 그전과 비교도 할 수 없을 정도로 깔끔해졌다는 걸 알아차렸는데, 어쩐 일인지 바로 그 사실이 진 형사의 감정, 즉 분노를 더 부추기는 것 같았다. 블라인드를 모두 다 걷어놓아서 실내는 햇살로 가득했다. 그리고 허공을 부유하는 먼지. 그녀는 될 대로 되라는 식으로 침대 위에 걸터앉았고, 진 형사는 허리에 두 손을 얹은 채 그녀의 앞에 섰다.

이윽고 진 형사가 입을 열었다. "왜 연락을 안 받은 거예요?"

그녀가 아무런 대답을 하지 않자, 진 형사는 목에 걸려 있던 안경을 쓰고 그녀의 얼굴을 뚫어지게 바라보았다. 그러더니 짜증이 나서 견딜 수 없다는 듯이 머리카락을 쥐어뜯었는데, 이런 행동도 도무지 진 형사답지 않다고, 그녀는 생각했다.

산발이 된 머리 모양을 하고 진 형사가 물었다. "피디님, 나한테 하고 싶은 말이 있죠?"

하지만 진 형사는 그녀가 대답할 시간 따위는 주지 않았다.

"윤현기와는 대체 어떤 관계예요?"

"형사님이…… 그 이름을 어떻게 알고 있는 거예요?"

"하, 세상에. 피디님은 정말로 내가 꿔다 놓은 보릿자루인 줄 알고 있는 거예요? 나는 형사라고요."

그녀는 진 형사를 올려다보았다.

진 형사는 비난하듯이 말했다. "그를 만나러 갔죠. 그렇죠? 지민준의 변호인이었던 윤현기를 만나러 청우기술에 갔었잖아요. 나에게는 한마디도 없이!"

"그걸 어떻게 알았어요?"

"피디님을 미행하는 사람이 있었다는 건 알아요?"

"미행이라고요?"

진 형사는 식탁 쪽으로 걸어가서 의자에 쓰러지듯 주저앉았다. 이상했다. 이 집에 들어왔을 때까지만 해도 화를 주체할 수 없었는데, 이제는 무언가 자신의 몸에서 천천히 빠져나가는 것 같았다. 진 형사는 이루 말할 수 없는 피로감을 느꼈다.

"제가 미행당했다는 게 무슨 말이에요?"

그녀는 진 형사에게 다가갔다. 이번에는 그녀 쪽에서 진 형사를 내려다보는 형국이 되었다.

"형사님이 저를 미행했어요?"

"피디님은 왜 내게 윤현기에 대해 말하지 않은 거예요?"

"저를 미행했느냐고요!"

진 형사는 의자에서 벌떡 일어났다. "그래요. 내가 피디님을 미행했어요! 피디님은 내게 윤현기에 대해 말했어야 해요!"

그녀가 항변하듯 소리를 질렀다. "내가 왜요? 내가 왜 그걸 형사님에게 말해야 하는데요?"

잠잠해졌다고 믿었던 분노가 진 형사의 마음속에서 다시 일어나기 시작했다.

"아, 그렇지. 피디님은 원래 그런 식으로 제멋대로 구는 사람인데, 내가 그걸 잊었네! 그러면서도 마치 자신은 아무 잘못도 없다는 듯이 굴잖아요!"

"뭐라고요?"

"그럼 왜 내게 전화를 했어요? 왜 전화를 하고 내가 받으니까 끊어버렸냐고!"

"그건……."

그녀가 우물쭈물하자 진 형사는 그럴 줄 알았다는 듯 언성을 높였다.

"이봐요, 피디님. 아니, 그래요. 당신 입으로 당신은 이제 피디가 아니라고 말했죠? 어때요? 사표는 냈어요?"

이번에야말로 그녀는 완전히 말문이 막혔다.

"거봐요. 피디님은 자기 자신이 사람들을 떠난다고 생각하지만, 사실 그들과의 관계를 못 견디는 거예요. 자신이 책임질 만한 상황도 견디질 못하죠. 그저 다른 사람의 탓을 하고 싶을 뿐이에요. 그러면서 자신은 늘 상처받았다고, 피해자라고 생각하죠! 누군가에게 당신을 괴롭힐 만한 계기를 만들어주고, 그걸 증폭시키죠. 그러면서 당신이 느끼는 괴로움을 정당화시키는 거예요."

"그만해요!"

"당연히 회사에서 제대로 된 인수인계도 해주지 않았겠지! 그러면서 사람들이 자기만 괴롭힌다고 생각하겠죠. 자신이 저지른 잘못은 생각도 안 하고!"

"그만하라고요! 나도 내가 저지른 잘못을 생각해요. 매일 생각한다고요!"

"아니요! 피디님은 그렇지 않아요. 나는 아무런 대가도 없이 피디님을 도우려고 애쓰고 있잖아요! 피디님은 어떻게 내게 그런 것도 말하지 않을 수 있어요? 어떻게 내게 그런 걸 숨길 수가 있냐고요! 내가 도울 수 있게 피디님이 나를 도와줘야 할 거 아니에요!"

진 형사는 자신이 언성을 높이고 있다는 사실을 깨달았다. 그리고 요 몇 년 동안 이런 식으로 누군가에게 소리를 지른 적이 없었다는 것도.

"나를 도우려고 했다고요? 아뇨, 형사님은 그냥 자신을 위해서 이 일을 한 것뿐이잖아요! 자신의 즐거움을 위해서요. 내 말이 틀렸어요? 오랜만에 풀어야 할 수수께끼가 생겨서 기뻤던 거 아니에요? 아무도 형사님을 필요로 하지 않으니까요. 형사님은 아무도 보호할 수 없으니까요! 아무도 형사님에게 그걸 요청하지 않으니까요! 형사님은 버림받았으니까요!"

채유형은 거기에서 멈추었다. 그보다 더 많은 말을 쏟아내지 않은 것이 다행이라고 생각하면서. 진 형사는 숨을 몰아쉬며 안경을 벗었다. 그녀의 말이 맞지 않다고 생각했다. 그렇지만 그 어느 것에도 반박할 수 없었다. 오, 젠장. 빌어먹을! 이곳에서 나가야 했다. 뭔가 단단히 잘못된 것이 틀림없었다.

현관으로 향하는 진 형사의 뒤통수에 대고 그녀가 소리를 질렀다. "좋아요. 그렇게 듣고 싶다면 다 말할게요! 그래요, 윤종을 만났어요. 그게 그 사람의 지금 이름이에요. 그는 새 삶을 살고 싶어서 이름을 바꾸었다고 했어요."

"이름을 바꿨다고요?"

진 형사는 걸음을 멈추고 몸을 돌려 그녀를 바라보았다. 하, 그래서 이루에 전화를 했을 때, 그런 이름의 변호사는 없다고 한 거였구나.

"그리고 뭘 더 이야기할까요? 내가 그의 전화를 기다렸다는 것? 그가 나를 내쳤기 때문에 상처를 받았다는 것? 이런 건 어때요? 그의 아버지와 내 아버지는 둘 다 베트남 파병 군인이었어요. 내 친아버지는 자신과 아무런 상관도 없는 일에 나서서는 시내에 있는 건물에 불을 질렀어요. 아무 죄 없는 사람들이 그 불에 타 죽었다고요. 이제 속이 시원해요? 내 몸속에는 방화범, 아니, 살인자의 피가 흘러요. 범죄자의 피가 흐른다고요. 형사님이 그런 기분을 알기나 해요? 자신이 얼마나 인간쓰레기인지 계속 상기하면서 살아가야 하는 기분을 알기나 하냐고요!"

"친아버지라고요?"

"그래요. 내 친부모는 나 대신 오빠를 선택했어요. 나는 버림받았다고요! 나는 입양된 아이란 말이에요!"

갑자기 그녀의 눈에서 눈물이 흘러내렸다. 마치 피어싱을 당했을 때처럼 의식하지도 못한 채 그저 눈물이 계속 흘러내렸다. 진 형사는 그녀 쪽으로 천천히 다가왔다.

그녀는 눈물을 흘리며 계속 말을 이었다. "그분들은 내가 입양아라는 사실을 알고 있다는 것도 모르세요. 아니, 내가 기억하지 못할 거라고 당신 스스로를 안간힘을 쓰며 속이고 있는 지도 모르죠. 그분들은 우리 친아버지가 어떤 사람인지도 모르고 나를 데리고 왔을 거예요. 나는 언제나 그분들을 실망시키기만 했으니, 그분들 마음속 깊은 곳에서는 나를 데리고 온 걸 후회하고 있을 거예요. 그렇지만 나는…….”

갑자기 진 형사가 그녀의 말을 막았다. “대체 어떻게 만난 거예요?”

“네?” 그녀는 여전히 볼 위를 타고 흐르는 눈물을 닦아내며 영문을 모르겠다는 듯, 되물었다. “뭘 어떻게 만나요?”

“윤현기, 아니, 윤종 말이에요……. 원래 알고 지내던 사이였어요?”

그녀는 여전히 혼란스럽다는 듯한 표정을 짓고 있었다.

“아, 아니에요. 그가 갑자기 연락했어요. 같은 대학을 나왔거든요. 아주 오랫동안 연락을 안 한 사이였어요. 사실 기억도 잘 안 나고요…….”

“그가 당신에게 돈을 빌려달라고 했어요?”

“아니요.”

고개를 흔드는 그녀를 바라보며, 신중한 태도로 진 형사가 안경을 고쳐 썼다. 진 형사의 표정은 부드러워졌으나 목소리는 고압적으로 변해 있었다.

“법대를 나왔어요?”

“누가요?” 눈물로 범벅이 된 그녀가 어안이 벙벙해져서 되물었다.

"피디님이."

그녀는 고개를 끄덕였다.

"그런데 왜 법 관련 일을 하지 않았어요? 그러니까 변호사라든지……."

"사법시험에서 떨어졌으니까요. 로스쿨도 그만두었고……"

너무 뻔한 질문이어서 그녀는 진 형사가 자신을 놀리고 있는 게 아닌가 하고 생각했지만, 지금의 진 형사에게 다른 식으로는 대답할 수가 없었다. 똑바로 대답할 수밖에 없게 만드는 분위기가 있었다.

"서울대 법대를 나왔어요?"

"무슨 말씀이에요?"

"피디님, 서울대 법대를 나온 게 아니에요? 윤현기와 같은 학교를 나왔다면서요."

"아니요. 저는 다른 학교를 나왔어요."

"하지만 그는 서울대 법대를 나왔어요."

"아니에요. 형사님이 뭔가를 잘못 알고 계신 거예요."

"그렇지 않아요."

그녀는 진 형사의 맞은편에 앉았다. 그녀는 윤종과의 최초의 통화를 떠올렸다. 그때 그는 자신이 나이 많은 후배였다고 소개했고, 그녀는 그를 끝내 기억해내지 못했다. 하지만 그녀는 대학을 다닐 때 원체 친구가 없었고 기억할 만한 대학 동기나 선후배도 거의 없었으므로 그걸 이상하게 받아들이지 않았었다……. 그녀는 얼빠진 표정으로 진 형사를 바라보았다.

"그가 내게 거짓말을 한 거군요."

그렇게 내뱉고 나니까 윤종과의 포옹이 떠올랐다. 미칠 것 같은 기분으로 몰아갔던 그 포옹. 갑자기 그녀는 몸이 덜덜 떨리는 것 같았다.

진 형사는 그녀에게 가까이 몸을 기울이고 눈을 똑바로 바라보며 물었다. "그가 무슨 말을 했어요?"

"그가 나에게 심효전 사건에 대해 이야기했어요. 그리고 나를 심효전에게 데리고 갔어요. 자기가 그의 변호인이라고……. 윤현기라는 이름으로 지민준을 변호한 것도 사실이고, 그냥 이름을 바꿨을 뿐이라고 하면서요."

"왜 이름을 바꿨다고 하던가요?"

그녀는 절망에 가득한 표정으로 진 형사를 바라보았다. "새로운 삶을 살고 싶어서……."

새로운 삶을 살고 싶어서…… 그랬다, 윤종은 그렇게 말했다. 그녀는 윤종이 했던 다른 말들을 떠올리려고 했지만 기억나지 않았다. 무언가 자신에게서 조금씩 깎여나가는 듯했다. 진 형사는 천천히 일어나 그녀에게 바싹 다가갔다. 한쪽 무릎을 꿇고 그녀의 옆에 앉아서 마치 아이를 달래듯이 그녀의 등을 토닥거렸다. 진 형사의 얼굴에는 여전히 부드러운 기운이 감돌았고, 목소리는 아까보다 훨씬 더 단단해져 있었다.

"또, 그가 무슨 말을 했어요?"

그녀는 몸을 웅크리고 고개를 들어 진 형사를 바라보았다. 눈물이 나는 대신 몸이 떨렸다. 하지만 무엇 때문에? 그녀는 자기 자신에게 반문했다.

"괜찮아요. 논리 정연하게 말하려고 하지 말고 생각나는 대로 아무거나 말해봐요."

"그가 자신의 집으로 나를 데리고 갔어요……. 그리고…… 자신이 도박 중독자라고…… 그뿐이라고, 심효전과 지민준 사건과 무슨 관련이 있냐고 물었지만 관련 없다고 했어요. 정말로 아무런 관련 없다고 했어요……."

"그의 아버지 이야기를 더 해봐요. 그가 정확하게 뭐라고 했어요?"

"내게 모든 걸 다 잊으라고 했어요. 친아버지에 대해서도 잊으라면서. 그리고 말했어요. 자신의 아버지도 거기에 있었다고."

"거기에? 베트남에?"

그녀는 고개를 끄덕이며 공허한 목소리로 그 말을 반복했다.

"베트남에."

17

채유형은 옷장 깊숙한 곳에서 꺼낸 검정색 가방을 진 형사에게 건네주고 침대에 걸터앉았다. 다른 말은 없었다. 사실 더 뱉을 말도 없었다. 이미 너무 많은 말을 했으니까. 하지 않아도 되는 이야기까지……. 아버지의 서재에서 사진을 발견한 것, 밤마다 그분들의 진짜 딸이 되게 해달라고 빌었던 것, 그분들은 뽑기를 잘못했고 아마 그 사실 때문에 괴로워하고 있으리라는 것…….

진 형사는 침대에 걸터앉은 그녀를 바라보았다. 더 정확하게 말하자면 그녀의 귀, 아물다 만 상처, 피딱지가 들러붙은 귀를 바라보았다. 이윽고 그녀에게서 시선을 거둔 진 형사는 가방에서 서류 봉투를 꺼냈다. 그런 후 안경을 코에 걸고 자료들을 유심히 살펴보기 시작했다.

밀린 임금을 요구하며 W상사 건물에 불을 지른 파월 노동자와 군인의 기사를 보던 진 형사는 무언가로 한 대 얻어맞은 기분을 느꼈다. 세상에! 새벽녘까지 보았던 지민준 사건 파일의 내용이 떠올랐기 때문이었다. 지민준의 아버지가 다름 아닌 W건설의 임원이었다는 건 우연일까? 우연이 아니라면? 가만, 허민수의 아버지는 건축직 고위 공무원이었다. 김이정의 아버지는 호텔 임원이었고 그 호텔은 W시티에 세워져 있다. 이미윤의 아버지는? 그는 어디서 일을 했지? 진 형사는 다시 고개를 들어 채유형을 바라보았다. 채유형의 아버지는 1993년 방화 사건이 났을 때 거기에 있었던 것이리라. 그래서 그녀는 자신이 방화범의 자식이라고 말한 것이다. 이것 역시 우연의 일치일까? W기업. 베트남전쟁 특수를 가장 많이 누렸고, 두 번이나 사옥이 불타는 불운을 겪었으며, 오랜 시간에 걸쳐 땅을 사들이고, 거주민들을 쫓아내고, 도시 안에 자기들의 이름을 새긴 작은 도시를 세운 회사. 우연이 아닐지도 모른다. 진 형사는 자신이 마주한 이 모든 사안이 아주 미약하게나마 끊어질 듯 끊어지지 않고 이어지는 게 틀림없다고 확신했다.

진 형사는 서류 봉투 안에 있던 사진 한 장을 집어 들었다. 사진 속 사람들이 채유형의 친아버지와 친어머니, 그리고 남자 형제라고 추측할 수 있었다. 어쩔 수 없이 윤현기가 떠올랐다. 윤종, 윤현기. 그가 이 사진 속 남자 형제인 걸까? 그가 자신의 여동생에게 접근한 것일까? 너무 손쉬운 해답 같아서 오히려 거부하고 싶은 마음이 들었다. 그가 그녀의 친오빠라고 가정한다 해도 답할 수 없는 질문이 너무 많았다. 도대체 왜 이제 와서 여동생에게 접근한 것인가? 그녀를 심효전과 만나게 한 이유는 무엇인가? 이 모든 의문점에도 진 형사에게는 거부할 수 없는 단 하나의 사실이 있었다. 윤종은 지금 진 형사가 움켜잡아야만 하고 움켜잡을 수 있는 단 하나의 지푸라기라는 것. 하지만…… 이 사건에는 '하지만'이 너무 많군. '하지만'이 너무 많이 붙은 사건 치고 제대로 해결된 적이 있었던가? '하지만' 이번에도 진 형사는 자신의 최대 장점인 낙관주의를 작동시켜보기로 했다. 억지이더라도 그렇게 해야 했다.

하지만 왜 친오빠가 동생에게 그런 식으로 접근을 해야 했을까? 무엇 때문에? 우편물은 왜 3년 동안만 보낸 것일까? 왜 윤종은 그녀를 미행했던 것일까? 그리고…… 진 형사는 잠시 생각을 멈추었다가 피할 도리가 없다는 듯 마지막 질문을 덧붙였다. 윤종이 친오빠가 아닐 가능성이 있는가? 이것 역시, 알 수 없다. 하긴, 이렇게 죽치고 앉아 알아낼 수 있는 건 아무것도 없었다. 진 형사는 자신이 자꾸 반 박자씩 늦게 행동하는 것 같아서 애가 탔다. 너무 오랫동안 일을 하지 않은 탓에 감을 잃은 것인지도 몰랐다.

진 형사는 채유형이 건네준 서류 봉투를 챙기며 나갈 채비를 했다.

"어디에 가는 거예요?"

"윤종이 다니는 법률회사에 가보려고요."

"소용없을 거예요. 사직서를 낸 지 며칠 되었대요."

"그가 걱정돼요?"

진 형사의 물음에 채유형은 고개를 흔들었다. 그런 생각은 하고 싶지도 않다는 듯이.

진 형사는 채유형의 서류 봉투를 흔들며 물었다. "이거 내가 잠깐만 가지고 있어도 되죠?"

채유형은 고개를 끄덕이고는 종이에 무언가를 적어서 진 형사에게 내밀었다. 윤종의 집 주소였다.

종이를 받아 든 진 형사가 그녀의 귀를 바라보다가 말했다. "견뎌요. 맛없는 무화과캉파뉴는 먹지 말고. 자신을 벌주고 싶다는 생각도 하지 말고."

진 형사는 채유형이 알려준 빌라 건물의 건너편에 있는 편의점으로 들어가 기계로 내리는 블랙커피 한 잔을 계산했다. 바깥 기온은 이미 한여름 수준이어서 에어컨을 틀어놓은 편의점 안으로 들어가자 지나치게 차가운 공기 때문에 피부가 수축되는 것 같았다. 휴대전화 게임에 완전히 몰입해 있던 알바생은 주문을 받는 동안에도 손가락을 멈추지 않았다. 대단한 기술이라고 생각하며 진 형사는 뜨거운 커피를 들고 도로 건너편 윤종의 집이 바라다보이는 창가에 자리를 잡고 앉았다. 끙, 하는 신음이 절로 나왔다. 방금 진 형사는 저 건물 6층까지 걸어 올라갔다가 아무런 소득도 없이 걸어 내려온 참이었다. 최근 들어 벌써 몇 번이나 계단을 오르락내리락하는건지 알 수 없었다.

진 형사는 안경을 벗고 커피 한 모금을 후루룩 마셨다. 맛은 형편없었지만 가격을 생각하면 감수할 만했다. 한 모금 더 마셨을 때, 도로의 저 끝에서부터 굉음을 내는 오토바이가 질주하듯 달려오는 게 보였다. 그러더니 순식간에 도로 끝으로 사라졌다. 알바생이 흘긋 쳐다보고 쯧 하고 혀를 찼다.

진 형사는 알바생 쪽으로 몸을 돌려 목소리를 높이며 말했다. "아휴, 왜 저렇게 요란하게 오토바이를 타는지 원……."

　"분명히 고딩일걸요. 후, 요즘 애들이 다 그렇죠." 여전히 휴대전화에 열중한 채 알바생이 대답했다.

　진 형사의 눈에는 그 말을 하는 알바생 역시 '요즘 애들'로 보였지만, 그냥 고개를 끄덕였다.

　"학생도 저렇게 오토바이 타요?"

　"예전엔 탔죠. 저런 식으로는 아니고요. 그냥 작은 거요. 저는 면허증도 땄고 정식으로 탔다고요. 저런 애들은 오토바이 훔치고 번호판 바꾸고 머플러 불법 개조하고 완전 진상이거든요. 저 학교 다닐 때도 저런 애들 있었어요."

　"나 때는 폭주족이라는 게 있었다우."

　알바생이 흘긋 진 형사를 바라보았다. 아무래도 흘긋거리는 게 습관인가 보았다.

　"예전에는 광복절 같은 날에 모여서 한꺼번에 달리고 그러지 않았나요? 완전 촌스러운 것 같아요."

　"그렇군. 그런 건 촌스러운 일이지." 진 형사는 동의한다는 듯 고개를 끄덕였다.

　"요즘 고딩들은 배달 알바 진짜 많이 하거든요. 지들 맘대로 달릴 수도 있고, 돈도 벌고, 일석이조죠."

　그렇게 단순한 문제가 아니라는 것을, 진 형사는 알고 있었다. 비용을 지불하고 오토바이를 빌려서 알바를 뛰는 애들도 많았다. 그 애들에게는 남는 돈이 별로 없었다. 하지만 무슨 이유든, 그렇게 해서라도 오토바이를 타고 싶은 애들이 있는 거였다. 그런 아이들을 알바로 쓰고 사고가 나도 나 몰라라 하는 업주도 많았다. 보험에도 구멍이 많아 사고가 나면 그 책임을 고스란히 아이들이 떠맡아야 했다.

알바생은 곧 낮은 목소리로 비속어를 내뱉었는데, 다른 이유는 아니었고 마음대로 되지 않은 게임 때문이었다. 드디어 그가 휴대전화를 내려놓았다.

"오토바이, 너무 위험하지 않아요?"

"위험하죠."

"근데 학생은 왜 탔어요? 너무 재밌어서? 막 자유를 만끽하고 그래요?"

친근하게 이야기하고 싶었을 뿐이었는데, 어쩐지 깔보는 투가 된 것 같아서 진 형사는 약간 머쓱했다. 그는 별로 신경 쓰지 않는 것 같았다.

"편하니까 탔죠. 폼도 나고, 재미도 있고…… 아까처럼 위험하고 불법적으로 타는 애들도 있지만, 안 그런 애들도 많았고…… 어쨌든 오토바이가 있으면 편하니까요."

"그런데, 지금은 왜 안 타요?"

"아, 저는 이제 늙은이거든요."

그렇게 말한 후, 알바생은 다시 게임을 시작하겠다는 요량으로 휴대전화를 집어 들었다. 그리고 문득 진 형사를 보고 말했다. "아줌마, 안경줄 그거 되게 멋있네요."

진 형사는 슬며시 미소를 짓고 고개를 한번 까딱해 보였다. 그런 다음, 윤종의 집으로 시선을 주었다. 진 형사는 오토바이를 타는 아이들을 떠올렸다. 부모에게 비밀로 하고 오토바이를 탔던 아이들. 그 애들이 원한 건 오토바이 그 자체가 아니라, 그저 어른들이 누리는 편안함과 자유로움이었다. 오토바이는 수단일 뿐이었다. 문신을 하든, 코에 구멍을 뚫든, 누군가를 때리든, 소리를 지르든, 그것들도 마찬가지로 하나의 수단이었다. '을지로의 숲'에는 그 아이들이 원하는 걸 가질 수 있도록 도와주는 어른, 동시에 그들을 '보호'(진 형사는 적절하지 않다는 걸 알면서도 도저히 다른 단어를 떠올릴 수가 없었다) 해주는 어른이 있었을 터였다. 아이들은 부모에게 말하지 못하는 고민을 '어른'에게 털어놓고 위로를 받거나 실질적인 해결점을 얻었다. 이를테면 이미윤이 대리 입금 문제로 곤경에 처했을 때, 김이정이 학교에서 선생과 갈등을 일으키고 마음의 상처를 받았을 때, 허민수가 학교생활을 잘 하지 못했을 때, 이미윤과 김이정에게 오토바이 사고가 일어났을 때…… 그런 일을 그 애들의 부모는 전혀 알지 못했다. 그걸 해결해주고 도와준 어른이 있다. 대체 그는 왜 그런 일을 했을까? 왜 애들에게 그런 도움을 준 걸까? 무엇을 위해?

그리고 그 애들이 서로를 죽여야 할 정도로 심각한 갈등을 일으켰을 때, 그런 결정적인 순간에는 왜 아무런 역할도 하지 못한 걸까? 왜 그 애들을 '보호'하지 못했을까?

갑자기 진 형사가 자리에서 벌떡 일어났다. 반쯤 남은 커피를 물 버리는 곳에 쏟아부은 후 종이컵은 분리수거 쓰레기통에 집어넣었다. 응당 해야 하는데 하지 않은 일이 떠올랐기 때문이었다. 낭패였다. 예전이었다면 절대 놓치지 않았을 일. 편의점을 나온 진 형사는 건널목을 건너 다시 윤종의 집이 있는 건물로 빠르게 걸어갔다. 겨우 그 조금을 걸었을 뿐인데도 인중에 땀이 맺혔다. 땀을 닦으며 진 형사는 입구 통로 안쪽 벽에 붙어 있는 우편함 중 윤종의 집 번호를 찾아냈다. 문짝이 삐걱거리는 우편함 안에는 우편물이 수북이 쌓여 있었다. 오랫동안 우편물을 확인하지 않은 것 같았다. 이런 걸 살펴보는 건 기본인데, 어째서 자꾸 기본적인 걸 잊어버리는 노릇인지 알 수 없다고 생각하면서, 우편물들을 하나씩 살펴보던 진 형사는 윤종이 왜 우편물을 확인하지 않는지 알 수 있었다. 온통 돈을 내라는 고지서와 독촉장뿐이었다. 윤종은 아직 도박을 하는 걸까? 청우기술에서 아직도 도박판이 벌어지는 건가? 확실한 건 윤종이 여전히 금전 문제를 겪고 있다는 사실이었다.

우편물을 넘기던 진 형사는 하나의 봉투에서 멈췄다. 그러고 나머지 봉투를 마저 살펴보다가 봉투 하나를 더 챙겼다. 다른 우편물을 우편함 안에 다시 집어넣고, 그 두 개의 우편물은 챙겨서 야상 점퍼 주머니에 집어넣은 순간, 진 형사와 비슷한 또래의 이 건물의 거주민인 듯한 남자가 입구로 들어왔다.

진 형사는 안경을 벗고 그 남자에게 인사를 했다. 남자는 진 형사를 위아래로 훑어보며 물었다. "이 건물에 사시는 분 아니죠?"

"아, 아닙니다. 6층에서 집을 내놔서요. 만나기로 했는데 안 오시네요."

"아, 부동산에서 나왔어요?"

남자는 고개를 끄덕거리더니 갑자기 진 형사에게 은밀한 말투로 질문했다. "그런데 그 6층 양반은 뭐 하는 사람이에요?"

오호라, 이런 사람에게는 뽑아 먹을 것이 좀 있을 텐데.

"그런 건 저도 잘 모릅니다만, 약간 좀······." 여기까지 말한 진 형사는 아주 짧은 시간 동안 다음으로 선택할 단어를 수십 가지 떠올렸다. 그리고 이런 단어를 골랐다. "특이하시죠? 저도 직업이 궁금하긴 하더라고요."

그 남자는 마구 손사래를 치더니 대답했다. "아, 특이한 건 아니고, 그 뭐라고 합니까? 요즘 말로 분노조절장애? 그런 느낌이던데?"

"아, 정말요?"

진 형사는 궁금해서 못 견디겠다는 듯, 제발 다음 말을 해달라는 듯한 표정으로 남자를 바라보았다.

"자주는 아닌데, 가끔 막 소리를 질러. 누가 찾아오는 것 같은데, 화를 내고 소리도 지르고 그러더라고?"

"아휴, 그렇게 소리 지르며 싸울 일이 있나? 남들에게 피해가 되는 줄도 모르고. 교양 없는 사람들."

진 형사가 약간 수다스럽게, 그리고 어이없다는 듯이 말하자 남자는 어느새 흥이 오른 것 같았다.

"한번은 너무 시끄러워서 내가 현관문 앞에 귀를 대고 딱 들었다니까? 아, 뭘 하라고 하고, 안 한다고 하고, 더 이상 찾아오지 말라 그러고…… 물건도 집어 던지는 것 같고."

진 형사는 자신의 앞에 서 있는 남자가 무척 마음에 들지 않았지만, 흥미로워서 견딜 수 없다는 표정을 지으며 그를 떠보았다. "여자한테요?"

"아니, 아니. 여자한테 그러면 그냥 부부싸움이나 사랑싸움이겠거니 하지, 남자 같던데?"

소리를 지르고 물건을 집어 던지는데 그냥 부부싸움이나 사랑싸움이라니? 진 형사는 화를 꾹 누르며 질문했다. "최근에도 그랬나요?"

"음…… 그건 잘 모르겠구먼. 겨울에는 자주 그랬던 것 같은데, 요즘은 통 조용한 거 같기도 하고……."

겨울이라면, 윤현기와 관계된 아이 중 남자아이가 찾아온 적이 있는 걸까? 혹시…… 심효전이 허민수와 김이정을 죽이기 전에 찾아온 걸까? 윤현기는 그 아이들 사이의 갈등을 어느 정도는 알고 있었고 그걸 조율하려고 애쓴 것일까? 심효전을 타이르고 혼내고 그러다가 감정이 격해진 것일까? 그렇다면 윤현기는 선의로 아이들을 돌봐줬을 뿐이고, 살인 사건은 그가 막을 수 없는 사건이었던 거라고 판단을 내리는 게 자연스러운 걸까? 하지만…… 그렇다면 왜 윤현기는 일부러 채유형을 심효전 사건으로 이끌었는가? 무엇을 위해서? 청우기술, 1993년도의 방화 사건, 채유형이 받은 서류 봉투, W기업에 다니는 부모를 둔 아이, 이 모든 건 그저 우연에 불과한 걸까?

진 형사가 한동안 아무 말도 하지 않자, 남자가 따분하다는 듯 묻지도 않은 이야기를 했다.

"아, 그러고 보니 또 어떨 땐 막 돈 이야기도 하더라고? 돈을 갚네 마네…… 아는 사람들끼리는 돈은 빌리는 것도 아니고 빌려주는 것도 아니여……. 결국은 탈이 난다니까?"

돈 이야기라면, 채무자가 찾아온 적이 있다는 의미이리라. 강태민에게 부탁한, 윤현기의 자금 흐름에 관한 정보가 한층더 절실해졌다. 거기서 무언가 작은 단서라도 얻을 수 있을까? 진 형사가 생각하는 동안 문득 못마땅하다는 표정으로 남자가 말했다. "근데 부동산 일도 다 고객 만나고 그러는 일종의 서비스직인데, 옷 좀 단정하게 입고 다니면 손님이 더 많아질 것 같수. 어, 그, 뭐야. 화장도 좀 하시고. 머리도 좀 손질하고? 응?"

진 형사는 고개를 절레절레 흔들며 아무런 대꾸를 하지 않고 건물 바깥으로 나왔다.

"아니, 뭐 그저 조언을 한 거라고!"

남자의 말을 무시하며 진 형사는 빠르게 건물에서 멀어졌다. 걸으면서 주머니에서 봉투 두 개를 꺼냈다. 진 형사가 챙긴 우편물들은 '체불임금 파월노동자·파월군인 유족의 모임'에서 보내온 것이었다.

채유형은 말했었다. '내게 모든 걸 다 잊으라고 했어요. 친아버지에 대해서도 잊으라면서. 그리고 말했어요. 자신의 아버지도 거기에 있었다고 했어요.'

그들의 아버지는 베트남에 있었다. 그리고 그들의 아버지가 죽었으니, 그들이 바로 파월 군인의 유족이 되는 걸까? 우편물 중 하나는 작년 12월에, 다른 하나는 올해 4월에 도착한 것이었다. 윤현기는 무려 반년도 넘는 동안 우편물은 살펴보지 않은 것이다. 기다리는 소식이 없는 삶이란……. 하긴 나도 다를 바 없지. 고개를 저으며 진 형사는 최근 4월에 온 우편물을 거리낌 없는 손길로 뜯었다. 후원자들에게 보내는 일종의 감사 편지로, 직접 쓴 것이 아닌 인쇄한 것이었다. 윤종은 크고 작은 빚에 시달리면서도 이곳에 후원금을 보내고 있었던 것이다. 진 형사는 별다른 기대 없이 작년 12월에 온 우편물도 뜯어보았다. 똑같은 내용으로 인쇄된 종이가 하나, 그리고 다른 종이도 하나 더 있었다. 그건 윤종에게 보내는 짧은 손편지였다.

윤현기 씨,

어떻게 지내고 있어요?

잘 지내고 있는지 무척 궁금하네.

문득, 얼마 전에 만난 윤현기의 옛 동료 변호사가 했던 말이 떠올랐다. "도움을 받을 수 있는, 그런 모임에 나가고 있다고 했어요······."

어쩌면 그 모임이 이 단체와 관련이 있는 것일까? 하지만 변호사는 윤현기가 그 모임이 아무런 소용이 없는 것 같다고, 나가지 말걸 그랬다며 후회했다는 말도 전해주었다. 나간 걸 후회하는 모임에 계속 후원금을 보내고 있었던 걸까? 휴대전화를 꺼내, 봉투에 적힌 사무실 전화번호를 눌렀지만, 한참 동안 신호음만 갈 뿐, 전화를 받지 않았다. 진 형사는 한 번 더 통화를 시도했다. 신호음이 길게 울린 끝에, 이번에는 누군가 전화를 받았다. 나이가 60대 중반 이상은 될 법한 여성이었다. 전쟁 관련 단체니까 막연하게 중년 남자가 관리자일 줄 알았는데, 예상하지 못한 목소리가 흘러나와서 진 형사는 조금 놀랐다. 여자의 말투는 잔뜩 경계하는 동시에 모든 것을 따져 묻고 말겠다는 듯했고, 신경질적이기도 했다. 짧은 글귀에서 전해지던 윤현기에 대한 마음과는 너무 다른 느낌이었다. 진 형사는 자신이 윤현기의 직장 동료인데, 상의할 일이 있다고, 찾다 찾다 여기까지 연락을 하게 되었다고 약간은 우는소리를 했다.

"예전에 윤현기 변호사가 이곳 모임에 나간다고 얼핏 이야기한 기억이 있어서요."

이 말을 듣자, 수화기 너머 노인은 조금이나마 경계심을 누그러뜨린 것 같았다. 그래도 여전히 의심어린 목소리로 물었다. "윤현기 씨가 이 모임에 대해 말하던가요?"

"네, 도움을 받고 있다고……."

진 형사는 그 뒤의 말은 덧붙이지 않았다.

유족 단체 관계자와 만날 시간과 장소를 정하고 통화를 끝마친 진 형사는 인도 한가운데에 서서 하릴없이 휴대전화로 자신의 손바닥을 두드렸다. 유족 단체 관계자가 말한 장소는 체부동에 있는 카페였다. 진 형사에게 선선히 시간을 내주었다는 점은 좋은 신호이긴 했지만, 사무실로 부르지 않았다는 건 진 형사를 꺼리고 있다는 의미이기도 했다. 진 형사가 경찰이라는 사실을 알게 된다면, 오히려 윤현기에 대한 불리한 발언은 하지 않을 가능성이 컸다. 그 편지에 적힌 단 몇 개의 문장만으로도 진 형사는 충분히 그걸 알 수 있을 것 같았다. 상대를 무장해제시킬 만한 게 필요했다. 음, 무장해제라……. 만약에 또 다른 유족, 그러니까 '월남 참전용사'의 딸이 함께 간다면 방금 통화를 한 그 여자의 마음이 조금이라도 열리지 않을까? 윤종에 대한 이야기를 들으러, 다른 곳도 아닌 '체불임금 파월노동자·파월군인 유족의 모임'에 동행하자고 한다면 당연히 채유형은 거부할 것이다. 안 그래도 혼란스러운 마음을 더 깊은 나락으로 빠지게 할 수도 있고, 혹은 진 형사에게 이번에야말로 엄청나게 화를 낼지도 몰랐다. 하지만 진 형사는 지금 당장 채유형에게 제안하지 않고는 견딜 수 없을 것 같았다. 이놈의 고약한 성격…… 진 형사는 고개를 흔들다가, 결국은 채유형에게 전화를 걸었다.

윤종이 나가던 모임에 함께 가자고 하자, 채유형은 즉각적으로 대답했다. "그러고 싶지 않아요."

"참전 군인이나 파월 노동자들의 가족들과 관련된 모임이었던 것 같아요. 피디님이 함께 가면 좋을 것 같아요."

채유형은 아무말도 하지 않았다. 진 형사는 그녀를 설득할 말을 덧붙이려다가 그만두었다. 참을성을 가지고 대답을 기다리기로 했다. 얼마나 시간이 흘렀을까?

한참 뒤 채유형이 입을 열었다. "같이 가고 싶어요."

'같이 갈게요'가 아니라, 같이 가고 싶다는 대답. 다른 사람들, 파병 군인이나 노동자의 가족들을 만나고 싶은 생각이 채유형의 낙담과 혼란스러움을 이겨버린 것이다.

약속 장소 앞에서 채유형은 모자를 눌러쓴 채 몸보다 훨씬 커 보이는 폴로 셔츠와 청바지 차림으로 기다리고 있었다. 카페는 간판도, 내부 인테리어도 모두 오래되어 보였고, 손님들 대부분은 60대 이상이었다. 바 뒤에 서서 커피를 내리고 있는 여자도, 주문을 받는 남자도 60대를 훌쩍 넘은 것처럼 보였다.

개중에는 등산복을 입고 있는 사람들도 있었다. 카페 안으로 적당한 크기로 떠드는 사람들의 말소리와 스피커에서 흘러나오는 옛날 팝송, 그리고 커피 향기가 은은하게 감돌았다. 진 형사가 먼저 앉았고, 채유형이 그 맞은편에 앉았다. 채유형은 한마디도 하지 않았다. 진 형사는 채유형이 여기에 있는 다른 사람들과 비교해서 지나치게 젊다는 생각을 했고, 자신은 다른 사람들 눈에 어떻게 보일지 궁금해졌다. 노인들을 배려해서인지 비교적 큰 글자로 적어놓은 메뉴판에는 아메리카노를 비롯한 여러 종류의 싱글 오리진 커피, 각종 차의 이름이 나열되어 있었고 디저트 메뉴도 있었다. 무설탕 통밀 바나나 파운드케이크. 그제야 진 형사는 자신이 아침에 뜯어 먹은 식빵 이외에는 아무것도 먹지 못했다는 사실을 떠올렸고 아침에 두고 나온 치즈와 빵을 떠올렸다. 빵은 딱딱하게 굳어버렸을 테지. 진 형사는 전문 베이커리 카페가 아니라면 빵을 절대 사먹지 않지만, 한번 배고픔을 인지하고 나자 참기 어려웠다. 탄수화물이 필요해.

"피디님, 밥 안 먹었죠?"

채유형은 진 형사를 바라보지 않은 채 대답했다. "배 안 고파요."

"배 안 고플 줄 알았어요."

그러고 싶지 않았는데 어쩐지 부루퉁한 말투가 나왔다고 생각하며, 진 형사는 주문을 받으러 온 머리가 희끗한 남자에게 따뜻한 아메리카노와 아이스 아메리카노, 그리고 통밀 바나나 파운드케이크를 주문했다. 잠시 후, 카운터 안쪽의 작은 문에서 여름용 파란색 니트 원피스를 입은 깡마른 여자가 나왔다. 흑단같이 까만 머리를 한 올도 빠져나오지 않게 끌어모아 아래로 묶은 여자는 주위를 두리번거리다가 진 형사 쪽으로 다가왔다. 진 형사는 그 여자가 머리를 까맣게 염색했지만 나이가 꽤 많이 든 할머니라는 사실을 알 수 있었고, 한쪽 다리를 끌듯이 걷는다는 사실도 알아차렸다.

"전화하셨던 분이죠?"

꼬장꼬장한 말투와 어딘가 모르게 독선적인 표정의 노인. 채유형이 엉거주춤 일어나서 진 형사의 옆자리로 가서 앉자, 노인은 그 둘의 맞은편에 앉았다.

"누가 전화를 하신 거죠?"

"접니다." 진 형사가 대답했다.

"윤현기 씨에게…… 무슨 문제가 있는 겁니까?"

"도박 빚 때문에 몹시 곤란함을 겪고 있는 것 같습니다. 지금은 회사도 안 나오고 있고요. 위험한 일이 생기기 전에 윤현기 씨를 찾아야 합니다."

채유형은 노인과 진 형사의 입에서 윤현기라는 이름이 나올 때마다 송곳이 가슴을 찌르는 것 같았다. 노인은 윤종이 아닌, 윤현기를 알고 있는 것이다. 윤종이 아닌, 윤현기에 대해 말하고 있는 것이다.

"윤현기 씨에게 무슨 일이 생겼습니까?"

채유형은 마지막으로 윤종을 만났을 때 그의 표정과 말투를 떠올렸다. 새로운 삶을 시작하고 싶지만, 자신은 틀려먹었다고, 그녀만이라도 새로운 삶을 살아가라고 말했던 윤종, 아니 윤현기를.

"그는 위험에 처해 있어요."

채유형이 참전 군인의 가족이라는 것을 넌지시 흘릴 기회만 엿보는 중이던 진 형사는 채유형의 예기치 못한 발언에 그녀를 바라보았다.

"모임에 마지막으로 나온 게 언제입니까?"

진 형사의 질문에 노인은 한숨을 쉬었다.

"오래되었습니다……. 아마도…… 처음 윤현기 씨가 여기와 인연을 맺은 건 대학 장학금을 받은 게 시작이었을 거예요. 그 당시 청소년과 청년 유족을 위한 상담 프로그램이 있었거든요. 그 프로그램에 참여했죠. 처음 1년은 열심히 나오다가 그 후부터는 나오다가 말다가 반복했어요. 취직한 후에는 완전히 자취를 감추었지만 그런 경우는 워낙 많아서 특별하게 여기진 않았어요. 그러다가 2014년 여름에 도박 사건으로 변호사 자격이 정지되고 나서는 정기적으로 열심히 나왔어요. 내가 알기론 그래요. 그러다가…… 또…… 드문드문해지고…… 그 시점부터는 이미 여기 단체도 흐지부지되어서……."

노인은 바나나케이크를 가리키며 여전히 꼬장꼬장한 말투로 말했다. "한번 드셔보세요. 젊은 사람들 입에 맞을지는 모르겠어요."

진 형사는 자신이 결코 젊은 사람은 아니지만 이 카페에 있는 다른 사람들과 비교하면 그럴 수도 있으리라고 생각하며 포크로 파운드케이크를 잘라서 아무런 기대도 없이 입에 넣었다. 케이크의 맛은 진 형사의 예상을 완전히 깨버렸다. 통밀의 구수함과 바나나의 촉촉함이 절묘하게 조화를 이루었고, 인공적이지 않은 단맛과 호두의 고소함이 느껴지다가 산뜻하게 자취를 감추었다. 프로 파티셰의 매끈한 맛이라고는 할 수 없지만 아마추어의 투박한 다정함이 묻어 있는 맛이라고 생각하며, 진 형사는 채유형을 바라보았다. 그녀는 카페 앞에서 마주쳤을 때보다 훨씬 더 침울해 보였다.

"방금, 내가 알기론 그렇다고 하셨죠? 정확하지 않다는 말씀이신가요?"

갑작스러운 채유형의 질문에 진 형사는 포크를 내려놓았다. 너무나 핵심을 찌른 질문이었다.

"여기 단체가 정식으로 만들어진 게 2004년입니다. 내가 만든 게 아니라…… 남편이 만들었다고 봐야죠. 나는 사실 이 단체에 대해 거의 알지 못합니다. 남편이 파월 노동자였습니다. 월급을 많이 준다기에 무작정 베트남으로 갔다고 했어요. 그리고 2년 동안 베트남에서 좆빠지게 일을 했답디다." 여기까지 말한 노인이 진 형사와 채유형을 바라보며 갑자기 빙그레 웃었다. "내 표현이 너무 과하죠? 그 사람 말버릇이 그랬습니다. 정말 너무 일을 많이 했다는 거예요. 회사 측은 약속한 만큼 임금을 지불하지 않았고요. 계약서에 노동 시간이나 뭐 그런 것에 대한 언급이 없었던 거죠. 그런 불만들이 시위로 이어졌답니다."

"그게 언제입니까?"

"1971년 6월입니다."

그 말을 듣고 채유형이 갑자기 질문을 했다. "그게 1993년의 시위와 관련이 있나요?"

"그 시위를 알고 있습니까?" 노인은 깜짝 놀라서 채유형을 바라보았다.

그녀는 조금도 망설이지 않고 대답했다. "저희 친아버지가 거기에, 그 시위에 있었다고 들었어요."

세상에, 오늘 피디님이 나를 참 여러 번 놀라게 하는구먼. 진 형사는 생각했다.

얼마나 시간이 지났을까? 갑자기 노인이 고개를 빳빳하게 들고 채유형을 내려다보며 물었다. "그 시위에 대해 더 알고 싶은 겁니까?"

채유형이 주눅이 든 채로 고개를 끄덕이자, 여자가 입을 열었다. "나를 따라오겠어요?"

18

카페의 카운터 뒤에 있는 문을 열자 좁은 길이 나타났다. 그들은 그 길을 따라 걸었다. 한쪽 다리를 끌며 걷던 노인은 걸음을 멈추고 변명하듯 말했다.

"어렸을 적에 소아마비를 앓았답니다."

조금 더 걷자 초록색 철제 대문이 나왔다. 화분 하나 없는 썰렁하고 좁은 마당, 작은 거실과 방 하나에 화장실과 부엌이 달린 아주 소박한 집이었다. 거실에는 소파 없이 네모난 좌식 책상이 하나, 그 옆에 일인용 의자가 하나 있을 뿐이었다. 바닥에 앉는 건 진 형사가 싫어하는 일 중 하나였지만 어쩔 수 없었다. 진 형사가 끙 소리를 내며, 방석 위에 앉는 걸 지켜보던 채유형은 그제야 모자를 벗고 주위를 두리번거렸다. 거실 구석의 작은 장식장 안에 작은 사진 액자 몇 개가 들어 있었다. 채유형은 그중 하나를 유심히 보았다. 꽃무늬 원피스를 입은 여성과 덥수룩하게 머리를 이마까지 기른 남자의 모습이 찍힌 사진이었다. 아마도 이 집 주인이 젊은 시절에 남편과 찍은 사진인 것 같았다.

필요한 걸 찾는 데 시간이 필요한 것인지, 조금 시간이 흐른 후에야 노인은 두꺼운 사진 앨범을 들고 나왔다. 그제야 채유형은 진 형사 옆으로 와서 앉았다. 노인은 채유형의 귀에 생긴 상처를 잠시 바라보았지만 특별한 언급은 하지 않고, 그저 두

꺼운 앨범을 그들 앞에 펼쳐주었다. 거기에는 스크랩한 기사와 사진들이 보관되어 있었다.

"남편이 스크랩한 것들이에요. 그가 내게 남긴 거의 유일한 것이죠."

씁쓸한 듯 웃으며 노인은 책상 옆에 놓인 의자에 앉았고 자연스럽게 바닥에 앉은 진 형사와 채유형을 내려다보는 형국이 되었다. 스크랩된 자료는 1971년 6월 시위에 대한 것이었다. 진 형사와 채유형은 기사를 읽어 내려가기 시작했다. 대부분은 아까 들은 것과 별다를 바 없는 내용이었다. 헤드라인은 대체로 이런 것이었다.

파월 기술자 W빌딩서 난동亂動
W상사 노임 지불 요구 난동 사건
W 방화 사건 난동자 169명 영장令狀 신청

난동이라…… 진 형사는 기사 하나를 정독했다.

13일 오전 10시쯤 파월 기술자 미지불임금청산 투쟁위원회 회원 250명이 서울 중구 W빌딩에 몰려가 체불 노임 149억 원을 지불하라고 요구하며 건물 정문 유리창과 로비의 기물을 부수고 W빌딩에 불을 지르는 등 난동 끝에 농성을 벌이다가 다섯 시간 만인 오후 3시, 180명이 경찰에 연행됐다. 경찰은 이날 밤 철야 심문 끝에 강 씨 등 투위 간부 10명과 홍송준(30) 씨 등 주동자 20여 명을 가려내어 입건키로 하고 14일 중 영장을 신청할 방침이다. 홍 씨 등은 물과 유리창을 앞장서 부쉈거나 불을 지른 극렬분자로 밝혀졌다. 이들은 머리에 '미불 노임 지불하라'고 쓴 띠를 두르고 'W상사는 미불 노임을 지불하라', '조진용은 대답하라'는 플래카드를 앞세우고 "조진용은 피와 땀의 대가를 지불하라"고 외치면서 스탠드 재떨이와 몽둥이를 휘두르며 닥치는 대로 기물을 부수어 1층과 로비의 대형유리 22장도 박살이 났다.

11시 20분쯤 일부는 2층 사무실에 불을 질렀다. 불길이 치솟아 연기에 휩싸이자 빌딩 안의 국민나일론회사 등 52개 회사 직원 2천여 명과 150여 명의 호텔 투숙객들이 겁에 질려 창문을 열고 아우성을 치는 등 아수라장을 이루었다. 소방차가 출동, 30분 만에 불을 껐으나 사무실과 천장이 불에 탔다. 불행 중 다행으로 사망자는 없었고, 경상을 입은 피해자가 몇 있었다. 오전 11시 45분쯤 경찰기동대 약 300명이 출동하자 강영균(31) 씨는 유리 조각을 목에 대고 "경찰이 들어오면 자살하겠다"면서 버티기도 했다. 2시 기동대가 방독면을 쓰고 접근하자 이들은 각목과 쇠파이프를 들고 맞설 태세를 보였다. 이때 국회의원이 접근, "3일 안에 조 사장을 만나게 해주겠다"고 약속했다. '경찰과 맞서자'는 측과 '이만 돌아가자'는 측이 엇갈려 옥신각신 끝에 2시 50분쯤 몽둥이 등을 버리고 밖으로 나왔다. 이 서장은 이들을 길에 앉히고 "여러분의 요구는 충분히 알겠으나 방화, 파괴 등 불법 행위는 법대로 처리하겠다"고 선언, 기동대를 풀어 버스 5대에 태워 남대문 등 4개 경찰서로 연행했다. 이때 나머지 50명은 달아났다.[2]

이런 기사도 있었다.

잇단 난동 사건은 왜? 각계에 들어본 원인과 반성점: W빌딩난동사건은 광주대단지난동, 군특수부대원난동 등 잇따른 폭력 사태의 기억이 아직도 생생한 가운데 또다시 일어났다는 점에서 큰 충격을 주었다. 이 사건을 바라보는 눈은 난동자들의 주장이 정당하더라도 사회질서를 파괴하고 더 나아가 민주정치의 토대마저 위협한다는 점에서 한결같이 "있어서는 안 될 일"이라고 입을 모으고 있다. 그러나 이에 못지않게 난동자들이 물리적인 힘에 의존할 수밖에 없게 될 때까지 당국이 앞장서서 불만을 해소하는 데 힘을 기울이지 않은 실책도 반성해야 할 일로

---

2 〈전파월前播越 기술자 KAL빌딩서 난동亂動〉, 조선일보, 1971.9.16. 참조.

지적되고 있다. 더욱이 광주대단지난동사건이 있고 나서 정부가 내세운 갖가지 해결책은 "결국 일을 크게 벌여 사회의 이목을 끌어야 사태가 해결된다"는 그릇된 생각을 불러일으켰을 수도 있다는 관점은 정부로서 재고해야 할 일이다.[3]

앨범 안에는 신문에서 오린 흑백 사진들도 있었다. W빌딩 앞에 서 있는 무장한 경찰들과 그걸 멀리서 바라보고 있는 시민들, 빌딩을 점령하고 창문으로 바깥을 바라보는 파월 노동자들의 얼굴, 수감되는 시위 주동자들, 불길과 검은 연기가 치솟고 있는 사무실과 파손된 물품들…… 신문에 실린 영화 광고도 보관되어 있었다. '월남전선'이라는 제목이었는데, 포스터에는 베트남을 배경으로 활짝 웃으며 월급을 받는 참전 군인의 모습과 이런 문구가 실려 있었다.

돌아가서 후회 말고 너도나도 송금하자!
정글에서 보낸 딸라 웃음 피는 우리 가족

앨범을 더 넘기자, 20여 명 되는 남자들이 작은 창문이 하나

---

3 〈잇단 난동亂動 사건은 왜? 각계各界에 들어본 원인과 반성점〉, 경향신문, 1971.9.16. 참조.

달린 커다란 방에 퍼질러 앉아 무언가를 골똘하게 읽고 있는
사진이 나왔다. 그저 사진일 뿐인데도 낙담과 무기력함이 전
해오는 것 같았다.

"자기들 일이 실린 기사를 읽고 있는 겁니다."

이렇게 말한 후 노인은 다른 기사에 적힌 문장에 손가락을
가져다 댔다.

> 회사 측은 그들이 일확천금 망상을 지닌 자, 이상 심리 현
> 상으로 자존 과대망상한 자, 허망한 소리에 부화뇌동한 자
> 들이라고 비난했다.[4]

노인은 스크랩북을 다음 장으로 넘겼다. 수감복을 입은 남
자 수십 명과 방청객들이 앉아 있는 재판정의 모습이 찍힌 사
진 기사가 있었다.

"결국 농성자 중에 예순 명이 넘게 유죄를 선고받았고, 그중
열세 명은 옥살이를 했답니다. 회사에는 아무런 제재도 없었
고요. 임금을 더 지불할 필요도 없었죠."

"이 단체의 설립자가, 그러니까 부군께서 이 농성에 참가했
던 겁니까?"

---

4   윤충로, 〈베트남 전쟁 시기 월남 재벌의 형성과 파월 기술자의 저항〉,《사회
와 역사》79호,2008.참조.

진 형사의 질문에 여자는 고개를 천천히 저었다.

"1970년도에 한국으로 돌아온 이후로 같이 일했던 사람들과 관계 당국에 계속 진정서를 냈지만 아무것도 해결이 되지 않대요. 화병 때문에 몸져누울 정도로 울화통이 터질 지경이었죠. 그런데 어느 날 그런 생각을 했다는 거예요. 그냥 잊어버리자, 똥 밟았다 생각하자. 그 시절에 매달려서 허송세월하는 게 더 아까우니까요. 그 후에 동료들이 시위를 준비한다는 걸 알았지만 참여하지 않은 거죠. 아마 마음속 깊은 곳에서는 그렇게 해도 결국엔 아무것도 변하지 않으리라는 패배감 같은 게 있었을 겁니다. 아니, 패배감이 아니라 예지력이라 해야 할까요. 어쨌든 그는 새로 직장을 구하고 돈을 모으고 결혼도 하고 그렇게 살아갔던 겁니다. 자식 복은 없어서 우리 사이에 아이는 없었지만, 그래도 잘산 것 같습니다."

그래도 잘산 것 같습니다. 채유형이 그 말을 곱씹고 있을 때 진 형사가 질문했다.

"그런데 언제…… 이 단체를 설립하신 겁니까?"

"아까도 말했지만 그 시위 이후로도 노동자들은 아무런 돈도 받지 못했습니다. 베트남에서 가깝게 지내던 친구가 감옥살이까지 하고 졸지에 전과자가 되어버렸답니다. 남편은 친구가 감옥에 간 후 연락을 끊고 살았다고 했어요. 무슨 이유가 있어서가 아니라 그냥 삶이 바빠서 그랬던 거죠. 그런데 나중에 알고 보니 출소 후 삶이 엉망이 되었나 보더라고요. 아내와 자식이 있었지만, 가장 노릇도 못 하고 술에 찌들어 살다가…… 파월 군인 모임에 나가게 되었나 봐요. 참전 후 삶에 어려움을 겪었던 군인들을 돕는 그런 민간 모임이었던 것 같습니다."

"그게 언제죠?"

"정확하게는 잘 모르지만…… 아마 1980년대 말이었을 겁니다. 베트남 참전 군인들이 각종 후유증에 시달리고 있다는 문제의식이 막 드러날 때였죠. 그 친구는 엄밀하게 말해서 파월 군인은 아니었지만, 그런 식으로, 그 모임에는 후유증에 시달리는 파월 군인과 제대로 된 임금을 받지 못했던 체불 노동자들이 섞여 있었던 모양입니다. 아마도 그들 사이에는 동지의식이 생겼을 겁니다. 군인들뿐 아니라, 파월 노동자들도 거의 목숨을 내놓다시피 하고 베트남에서 일했으니까요. 그러다가…… 그 단체에 있던 파월 노동자 일부와 참전 군인 일부가 뜻을 모아 다시 한번 시위를 하기로 결정한 겁니다."

이제껏 가만히 듣고만 있던 채유형이 입을 열었다. "갑자기 그런 결정을…… 왜 시위를 하기로 한 거죠?"

"모르죠. 하지만 나중에 그 친구가 내 남편에게 그런 말을 했다고 하더군요. 파월 군인 단체에 나갔을 때 자신과 같은 처지인 사람이 '많이' 있다는 걸 알고, 위로를 받았다고요."

"위로요?"

"그 전쟁으로 인해 망가진 게 자신만이 아니라는 사실에 안

심되었다는 겁니다. 그런데 1992년 12월에 한국과 베트남의 수교가 이루어졌을 때는 다시 한번 상처를 받았다고 해요. 여전히 고통 속에 사는 자신들이 지워져버린 것 같다면서."

그 말을 하는 노인의 말투에서는 아무런 감정을 읽어낼 수 없었다. 앨범을 넘기자 1993년도 시위 기사가 나왔다. 그중에는 채유형이 고등학교에 다니던 시절 받았던 것과 똑같은 자료도 있었다.

시위에 참여한 파월 군인과 노동자들은 53명이었고, 그중 노동자는 38명이었다. 피의자 진술에서 밝혀진 바로는 시위 전에 이미 강경파와 온건파로 나뉘어 있었고, 강경파에는 참전 군인이 다수 포함되어 있었다. 갈등이 제대로 봉합되지 않은 채, 시위가 강행되는 바람에 예상할 수 없는 끔찍한 결과가 일어났다고 피의자들은 주장했다. 또한 강경파가 필요 이상으로 폭력적으로 굴었다는 점, 건물 안으로 들어가서 불을 지르는 것은 계획에 전혀 없던 일이었다는 점을 강조하며, 건물 안으로 침입한 무리와 완전히 선을 긋는 듯한 발언을 하기도 했다. "우리는 20년 전 받지 못한 정당한 권리의 대가를 찾으려고 했던 것뿐입니다. 사람을 죽이려고 모인 게 아니었단 말입니다. 그런데 그들은 폭력을 행했어요. 그들은 망치와 화염병을 들고 왔어요. 우리는 그런 건 몰랐습니다. 우리는 그들을 지지하지 않습니다." 건물로 들어간 방화범 중 일부는 이렇게 말하기도 했다. "그저 모여서 소리를 지르는 걸로는 아무것도 해결되지 않습니다. 우리가 베트남에서 피를 묻히며 일해서 번 돈으로 이 회사는 이렇게 건물을 올리고 떵떵거리며 살고 있는데, 아무도 우리 문제에 관심을 기울이지 않았습니다. 우리는 무엇입니까?" 그렇지만 이들의 주장은 결국 아무런 소용도 없는 것이 되어버렸다. 회사와 법원은 이 사건은 20여 년 전 아무런 문제도 없이 종결되었음을 다시 한번 공표하였고, 그들이 주장하는 바대로 부당한 대우를 받은 적이 없다고 밝혔다. 게다가 당사자라고 할 수도 없는 파월 군인들이 참여한 것에는 변명의 여지가 없음을 분명히 했다.

폭력이 폭력을 낳는다. 진 형사는 그 문장을 떠올렸다. 그렇다면 하나의 폭력을 유발한 폭력, 하나의 폭력을 유발한 폭력을 유발한 폭력, 하나의 폭력을 유발한 폭력을 유발한 폭력을 유발한 폭력…… 그렇게 계속 가닿으면 거기엔 무엇이, 누가 있게 되는 걸까?

"1971년 시위하고는 차원이 달랐어요. 훨씬 더 폭력적이고, 무서웠습니다. 그날, 사람들이 많이 죽었습니다."

채유형은 주먹을 쥔 채, 여자를 바라보았다.

"게다가 그들이 벌주고 싶었던 대상은 털끝 하나 다치지 않앉어요. 그들은 여전히 아주 잘 먹고 잘살아요. 그날 죽거나 다친 사람들은 그저 무고한 시민이었습니다."

진 형사는 노인의 말이 너무 가혹하다고 생각하며 낮은 목소리로 입을 열었다. "애초에 정부나 기업이 제대로 된 보상을 해줬다면 그날 거기서 죽은 사람도 없었을 겁니다."

노인은 진 형사를 바라보며 고개를 끄덕였다.

"나도 압니다. 국가를 위해 헌신하고, 피해를 본 분들이 있습니다. 그분들을 존경하고, 감사하다는 생각을 해요. 내 남편이나 군인들이 어린 나이에 목숨을 담보로 베트남으로 가서 많은 돈을 벌어왔다는 걸 압니다. 그 돈으로 고속도로를 만들고 건물을 세웠죠. 그러니까 이 나라는 젊은이들을 사지로 몰아넣고 그 대가로 경제 성장을 얻었던 겁니다. 그들 중 많은 이가 고통을 겪으며 살았다는 것, 그리고 여전히 고통 속에서 살고 있다는 것도 압니다."

여기까지 말한 노인은 자신의 다리를 한번 쳐다보고 말을 이었다.

"하지만 내가 아는 또 다른 한 가지 사실은 남과 다른 고통을 겪은 사람이라고 다들 잘못된 선택을 하지는 않는다는 것입니다. 시내 한복판에 불을 지르고, 무고한 사람들을 죽게 만들고……. 어떤 이들은 그저 분풀이하고 싶었을 뿐이라고 느껴요. 어디에 분을 풀어야 하는지도 모르는 채, 잘못된 방향으로 복수심을 품고 있었던 겁니다. 그래요. 몰랐어요. 그들은 몰랐던 겁니다. 그들은 분노의 원천이 무엇인지 정확하게 몰랐어요. 모른다는 것, 때로는 그게 바로 가장 큰 잘못이 됩니다."

모른다는 것이 가장 큰 잘못이 된다……. 채유형은 그 말을 곱씹었다. 그리고 자신의 혈육이 자신에게 적의를 가지고 보냈던 사진 속 아버지의 모습을 떠올렸다. 자랑스러운 표정으로 활짝 웃으며 한 손에는 뽐내듯이 총을 들고 목에는 토끼 귀를 걸고 있던 그 남자. 정말 모르는 것이 가장 큰 잘못일까? 만약 그가 무언가를 알았다면, 사태가 달라졌을까? 하지만 그가 알아야 할 사항이 뭐였단 말인가? 그 서류 봉투 속에는 찢어진 책장 쪼가리가 있었다. 거기에는 군대에 갈 나이가 되지 않았는데도 제발 참전하게 해달라고 국방부에 편지를 쓴 소년에 대한 이야기가 나왔다. 그 소년이 알았던 것은 그 당시 한국에는 자신의 자리가 없다는 사실이었다. 배를 곯지 않기 위한 유일한 선택지가 전쟁터라는 사실이었다. 현명한 판단은 아니었을지언정 절박한 판단이긴 했으리라. 그렇다면 그 소년이 몰랐던 것은 무엇일까? 그 소년이 몰랐던 것은, 알고 있던 사실을 제외한 '모든 것'이었다. 모른다는 것은 죄였다. 하지만 그 세상 속에서 죄를 짓지 않고 살 수 있는 사람이 있을까? 지금 저 말을 하는 노인은 과연 자유로울 수 있을까? '모른다는 죄'에서.

"당신의 아버지가 그날 사람들을 죽게 만든 강경파의 일원인지 아닌지는 모르겠지만, 만약 그렇다고 할지라도 나는 당신을 탓하고 싶은 마음은 없습니다. 당신은 당신이지, 당신의 아버지가 아니니까요. 내 남편은 당신 같은 아이들이 안됐다고 생각해서 단체를 만들었지만 나는 그렇게 여기지도 않았요. 당신이 특별히 안됐다고 느끼지도 않고요."

판관이 판결을 내리는 듯한 말투라고 채유형은 생각했다. 자신의 앞에 앉은 노인이 도대체 뭐길래 자신을 탓하고 말고 한단 말인가? 당신에게 그럴 자격이 있단 말인가? 채유형의 마음속에 분노가 일었다. 마치 자신에게 '차용증'이 도달할 때처럼, 참을 수 없는 분노가 스멀스멀 기어오르는 것 같았다. 채유형은 마음을 다스리려고 주먹을 꽉 쥐었다.

"1971년 사건으로 복역한 그 친구는 1993년 사건으로 또다시 복역하게 됩니다. 당시 감옥살이를 한 사람이 건물로 침입한 강경파 열일곱 명 전원이었어요. 그런데 남편의 친구가 감옥에 수감된 그해 겨울에 그 친구 딸이 대학에 합격했는데, 입학금이 없어서 발을 동동 구르고 있었습니다. 그 소식이 흘러 흘러 내 남편에게까지 들려온 겁니다. 나는 그때 처음으로 내 남편이 파월 노동자라는 사실을 알았습니다. 그때까지 베트남에 대한 이야기는 한 번도 한 적이 없었거든요. 나는 무고한 사람들을 죽게 만든 남자가 내 남편과 가까운 친구라는 사실이 싫었어요. 그 친구의 아이를 왜 내 남편이 도와야 하는지 알 수 없었고요. 하지만 남편은 내 의견은 무시하고, 그 아이의 입학금을 대주었습니다. 처음엔 파월 노동자의 아이들만 도왔던 걸로 알아요. 그러다가…… 파월 군인의 자식들에게 까지 도움을 줬죠. 큰돈은 아니었겠지만, 그 애들에게는 꼭 필요한 금액이었을 겁니다. 나는 그이가 그런 일을 하는 게 못마땅했습니다. 그래서 큰 관심을 두지 않았습니다."

"그러다가 아예 본격적으로 단체를 만드신 겁니까?"

"사실 남편 혼자 만들었다고 할 수 없습니다. 남편에게 장학금을 받은 아이 중 일부가 사회인이 된 후, 불행한 삶을 산 파월 노동자나 참전 군인들의 자식들에게 도움을 줄 수 있도록 후원금을 모은 것이죠. 그런 식으로 단체가 만들어진 겁니다. 그래도 남편은 파월 노동자와 군인들을 구분하고 싶었던 것 같아요. 그래서 단체 이름을 '체불임금 파월노동자 · 파월군인 유족의 모임'이라고 만든 겁니다."

노인은 잠시 멈추었다가 말을 이었다.

"사실, 남편에게 도움을 받은 아이들이 어른이 되어서 이 단체를 유지했다고 봐야죠. 서로의 친구가 되고, 다른 사람에게는 털어놓지 못한 가정사를 나누기도 하고요. 아주 가끔이지만 그런 쪽의 자원봉사자들이 오기도 했습니다."

"어떤 자원봉사자였죠?"

노인은 한동안 진 형사를 바라보았다. 못마땅하다는 기색은 아니었지만, 그 시선에는 진 형사를 불편하게 만드는 무언가가 있었다.

"상담가요. 하지만 아까도 말씀드렸다시피 나는 단체 일에는 관여하지 않았어요. 파월 군인이니, 노동자니 그런 것에도 그다지 관심을 가져본 적이 없습니다. 스크랩 앨범도 열어본 적이 없고요."

"열어본 적이 없다고요?"

"네, 남편이 죽고 난 후에야 비로소 조금씩 읽어보게 된 겁니다."

"부군은 언제 돌아가셨습니까?"

"2017년에요. 하지만 단체가 흐지부지된 건 남편이 죽기 몇 년 전부터예요. 그렇잖아요. 결혼하고, 아이를 낳고, 가족에게 돈이 들어가고, 그러면서 이런 단체에 후원금을 내거나 참여하는 것에는 인색해지게 마련이죠. 그런 식으로 오랜 시간 동안 근근이 명맥을 이어오다가 남편이 죽은 후 완전히 유명무실해졌습니다."

"그렇군요."

"그런데 윤현기 씨는 후원금을 끊지 않았어요. 사실 후원금을 끊지 않은 사람들은 윤현기 씨 말고도 여럿 있지만, 후원금을 늘린 사람은 윤현기 씨뿐이었어요."

"후원금을 늘린 시기가 언제입니까?"

"남편이 죽은 그해부터요. 사실 그전에는 후원금을 그리 열심히 내는 편은 아니었어요. 그렇지만 2017년 이후부터는 한 번도 빠뜨리지 않고 후원금을 보내줬어요."

"윤현기 씨가 여기서 도움을 많이 받았습니까?"

"어느 정도는요. 장학금도 받았고, 단체 상담에도 참가하고 명절 때 오기도 하고 그랬어요. 한동안은요."

"돈을 많이 보냈습니까? 윤현기 말입니다."

"그리 큰돈은 아니었습니다만, 계속 그의 이름으로 통장에 돈이 찍히니까, 가끔 안부를 묻는 편지를 보냈던 겁니다. 그뿐이에요. 한 번도 답을 받은 적은 없습니다. 특별히 답을 기다린 것도 아니고요."

"윤현기가 여기 단체에 나왔을 때, 그와 대화를 나눠본 적이 있으십니까?"

진 형사가 질문했을 때, 노인은 빙그레 웃었다.

"이제 내가 질문할 차례 아닙니까?"

"네?"

"당신들은 윤현기 씨의 동료가 아니지요? 당신들 같은 젊은이들에 비하면 눈과 귀, 코와 혀가 둔감해졌지만, 그래도 그 정도는 알 수 있습니다."

젊은이들, 이라⋯⋯ 진 형사는 자신이 젊은이라고 지칭되는 게 그리 기분 좋은 일은 아니라는 생각이 들었다.

"당신들 어디서 온 겁니까?"

진 형사는 자신의 신분을 무엇이라 밝혀야 할지 알 수 없었다. 경찰이라고? 그건 그저 허울 좋은 말일 뿐이었다. 진 형사는 자신이 경찰로서 할 수 있는 일이 별로 없다는 걸 알고 있었다. 그래도 진 형사는 질문을 던질 수밖에 없었다.

"단체 일에 관심을 기울이지 않았다고 하셨는데, 윤현기 씨와는 특별하게 대화를 나눈 적이 있으신 겁니까? 무슨 교감이 있었습니까?"

채유형은 진 형사의 표정에 부드러움이 감돈다는 것, 그리고 말투가 고압적으로 변했다는 사실을 알아차렸다. 그건 노인도 알아차린 것 같았고 순순히 대답했다.

"아닙니다. 나는 거기에 오는 친구들과 개인적으로 대화를 나눈 적이 없습니다. 나는 그 애들에게 특별히 애정이 없었어요. 내 남편은 그런 나를 탓하곤 했지만, 없는 감정이 억지로 생길 순 없는 노릇 아닙니까? 하지만 때때로 눈길을 끄는 친구들이 있긴 했죠. 몸은 다 컸지만, 여전히 길을 잃은 아이 같은 표정을 짓고 있거나, 감당할 수 없는 마음을 품고 사는 듯이 보이는 젊은이들 말입니다. 아무 곳에도 속하지 못하고, 결국 여기에도 속하지 못하는 그런 젊은이들이 있었습니다. 지금 그들이 어떤 식의 삶을 사는지는 몰라요. 하지만 가끔 궁금하긴 하죠."

"혹시 장학금을 받은 학생들 명단을 보관하고 계십니까?"

"대체, 무슨 일입니까?"

무슨 일? 진 형사와 채유형은 서로의 얼굴을 바라보았다.

잠시 망설이던 진 형사가 결국 입을 열었다. "어떤 아이가 친구 둘을 아주 끔찍한 방법으로 죽였어요, 그런데 그 사건에 윤종…… 아니, 윤현기 씨가 연루되어 있는 것 같습니다."

노인은 잠시 아무 말도 하지 않았다. 그리고 이 집으로 그들을 안내하기 전처럼 상체를 꼿꼿이 펴고 고개를 뻣뻣하게 든 후, 그들을 내려다보며 말했다. "명단은 없습니다. 돌아가주세요."

"저는 경찰입니다. 조사 중이에요. 명단이 필요합니다."

"명단은 없다고 말씀드렸잖아요. 그리고 경찰이라도 그런 것을 요구하려면 영장이 필요하단 것쯤은 늙은이인 나도 알고 있어요. 만약 명단이 있다 한들, 다른 사람들의 프라이버시를 침해하면서 그 명단을 넘길 이유가 있는 겁니까? 모르겠습니까? 그 사람 중 대다수는 자신의 가정사를 배우자에게도 끝끝내 털어놓지 못했어요. 이 단체가 흐지부지된 데에는 그런 이유도 있었던 겁니다. 아니, 그 이유가 더 컸죠. 심지어 어떤 이들은 그런 가정사와 결별하고 싶기도 했을 겁니다. 그런데 그 사람들의 정보를 달라고요? 명단을 드려야 하는 이유가 뭐죠?"

이유? 진 형사는 답을 할 수 없었다. 왜 명단이 필요하단 말인가? 자신도 알 수 없었다. 진 형사가 아무런 대답도 하지 못한 채 묵묵부답 앉아 있자, 노인은 가만히 고개를 흔들었다. 그리고 채유형을 바라보며 낮은 목소리로 말했다.

"아가씨, 당신은 윤현기 씨를 참 많이 닮았습니다."

노인의 집에서 나왔을 때는 지구의 미래가 걱정될 정도로 이글거리던 해는 저물어가고 있었고, 초여름 밤의 서늘한 기운을 품은 바람이 감돌고 있었다.

"형사님. 저, 이만 들어가볼게요." 채유형은 모자를 고쳐 쓰며 진 형사에게 말했다.

사실, 진 형사는 채유형에게 하고 싶은 말이 있었다. 심효전 면회를 같이 가자는 말. 노인의 집에서 이야기가 거의 마무리될 무렵 머릿속으로 그런 생각이 떠올랐다. 심효전을 면회하러 간다면, 을지로의 숲과 아이들을 통솔했던 어른의 정체를 직접 묻는다면 어떨까, 하는 생각. 물론 심효전은 입을 열지 않을 것이다. 아무런 정보도 주지 않을 가능성이 컸다. 하지만 심문을 통해 상대의 마음을 깊숙이 쑤시고, 거기에서 어떤 사소한 증거들을 뽑아내는 건 진 형사가 할 수 있는 일이었다. 심효전 앞에서 윤현기의 이름을 들먹이고 심효전의 반응을 살펴보는 것은 필요한 일이었다. 그런 생각을 하자 전날 일과표에 '심효전을 면회할 것'을 넣어놓지 않았다는 게 스스로 황당할 지경이었다. 하지만 진 형사 혼자 간다면 심효전이 면회를 거절할 가능성이 컸다. 만에 하나, 면회를 거절하지 않더라도 혼자 가서 심효전에게 말을 거는 것과 채유형이 앞에 있는 것은 전혀 다른 결과를 초래할 것이다.

진 형사는 모자를 눌러쓴 채 고개를 숙이고 있는 채유형을 바라보며, 그 말을 망설였다. 누구를 위해 그렇게까지 들쑤시고 다니는 건데? 그게 옳은 일 같아? 진 형사는 고개를 흔들었다. 그리고 결국 채유형에게 말했다.

"몇 년 전 살인을 저지른 지민준의 아버지는 W건설의 임원이었어요. 다른 아이들의 부모도 그런 식으로 W기업과 관련이 있을지도 몰라요."

채유형은 진 형사의 말이 무엇을 의미하는지 알 수 없다는 듯 시선을 피했다. 그러고는 잠시 후에 입을 열었다.

"그는…… 윤종은 못 만난 거죠?"

진 형사가 고개를 끄덕였다.

19

아침에 급하게 나가느라 손도 대지 않은 식빵은 완전히 메말라 있었고, 치즈와 프로슈토는 상한 것 같았다. 진 형사는 선풍기를 켠 후 베란다 문을 활짝 열어서 집 안으로 시원한 바람이 들어오게 했다. 한숨을 푹푹 쉬며 치즈와 프로슈토는 버렸지만, 빵을 버릴 수는 없는 노릇이었다. 진 형사는 안경을 코에 걸치고 빵칼로 빵의 메마른 겉면을 섬세하게 잘라서 버리고 남은 부분을 토스터에 집어넣었다. 그런 후 아침에 급하게 나가느라 냉동실에 소분하지 못한 식빵 덩어리를 바라보았다. 어쩌자고 내가 이걸 이대로 두고 나간 걸까? 마치 과학자가 실험에 임하는 것처럼 조심스럽고 신중하게 마른 부분을 잘라내고 소분한 식빵을 냉동실에 넣어둔 후에야 진 형사는 구운 식빵 한 조각을 들고 거실 테이블 앞에 앉았다. 아침에 내려두고 마시지 못한 커피가 그대로 있었다. 구운 식빵은 그럭저럭 먹을 만했고, 향이 다 날아간 커피는 그럭저럭 먹을 만한 빵에 어울리는 맛이었다.

진 형사는 지민준 살인 사건과 심효전 살인 사건의 관련 자료와 채유형의 서류 봉투를 거실 책상 위에 올려놓고 하나하나 다시 정독하기 시작했다. 그리고 노트에 연필로 이렇게 적었다.

죽은 아이들: 허민수, 김이정, 박준호
죽인 아이들: 지민준, 심효전
추정 1. 윤현기와 연결된 아이들, 그러니까 허민수, 김이정, 박준호, 지민준, 심효전까지 모두 어떤 식으로든 을지로의 숲과 연결되어 있다.
추정 2. 이들은 모두 부모에게 비밀을 가지고 있었다. 혹은 그 비밀을 털어놓을 만한 제대로 된 부모가 없다.
추정 3. 허민수를 제외하면 숲의 아이들은 미성년자, 청소년이었다. 하지만 허민수가 청소년 시절부터 '을지로의 숲'에 속해 있었고, 그게 지속된 거라면 허민수를 제외하지 않아도 이치에 어긋난다고 말할 수는 없다.

추정 4. 할아버지가 국회의원이었던 김이정과 허민수, 이미윤, 지민준은 부족할 것이 하나 없는 집안에서 자랐지만 박준호와 심효전은 경제적으로 어려운 환경에서 자랐다.

여기까지 적은 진 형사는 노트북으로 이미윤과 지민준, 그리고 김이정의 아버지 이름들을 차례로 검색해보았다. 그들의 승진과 이력에 관한 기사가 웹사이트에 남아 있었다. 김이정의 아버지가 임직원으로 있는 호텔은 W기업의 계열사였다. W시티 착공 계획이 발표되기 몇 년 전, 그리고 착공 후 몇 년 동안 불거진 문제들이 있었다. 정치권 뇌물 수수 문제와 철거민에 대한 과도한 탄압에 대한 법적, 도덕적 문제들이 도마 위에 올랐다. 누군가는 수사를 받기도 했다. 하지만 시간이 지나 흐지부지됐다. 진 형사는 자꾸만 급해지려는 생각을 애써 멈추었다. 이럴 때일수록 침착해야 했다. 진 형사는 무언가를 검색하고 고개를 흔들고 또 다른 무언가를 검색했다. 연필로 무언가를 쓰는 건 이럴 때 도움이 되었다. 생각이 손보다 앞서 나가지 않게 하는 것. 진 형사는 노트를 펼치고 연필을 들었다.

추정 5. 김이정의 아버지 김효명은 W기업 계열사 중 하나인 대형 호텔 기업의 상무 이사로 재직 중. 허민수의 아버지 허진구는 고위 공무원. 지민준의 아버지 지철희는 W건

설의 임원으로 근무했으나 지금은 외국에 나가 있음. 이미
윤의 아버지 이재영은 현재 또 다른 W계열사의 임원으로
근무 중. 김이정의 할아버지는 현재 W의 고문으로 활동.
김효명, 지철희, 이재영은 모두 2016년에 준공된 W시티
와 관련한 일을 했으며 허진구는 국토교통부 소속이었다.

여기까지 적은 진 형사는 일전에 찾아갔던 윤현기의 예전
동료 변호사가 했던 말을 떠올렸다.
"회사 임원들이랑 관련 공무원들을 접대하는 자리에서 술
을 과하게 마셨습니다. 그리고 실수를 했죠."
윤현기는 그 자리에서 고통이라는 단어를 썼다고 했다. 지
민준의 어머니는 남편이 이미 윤현기 변호사에 대해 알고 있
었다고 했다. 청우기술 사건이 보도된 신문 기사를 통해 알았
으리라 짐작했지만 그게 아닐 수도 있었다. 진 형사는 기사를
좀더 검색해보았다. 잠시 후 진 형사의 입에서 신음 비슷한 것
이 흘러나왔다. 진 형사는 노트에 이렇게 적었다.

추정 6. W시티는 철거 때 생긴 법적인 분쟁을 해결하기
위해 윤현기가 근무하던 '송문'을 고용했다. 아마도 그 법
무팀에 윤현기가 들어가 있던 것이다.

진 형사는 '아마도'라는 글자 위에 한동안 동그라미를 그리

며 생각에 잠겨 있다가 다음 번호를 붙였다.

추정 7. 채유형과 윤현기는 모두 1993년 W빌딩 방화 사건
과 관련된 사람들이다. 윤현기의 아버지는 그 사건으로 복
역한 게 분명하지만 채유형의 아버지가 어떤지는 알 수 없
다. 윤현기와 채유형의 아버지는 같은 사람일까? 그렇다
면 윤현기는 왜 이제 와서 채유형에게 접근한 것일까? 그
리고 왜 자취를 감춘 것일까?

쓰는 것을 멈추고 진 형사는 자신이 방금 그려 넣은 물음표
를 한동안 바라보았다. 애써 쓰는 것을 피해왔던 기호. 한번
붙이기 시작하면 너무 많은 물음표를 남발할 것 같았다. 이를
테면 이런 것. 박준호와 심효전은? 이들은 W와 무슨 관련이
있는 걸까? (하지만 사건 조서를 아무리 샅샅이 뒤져도 그런 정황
은 찾을 수 없었다.) 심효전과 지민준이 살인을 저지른 것이 지
금 노트에 적어 넣은 이 모든 추측과 관련이 있긴 한 걸까? 만
약 그렇다면 어떤 식으로? 무엇보다 이들이 살인을 저질렀다
는 사실은 절대 변하지 않을 터였다. 이들의 살인과 윤현기는
어떤 관련이 있는 걸까?

진 형사는 끙 소리를 내며 안경을 벗고 부엌으로 가서 냉동
고 문을 열었다. 그리고 지퍼백을 하나 꺼냈다. 지퍼백 안에는
크라프트지로 꽁꽁 싸맨 커다란 아몬드크루아상이 들어 있었

다. 침착하게 머리를 써야 할 때 아몬드크루아상은 구세주였다. 진 형사는 무심한 표정으로 토스터에서 데운 아몬드크루아상을 꺼내 부엌 한가운데에 선 채로 한입 가득 베어 물었다. 고소한 아몬드 슬라이스와 바삭한 크루아상의 결, 그리고 그 안에서 결 따라 촉촉하게 채워진 라즈베리잼과 아몬드크림의 조화가 감돌았다. 커피도 없이 아몬드크루아상의 부스러기까지 다 먹어 치운 진 형사는 손가락으로 싱크대를 두드리다가 천천히 거실 테이블 앞으로 돌아와서 안경을 썼다. 그러고는 의자에 깊숙이 몸을 기대앉았다.

노인의 집에서 본 스크랩된 사진 중 하나가 머릿속에 떠올랐다. 불길과 검은 연기가 치솟던 사무실…… 불이 났을 때 탈출구를 잃어버린 사람들은 어떻게 했을까? 그들은 창문 밖으로 뛰어내렸을까? 그런 생각을 하고 싶지 않았다. 간만에 아껴두었던 아몬드크루아상을 먹은 건 윤현기와 심효전 사건에 대해 머리를 쓰기 위해서였지, 이런 쓸데없는 생각을 하기 위해서는 아니었다. 하지만 진 형사의 눈앞에 자꾸 건물에서 뛰어내렸을 사람들의 잔상이 떠올랐다.

진 형사의 옛 파트너, 정인서는 건물 옥상에서 뛰어내렸다. 숨이 완전히 끊어지지 않아서 꿈틀거리는 그녀의 옆에는 부서진 휴대전화의 잔해들이 나뒹굴었다고 했다. 구급차에 실려갈 때도 정인서의 숨이 미약하게나마 남아 있었다는 사실을 진 형사는 나중에야 알았다. 너무 고통스러웠을 거라고, 다른 동료들은 대놓고 진 형사를 비난했다. 정인서는 옥상에서 뛰어내리기 전 진 형사에게 전화를 걸었다. 그게 마지막 통화 기록이었다. 2분 12초. 강태민은 정인서가 진 형사에게 무슨 말을 했는지 물었다. 그걸 알려달라고, 애걸복걸했다. 이렇게까지 아무것도 말해주지 않을 수 있느냐고 울부짖었다. 진 형사는 이야기하지 않았다. 말할 수 없었다. 죽을 때까지 아무에게도 말하지 않을 생각이었다. 어디선가 진 형사의 머리카락을 얼어붙게 만드는 듯한 칼바람이 불어왔다. 진 형사는 자신이 옥상의 난간 위에 아슬아슬하게 서 있다는 것을 알아차렸다. 바람이 너무 불어서 몸의 균형을 유지하기가 힘들었다. 발밑으로는 아무것도 보이지 않았다. 그저 공백과 공허함뿐이었다. 옆으로 고개를 돌려보니 귀 한쪽이 완전히 잘린 채 유형이 서 있었다.

피디님, 귀가 어디 갔어요?

그들이 가지고 갔어요.

그들이 누군데요?

채유형은 무표정하게 가만히 진 형사를 바라보기만 했다. 진 형사는 문득 그녀의 발을 보았다. 맨발이었다.

죽지 마.

진 형사가 말했다.

죽지 않을게요, 선배.

진 형사는 그 말을 들으며 생각했다. 아, 피디님이 아니라인서구나. 진 형사는 다시 한번 그 말을 반복했다.

죽지 마.

경찰복 차림의 그녀가 고개를 끄덕였다. 진 형사는 그게 거짓말이라는 것을 알았다. 진 형사가 다시 옆으로 몸을 돌렸을 때, 진 형사의 옆에는 남자가 서 있었다. 남자의 얼굴에는 눈썹과 눈, 코와 입은 사라졌고 귀만 남아 있었다. 양복을 차려입은 얼굴 없는 남자, 어디선가 남자의 목소리가 들려왔다.

이름을 확인해야죠. 이름이 중요하니까요. 안 그래요?

그렇게 말하고 그는 곧장 건물 아래로 몸을 던졌다. 공백 속으로. 영원한 무의 세계 속으로. 몸이 찢기고 피가 튀어도 고통을 느끼지 않을 수 있는 그런 세계로……. 진 형사는 화들짝 놀라서 눈을 떴다. 잠시 자신이 어디에 있는지 알 수 없어서 어지러움을 느낀 진 형사는 한동안 어리둥절하게 주위를 둘러보았다. 깜빡 잠에 든 모양이었다.

이름…… 이름이라…… 누구의 이름을 확인하라는 걸까?

진 형사는 시계를 보았다. 밤 11시를 넘기고 있었지만, 의자에서 일어난 진 형사는 안경을 찾아 썼다.

진 형사가 경찰서로 들어가자 형사 몇 명이 흘긋 보고는 진 형사가 투명인간이라도 된다는 듯이 고개를 돌렸다. 투명인간 취급에서 끝내지 않았다. 누군가 가래침을 뱉는 듯한 소리를 냈다. 그런 대접은 언제나 받아오던 것이었지만, 어쩐지 이번에는 평소보다 견디기가 힘들었다. 진 형사는 애써 마음을 다스렸다. 자신의 책상 위에 여러 종류의 쿠키가 있다는 사실 덕분에 안심이 되었다. 그러므로 강태민처럼 밀가루를 끊는 건 자신에게는 절대 불가능한 일이라고 생각했다. 밀가루를 끊을 수 있다는 건 축복이었다.

진 형사는 집에서 가지고 온 채유형의 서류 봉투와 노트를 책상 한쪽에 밀어놓고, 1993년 체불 임금 시위 때 징역을 살았던 자들의 명단을 찾아보기로 했다. 왜 그래야 하는지는 알 수 없지만, 일단 윤현기 아버지의 이름을 찾아볼 생각이었다. 지금 찾아봐야 할 이름은 그것뿐이었다. 다행히도 열일곱 명 중에서 윤 씨는 단 한 명뿐이었다. 진 형사는 다음 내용을 노트에 휘갈겨 적었다.

1993년 당시 윤동민은 48세로, 1966년 W상사 소속 파월 노동자로 파견 되었음. 1971년 방화 사건 때에는 6개월가량 복역했음. 1989년에 처음으로 '베트남 참전용사 모임'에 나가게 되었는데, 1993년 1월부터 집회를 계획한 주동자 중 한 명이었다. 징역 13년을 선고받았지만 2000년 가석방되었고, 2001년 병으로 사망했다.

진 형사는 돋보기안경을 코에 걸치고 채유형의 어릴 적 사진에 등장하는 남자와 자료 속 윤동민의 사진을 비교해보면서 비슷한 점을 찾아보려고 애썼다. 비슷하다면 비슷하고 아니라면 아니라고도 말할 수 있을 것 같은 얼굴. 윤동민. 이 이름이 무엇을 의미하는 걸까? 내가 확인해야 하는 게 바로 이 이름인 걸까? 아니면 내가 놓친 이름이 또 있는 걸까? 진 형사는 안경을 벗고 두 손으로 눈을 비볐다. 만약 윤현기가 자신의 아버지가 죽은 후 몇 년 동안 동생의 소식을 수소문해서 채유형에게 그 자료를 보낸 거라면…… 왜? 무엇을 위해 그런 수고를 들였을까? 채유형은 거기에서 악의를 느꼈다. '넌 어때?'라는 그 세 글자. 무엇을 물어보고 싶었던 걸까? 윤현기는 채유형에게 단 세 번만 우편물을 보냈고 그 후로 멈추었다. 왜? 싫증이 나서? 무의미하다고 느껴져서? 그러고 이렇게 오랜 시간이 흐른 후에 다시 채유형을 찾아낸 후 심효전에게 그녀를 데려갔다. 왜? 무엇을 위해서?

윤현기는 지금 어디에서 무엇을 하고 있을까? 도망을 친 걸까? 아이들은 왜 모은 걸까? 심효전과 박준호를 제외하고, 을지로의 숲 아이들이 모두 W와 관련이 있다고 한다면…… 그 아이들을 데리고 뭘 하려고 했던 걸까? 진 형사는 스크랩을 보여주던 노인이 했던 말을 떠올렸다. 복수심…… 잘못된 방향의 복수심…… 윤현기는 그 아이들에게 일종의 복수를 하려고 했던 걸까? 하지만 어떤 식으로? 죽은 아이와 죽인 아이……. 곧이어 어떤 생각이 떠올랐지만 그건 너무 끔찍해서 오히려 터무니없게 느껴졌다. 진 형사는 빈 노트에 계속해서 물음표를 그렸다. 그렇게 하면 궁금증이 없어지기라도 하는 것처럼 끝도 없이 무수한 물음표를 그리다가, 그 위를 커다란 물음표로 덮어썼다.

진 형사는 W시티를 검색하기 시작했다. 2015년에 준공된 도시 속 작은 도시. 저곳에 얼마나 공을 들였을까? 얼마나 많은 사람이 쫓겨나거나 고통을 겪었을까? 하지만 아무도 W에 그 고통의 책임을 묻지는 않지…… 고통, 그래 윤현기는 그 단어를 썼다고 했다. 그들이 고통을 느끼길 바랐을 것이다. 자식을 잃는 고통, 자식이 범죄자가 되는 고통, 자식들의 사랑을 영원히 잃어버리는 고통…… 진 형사는 생각에 생각을 거듭했다. 그러므로 윤현기가 아이들을 모았다. 그 아이들을 사랑하는 척하면서, 아이들의 마음을 조종한다면? 어느새 진 형사는 터무니없다고 생각한 그 지점으로 돌아가 있었다. 말도 안 되는 이야기 같지만 지금으로서는 다른 걸 떠올릴 수도 없었다. 심효전과 박준호…… W시티와는 아무런 관련이 없는 아이들…… 부모에게 버림받았거나 가정 폭력을 당하던 아이들…… 그 아이들에게 윤현기 같은 어른은 어떤 의미였을까?

갑자기 미친 듯이 맛있는 빵이 먹고 싶었다. 지금 자신의 눈앞에 펼쳐진 쿠키들 말고, 아몬드크루아상처럼 크림이나 부재료가 들어간 빵 말고, 휘낭시에나 마들렌 같은 구움 과자 말고, 그저 밀가루와 소금, 약간의 당분으로만 만들어진 빵. 오랜 시간을 들여서 천천히 발효시킨 그런 빵. 껍질은 바삭하고 안은 촉촉하고 쫄깃한 빵. 그런 생각을 하자, 진 형사는 며칠 전 호텔 바움에 두 번째로 들렀으면서도 근처의 독일식 빵집을 깜빡했다는 사실을 깨달았다. 요즘은 까먹는 게 일상이구먼, 머리가 완전히 굳어버렸어. 그날 거기에 들렀다면 지금쯤 맛있는 브뢰첸을 먹고 있을지도 모르는데……. 진 형사는 호텔 바움이 있는 동네 근처를 처음으로 배회하다가 보았던 건물도 떠올렸다. 아무도 머물 수 없지만 사라질 수도 없는, 흉물스럽게 커다란 자리를 차지하고 있지만, 감쪽같이 잊힌 건물. 거기에 살던 사람들은 모두 다 어디로 갔을까? 이상했다. 어렴풋이 자꾸 진 형사를 끌어당기며 애타게 만드는 것이 있었다. 처음으로 호텔 바움에 다녀온 날 밤, 크루아상을 먹으며 진 형사가 느꼈던 감정이 되살아오는 것 같았다. 굉장히 중요한 걸 놓친 듯한 기분. 아니, 놓친 게 아니라 거기에 그대로 놔두고 온 것 같은 기분. 그게 뭘까? 모니터 속 거대한 건물의 사진을 한동안 뚫어지게 바라보았다. 채유형은 무얼 하고 있을까? 채유형을 '체불임금 파월노동자·파월군인 유족의 모임'에 데리고 간 건 잘못된 선택이었다. 같이 가고 싶어요, 라던 채유형의 목소리가 떠올랐다. 별 소득도 없이 채유형의 상처만 들쑤신 꼴이 되어버렸다. 소득 없는 출혈. 그 단어가 떠올랐다. 정인서가 사망하기 전부터 동료들은 진 형사를 비난했었다. 아무런 소득 없는 출혈이 무슨 소용이 있느냐고. 누구를 위해 그렇게까지 들쑤시고 다니는 거냐고. 그게 옳은 일 같으냐고⋯⋯. 그래, 그래도 그때는 비난이나마 듣던 시절이었다. 정인서가 죽고 나서 얼마 지나지 않아 그들은 진 형사에게 어떤 말도 걸지 않았다.

시간은 새벽 2시를 향해 가고 있었고, 사무실 안은 고요했다. 진 형사는 옷깃을 여미며 의자에 기대어 눈을 감았다.

진 형사와 헤어져서 집으로 돌아온 채유형은 땀에 절은 옷을 그대로 입은 채 침대 위에 풀썩 누웠다. 윤종은 대체 어디서 무얼 하는 걸까? 윤종의 번호는 해지된 모양이었다. 이제 다시는 그를 만날 수 없는 걸까?

어릴 적 소아마비를 앓았다는, 인생의 대부분 동안 한쪽 다리를 절어야만 했을 노인의 말이 떠올랐다. 남과 다른 고통을 겪은 사람이라고 다들 잘못된 선택을 하지는 않는다는 그 말을. 침대에서 일어나 옷장 앞에 섰다. 가방은 비어 있었다. 진 형사가 우편물이 든 서류 봉투를 가지고 가버렸으므로. 그게 자신에게 없다는 생각을 하자, 채유형은 어쩐지 자신의 몸에서 무언가가 쑥 빠져나간 기분이 들었다. 홀가분함인지, 상실감인지 알 도리가 없었다.

문득, 채유형은 노인이 건네준 스크랩북에서 본 '월남 전선'이라는 영화의 포스터(베트남 참전 군인이 활짝 웃으며 월급을 받고 있는 사진이 담긴)를 떠올렸다. 유튜브에는 '월남 전선' 영상이 남아 있었다. 흐릿한 화질 속 남자들은 두려워 보이지도,

용감해 보이지도 않았다. 심지어 때때로 그들은 피크닉 중인 것처럼 보였다. 배경 음악은 시종일관 경쾌한 가운데 이런 내 레이션이 나왔다.

"낯선 초소, 그러나 용사들의 보금자리는 어느 행복한 가정을 연상하게 한다. 서투른 솜씨나마 제법 생선을 다루는 주부, 의젓하게 이발을 즐기는 믿음직스러운 가장…… 이렇게 단란한 생활 속에 우리의 용사들은 잘 해내고 있다."

영상의 종료 버튼을 누른 그녀는 마른세수를 했다. 욕지기가 올라왔다. 신체 저 밑바닥에 가라앉아 있던 고통의 찌꺼기들이 하나하나 제 모습을 드러내는 것 같았다.

진 형사로부터 '체불임금 파월노동자·파월군인 유족의 모임'이라는 단어를 들었을 때, 그녀는 무슨 생각을 했던가? 따지고 보면 채유형은 자신과 같은 처지에 놓인 사람을 만나본 적 없었다. 입양아도 만나본 적 없었고, 참전 군인의 가족을 만나본 적 없었고, 범죄자의 자식을 만나본 적도 없었다. 아니, 단 한 명 있긴 했다. 윤종. 참전 경험이 있는 범죄자의 아들. 그런 생각을 하자, 마음이 무너지는 것 같았다. 왜? 그가 악의를 가지고 자신에게 우편물을 보냈던 바로 그 사람, 그러니까 친오빠일지도 몰라서? 그런데도 그의 손길이 지나간 자리에 마치 불에 탄 것 같은 기분을 느꼈기 때문에? 그녀는 고개를 흔들었다. 아니었다. 윤종이 고통 속에서 살아온 것이 분명했기 때문에 마음이 아팠다.

"몇 년 전 살인을 저지른 지민준의 아버지는 W건설의 임원이었어요. 다른 아이들의 부모도 그런 식으로 W와 관련이 있을지도 몰라요."

진 형사는 그렇게 말했었다. 윤종이 W와 관련이 있는 그들의 자식을 모은 걸까? 그렇다면 심효전과 박준호는? 그는 왜 이제 와서 자신을 찾았을까? 왜 심효전에게 데리고 갔을까? 아무것도 알 수 없었다.

'체불임금 파월노동자·파월군인 유족의 모임'의 여자는 그 모임에 나온 사람 중 대다수는 자신의 가정사를 배우자에게도 털어놓지 못했다고 말했다. 어떤 이들은 자신의 가정사와 결별하고 싶었을 거라고. 그런 기분이라면 누구보다 채유형 본인이 잘 알고 있었다. '그런' 가정사와 완전히 결별하는 것에 성공한 사람이 과연 존재하기나 하는 걸까? 그렇다고 하더라도 그들이 처음 만났을 때, 비슷한 고통을 겪은 사람들의 얼굴을 마주했을 때 분명히 위안을 받았으리라. 나만 고통받으며 살아온 게 아니라는 것을 알게 되었을 때 느끼는 안도감과 동질감 같은 것. 하지만 때때로 그런 유의 동질감은 역효과를 불러일으키는지도 몰랐다. 1993년 시위를 공모한 사람들이 그랬던 것처럼. 서로의 얼굴을 보았을 때 그들이 느꼈던 건 고통을 극복했다는 믿음이 그저 허상에 지나지 않았다는 허탈감이었는지도 모른다. 감쪽같이 진짜 모습을 감춘 채로 혈관을 타고 온몸에 기어 다니며 분출될 기회만 엿보고 있던 감각들이 되살아오는 기분을 느꼈을지도.

채유형은 화장실로 들어가 불빛 아래에 드러난 귀의 상처를 보았다. 그리고 이제는 다 아물어가는 손등의 상처도. 바늘로 다시 귀에 구멍을 뚫고 싶었다. 작은 미용가위로 손등을 다시 찌르고 싶었다. 차단을 걸어두었던, 최 피디가 보냈을 문자를 하나하나 곱씹으며 자신을 벌주고 싶었다. 충동적으로 최 피디의 번호를 차단해제한 그녀는 온 집을 뒤지며 바늘과 미용가위를 찾기 시작했다. 얼마나 시간이 지났을까? 문득 채유형은 노인의 집에서 나와 자신을 쳐다보던 진 형사의 표정을 떠올렸다. 찰나에 불과하지만, 특유의 부루퉁함이 사라지고 후회와 자책이 떠오르던 그 얼굴. 그래, 본인의 말마따나 진 형사는 '환자'였고 이 일이 해결될 때까지 멈추지 못할 것이다. 진 형사 자신이나 채유형을 괴롭히거나 곤경에 처하게 만들더라도 절대 멈추지 않을 것이다. 그녀는 윤종의 집을 찾아 나서기 전에 진 형사가 했던 말을 떠올렸다. 견뎌요. 맛없는 무화과캉파뉴는 먹지 말고. 자신을 벌주고 싶다는 생각도 하지 말고.

그녀는 바늘과 미용가위를 찾는 걸 그만두었다. 최 피디에게 온 문자를 찾아보지도 않을 것이다. 그 대신 그녀는 냉동고 문을 열었다. 무화과캉파뉴를 먹는 것 정도는, 진 형사가 이해해주리라 생각하면서.

20

오전 해는 강하다 못해 경솔하게 느껴지기까지 했다. 장마
전선이 북상한다는 일기예보가 있었지만, 하늘은 비를 뿌릴
생각이 전혀 없어 보였다. 기후 위기가 심각하네. 자신에게 나
는 안 좋은 냄새를 맡으며 진 형사는 생각했다. 집으로 돌아가
면 먼저 샤워부터 하고 잠을 좀 잘 참이었다.

그날 아침에 경찰서에서 깨어나자마자 진 형사는 심효전에
게 갔는데, 그는 면회에 응해주지 않았다. 예상 못 한 건 아니
라 별 충격은 없었지만 구치소 측에 그동안의 심효전 면회 방
문객의 명단을 요청했을 때에는 예상치 못한 충격을 조금 받
았다.

"영장을 가져오세요. 범죄자 인권도 보호해야죠. 게다가 아
직 형이 확정된 사람도 아닌데…… 안 그래요?"

진 형사는 빙그레 웃어 보였지만 마음속은 부글부글 끓어올
랐다. 끓어오르다 못해 넘쳐흐를 것 같았다. 구치소 건물을 나
오자마자 진 형사는 강태민에게 전화를 걸었다. 부탁한 걸 언
제 내놓을 거냐고 화를 내고 싶은 마음을 애써 억누르며, 나긋
한 목소리로 물었다.

"통화 기록은 언제쯤 받을 수 있는 건가?"

강태민은 당황한 기색 없이 대답했다. "내일 저녁에 시내에
서 만나죠. 장소는 제가 문자로 찍어드릴게요."

오늘이 아니라, 내일이라고 대답하는 강태민 때문에 짜증이 났지만, 이번에도 참았다. 부탁할 것이 더 있었기 때문에. 진 형사는 여전히 나긋한 어조를 유지하려고 애쓰며, 심효전의 구치소 방문객 명단을 알아봐달라고 했다. 강태민은 알아보긴 하겠지만 확답은 할 수 없다고 대답했다. 진 형사는 그가 자신의 마음을 긁으려고 그런다는 걸 알고 있었다. 강태민과의 통화를 끝내고, 채유형에게 전화를 걸어볼까 하다가 그만두었다. 진 형사가 전날 윤현기, 을지로의 숲, W의 관계성을 넌지시 내보였으니, 그녀에게도 생각할 시간이 필요할 터였다. 진 형사는 그녀의 손등과 귀의 상처, 얼굴의 멍을 떠올렸다. 그런 식으로 또 자신을 해하는 행동을 할지도 몰랐지만, 그것 역시 그녀의 선택이리라…….

입고 있는 티셔츠로 안경알을 닦으며 자신의 아파트 엘리베이터에서 내린 진 형사는 현관문 앞에 누군가가 쭈그리고 앉아서 고개를 다리 사이에 처박고 있는 걸 발견했다.

"피디님?"

그녀가 고개를 들었을 때, 진 형사는 안도하는 마음이 들었다. 그녀의 귀에 깨끗한 의료용 테이프가 붙어 있었다.

"우리 집 어떻게 알았어요?"

"저번에 저희 집에서 술 드시다가 택시 부른 적 있잖아요."

비척대며 일어난 채유형의 발아래에는 크리스피도넛 상자가 덩그러니 놓여 있었다. 걱정했던 것보다 그녀가 괜찮아 보였다. 목소리는 잠겨 있었지만, 전날처럼 멍하니 정신을 빼놓은 것 같지도 않았고, 무작정 좌절한 것처럼 보이지도 않았다. 빈손으로 오지 않을 정신도 있었다. 평소와 달리 부산스럽고 꾸민 듯한 명랑함이 느껴지긴 했지만, 그래도 그런 식으로 가면을 쓸 수 있다는 것 또한 괜찮은 일이었다. 무엇보다 병원에 다녀왔다는 건 좋은 징조였다.

집으로 들어오자마자 진 형사는 에어컨을 강하게 켰다. 순식간에 차가워진 공기에 팔을 문지르며 채유형이 싱크대에 일렬로 놓인 각종 가전제품을 둘러보는 동안, 도넛 상자를 열어본 진 형사는 이번에도 감탄하고 말았다. 오리지널 글레이즈드 네 개, 리고피넛버터 세 개, 뉴욕치즈케익도넛 두 개, 스트로베리필드 세 개. 균형감이 돋보이는 선택이었다. 더운 날씨에 녹지 않았을까 걱정했지만, 도넛 상태도 괜찮았다.

"피디님, 도넛 자주 먹어요?"

거실을 이리저리 살펴보던 그녀는 그런 걸 왜 묻느냐는 듯이 고개를 흔들었다. "아니요, 먹은 게 손에 꼽을 정도인데…… 직접 사 먹은 적은 한 번도 없어요."

그녀가 커피 기계와 변압기를 가리키며 물었다. "이거 정말 오래된 거죠? 왜 이렇게 오래된 걸 사용하는 거예요?"

커피 기계를 작동시키던 진 형사는 채유형을 흘깃 쳐다보고는 대답했다. "아직도 꽤 쓸 만해요. 피디님 집엔 이런 건커녕 맛없는 인스턴트커피만 있잖수."

진 형사는 뒤는 붙이지 않을 걸 그랬다고 후회했다. 하지만 채유형은 커피 기계의 둔중한 소리 때문에 진 형사의 대답을 듣지 못했다.

커피 기계가 멈추었을 때, 그녀가 다시 입을 열었다. "이거 저 어릴 적에 본가에서 본 적이 있어요. 어머니가……."

갑자기 말을 멈춘 채유형을 바라보며 진 형사가 부루퉁한 표정으로 질문했다. "어머니가 커피를 좋아하셨나 봐요?"

그녀는 아무 대답도 하지 않고 몸을 돌려 베란다 창문 밖을 바라보았다. 어떤 사람들은 때때로 뒷모습이 얼굴보다 더 많은 것을 보여준다고 말하지만, 진 형사는 개소리에 불과하다고 생각했다. 뒷모습은 그저 뒷모습일 뿐이라고.

채유형은 여전히 창문 바깥을 바라보며 입을 열었다. "어머니랑 아버지 두 분 다 커피를 좋아하세요. 집에서 직접 원두를 갈아서 드시기도 하고요. 그 기계가 나왔던 초창기에 호기심에 비싸게 사 오신 거예요. 지금은 캡슐 커피는 아예 안 드세요. 두 분 다 미식가시죠. 어머니는 외국에서 요리 공부를 하셨고 지금은 로컬 식재료를 연구하세요. 아마 이런 도넛 같은 건 입에도 안 대실 거예요."

이런 도넛이라니, 도넛이 어때서? 발끈하는 마음이 들었지만, 채유형은 등을 돌리고 있었기 때문에 진 형사가 기분이 상했는지 어쨌는지 알지 못했다.

"우리 부모님은 저를 당신들처럼 미식가로 만들려고 굉장히 노력하셨어요. 그런 거라도 닮은 구석이 있어야 한다고 생각하셨나 봐요."

진 형사는 고개를 숙이고 좌우로 흔드는 그녀의 뒷모습을 보고 있었다.

"부모님들과 연락은 자주 해요?"

"가끔요……. 그분들은 정말 합리적으로 저를 대해주시거든요."

"합리적이라…… 합리적으로 자식을 대한다……."

진 형사가 접시를 꺼내며 물었다. "그분들은 피디님의 친아버지가 1993년 사건과 관련되어 있다는 사실을 알지 못하는 게 확실해요?"

잠시 후 그녀가 입을 열었다. "알았다면…… 저를 입양하지 않았겠죠. 누가 살인자의 자식을 키우고 싶겠어요?"

진 형사를 향해 돌아선 그녀의 표정에서는 아무것도 읽어낼 수 없었다.

"예전에 가끔 일간지나 잡지에 부모님에 대한 기사가 소개될 때가 있었어요. 왜 그런 거 있잖아요. 좀 독특하다거나 뭔가 여유롭게 느껴진다거나, 그런 삶을 사는 사람들을 취재해서 기사를 쓰는 거요. 부모님은 인터뷰에서 자식을 입양했다는 사실을 밝힌 적이 한 번도 없어요. 그럴 수 없었겠죠. 나한테 한 번도 말씀 안 하셨으니까."

진 형사는 고개를 끄덕이며, 거실 테이블로 커피 두 잔과 접시를 가지고 가서 앉았다. 접시에는 오리지널 글레이즈드 두 개와 리고피넛버터 도넛 하나가 담겨 있었다. 진 형사는 안경을 벗은 후, 리고피넛버터를 베어 물고 따뜻한 커피를 한 모금 마셨다. 원래라면 오리지널 글레이즈드를 먼저 먹었어야 했지만, 지금 진 형사에게 필요한 것은 찐득하고 극적인 단맛이었다. 도넛 위에 토핑된 땅콩 분태와 글레이즈된 피넛버터의 맛, 그리고 쫀득하고 부드러운 도넛의 빵 껍질과 그 안의 꾸덕한 땅콩 크림이 느껴졌다. 설탕이 곧바로 혈액 속으로 침투되는 기분. 전날 먹은 아몬드크루아상도 못지않게 달았지만, 그것과는 완전히 다른 차원의 단맛이었다. 진 형사가 도넛을 씹어 넘기는 걸 보며, 드디어 그녀도 진 형사의 맞은편에 앉았다. 진 형사가 도넛을 권했으나 그녀는 고개를 저었다. 그리고 목이 탄다는 듯이 커피를 벌컥벌컥 들이켠 후에 입을 열었다.

"윤종이…… 무슨 일을…… 저지른 거예요?"

진 형사는 냅킨으로 손을 닦았다. 윤종, 그녀는 그를 여전히 윤종이라고 지칭하고 있었다. 진 형사는 안경을 벗고 두 눈을 문지른 후에 무심한 표정으로 입을 열었다. "그의 아버지의 이름은 윤동민이었어요."

채유형이 고개를 떨구었다.

"파월 노동자로, 1971년과 1993년의 시위 현장에 모두 있었어요. 1993년에는 무기를 들고 건물 안으로 들어간 강경파 중 한 사람이었고요. 7년 징역을 살고 나왔어요. 그리고, 이듬해인 2001년에 사망했어요."

여기까지 말한 진 형사는 비스듬히 앉은 채로 채유형을 바라보았다.

"사망했군요……." 넋이 나간 것 같은 표정을 짓고 있던 채유형이 다시 입을 열었다. "그럼, 윤종의…… 어머니는요?"

"몇 년 전에 폐암으로 돌아가셨대요."

진 형사의 대답에 채유형은 손을 뻗어 접시에 담긴 오리지널 글레이즈드를 만지작거리다가 한입 베어 물었다. 그리고 아주 오랫동안 씹었다. 채유형은 어떤 감정을 느껴야 하는지 알지 못했다. 문득 진 형사가 베란다 창밖으로 시선을 주었다. 어느새 비가 내리고 있었다. 약하게 흩뿌리는 것 같던 빗줄기는 순식간에 거세지더니 요란한 소리를 내며 베란다 창문을 두드리기 시작했다. 거실 안에는 빗방울이 떨어지는 소리와 채유형이 도넛을 씹는 소리만 존재하는 것 같았다. 그녀가 도넛을 너무 천천히 오랫동안 씹어서, 진 형사에게는 마치 영겁의 시간처럼 느껴졌다.

이윽고, 채유형이 도넛을 힘겹게 목구멍으로 밀어 넣은 후 물었다. "형사님은 그가 내 혈육이라고 생각하죠?"

진 형사는 고개를 끄덕였다.

"그렇지 않다면 그가 피디님에게 접근할 이유가 없었을 거예요. 이유는 알 수 없지만 그가 당신을 심효전에게 데리고 갔죠." 진 형사는 망설이다가 다시 입을 열었다. "생각해봐요. 윤동민은 그 시위 현장에 있었고, 피디님에게 온 그 우편물에는 사건에 관한 기사들이 들어 있었어요. 그게 단순히 우연의 일치는 아닐 거예요. 윤현기가…… 아니, 윤종이 모은 아이 중 대부분이 W기업과 관련이 있는 것도 그저 단순한 우연이라고 말할 수는 없을 거고."

"형사님이 말씀하셨잖아요. 그의 아버지는 파월 노동자라고요. 내 친아버지는 군인이었어요. 그 사진, 내 혈육이 보내준 사진요. 그 사진 속 남자는 분명히 군인이었어요."

"파월 노동자 중에는 군인의 총과 군복을 빌려서 사진을 찍은 사람들도 있었어요."

"그런 걸 대체 왜 사진까지 찍어서 보관한단 말이에요?"

"그들도 군인처럼 사지로 몰린 사람들이었으니까요. 똑같이 전장에, 언제 죽을지 모르는 위험에 노출되어 있었으니까. 그걸 극적으로 증명하고 싶은 마음이 있었겠죠."

그녀는 쓴웃음을 지으며 커피를 한 모금 마신 다음, 빗줄기에 시선을 주었다. 진 형사는 그녀가 한 입만 먹고 내려놓은 도넛을 바라보았고, 그녀가 더 먹기를 바랐다. 도넛과 커피가 부드럽게 그녀의 목구멍으로 넘어가기를 바랐다.

"그는…… 윤현기는…… 어떤 목적을 가지고, 피디님에게 접근한 거예요. 대체 왜 그랬을 것 같아요?"

"몰라요."

"피디님, 그가 피디님에게 원한 게 있어요. 피디님을 심효전에게 데려가고 이 일을 파헤치게 한 이유가 있다고요. 그걸 알아내야 해요. 그가 한 말이나, 행동이나…….”

“그는 내가 모든 걸 멈추기를 바랐어요! 새 삶을 살길 바랐다고요! 형사님, 이게 이치에 맞는다고 생각하세요? 내 오빠……가 악의를 가지고 우편물을 보냈고 10년 넘게 아무런 연락도 없다가 갑자기 나타났다고요? 나를 심효전과 연결시키고, 이 살인 사건에 흥미를 갖게 하고, 이제는 제발 그만두라고, 자신과 관계된 모든 것을 잊으라고 나를 밀어낸다는 거예요? 대체 왜요?”

채유형은 윤종의 손길이 닿았던 손등의 촉감을 떠올렸다. 자신의 세포 아래에서부터 순서대로 일제히 팽팽하게 당기는 듯한 느낌에 완전히 사로잡혔던 그 순간을 떠올렸다. 거부하고 싶으면서도 절대로 포기하고 싶지 않았던 그 느낌을 떠올렸다. 역한 기분이 들었다.

“윤종이 아이들을 죽인 것 같아요?” 채유형은 내뱉듯이 말하고는 눈을 한 번 질끈 감았다가 떴다.

“직접 죽인 건 아닐 거예요. 그건 아니에요.”

“그럼요?”

“피디님, 거기, 을지로의 숲에 아이들이 있었어요. 부모나 선생에게 털어놓을 수 없는 문제를 지닌 아이들……. 기억하죠? 이미윤은 대리 입금 문제로 골머리를 앓았죠. 그리고 그걸 해결해준 어른이 있었고. 김이정이 학교에서 선생님에게 욕설해서 문제가 생겼던 것도 그 집 부모는 전혀 모르고 있었잖아요. 박준호는 학교에서나 집에서나 폭력에 노출된 채로 사는 아이였고, 심효전은 부모에게 완전히 버림받은 거나 마찬가지였죠. 김이정과 이미윤이 오토바이 사고가 났을 때 허민수가 데리러 왔지만, 그때에도 합의금 같은 것에 도움을 준 어른이 있을 거고. 그 애들은 아마도 모두 오토바이를 몰았을 거예요. 그리고 그 애들이 그런 식으로 자유를 만끽할 수 있도록 도와준 어른이 있었어요. 그게 바로 윤종이었어요."

"하지만 왜……."

진 형사의 얼굴에 감도는 부루퉁함은 훨씬 더 짙어져 있었다. 무언가가 못마땅해서 견딜 수 없다는 표정. 하지만 아니었다. 진 형사는 그저 걱정이 되었다. 자신의 가정 속에는 아무것도 확실한 게 없었다. 증거로 내세울 만한 것도 없었다. 그러므로 그녀에게 이런 이야기를 하는 게 좋은 선택인지 알 수 없었다. 어제 '체불임금 파월노동자·파월군인 유족의 모임'에 채유형을 데리고 갔을 때처럼, 별 소득도 없이 상처만 들쑤시는 꼴이 될 수도 있었다. 소득 없는 출혈, 대체 언제까지 이런 일을 반복할 거지?

진 형사가 그런 생각을 하는 동안, 채유형의 마음속에서는 무언가 요동치고 있었다. 그녀는 윤종이 자신의 오빠가 아닐 거라고 믿었다. 그렇게 믿고 싶었다. 하지만 만약에 그가 자신의 오빠라면…… 그렇다면 자신의 앞에 모습을 나타낸 이유는 단 하나였다. 그 질문, '넌 어때?'라는 질문에 대한 답을 들으려고.

진 형사는 접시 위의 오리지널 글레이즈드를 한입 구겨 넣고 커피를 꿀떡 마셨다.

"윤동민이 사망한 게 윤현기 아니, 윤종이 열일곱 살 때였어요. 윤종과 어머니는 힘든 삶을 살았을 거예요. 윤동민의 진술서에 따르면, 1993년에 그 사건이 일어나기 전에도 제대로 된 직업을 갖지 못했고, 일용직 공사판을 전전했다고 해요. 아마 윤동민이 복역하는 동안, 윤종의 어머니는 각종 궂은일을 하면서 아들을 키웠겠죠. 아버지가 죽은 후에 윤종은 죽기 살기로 공부해서 서울대 법대에 가요. 여기까지는 거의 사실에 부합해요. 하지만 지금부터는 사실과 내 추측이 섞인 거예요."

채유형은 별수 없다는 듯 고개를 끄덕였다.

"며칠 전에 윤현기가 예전에 일했던 법무법인에 가서 윤현기의 동문이자 옛 동료를 만났어요. 그가 말하더군요. 윤현기는 허세가 있었다. 그가 그렇게 어렵게 사는 줄은 아마 아무도 몰랐을 거다. 그 말을 전해준 동문은 법조계 집안의 자식이었고요. 모르긴 몰라도 그 과에 그런 집 출신들이 많이 있었을 거예요. 왜 그런 소리들 하잖아요. 개천에서 용 난다는 말도 다 옛말이라고. 의사, 변호사, 고위 공무원의 자식들이 다수 있었겠죠. 대학생이 된 기념으로 좋은 차를 선물 받고 돈 쓰는 데 아무런 거리낌이 없는 아이들...... 물론 그렇지 않은 아이들도 많았겠지만, 인간의 비극은 자기가 보고 싶은 것만 본다는 데서 출발하잖아요. 윤현기는 박탈감을 느꼈을 거예요. 그래서 그렇게까지 열심히 일해서 비싼 옷과 신발 같은 걸 샀던 거고. 그러면서 또 박탈감을 느꼈을 거고, 그 박탈감을 이기려고 정신없이 일해서 돈을 벌고 그 과정에서 또 박탈감을 느끼고…… 마치 뫼비우스의 띠처럼."

인간의 비극은 자기가 보고 싶은 것만 본다는 데서 출발한다……. 채유형은 그 말을 곱씹었다.

"윤현기는 머리가 좋았어요. 사법고시에 합격하고, 좋은 성적으로 연수원을 졸업하고 '송문'에 들어가죠. 이게 이 이야기의 결말이었다면 좋았을 텐데, 회사에 들어가서도 여전히 윤현기에게는 무언가 벽이 존재하는 것 같은 기분을 느꼈죠. 동료의 뒤치다꺼리를 하면서, 연줄을 이용하는 전관 변호사나 선배들을 보면서, 대단한 권력이나 부를 가진 고객들을 보면서, 어떤 죄를 저질러도 제대로 된 죗값을 받지 않는 사람들을 보면서, 자기가 절대 가닿을 수 없는 그런 세상이 있다는 사실을 계속해서 확인하는 꼴이었달까…… 모르겠어요. 그가 도박에 빠진 것도 그런 이유가 있었을까요? 어떤 방식으로든 돈을 빨리 많이 모아서 그 벽을 넘어가고 싶은 마음? 아니면 자기에게 주어져야 마땅하다고 믿었던 운을 실현시키고 싶었던 마음? 아니면 그저 즐기고 싶어서? 몰라요, 그런 건 몰라, 그렇지만 그 결과는…… 피디님도 알다시피 윤현기는 나락으로 떨어졌지. 1년 동안 변호사 자격이 정지되고 그러고도 도박을 끊지 못했어요."

여기까지 말한 진 형사는 참을 수 없다는 듯이 자리에서 일어나 부엌으로 갔다. 그리고 도넛 상자를 통째로 들고 와서 거실 테이블 위에 놓아둔 후 리고피넛버터를 하나 더 집었다.

"도넛 하나 더 먹어봐요."

진 형사의 말에 채유형은 고개를 흔들었다. 채유형의 머릿속으로는 다시 살고 싶다던, 다시 시작하고 싶다던, 그렇지만 자신은 실패했다고 말하던 윤종의 얼굴이 떠오르고 있었다.

"그런데 더 비극적이었던 건 윤현기가 로펌에 있을 때 W시티와 관련된 소송의 변호팀으로 들어가게 되었다는 점이에요. 자신의 아버지를 두 번이나 좌절하게 만들고, 결국은 죽게 만든 장소에 엄청난 개발이 이루어지는 중이었고, 그걸 돕게 된 형국이었던 거예요. 그는 화가 났을 거예요. 분노했겠죠. 그러다가 청우기술 사건이 터진 거죠. 고객 명단에 있던 동료 변호사는 아무런 처벌을 받지 않았는데 본인만 자격 정지를 먹은 거예요. 동료는 도박한 게 몇 번 안 된다고 하더군요. 그건 사실인 것 같아요. 죄의 경중이 윤현기와는 다르다고. 물론 그는 연줄이 있었고, 그게 윤현기를 더 화나게 했는지도 몰라요. 그 후로 윤현기 마음속에는 무언가가 생겨났을 거예요. 자포자기랄까, 아니면."

여기까지 말한 진 형사는 이번에는 스트로베리필드를 한입에 집어넣고 우물거리며 씹었다. 이상했다. 입안에 가득 찬 도 넛에서 아무런 맛도 느낄 수가 없었다.

"아니면, 잘못된 방향의 복수심이랄까⋯⋯. 그는 W시티 개 발과 관련된 회사의 주요 인물과 그 자식들을 조사했을 겁니 다. 준비를 철저하게 했겠지. 뒷조사를 치밀하게 했을 거라 고요. 부모와 문제가 있는 아이들을 골랐을 수도 있고, 아니 면 아이들에게 접근해서 그렇게 만들었을 수도 있고. 윤현기 는 오랜 시간을 들여서 아이들의 마음을 파고들었죠. 말했다 시피 적재적소에서 아이들을 도와주고, 마음을 건드린 겁니 다. 그런 식으로 아이들을 심리적으로 지배하고 조종했을 거 예요. 어쩌면 우리가 아는 아이들 말고 다른 아이들이 더 있을 수도 있고요. 어쨌든 아이들은 그를 일종의 구원자처럼 느꼈 을 거예요. 자신들의 진짜 모습을 아는 유일한 어른, 혹은 자 신들을 진심으로 도와주는 단 한 명의 어른, 문제가 생겼을 때 자신들을 탓하지 않는 유일한 어른, 구원자."

"구원자⋯⋯."

채유형은 그 단어를 중얼거렸다. 진 형사는 그녀를 바라보 았다. 그리고 그녀가 일전에 자신에게 했던 말을 기억했다.

내 몸속에는 살인자의 피가 흘러요. 범죄자의 피가 흐른다 고요. 형사님이 그런 기분을 알기나 해요? 자신이 얼마나 인간쓰레기인지 계속 상기하면서 살아가야 하는 기분을 알기나 하냐고요!

그녀는 그렇게 말했었다. 윤종은 그녀가 그토록 두려워했던, 피하려고 안간힘을 썼던 '나쁜 피'의 순수한 결정체이자, 증거인 걸까?

채유형이 질문했다. "그럼 박준호와 심효전은요?"

박준호와 심효전…… 죽은 아이와 죽인 아이……, 윤현기에 대한 가정을 만드는 동안 진 형사는 항상 이 부분에 다다르면 멈추곤 했다. 가정하는 게 어려워서가 아니라 처참한 마음이 들어서. 윤현기는 빈부격차로 인해 겪는 상대적 박탈감을 누구보다 잘 알고 있었다. 그 자신이 청소년 시절, 그리고 대학생 시절 겪었던 박탈감을 계속해서 품고 산 사람이니까…… 윤현기가 원했던 건 그들의 자식을 범죄자로 만드는 거였다. 그래서 박준호와 심효전이 필요했을 것이다. 하지만 지민준이 돈을 써서 죄를 탕감받았기 때문에 방법을 바꾼 거였다……. 그러므로 심효전과 박준호는, 그러니까 죽인 아이와 죽은 아이는…… 균열을 위해 필요했던 특이점이었다.

"말도 안 돼요. 정말로 윤종이 그 아이들을 심리적으로 지배하고 서로를 죽이게 만들었다면, 왜 지민준이나 심효전은 그걸 말하지 않는 거예요? 살인죄로 기소되고 감옥에 갇히는 위험을 감수하고도 윤현기라는 이름을 말하지 않는다고요?"

"피디님, 그는 아이를 변호한다는 명목하에 계속 곁에 있었어요. 애들은 을지로의 숲이니, 윤현기니, 그런 것에 대해 절대 발설하지 못했을 거예요. 지민준의 변호인이 바뀌긴 했지만, 1심 재판까지 가는 동안 윤현기가 이미 충분히 영향력을 발휘했을 거란 말이에요. 피디님, 사람들은 구원자를 사랑하는 동시에 두려워해요. 두려워하는 동시에 사랑하지. 그건 너무 강력하고 달콤해서, 나중에 그 모든 게 허상이라는 게 밝혀진다고 해도 대부분의 사람들은 그 두 가지 감정을 모두 다 포기 못 한다고요."

채유형은 고개를 흔들었다. 흔들고, 흔들고, 또 흔들었다. 그런 채유형을 보고 있자니, 진 형사는 몇 년 동안 억누르려 애썼던 감정이 자신의 마음속 깊은 곳에서부터 서서히 떠오르는 것 같은 기분을 느꼈다.

"아니에요. 윤종과 함께 심효전을 면회 갔을 때 그런 분위기는 없었어요. 심효전은 윤종을 두려워하지도, 그렇다고 친밀하게 생각하지도 않았어요."

"피디님을 속인 거예요."

"그는 나와 심효전을 함께 만나러 갈 이유가 없었어요. 핑계를 대고 바깥에서 기다릴 수도 있었죠. 그런데 나와 함께 들어가서 굳이 그런 연기를 한다고요?"

"바로 그게 그가 원한 거였는지도 모르죠. 피디님이 자신을 완전히 믿게 만드는 거."

진 형사는 이번에는 뉴욕치즈케익 도넛을 입속에 통째로 집어넣었다. 그렇게 하면 분노를 잠재울 수 있다는 듯이 도넛을 무자비하게 삼켰고, 입안이 텅 비었을 때에는 견딜 수 없는 무력감을 느꼈다. 창을 때릴 듯이 강하게 내리던 빗방울은 점차 약해지고 있었다.

채유형은 멍하게 테이블 위의 한 점을 응시하고 있었다. 다시 한번 그녀 자신의 손등에 닿던 윤종의 느낌이 떠올랐다. 매달리듯 그녀를 껴안던 그의 품이 떠올랐다.

그녀는 소리치듯이 말했다. "그를 체포할 수나 있어요?"

"체포?"

"형사님 말대로라면 그는 아무도 죽이지 않았어요, 그는 그저 아이들을 도우려고 했던 거예요. 아이들을 조종했다고요? 그가 아이들을 서로 죽이게 만들었다고요? 말도 안 돼요. 앞뒤가 하나도 맞지 않아요."

"그럴 수도 있죠."

진 형사는 채유형의 얼굴을 바라보는 게 힘들다고 느꼈다.

"그렇잖아요! 그가 왜 애초에 나를 심효전에게 데리고 갔느냐 말이에요! 왜 갑자기 모든 걸 잊으라고 했느냐 말이에요! 왜? 왜!"

진 형사는 눈을 내리깔며 한숨을 쉬었다. 그는 처음에 분명히 원하는 게 있어서 채유형에게 접근했을 것이다. 하지만 채유형은 그를 사랑하게 되었다……. 그러므로 그는……. 진 형사는 고개를 흔들었다. 이렇게까지 생각하는 건 확실히 과도

한 면이 있었다.

"그러니까, 모두 내 상상이라니까요."

그녀의 말이 맞을지도 몰랐다. 자신이 하고 있는 생각이 터무니없는 것일 수도 있었다. 그건 확률의 문제였다. 여러 선택지 중에 무언가를 믿는 것. 혹은 여러 선택지 중에 무언가를 믿지 않는 것. 무엇을 선택하든 하나를 버리고 다른 하나를 선택하는 순간, 서로에게는 이율배반이 된다. 언제나 지는 게임 같은 것. 100퍼센트란 건 없었다. 잘된 선택이었는지 잘못된 선택이었는지는 사후적으로 판단할 수 있을 뿐이었다. 그래도 조금의 가능성이라도 있다면, 일단 매달려야 했다. 결국은 추락할지언정 일단은 그렇게 해야 했다. 지금 채유형은 그런 일말의 가능성조차 인정하지 않으려는 중이었고, 진 형사는 그녀가 말도 안 되는 고집을 부리고 있다고 생각할 수밖에 없었다.

"피디님, 부모님에게 솔직하게 말을 해요."

채유형이 영문을 모르겠다는 표정을 지었다. "뭘요?"

"피디님이 입양되었다는 걸 안다고요. 그 사실 때문에 마음이 아프다고요."

"갑자기 그런 이야기를 왜 하는 건데요?"

"지금 피디님이 계속 진실을 회피하려고 하고 있잖아요."

"하, 형사님, 난 그 사실 때문에 마음 아프지 않아요. 그런 적 없다고요. 그런 적 없어요!"

"피디님……."

진 형사가 더 말을 하려고 했을 때, 갑자기 무언가 요란한 소리가 들렸다. 그녀와 진 형사는 깜짝 놀라서 서로의 얼굴을 바라보았는데, 알고 보니 테이블 위에 얹어둔 그녀의 휴대전화 진동이었다. 내용도 확인하지 않고 문자를 삭제한 그녀는 전화기를 집어 던지듯 놓았다. 그러고는 두 손으로 자신의 머리를 헝클어뜨렸다. 전날, 충동적으로 차단해제해둔 최 피디의 번호에 다시 차단을 걸어두는 걸 깜빡한 것이었다.

진 형사가 눈을 지그시 감고 혼잣말하듯 중얼거렸다. "아직도 사표를 안 냈구먼."

그녀는 어처구니없는 말을 들었다는 듯이 흘겨보았다.

"그냥 해고해도 되는데, 나를 괴롭히고 싶어서 저러는 거잖아요. 이게 내 잘못이라고요?"

"피디님, 내가 말했잖아요. 사표를 내라고. 저런 사람들은 형식을 중요하게 생각한다고. 그 형식만 채워주면 더 괴롭힐 일도 없다고요."

진 형사는 채유형이 대답할 기회를 주지 않았다.

"왜 번호는 차단하지 않은 거예요?"

"뭐라고요?"

채유형은 진 형사를 노려보다가 말을 이었다.

"그럼 이런 식으로 계속 스토커처럼 구는 게 정상이란 말이에요? 경찰들은 원래 그렇죠? 스토킹을 범죄가 아니라고 생각하잖아요!"

"아니, 내 말은 피디님이 언제나 상황을 나쁜 쪽으로 만들어버리고 있다는 거예요. 그럴 필요가 전혀 없는데 왜 자신을 괴롭히는 거냐고요. 왜 자기 자신을 괴롭히지 못해 안달이냐고요!"

진 형사는 왜 자신이 이런 말을 내뱉고 있는지 알 수 없었고, 부적절하다는 걸 알고 있었지만 멈출 수도 없었다.

"그런 말을 할 자격이 있어요?"

진 형사가 그녀를 바라보았다.

"형사님이야말로 상황을 나쁜 쪽으로 만드는 데 일가견이 있으시더라고요. 기사를 하나 찾았어요. 관련된 기사가 별로 없어서 이런저런 단어로 검색을 했더니, 어떤 커뮤니티에 아주 예전에 누군가 남긴 글이 있더군요. 자세한 정황이나 실명은 나와 있지 않았지만, 제가 처음에 본 기사와 관련된 일이라는 걸 알 수 있었어요. 형사님 때문에 형사님 파트너가 자살한 사건요. 형사님이 파트너의 치부를 알게 되었고 조사를 했다죠. 그래서 파트너가 경찰서 옥상에서 정복을 입은 채 몸을 던졌고요. 내 말이 틀려요? 그렇게 오랫동안, 가족이나 마찬가지로 지냈던 파트너가 죽었다고요. 형사님 때문에 더 이상 경찰 생활을 할 수 없어서 목숨을 끊었는데, 형사님은 파트너가 죽은 후에도 멈추지 않고 파트너의 치부, 그 뿌리까지 모조리 다 파헤치는 걸 멈추지 않았더라고요. 다른 수사 기관이나 경찰들이 협조해주지 않으려고 하는데도, 혼자 그렇게 했다고요."

여기까지 말한 채유형은 숨을 고르며 진 형사를 바라보았다. 그만 말해야 해……. 채유형은 생각했다. 지금 나는 진 형사님을 내게서 떨어뜨리려고 하는 중이야……. 마치 직장에서 결국엔 사람들과 불화를 일으켜 끝장을 봤던 것처럼, 진 형사와의 불화를 일으키는 중이었다. 엉뚱한 장소로, 엉뚱한 방법으로 도착한 차용증.

"형사님, 말해봐요. 왜 그랬어요? 자신이 틀리지 않았다는 걸 증명하고 싶어서였어요? 파트너가 저지른 그 모든 잘못들을 들추고 나면 그 죽음에 대한 책임에서 벗어날 수 있을 거라고 생각해서? 말해봐요. 말해보라고요! 그렇게 가까운 사람을 죽게 만든 기분을 말해보라고요!"

진 형사의 표정에서 부루퉁함이 사라졌다. 놀라움과 슬픔, 두려움과 경멸, 그런 감정들이 순차적으로 떠올랐다가 사라졌다. 그리고 종래에 아무런 감정도 남아 있지 않게 되었다. 마치 가면처럼.

"마지막 통화 기록이 형사님이었다고 쓰여 있었어요. 무슨 말을 했을지는 뻔하겠죠. 그런데도 형사님은 멈추지 않았어요. 그래서 형사님은 경찰 동료들에게 따돌림을 받게 된 거잖아요. 그런 식으로 몇 년을 보낸 거잖아요! 내 말이 틀려요? 그런 형사님이 내게 자기 자신을 괴롭히지 말라느니 그런 말을 할 수 있느냐고요!"

"나 자신을 위해서 한 일이 아니었어요!"

자신도 모르게 튀어나온 말 때문에 진 형사는 깜짝 놀랐다.

채유형이 한쪽 입술을 비틀어 웃으며, 조롱하듯 물었다. "그럼 누구를 위한 일이었어요? 사회? 대의? 명분? 정의?"

진 형사는 고개를 흔들었다. 그들은 아무런 말도 하지 않고 서로의 얼굴을 바라보았다. 하지만 이상하게도 그 순간 더 많은 상처를 받은 건 진 형사가 아니라 그녀처럼 보였다.

진 형사는 의자에 깊숙이 기대어 앉아 천장을 바라보았다. 현관문이 쾅 닫히는 소리가 들리자 눈을 감은 채 손만 뻗어 도넛을 집어서 입안으로 욱여넣었다. 그게 무슨 맛인지 알 수 없다고 느끼며, 진 형사는 아주 천천히 이로 도넛을 짓이겼다. 도넛을 짓이기며 생각했다. 그녀의 말은 틀렸다고, 자신이 그일을 계속한 건 대의나 정의를 위한 게 아니었다. 다른 도넛을 하나 더 입에 넣고 씹으며 진 형사는 또 다른 생각을 했다. 그녀의 말이 맞았다고. 그런 식으로 계속 전화를 해대는 건 전적으로 최 피디의 잘못이었다. 하지만 최 피디와의 일을 해결할 방법이 있다는 걸 알고 있으면서도 채유형은 그 길을 일부러 피해 가는 중이었다. 진 형사는 그걸 참을 수 없었다. 정말로 참을 수가 없었다.

21

　채유형은 편의점으로 뛰어 들어갔다. 머리카락에서 빗물이 뚝뚝 떨어지는 그녀를, 편의점 주인 남자가 멀뚱히 바라보았다. 그녀는 비닐우산과 따뜻한 캔커피를 계산한 후 잡동사니가 보관된 구석에 서서 창밖을 바라보다가 최 피디의 번호를 다시 차단했다. 거리는 텅 비어 있었다. 아니다, 텅 비어 있는 게 아니다. 저 멀리서 깡마른 길고양이 한 마리가 비를 맞으며 걸어오는 게 보였다. 젖은 털이 피부에 착 달라붙는 바람에 안 그래도 마른 고양이의 등뼈가 완전히 드러났다. 편의점 근처의 쓰레기봉투를 뒤지려는 것일까? 배가 고파서? 편의점 쪽으로 걸어오던 고양이는 갑자기 우뚝 멈춰 서더니, 길 한가운데에 아주 천천히 식빵 굽는 자세로 자리를 잡았다. 비에 젖었을지언정, 등뼈가 드러날지언정, 고양이는 여유로워 보였다. 그 순간만큼은 그 길 전체가 고양이의 것이었다. 비 오는 길 위의 왕. 비에 흠뻑 젖는 대가로 겨우 만끽할 수 있는 자유.

　그녀는 캔커피를 한 모금 마셨다. 달고 따뜻한 기운이 목구멍을 지나 몸속으로 퍼져가는 게 느껴지자, 그토록 빨리 뛰던 심장이 서서히 안정을 되찾아가는 것 같았다. 그러자 통렬한 후회가 밀려 들어왔다. 그런 식으로 진 형사 모르게 진 형사에 대한 정보를 찾고, 모른 척하다가, 결국 참지 못하고 발설하다니. 다시는 만날 수 없으리라. 진 형사가 그녀를 더 이상 만나고 싶지 않다고 생각하는 건 당연한 일이지만, 그녀의 입장에서도 마찬가지였다. 그녀는 한번 분탕을 친 관계를 되돌려본적이 없었다. 그런 사람들과는 다시는 마주치고 싶지 않았다. 자신이 끊어버린 관계를 생각만 해도 밑바닥부터 알 수 없는감정이 치밀어 올랐다. 아니다, 알 수 없는 감정이 아니었다. 그건 수치심이었다. 자기 자신을 상처 주기 위해 다른 사람의상처나 약점을 들먹이는 것에 대한 수치심. 그녀는 습관처럼조용하고 고요하게 다른 사람의 약점이나 상처를 수집하곤했다. 적절한 순간에 터뜨리고 상대든 자신이든 어디론가 떠밀려가게 하려고.

진 형사가 없다면 앞으로 어떤 식으로 이 일을 해결하지? 해결? 어처구니가 없어서 웃음이 났다. 내게 무슨 문제가 생겼던가? 직장에서 문제를 일으키고, 양부모님을 실망시키고, 골방에 틀어박힌 것뿐이었다. 그러니까 언제나 그랬던 것처럼. 심효전이니 지민준이니, 베트남이니, W시티니, 그런 것들은잊고 살아가면 된다. 그럴 수 있을까?

당신은 새 삶을 살 수 있어요.

채유형은 윤종을 떠올리고 싶지 않았다. 미세한 열기가 감돌던 초여름 밤, 을지로의 기계 거리에서 그와 처음 했던 포옹을 떠올리고 싶지 않았다. 자신의 얼굴에 닿던 그의 손길을 떠올리고 싶지 않았다. 휴대전화 너머로 들리던 그의 목소리가그녀 자신의 신체로 불러들인 정체를 알 수 없는 파동을, 그의 배를 때리던 순간 자신이 느꼈던 아픔을 떠올리고 싶지 않았다. 만약 자신이 어떤 식으로 살아왔는지 안다면 그가 그렇게 말할 수 있었을까? 당신은 새 삶을 살 수 있어요, 라고.

만약 그가 내 오빠라면…….

채유형은 입술을 깨물었다. 양부모님이 내게 입양아라는 사실을 미리 말해줬더라면, 내 마음이 더 편했을까? 이 루틴에서 벗어날 수 있었을까? 알 수 없었다. 내가 입양아라는 사실을 안다는 걸, 양부모님도 이미 알고 있는 건 아닐까? 채유형이 분명히 알고 있는 사실이 있었다. '우리가 널 잘못 키운 거니?'라는 그 말은 명백하게 자신을 상처 입혔다. 미로에 갇힌 것 같아, 출구가 뻔히 보이는데도 이어지는 길이 믿을 수 없을 정도로 복잡해서 절대로 빠져나갈 수 없는 그런 미로에. 채유형은 두 손으로 머리를 쥐어뜯었다. 이럴 땐 차라리 출구가 눈에 보이지 않는 편이 훨씬 더 좋았다.

만약 그가 내 오빠라면 나는 어떻게 되는 걸까?

채유형은 10대 시절, 3년 동안 받았던 우편물을 떠올렸다. 선별된 사진과 오려낸 기사와 휘갈겨 쓴 메모 속에서 뿜어져 나오던 악의를 떠올렸다. 정작 버림받은 것은 나인데, 왜 그는 그런 악의를 분출했어야만 했을까? 친부모에게 선택받은 그가 왜 절망해야만 했을까? 만에 하나 그가 내 오빠라면…… 채유형은 고개를 가로저었지만, 생각을 멈출 수 없었다. 그가 내 오빠라면 왜 이제 와 나를 찾은 걸까? 그는 나를 사랑하는 걸까? 증오하는 걸까? 사랑과 증오. 나는 그를 사랑해야 하는 걸까? 증오해야 하는 걸까?

만약 진 형사의 말처럼 그가 아이들을 서로 죽이게 만든 거라면……?

속이 울렁거렸다. 토할 것만 같았다. 왜? 왜? 대체 왜? 소리를 지르고 싶었다. 우리가 너를 잘못 키운 거니? 어머니의 목소리가 채유형의 몸을 파고드는 것 같았다. 복수? 복수라고? 그딴 게 복수야? 나를 미워했으니까, 나에게도 복수를 할 거야? 그녀는 캔커피를 꽉 쥔 채 여전히 비를 홀딱 맞으며 도도하고 여유롭게 앉아 있는 고양이를 바라보았다. 그때, 갑자기 고양이가 벌떡 일어나서 주위를 살폈다. 방금까지의 위용은 순식간에 사라지고 너무나 연약하고 처량한 모습으로. 그러고는 건물 사이로 숨어버렸다. 간발의 차로 우산을 쓴 한 무리의 사람들이 방금 고양이가 앉아 있던 길을 지나갔다. 그녀는 창밖을 주시하며 고양이를 기다렸지만, 고양이는 모습을 드러낼 용기를 잃어버린 모양이었다. 그녀는 다 마신 캔커피를 쓰레기통에 던지듯 집어넣은 후, 바깥으로 나와서 우산을 펴고 아까 고양이가 숨어든 건물 주위를 걸었다. 그러고 있는 힘껏 고양이 울음소리를 내보았다. 한참 동안 그러고 있었지만 고양이 털끝 하나 보이지 않았다. 채유형은 자신의 볼 위로 눈물이 타고 흐른다는 걸 깨달았다. 고양이가 사라져서, 고양이가 이 거리를 점령한 시간이 그토록 짧아서, 그게 슬퍼서 눈물이 나는 거다. 눈물을 닦으며 채유형은 택시를 잡아탔다. 기사에게 윤종의 집 주소를 댔다. 윤종을 만나서 무엇을 할 건지는 알 수 없었다. 그저 만나야 한다는 것 말고 다른 생각은 들지 않았다. 택시 안에서, 뒤로 밀려가는 차창 밖 풍경을 바라보면서, 그 위로 떨어지는 빗방울을 보면서 채유형은 끊임없이 밀려오는 두려움과 싸우고 있었다. 어떤 두려움? 또다시 그를 포옹하고 싶은 마음이 들까 봐, 그의 손이 자신의 볼을 쓰다듬길 바랄까 봐, 그를 때리고 싶은 자신의 마음을 억제하지 못할까 봐.

그가 사는 건물에 도착한 후 채유형은 단숨에 계단을 뛰어 올라갔다. 턱까지 차오르는 숨을 몰아쉬며 그녀는 그의 집 초인종을 마구 눌렀다. 집 안에서는 아무런 기척도 없었다. 그녀는 주먹으로 문을 두드리고 또 두드렸다. 윤종이 만약 진짜 내 오빠라면…… 그에게 묻고 싶은 것들이 많다. 그녀는 손에 멍이 들 때까지 문을 두드리고 초인종을 눌렀다. 하지만 결국 멈출 수밖에 없었다. 절대로 문이 열리지 않으리라는 걸 알 수 있었으므로. 그 안이 텅 비어 있다는 걸 알 수 있었으므로. 손뼈가 으스러질 때까지 문을 두드리고 있을 수는 없는 노릇이므로. 그녀는 문에 기댄 채로 천천히 미끄러져 바닥에 주저앉았다. 그가 내 오빠라면…… 아니야, 그녀는 고개를 흔들었다. 또다시 눈물이 볼을 타고 흘러내렸다. 하지만 이번 눈물은 자기 자신을 위한 눈물이라고 생각하며, 그녀는 고개를 들었다.

건물 통로의 먼지 쌓인 작은 창문으로 희미하게 자신의 모습이 비쳤다. 비에 젖어 아무렇게나 흘러내린 머리카락과 깡마른 볼과 앙상한 어깨뼈, 그리고…… 여전히 붕대를 감싸고 있는 귀. 귀, 그래. 을지로의 숲이 어딘지 알아내야 해. 거기에 가면 무엇이든지 알 수 있을 거야. 그러니까 무슨 일이 있어도 알아내야 해. 내 다른 쪽 귀를 내주는 한이 있어도 알아내야 해.

역시 일기예보는 맞지 않았다. 밤에는 호우주의보가 발령된다고 했는데, 비는 그쳤고 앞으로 더 올 기미도 보이지 않았다. 밤바람은 그전과는 비교할 수 없는 뜨거운 열기를 지니고 있었다. 밤바람의 감촉이 달라진 것이었다. 이제 진짜 여름이 시작될 거라고, 채유형은 생각했다. 편의점과 그 근처에 오토바이는 없었다. 아직 그 오토바이 무리가 모이기에는 이른 시간이었다. 거기에서 오토바이 무리를 기다릴까 하다가, 그녀는 일단 수풀을 헤치며 그 무리가 드나드는 작은 구멍을 찾아보기로 했다. 그저 찾아보기만 하려고 했는데, 일단 구멍을 찾아내자 아무런 생각도 없이, 마치 그렇게 하도록 정해져 있다는 듯이 그곳으로 넘어갔다. 절단된 철조망의 끄트머리가 얼굴과 손에 상처를 남겼지만, 그런 건 상관 없었다.

물이 불어난 탄천은 요란한 소리를 냈고, 어슴푸레한 하늘 위로는 검은 구름이 천천히 흘러갔다. 수풀이 무성한 땅은 질 퍽거렸고, 사방에서 비에 젖은 풀냄새가 진동했다. 그 냄새 때문에 그녀는 토할 것 같았고 실제로 잠시 수풀 앞에 쪼그리고 앉아서 헛구역질했다. 그녀는 자신이 무얼 하려고 하는지 몰랐다. 무얼 하고 싶어 하는 건지도 몰랐다. 무작정 그곳으로 가서 자신의 귀에 구멍을 뚫은 여자애를 기다려야 한다는 생각뿐이었다. 그 여자애를 흔들고 밀치고 때려서 을지로의 숲에 대해 알아내야 한다는 생각뿐이었다. 그 계획이 이치에 맞는지 아닌지 따질 수도 없었다. 마치 눈가리개를 한 말처럼, 다른 모든 것을 무시한 채 그저 앞으로 달릴 수 있는 말처럼.

채유형은 서두르지도, 늦장을 부리지도 않으며 앞으로 걸어 나갔다. 무리가 모이는 제방 길의 작은 터널에 도착했을 때, 그녀는 반사적으로 걸음을 멈추었다. 탄천의 불어난 물소리와 지독한 풀냄새를 덮고도 남을, 그 아이들을 감돌던 이상한 공기와 냄새가 단숨에 그녀를 사로잡았다. 지난번에는 그게 그녀를 두렵게 만들었지만, 지금은 아니었다. 그녀는 터널 안에 있던 작은 의자를 떠올렸다. 그때는 그 무리에 의해 타의로 앉았지만 이번에는 아니었다. 그녀는 스스로 기꺼이 거기에 앉아서 아이들을 기다릴 생각이었다. 당당하고 위엄 있는 모습으로, 마치 왕처럼. 그런 생각을 하며 그녀는 터널 안으로 들어갔다. 너무 어두워서 휴대전화의 랜턴 기능을 사용해야만 했다. 바닥에 굴러다니는 담배꽁초와 술병, 피어싱 도구와 의료용 알코올, 집게, 탈지면 같은 게 들어 있는 플라스틱 상자, 그리고 그녀가 강제로 앉혀졌던 의자. 작고 낡은 나무 의

자. 텅빈 의자는 무력해 보였다.

그날은 미처 몰랐는데, 안쪽으로 깊숙하게 공간이 더 있었다. 걸어 들어간 그녀는 멈춰 서서 랜턴 불빛으로 여기저기를 비추어보다가, 저번에도 본 적이 있는 약상자를 발견했다. 약상자와 쿠킹포일과 버너. 한쪽 무릎을 세우고 그 앞에 앉은 그녀는 종이 상자를 들어서 다시 불빛을 비췄다. '듀로제식 디트랜스 패치'라는 글자 옆에, 마약성이라는 붉은 글자가 쓰여 있었다. 세상에, 나지막한 탄식이 흘러나왔다. 그녀는 그게 뭔지 알고 있었다. 펜타닐. 통증에 쓰이는 마약성 진통제였다. 최피디의 팀원 중 한 명의 아이템이었다. 이 병원, 저 병원을 돌아다니면서 펜타닐 처방전을 받는 사람들에 대한 이야기. 중독자에 대한 이야기. 이 아이들 역시 이 약을 처방받아서 마약으로 사용하고 있었던 것이다. 오토바이를 타고, 문신과 피어싱을 하고, 마약을 하는 아이들. 그 아이들은 지금 어디에 있는 걸까? 그 아이들의 집은 어디일까? 채유형은 자신의 집, 서류 봉투를 보관해두던 옷장을 떠올렸다. 아무런 온기도 느낄 수 없었던 윤종의 집을 떠올렸다. 채유형은 두 발로 땅을 디디고 섰다. 그러고 불빛을 껐다. 어둠 속에서 눈을 감은 채 문신 남자애의 표정과 자신의 귀에 대고 '을지로의 숲', 이라는 단어를 말했던 여자애의 목소리를 떠올렸다.

잠시 후 눈을 뜬 그녀는 의자 쪽으로 걸어갔다. 한참 동안 손으로 의자를 훑다가 그 위에 앉았다. 두 팔을 팔걸이에 걸치고 허리를 꼿꼿이 세웠다. 터널 안으로 어렴풋이 흘러 들어오는 도시의 뭉개진 불빛들을 제외하면 사방이 어둠이었다. 어둠 속에 머무르게 되자 물소리와 벌레 소리가 갑자기 커진 것 같은 기분이 들었다. 크게 숨을 들이쉰 그녀는 한동안 가만히 있었다. 점점 자신의 안에서 숨이 사라지는 걸 느꼈고 괴로움이 찾아왔다. 그녀는 숨을 참으려고 손으로 팔걸이를 꽉 잡고 발버둥을 쳤다. 목울대와 어깨가 점점 굳어졌고, 가슴 전체에 묵직한 돌덩이가 들어앉아서 그녀를 누르는 것 같았다. 배 밑에서부터 간질거리며 무언가 파괴하려는 힘이 전신을 타고 올라왔고, 혈관이 터질 듯한 기분을 느꼈다. 더는 참을 수 없었기에 그녀는 숨을 크게 내뱉었다. 아무런 감정이 섞이지 않은, 육체의 순수한 괴로움에서 비롯되는 눈물이 볼을 타고 흘러내렸다. 가쁘던 숨이 원래대로 돌아오는 데는 그리 많은 시간이 필요하지 않았다. 숨을 내뱉고 들이쉬는 것, 그건 너무 단순하고 손쉬운 행위였다. 삶을 유지하는 데 필요한 건, 고작 작은 숨에 불과했다.

22

다음 날 채유형은 다시 오토바이 무리의 아지트로 통하는 철조망 구멍을 지나는 중이었다. 이번에도 철조망의 날카로운 절단면은 그녀의 피부에 자잘한 상처들을 남겼다. 어둠이 사위를 조금씩 점령하는 시간. 편의점 앞 공터에 주차된 오토바이가 하나도 없는 이른 시간. 채유형은 그곳으로 가 있을 생각이었다. 전날 그랬던 것처럼 그 의자를 차지한 채, 아이들(그래, 그들은 아이들이었다)을 기다릴 생각이었다. 오늘도, 내일도, 모레도, 언제까지나…… 아이들이 허세를 부리면서 그곳으로 돌아올 때까지. 그리고 채유형은 위엄 있는 태도로 추궁할 예정이었다. '을지로의 숲이 어디지? 거기가 어디야? 당장 말해!'라고 소리를 지를 것이었다. 그런 생각을 하며, 그녀는 주머니 속에 넣어둔 커터칼을 만지작거렸다.

탄천 옆 터널 앞에 도착한 그녀는 거침없이 휴대전화의 랜턴을 켜고 안으로 들어갔다.

"아."

놀라움을 나타내는 짧은 감탄사, 두 개의 목소리. 하나는 채유형의 것이었고 다른 하나는 어린아이의 것이었다. 소리가 난 쪽으로 빛을 비추자 그녀가 차지하리라 다짐했던 의자에 이미 작은 여자애가 앉아 있었다. 그 애는 빛이 닿자마자 반사적으로 조그만 손에 들고 있던 담배를 멀리 던져버렸다. 약하게 피어오르는 연기, 무기력하게 뒹굴다가 꺼진 담배, 그리고 냄새. 채유형은 휴대전화 랜턴 빛 속에 드러난 그 애를 바라보았다. 상처받고 지친 작은 동물 같은 얼굴, 무릎까지 내려오는 반바지에 헐렁한 피케이 티셔츠를 입은 아이, 비유가 아니라 정말로 너무나 어린아이. 의자 아래에는 빨간색 책가방이 구겨진 듯 놓여 있었다. 겁에 질린 그 애 때문에 자신이 들고 온 작은 커터칼이 시시하고 재미없는 농담처럼 느껴져서 창피할 지경이었다. 빛을 옆쪽으로 치워주자 그제야 채유형의 얼굴을 확인한 그 아이가 새된 목소리로 소리를 질렀다.

"아, 아줌마! 그때 여기에 왔던 아줌마 맞죠?"

그 애의 얼굴에서 지친 기색과 두려움이 순식간에 사라졌고 웃음이 떠올랐다. 멸시하고 비웃는 듯한 태도, 우리에게 무릎을 꿇었던 여자에게 던져야 마땅하다는 듯한 조소.

"피어싱을 다 뺀 거예요?"

아, 그제야 그녀는 그 여자애가 누군지 기억할 수 있었다. 강하다는 걸 드러내고 싶어서 아무렇지도 않게 욕설을 내뱉던 아이, 가장 앳되어 보이던 아이, 별생각 없이 던진 말 때문에 문신 남자애의 눈총을 받았던 그 아이. 여자애가 의자에서 내려와 그녀에게 다가왔다. 그 애의 몸은 너무 작았다. 뺨을 때리면 저 멀리 풀썩 날아갈 것 같은 몸. 그녀는 랜턴을 끄고 그 애에게 다가갔다.

"다른 애들은 언제쯤 오는 거야?"

어둠 속에서 여자애가 그녀를 똑바로 쳐다보았다.

"그걸 씨발, 왜 나한테 물어요?"

그건 이 애의 말투가 아닐 거라고, 채유형은 생각했다. 자신보다 나이가 많던 아이들, 이를테면 문신 남자애나 피어싱을 해주던 여자애의 말투를 흉내 내는 것이다. 갑자기 채유형의 마음속 깊은 곳에서 분노가 치밀어 올랐다. 채유형은 양손으로 그 어린아이의 어깨를 꽉 움켜잡았다. 그 애가 움직일 수 없도록 꽉 잡고 흔들었다.

"난 너의 뺨을 칠 수 있어. 너를 던져버릴 수도 있어. 내가 우습니? 넌 작은 아이에 불과해. 까불지 않는 게 좋을 거야."

움직이려고 버둥거리며 그 애는 소리쳤다. "이거 봐요! 언니, 오빠들이 오면 아줌마를 가만두지 않을 거예요. 아줌마의 얼굴에 구멍을 내고 말 거야! 언니, 오빠들한테는 쪽도 못 쓰는 주제에!"

"아니, 난 어른이야. 너같이 조그만 아이 정도는 아무렇지도 않게 제압할 수 있어. 뼈를 부러뜨릴 수도 있어."

그 애는 여전히 버둥거리고 있었다.

"네가 아무리 버둥거려도 소용없어. 너를 도와줄 애들은 지금 여기에 없으니까!"

채유형의 말에 갑자기 그 애의 몸짓이 약해졌다. 그녀는 어깨를 누른 손에 더 힘을 주며 말했다. "오늘 밤 넌 여기에 혼자 남아 있을 거야. 그렇지? 빗속의 고양이처럼."

"난 고양이가 아니에요!"

온몸으로 저항하던 그 애는 자신의 어깨를 잡고 흔드는 어른을 힘으로 이길 수 없으리라는 사실을 받아들인 것 같았다. 그 애는 버둥거리는 걸 완전히 그만두었지만, 채유형은 여전히 어깨를 놔주지 않았다.

화가 난 목소리로 그 애에게 물었다. "다 어디에 있어?"

"몰라요. 나한테 그런 것까지 말 안 해줘요. 그냥 안 오는 날도 있어요." 약하게 몸을 비틀며 그 애는 기가 죽은 목소리로 말했다. "아파요. 놔주세요. 아파요. 정말 너무 아파요."

그제야 채유형은 손을 떼고 뒤로 물러났다. 그 애 역시 뒷걸음질해 그녀에게서 멀어졌고, 초조하다는 듯이 벽의 가장자리를 따라 오른쪽에서 왼쪽으로, 왼쪽에서 오른쪽으로 걸어 다니기 시작했다. 그녀는 그 애가 움직이는 방향으로 휴대전화의 불빛을 비춰주었다. 마치 그 애가 무대 위 주인공이고, 흐릿한 스포트라이트를 받으며 춤을 추는 것처럼.

"넌 왜 여기에 혼자 있어?"

"난 갈 곳이 없어요. 아무도 나를 기다리지 않거든요. 언니, 오빠들은 나를 따로 만나주지도 않아요. 내 전화도 안 받는걸요 뭐."

그 이야기를 하면서도 그 애는 조급한 걸음을 멈추지 않았다.

"몇 학년이야?"

"열세 살."

열세 살, 그녀는 나지막한 목소리로 숫자를 되풀이했다.

"너도 을지로의 숲을 알아?"

그 애가 갑자기 걸음을 멈추고 채유형에게 빠르게 다가왔다. 그동안에도 채유형은 계속 그 애를 향해 불빛을 비추고 있었다. 그녀 앞에 선 그 애는 자신의 주머니를 뒤져 휴대전화를 꺼낸 다음, 랜턴 불빛을 위로 해서 채유형을 비추었다. 그러니까 채유형이 자신에게 하는 것처럼. 작은 빛의 둥근 고리가 채유형의 시선 앞으로 비쳐들었고 그녀는 반사적으로 눈을 찡그렸다. 갑자기 들이친 빛 때문에 아무것도 보이지 않았다. 서로의 눈을 향해 빛을 비추고 있었지만, 그 빛 안에서 그들은 서로의 얼굴을 바라볼 수 없었다. 어디선가 저 멀리서 벌레의 울음소리가 들려오고 있었다. 먼저 불빛을 치운 건 그 애였다.

그 애는 그녀의 빛 속에서 조금 비켜서서 조그만 목소리로 떨 듯이 말했다. "내가 이야기하면 뭘 줄 거예요?"

채유형은 허공을 떠도는 빛의 잔상 때문에 눈을 깜빡거리며 물었다. "뭐가 필요한데?"

그 애는 깊은 생각에 빠진 듯했다. 여러 가지 감정과 싸우는 중인지도 몰랐다. 열세 살. 열세 살의 삶에도 싸워야 할 것이, 지켜야 할 것이, 그리고 끝내 지키지 못할 것이 너무 많을 터였다.

"2만 5천 원."

그 애의 대답에, 숨길 길이 없는 그 비굴함 때문에 그녀는 가슴이 내려앉는 것 같았다.

"줄 수 있어요?"

채유형은 아무런 감정을 담지 않으려고 애쓰면서 답했다.

"줄 수 있어."

그 애가 손을 내밀었다. 그런 후, 그녀에게 건네받은 1만 원
짜리 두 장과 5천 원짜리 한 장을 손에 꼭 쥔 채 의자로 가서
털썩 주저앉았다.

"대답을 잘하면 더 줄 수도 있어."

그 애는 채유형을 흘긋 보더니 대답했다. "숲에 있는 애들은
우리랑 다르다고 했어요."

"숲이 어딘데?"

그 애는 가만히 고개를 흔들었다.

그녀가 다시 질문했다. "너네는 어떤데? 거기는 어떻고?"

그러자 그 애가 갑자기 욕설을 내뱉었다. "씨발, 몰라요. 유
정 언니가 그랬어요."

"유정 언니?"

"그때 아줌마 귀에 피어싱해준 언니요. 그 언니 이름이 유정
이에요."

"그 언니가 뭐랬는데?"

"만약 유정 언니네 집에 그렇게 돈이 많았다면 다르게 살았
을 거라고요. 좆나 짜증이라고 했어요. 진짜 힘든 게 뭔지도
모르는 것들이 힘든 척을 한다고요. 1년마다 폰 바꾸고, 애플
워치 차고, 명품 옷 입고, 과외에 학원에, 부족할 것도 없으면
서, 자기들이 무슨 큰 고통이라도 겪는 것처럼 군다고. 그러면
서 진짜 반항은 못 한다고요. 가짜 문제아들이라고."

"진짜 문제아들은 뭘 하는데."

그 애는 입술을 삐죽거렸다. "걔들은 우리가 하는 건 못해요! 유정 언니는 자기라면 절대, 어떻게 꼬신다 하더라도 그런 가짜 문제아하고는 안 어울릴 거라고 했어요."

"왜 그런 말을 한 거야? 유정 언니는?"

"짝퉁 옷 입고, 낡은 오토바이를 몰면서, 거기에 붙어 있는 애들이 있으니까! 뭐라도 얻어먹으려고! 자존심도 없이! 벌레처럼!"

그런 말을 듣자, 두려움이 떠올랐다가 사라져버린 심효전의 눈동자, 바르르 떨리던 커다란 손, 무언가를 숨기듯이 움츠러들던 어깨가 떠올랐고, 마치 자신이 모욕을 당한 것 같은 기분이 들었다.

"아니야, 그 애들은 친구였어."

"친구? 아줌마, 그런 애들이 진짜 친구가 될 수 있을 거 같아요?"

여전히 누군가를 흉내 내는 듯한 작은 여자애의 말투. 채유형은 그제야 알 것 같았다. 그런 식으로 살아온 환경이 다른 애들을 섞어놓은 이유. 그런 식으로 섞어놓으면 아이들을 조종하는 입장에서는 모든 게 손쉬웠을 테니까. 아이들이 필요로 하는 것을 적재적소에 제공하면서 학교와 집, 사회로부터 서서히 고립시키고, 서로에게는 서로밖에 없다는 듯이 사랑하게 만들어놓고, 사랑으로 메꾸어놓은 빈틈을 억지로 파고

들어 결국 서로를 미워하게 만드는 것……. 사랑과 증오, 혹은 사랑 다음에 오는 증오, 혹은 증오 이전의 사랑.

W시티와 관련된 자들에게 복수하기 위해 그는 그런 식으로 아이들을 이용한 것이다. 윤종은…… 윤종이 정말 그랬을까? 심효전과 박준호는 W시티와 아무런 관련도 없었다. 단지, 자신이 짜놓은 판이 잘 돌아가게 하려는 체스판의 말 같은 거였다. 필요의 필요. 수단의 수단. 그런 거였어? 당신이 내 오빠였어? 세상에…… 채유형은 고개를 흔들었다. 그의 표정, 손길, 냄새가 떠올랐다. 나에게 원한 건 뭐였어? 내게서 필요한 건 뭐였어? 당신의 체스판에서 나의 역할은 도대체 뭐였어? 왜 나에게 그 모든 일에서 손을 떼라고 한 거야? 채유형은 다리에 힘이 풀리는 것 같았다. 넘어지지 않으려고 온몸에 힘을 주었다.

그 애가 말했다. "거기에는 어른이 있지만 우리는 어른이 필요 없어요. 어른들은 좆나 좆같잖아요."

그녀는 기가 질리는 것 같았다. 어른, 그래, 심효전이 절대 발설하지 않았던 어른의 존재. 진 형사는 두려움과 사랑에 대해 이야기했지만, 그녀는 심효전이 '어른'의 존재를 밝히지 않은 이유를 단 한 가지로밖에 설명할 수 없었다. 사랑. '어른'이 자신을 사랑한다고 믿었기 때문에. 심효전이 '어른'을 여전히 사랑하고 있기 때문에, 세상에서 믿을 수 있는 단 한 명의 사람이라고 여겼기 때문에.

그녀는 자신의 손에 들려 있는 전화기의 진동을 느꼈다. 진 형사였다. 그걸 무시하고, 그 애에게 말했다. "너같이 작은 아이는 어른이 필요해. 너도 돌봐주는 부모님이 있을 거 아니야. 옷을 사주고, 책가방을 사주는 부모님이……."

자신의 앞에 앉아 있는 이 작고 연약한 어린아이에게 할 수 있는 말이 이것뿐이라는 사실 때문에 무력함을 느꼈다. 그런 마음을 눈치라도 챘는지, 그 애가 큰 소리로 웃었다.

"어쩌나. 나는 엄마, 아빠가 없는데, 나는 할머니랑 같이 사는데. 아무도 나에게 관심이 없는데……."

채유형은 마치 그 애가 노래를 부르고 있는 것 같다고 느꼈다. 그 애는 견딜 수 없다는 듯 의자에서 벌떡 일어났다. 그러고는 아까처럼 벽의 가장자리를 왔다 갔다 하며 걷기 시작했다. 그 작은 손으로 채유형에게 건네받은 지폐를 꽉 잡고 있었다. 그녀는 휴대전화의 불빛으로 그 애의 걸음을 따라 비추며 생각했다. 저 애도 여기서 마약을 하는 걸까? 저 애는 이제 어떻게 되는 걸까? 저 작은 애는…….

그 애는 걸음을 멈추지 않고 말했다. "아줌마, 명심해요. 이 세상은 완전 쓰레기예요. 개 쓰레기 세상이라고요."

채유형은 고개를 저었다. 주머니 속 커터칼을 만지작거리고 싶은 기분을 억누르면서. 그래, 커터칼을 든 어른. 그게 바로 자신이었다. 채유형은 이번에도 이렇게 말할 수밖에 없었고, 또다시 깊은 무력감을 느꼈다.

"아니야, 그렇지 않아. 쓰레기 세상이 아니야……."

"증거를 대봐요!"

채유형은 거의 애원하듯이 말했다. "이제 집으로 돌아가! 여기에 있지 말고 할머니에게 돌아가. 부모님은 네 곁에 없지만, 그래도 네가 아이였을 때 너를 사랑하고 보살펴준 사람들이 있을 거 아니야. 너도 누군가의 소중한 아이였을 거 아니야?"

그 애가 걸음을 멈추었다. 그리고 천천히 휴대전화의 불빛을 채유형에게 비추었다. 그녀는 눈을 감았다. 얼마나 시간이 지났을까? 그 애가 아까보다 훨씬 더 크게, 훨씬 더 절망적으로, 동시에 훨씬 더 위엄 있게 소리 질렀다.

"아줌마, 내가 바로 아이라고요. 지금 바로 지금! 내가 누군가의 보살핌을 받는 소중한 아이여야 한다고요!"

23

밤부터 호우주의보가 발령된다고 했지만, 비는 오지 않았다. 열어둔 창문으로 뜨겁고 습한 바람이 불어왔다. 진 형사는 어두운 하늘을 바라보며 낮에 채유형이 한 말을 곱씹어보고 있었다. 다른 사람 그 누구도(그토록 진 형사를 증오해 마지않는 경찰들도, 강태민도, 심지어 진 형사 자기 자신도) 그 일에 대해 그토록 직접적으로 말한 적 없었다. 만약 정인서가 사망했을 때 진 형사가 조사를 그만두었다면 지금처럼 완전하게 고립되지는 않았으리라. 그저 강직한 형사가 공과 사 사이에서 고뇌한 사건 정도로 마무리되었을지도 모른다. 하지만 그때 진 형사는 멈추지 않았다. 그럴 수가 없었다. 죽은 자의 이름을 더럽히고 또 더럽혔다. 추문에 추문을 더했다.

진 형사는 채유형을 탓하고 싶지 않았다. 누구라도 진작 해줬어야 하는 말을 이제야 채유형이 한 것뿐이므로. 진 형사는 윤종이 지금 어디서 무엇을 하고 있을지 생각해보았다. 오늘도 어디선가 아이들을 사랑하는 척, 이해하는 척하며 아이들의 마음을 조종하고 있을까? 그런 식으로 죽은 아버지의 복수를 하고 있다는, 어리석은 생각을 하면서. 진 형사는 주먹을 꽉 쥐었다가 폈다. 어리석다는 표현은 부족했다. 턱없이 부족했다. 하지만 동시에 적절했다. 이루 말할 수 없이 적절했다.

하지만 채유형의 말마따나 여기에는 설명할 수 없는 부분이 너무 많았다. 죽은 아버지의 복수를 하고 싶었다면, 원하는 게 그것이었다면 왜 채유형을 이 일에 끌어들여야 했을까? 채유형에게 무얼 원했던 걸까? 윤현기는 자신이 선택한 방식으로 복수를 하기 위해, 그리고 들키지 않기 위해, 오랜 시간을 들여 천천히, 그리고 아주 철저하게 계획을 실행에 옮겼다. 머리가 좋았고, 게다가 인내심과 신중함까지 갖추고 있는 스타일이었다. 아이들의 뒷조사를 하고, 공을 들여 아이들을 모으고, 특이점을 심고, 마음을 얻고, 또 서로를 미워하게 만들었다. 어쩌면 주어진 이름 이외에도, 을지로의 숲에는 다른 아이들이 더 있을 수도 있었다. 미처 드러나지 않은, 죽은 아이와 죽인 아이가 존재할 가능성. 그런데 왜 그는 채유형을 불러들인 걸까? 자신의 복수에 채유형이 어떤 식으로 필요했던 걸까? 채유형도 복수의 대상인 걸까? 왜 모든 걸 잊으라고 말한 걸까? 초대했다가 다시 밀어내는 것, 그리고 도망치는 것, 채유형에게 아무것도 얻은 것 없이, 갑자기 사라져버린 것. 진 형사는 이 사건 속에는 설명할 수는 없지만, 자신을 끊임없이 괴롭히게 만드는 무언가, 머뭇거림이 있다는 것을 느꼈다. 절대 맞출 수 없는, 잃어버린 퍼즐이 있다. 작은 조각에 불과하지만 전체 그림의 모양을 바꾸어버릴 만한 것. 채유형은 윤현기가 자신에게 새 삶을 살아가라고 했다고 말했다. 그게 무슨 의미인 걸까? 이치에 맞지 않았다. 상상. 이건 진 형사가 즐겨 사용하던 수사 방법이었다. 상상에 따라 증거를 재구성하는 것. 이런 상상 속에서는 공백이 절대 허락되지 않았다. 증거를 수집하는 동안 공백을 마주하는 것은 자연스러운 일이었지만 일단 그 증거들을 바탕으로 상상을 시작하게 된다면, 그 시점부터 공백이 있어서는 안 되었다. 그게 진 형사의 방법이었다. 인간의 본성에 따라 공백 없는 이야기를 만드는 것. 조금이라도 공백이 생긴다면, 이런 경우의 상상은 전혀 쓸모없어진다는 걸 알았다.

그런 생각을 하자 어쩔 수 없이 울적한 마음이 밀려들었다. 이럴 때일수록 사건을 해결하기 위한 낙관을 잊어서는 안 된다고 중얼거리며 진 형사는 안경을 벗고 깍지 낀 두 손을 배 위에 올려두었다. 맛있는 빵이 간절했다. 하지만 잠시 후 냉동고 문을 연 진 형사는 망연자실한 표정으로 서 있어야만 했다. 목에 걸린 안경을 썼다가 벗었다 했다. 어떻게 이런 일이 있을 수가 있어? 냉동고에 남은 빵이라고는 며칠 전 급하게 채유형을 만나러 가느라 실온에 방치해두었다가 소분해서 넣어둔 식빵밖에 없었다. 지난 몇 년 동안 이런 상황은 처음이었다. 사건에 매달리느라 빵 쇼핑을 할 여유가 없기도 했지만, 무엇보다 일전에 강태민에게 필요 이상으로 많은 빵을 가져다준 게 화근이었다. 허, 세상에! 한숨을 쉬며 진 형사는 소분해둔 식빵을 꺼내서 토스터에 집어넣었다. 빵이 다 구워졌다는 알림이 울린 후에도 한참 동안 진 형사는 멍하니 베란다 너머 어둠을 바라보며 양가적인 감정에 사로잡혀 있었다. 강태민이 빵의 가치에 걸맞은 정보를 가져다주리라는 낙관과 강태민이 가져올 윤현기의 입출금 내역이 쓸모없으리라는 비관.

다음 날 진 형사는 약속 시간보다 훨씬 더 일찍 집을 나섰다. 강태민을 만나기 전 호텔 바움 근처 독일식 빵집에 들를 생각이었다. 오전 내내 그곳에 가야 한다는 생각을 강박적으로 하고 있어서 진 형사는 스스로도 짜증이 날 지경이었다. 창문을 열어놓고 잔 탓에 몸살 기운이 있었지만, 늦게 가면 저번처럼 문이 닫혀 있거나, 먹고 싶은 빵이 다 팔렸을 것 같아서 일찌감치 집을 나선 것이었다. 다시는 입지 않겠다고 다짐한 야상 점퍼를 두른 채로.

아침부터 비가 내리다 그치기를 반복하고 있었는데, 호텔 바움 근처 정류장에 내렸을 때는 비가 완전히 그쳐 햇살이 도시를 부드럽게 감싸고 있었다. 하지만 기온은 훅 떨어진 것 같았다. 도대체 종잡을 수가 없네. 아닌가, 내가 아직 몸이 안 좋은 건가. 진 형사는 야상 점퍼의 단추를 여미고 주머니에 손을 넣었다가 지난번에 근처 복권 가게에서 샀던 로또 한 장을 발견했다. 당첨자가 이미 발표되었을 터였다. 진 형사는 안경을 코에 걸고 하릴없이 로또에 찍힌 숫자를 살펴보았다. 이 번호를 확인해야 했다. 지금은 말고 나중에……. 이상했다. 로또가 이상하다는 의미가 아니라, 그 숫자들을 보고 있으니까 '체불 임금 파월노동자·파월군인 유족의 모임'의 그 노인을 만나고 돌아온 날 꾼 꿈의 한 장면이 떠올랐기 때문이었다.

꿈속에서 양복을 입은 얼굴 없는 남자는 "이름을 확인해야죠? 안 그래요?"라고 말하고는 도시 속으로 몸을 던졌다. 그 발밑으로 펼쳐져 있던 도시…… 아니, 무(無)의 도시, 아니, 아니다. 도시의 무라고 해야 옳은 걸까? 도시의 심연에는 결국은 아무것도 존재하지 않을 테니까. 결국은 잊히고 말 것들. 오히려 영원히 잊히지 않을 것이기에 아무런 의미도 획득하지 못하는 것들. 이름을 확인해야죠. 그래, 진 형사는 이름을 확인했다. 윤동민. 그게 윤현기 아버지의 이름이었다. 그리고, 어쩌면 채유형 아버지의 이름일까? 다른 이름, 윤동민 아내의 이름은? 아들을 제대로 키우기 위해 혼자서 이리 뛰고 저리 뛰어야 했던 아내의 이름은? 윤현기의 동료였던 변호사는 그렇게 말했었다. 아들이 그런 불미스러운 일에 휘말렸다는 걸 알기 전에 사망한 게 운이 좋았던 거라고. 적절한 시기의 죽음이라는 게 가능한가? 정인서가 몸을 던진 건 적절한 시기였을까? 진 형사는 고개를 흔들었다. 이런 생각은 수사에 도움이 되지 않아, 길을 잃게 만들 뿐.

진 형사는 안경을 쓰고 거리를 둘러보았다. 거대한 도시를 응축한 듯한 거리. 존재감을 과시하지 않고는 견디지 못하겠다는 듯이 수많은 통창을 거느린 호텔에서 그리 멀지 않은 곳에, 버려진 건물들이 있었다. 하지만 오늘의 목적지는 그저 독일식 빵집이었으므로 진 형사는 그런 생각을 털어내기로 했다. 가벼운 생각, 기분 전환이 필요했다. 진 형사는 주머니 속 복권을 만지작거리며 오늘 밤에 집으로 돌아가면 복권 번호부터 확인해보리라 다짐했다. 당첨되면 무엇을 할까? 귀가 잘 들리지 않던, 어두컴컴하고 괴괴한 분위기가 감도는 복권 판매소에 종일 혼자 머물던 할머니가 떠올랐다. 만약 당첨된다면 그 할머니에게 따로 사례를 할 거야. 까짓것 다 줘버리지 뭐. 아닌가, 내가 쓸 정도는 남겨둬야 할까? 여행을 떠날까?

어디로? 평소에 절대 가고 싶지 않다고 생각하는 곳? 지중해! 진 형사는 혼자 슬며시 웃었다. 그때 진 형사의 머리에 무언가가 떠올랐다가 사라졌다. 지난번 이곳에 왔던 이후로 한동안 자신을 애타게 만들던, 무언가 중요한 사실을 잊어버린 듯한 느낌을 갖게 만들었던 것! 진 형사는 독일식 빵을 파는 곳이 아니라, 복권 판매소가 있었던 구도심을 향해 걷기 시작했다. 서두를 필요는 없었다. 그것이 사라질 리는 없었으므로. 하지만 진 형사의 발걸음은 점점 빨라졌고 나중에는 뒤뚱거리며 거의 뛰다시피 했다.

복권 판매소 앞에 도착한 진 형사는 상체를 굽힌 채 숨을 몰아쉬며 도로 반대편을 바라보았다. 세상의 끝에 세워진 것같이 이물스럽고, 어딘가 모르게 서글프고, 비참해 보이는 거대한 건물이 거기에 서 있었다. 여전히 진정되지 않은 호흡을 내쉬며 진 형사는 안경을 쓰고 가장 꼭대기 층, 빨래가 걸려 있던 베란다를 찾기 시작했다. 하지만 아무리 살펴봐도 빨래는 보이지 않았다. 걷어 간 건가? 그렇다면 여기에 누군가가 드나든다는 이야기이다. 출입구는 완전히 잠겨 있었는데? 진 형사는 입점 상가가 있던 1층으로 시선을 옮겼다. 간판을 하나하나 살펴보던 진 형사는 기도하는 심정으로 가장자리에 있는 에메랄드빛 간판 쪽으로 고개를 돌렸다. 그리고 거기에 쓰여 있는 알파벳을 바라보았다.

SOO:P

진 형사의 입에서 탄식이 흘러나왔다. 이름을 확인해야죠?
꿈속의 남자가 한 말. 세상에, 어떻게 저걸 놓칠 수 있었을까?
거의 다 지워졌지만, 두 번째 'O'의 흔적이 여전히 조금은 남
아 있었다.

SOO:P

숲.

을지로의 숲, 저기였어! 진 형사는 성급하게 길을 건너서
'숲' 앞으로 뛰어갔다. 거친 숨을 내쉬며 전면 창에 붙어 서
서 손차양을 하고 안을 들여다보았다. 더러운 창문에 진 형사
의 입김이 닿았다가 사라졌다. 그랬구나. 채유형은 그 무리가
"꽃이 피어 있던 을지로의 숲"이라는 표현을 사용했다고 말했
다. 왜 그랬는지 알 것 같았다. 말 그대로 꽃이 만발했었기 때
문에. 살아 있는 꽃으로 사방이 둘러싸여 있었기 때문에. 안쪽
에 있는 커다란 쇼케이스는 빵을 보관하는 곳이 아니라, 꽃을
보관하는 곳이었다. 늘어선 커다란 테이블은 플로리스트의
작업대였으리라. 이곳으로 꽃꽂이를 배우러 오는 사람들이
있었을 테지……. 눈앞에 쇼케이스 안에 꽂혀 있었을 이름 모
를 수많은 꽃이, 저 테이블 앞에 서서 꽃다발을 만드는 작업을
하는 모습이 떠오르는 것 같았다.

"젠장."

진 형사는 건물을 돌아, 뒤편으로 이동했다. 가림막 펜스를 넘어 뒤쪽 공터에 서자, 건물의 용도가 한눈에 들어왔다. 1층은 상가, 2층부터 9층까지는 복도식 아파트. 복도 쪽 창문은 거의 다 닫혀 있었다. 예전에 주차장으로 쓰였을 뒤쪽 공터는 텅 비어 있었다. 이번에는 그 어떤 사소한 것도 놓치지 않으리라고 다짐하며 건물 뒤편을 샅샅이 살펴보던 진 형사는 지대가 약간 낮아지는 구간을 발견했다. 그쪽 벽으로 낡고 커다란 아이스박스가 가지런히 층을 이루어 세워져 있었다. 진 형사가 아이스박스를 건들자 무언가 흔들거리는 것 같았다. 진 형사는 좀더 세게 아이스박스를 밀었고, 그러자 규칙적으로 세워져 있던 아이스박스들이 균형을 잃고 무차별적으로 쓰러졌다. 아슬아슬하게 그것들을 피한 진 형사는 아이스박스가 세워진 곳 뒤에 벽 대신 지하로 통하는 경사가 낮은 내리막길이 있다는 걸 발견했다.

어둠 속에서 썩는 냄새가 진동했다. 차갑고 습한 공기. 진 형사는 손으로 벽을 짚으며 형광등 스위치를 찾아냈다. 스위치를 올렸지만 여전히 어두컴컴했다. 진 형사는 소매로 코를 가리고 더 안쪽으로 걸어갔다. 냄새의 진원지는 한곳에 수북히 쌓여 있는 쓰레기봉투였다. 얼마나 높이 쌓여 있던지 어깨 높이 정도는 될 것 같았다. 누군가 오랜 시간을 들여서 이곳에 몰래 쓰레기를 버린 걸까? 코를 막으며 다가간 진 형사는 손가락 끝으로 쓰레기봉투들을 이리저리 건드리며 사이 사이를 살피다 쓰레기봉투 아래에 방수포가 깔려 있는 걸 발견했다. 봉투들이 불규칙한 모양으로 울룩불룩하게 올라와 있는 것도. 무언가를 방수포로 덮어두고 그 위와 겉을 쓰레기봉투로 위장해둔 것이었다. 진 형사는 두 손으로 성급하게 봉투를 치우기 시작했다. 방수포의 가장자리가 드러나자, 진 형사는 방수포를 걷었고 그 바람에 위쪽에 고여 있던 정체를 알 수 없는 액체가 사방으로 튀었다.

"젠장."

하지만 진 형사는 자신의 옷과 신발, 그리고 얼굴에 튄 오물 따위는 아랑곳없이 발에 걸리는 쓰레기봉투를 무자비하게 걷어차며 방수포를 걷었다.

그 순간, 오토바이 여섯 대가 모습을 드러냈다.

두 대는 고가였고, 세 대는 평범했고, 나머지 한 대는 무척 낡은 것이었다. 진 형사는 자신도 모르게 뒷걸음질을 쳤다. 수많은 쓰레기봉투 사이에 덩그러니 모습을 드러낸 오토바이 여섯 대를 바라보았다. 쓰레기로 위장하다니……. 거대한 쓰레기더미 아래에 잠자고 있던 오토바이들. 손등의 깨끗한 면으로 콧등까지 미끄러져 내려간 안경을 추어올리며 생각했다. 이건 그냥 오토바이일 뿐이야. 아무것도 아니야. 그저 쓰레기 사이에 나란히 서 있는 오토바이일 뿐이야. 그런데도 진 형사는 거기에서 눈을 뗄 수 없었고, 심지어는 이 장면을 죽을 때까지 잊을 수 없을 것 같다고 느꼈다. 심효전의 일이 터진 후 아이들은 윤현기의 지시에 따라 여기에 오토바이를 숨겨두었을 터였다. 오토바이 타는 걸 당분간 금지한 걸까? 아이들이 십시일반으로 이 쓰레기봉투들을 모았을 테지. 어디서부터 이것들을 운반해왔을까? 이 냄새 나고 더러운 것으로 자신들의 오토바이를 감추는 데 어느 정도의 시간이 걸렸을까? 이걸 하면서 아이들은 죽은 아이와 죽인 아이를 떠올렸을까? 이걸 다 한 뒤에는 을지로의 숲에 모여서 윤현기와 웃고 떠들었을까? 아니면 울었을까? 진 형사는 숨을 몰아쉬었다. 아이들은 여전히 을지로의 숲으로 모이는 걸까? 어두워진 후에 숲으로 다시 오면 윤현기를 만날 수 있게 되는 걸까? 진 형사는 뒤로 두어 걸음 더 물러선 다음, 휴대전화로 오토바이들의 사진을 찍었다. 다시 방수포를 덮고, 쓰레기봉투들을 차곡차곡 세워두려고 시도했지만, 결국은 그만두었다.

바깥으로 빠져나온 진 형사의 꼴은 완전히 엉망진창이었다. 오물이 튄 옷, 신발, 얼굴. 안에 있을 때는 전혀 느끼지 못했는데 바깥으로 나오자 비로소 자신에게서 풍기는 지독한 냄새를 알 수 있었다. 진 형사는 건물 출입구에 가서 섰다. 지나가는 사람들은 진 형사를 흘끔거렸고, 진 형사는 그들을 흘끔거렸다. 그들을 흘끔거리면서, 여전히 자물쇠가 꽉 채워져 있는 문을 몇 번 흔들었다. 자물쇠를 절단할 만한 연장이 필요했다. 문득, 입구 유리문에 비친 자신의 모습이 처량하기 그지없다는 생각이 들었다. 이런 꼴을 하고 저녁 먹으러 식당에 갈 수는 없었다. 오늘도 브뢰첸을 사기는 글렀다.

진 형사는 집으로 돌아가는 버스에 올라 창문을 활짝 열었다. 아무도 진 형사의 곁으로 오지 않았다. 무심코 옆에 앉았던 사람들도 금방 인상을 찌푸리고 다른 곳으로 갔다. 진 형사는 안경을 쓴 채, 눈을 감고 자는 척을 했다. 집으로 도착한 후 곧바로 옷을 벗어 던지고 서둘러 뜨거운 물로 샤워를 했다. 몸에 남은 물기를 대충 닦은 진 형사는 손바닥으로 거울에 서린 김을 닦아내고 잠시 동안 거울에 비친 벌거벗은 상체를 바라보았다. 다시 거울 위에 김이 서릴 때까지.

강태민이 지정해준 약속 장소는 시내 한복판에 있는 작은 식당이었다. 의자는 너무 작았고, 조명은 쓸데없이 밝았고, 한쪽 벽에는 타일이 붙어 있었다. 입구 옆 테이블에는 '킨포크'라고 적힌 잡지가 놓여 있었다. 식당에 웬 잡지? 그런 생각을 하며 안을 둘러보다가 구석 테이블에 앉아 있는 강태민을 발견했다. 대체 강태민은 이런 데를 어떻게 알게 된 것일까? 강태민은 이런(진 형사는 '이런'이 무얼 뜻하는지도 모르면서 무작정 그런 생각을 했다) 식당과 썩 잘 어울리는 인물은 아니었다. 어쨌든 진 형사가 알고 있는 강태민은 그랬다. 강태민이 앉은 테이블은 한쪽 폭이 지나치게 긴, 직사각형 모양이었다. 강태민이 의자에서 일어났다. 진 형사는 그가 그런 식으로 예의를 지켰다는 사실에 놀랐지만, 아무런 기색도 하지 않고 털썩 앉왔다. 의자는 너무 불편했다. 강태민은 진 형사를 따라 앉지 않고 성가시다는 듯이 진 형사를 불렀다.

"선배님."

진 형사가 퉁명스럽게 대답했다. "왜?"

"여긴 셀프예요."

"뭐라고?"

"직접 가서 주문해야 한다고요."

"아."

젠장, 진 형사는 속으로만 중얼거렸다. 강태민은 자신에게 예의를 차리려고 일어난 게 아니었다. 진 형사가 그렇게 착각 하게 하려고 자신이 다가온 시점에 자리에서 일어난 것이다. 다분히 의도적으로. 자신을 놀리는 데 재미를 붙인 게 틀림없 었다. 예전에도 저랬나? 기억이 나지 않았다.

강태민은 자신의 음식만 주문한 후 진 형사에게는 아무 말 도 없이 자리로 돌아갔다. 혼자 남은 진 형사는 안경을 코에 걸고 오랫동안 메뉴를 정독했다. 모든 것이 셀프로 이루어지 는 식당 치고는 가격이 저렴하지 않았다. 시간이 좀 걸리긴 했 지만 어쨌든 진 형사가 주문을 다 끝내자, 직원이 고개를 갸웃 하며 물었다.

"그러니까 말씀하신 걸 다 넣으신다는 거죠?"

진 형사가 고개를 끄덕였다. 그리고 직원이 추천해준 딸기 와 바나나, 파인애플과 사과가 들어간 착즙 주스도 먹어보기로 했다.

잠시 후, 진 형사는 안경을 코에 걸친 채 음식이 담긴 그릇을 내려다보고 있었다. 커다란 그릇에 현미밥과 채소, 새우와 견과류, 연어, 병아리콩과 옥수수 그리고 해초와 날치알이 들어 있었다. 이게 무슨 조합이란 말인가? 하지만 이 조합은 스스로 만든 것이었다.

"아, 포케라고 하는 거예요. 하와이 음식이죠."

"하와이?"

강태민의 목소리를 들었을 때 진 형사는 강태민이 왜 이런 형태의 테이블에 앉았는지 알 것 같았다. 자신과 조금이라도 멀리 떨어져 있고 싶어서. 강태민은 많은 양의 음식을 한꺼번에 입에 넣은 후 한참 동안 우물거렸다. 어색함을 감추고 싶어서, 안경을 벗은 진 형사는 짙은 초록빛인 그의 음료수를 가리켰다.

"그건 무슨 맛인가?"

대답을 듣기 위해서 진 형사는 강태민이 음식을 다 넘길 때까지 기다려야 했다.

"원래는 아보카도, 브로콜리, 시금치, 사과, 레몬이 들어가는데 사과를 빼달라고 했어요."

진 형사로서는 그 맛이 좀처럼 상상되지 않아서 그냥 이렇게 말하는 수밖에 없었다. "여기에 자주 오나 보군."

"다이어트를 하면서 알게 되었어요. 요즘은 이런 음식을 파는 식당이 많아졌거든요. 선배님이 준 빵을 너무 많이 먹어서 몸무게가 1.5킬로그램이나 늘었다고요. 그래서 오늘은 하루 세 끼 이렇게 샐러드만 먹고 있어요."

그렇지, 내가 너무 많은 빵을 주었지. 맛있는 빵을 지나치게 많이 주었지…….

하지만 그 덕분에 을지로의 숲을 발견했다.

진 형사가 말했다. "대단하네."

진 형사는 샤워 후 거울에 비춰본 자신의 상체를 떠올렸다. 진 형사는 평생 동그란 몸으로 살아왔다. 한 번도 자신의 몸을 다른 모양으로 바꾸고 싶다고 생각한 적이 없었다. 흠…… 진 형사는 강태민이 자신보다 훨씬 더 동그란 몸을 하고 지냈을 시절을 떠올려보려고 했지만 잘 되지 않았다. 죽을 때까지 그 모습을 제대로 떠올리지 못하리라. 하지만 죽을 때까지 떠올리지 못하는 게 그것 하나만은 아닐 것이었다. 그런 생각을 하자 안도감과 자신감이 생겼다. 진 형사는 천천히 두 손을 비빈 후에 음식을 입안에 넣고 씹었다. 음료수도 한 모금 마셨다. 나쁘지 않았다. 아니, 나쁘기는커녕 아주 맛있었다.

"그래, 내가 부탁한 건 알아냈나?"

"밥은 다 먹고 이야기하죠. 다 먹고살자고 하는 일인데."

강태민의 말은 이치에 맞지 않았다. 지금 이 일은 먹고사는 것과는 하등 관계가 없었다. 하지만 이번에도 진 형사는 속으로만 '젠장'이라고 말하고 그냥 고개를 끄덕였다. 둘은 한동안 먹는 데에만 열중했다. 잠시 후 식사를 먼저 끝낸 강태민은 자신의 식기를 정리해서 '리턴'이라고 적힌 곳에 가져다 두고 자리로 돌아왔다. 진 형사의 그릇은 반도 비워지지 않았지만 전혀 개의치 않고 티슈로 테이블까지 깨끗하게 닦은 다음 자신의 가방에서 출력한 종이와 연필 그리고 노트를 꺼냈다. 진 형사는 강태민이 노트를 펼치는 모습을 보면서 그가 여전히 노트에 연필로 내용을 정리하는 자신의 방법을 사용하고 있다는 사실 때문에 이상한 마음이 들었다. 이상한 마음, 다른 식으로는 설명할 재간이 없는 그런 감정이 치밀어 올랐다.

강태민은 진 형사의 얼굴을 보지도 않고 입을 열었다. "윤현기가 윤종으로 이름을 바꾼 건 알고 계시죠? 도박 때문에 문제가 있었다는 것도."

진 형사는 포크를 내려놓고 티슈로 입술을 닦으며 고개를 끄덕였다.

"도박으로 문제를 일으킨 시점인 2014년 전후로 조사를 해봤는데요. 이 정도는 다 아실 테니까 본론만 말할게요."

그는 자료를 넘겨줄 생각은 없는지 노트를 보며 이야기를 이어나가기 시작했다. 진 형사는 안경을 고쳐 쓰다 문득 깨달았다. 강태민이 이런 형태의 테이블을 선택한 건, 다른 무엇보다 진 형사에게 자료를 보여주기 싫어서였다는 사실을.

"선배님 말씀대로 대부업체에서 돈을 빌린 사실이 있었습니다."

역시 그랬구나. 윤현기는 청우기술 이후에도 도박에서 벗어나지 못했던 것이다.

"혹시 또 다른 곳에서 돈을 빌렸거나 한 게 있나?"

"없었어요. 적어도 입출금 내역엔 없어요. 잔액이랄 것도 없고. 돈이 들어오면 그냥 다 빠져나가니까. 그런데 정기적으로 후원한 곳이 있더라고요."

"체불임금 파월노동자·파월군인 유족의 모임."

진 형사의 말에 강태민이 고개를 끄덕였다.

"그래서?"

"그게 다예요."

강태민이 어깨를 으쓱거리며 초록색 음료수를 마시는 걸 보고 있으려니까 강태민에게 준 빵이 떠올랐고, 이루 말할 수 없는 허탈함이 밀려왔다. 하지만 티를 내지는 않았다. 그게 뭐든 감정을 드러내지 않는 것, 그게 진 형사의 자존심이었다. 적어도 강태민에게만은 지키고 싶은 자존심.

"대부업체에 돈을 빌린 건 최근의 일인가?"

"아니요. 청우기술 사건이 있기 전부터 반년 전까지 몇 년 동안 간헐적으로 빌렸어요."

"도박을 계속했다는 말이네."

"아마도 그렇겠죠."

"그런데, 대부업체에 돈은 다 갚은 건가?"

"네. 빌리고 갚고 빌리고 갚고 이런 걸 몇 번씩 반복한 것 같아요."

여기까지 말한 강태민이 의미심장하게 웃었다. 진 형사는 그 웃음의 의미를 단번에 파악했다.

"갚은 돈이 윤현기가 버는 돈보다 훨씬 많았구먼."

"네, 처음에는 돌려막기를 하는 건가 생각하다가 혹시 모를 다른 가능성을 한번 상정해봤죠."

진 형사는 그의 말을 가로챘다. "누군가 윤현기에게 현금으로 돈을 빌려줬을 가능성."

강태민이 못 말리겠다는 듯 가볍게 고개를 흔들었다.

하지만 누가? 옛 동료 변호사는 1천만 원을 빌려줬다고 했었다. 더 빌려줬을 리는 없다. 그렇다면 윤현기가 돈을 빌릴 만한 다른 사람이 누구일까? 그에게 그럴 만한 인간관계가 또 있을까?

그때 강태민이 입을 열었다. "그래서 통화 내역을 확인해봤는데, 와, 진짜 윤현기 이 사람은 개인적인 관계라고는 없더라고요. 통화 내역은 되게 많은데 거의 다 업무와 관련된 거고, 하나하나 체크하다 보니까 통화 상대 중에 대포폰이 있더라고요."

"대포폰?"

"네. 그래서 생각해봤어요. 만약 누군가 돈을 빌려준다면 어쨌든 가까운 사람이겠죠. 모르는 사람은 아닐 거란 말이에요. 어떤 식으로든 관계를 맺은 적이 있는 사람……, 그런데 윤현기는 개인적인 관계가 일절 없단 말이에요. 마치 선배님 처럼."

진 형사는 강태민의 마지막 말을 못 들은 척했다. 아니다, 사실 진 형사는 다른 생각에 빠져 있었다. 만약 그에게 돈을 빌려줄 만한 사람과 개인적인 관계를 맺을 만한 장소는 '체불 임금 파월노동자·파월군인 유족의 모임'밖에 없다. 동료 변 호사에게 윤현기는 자신이 일종의 치료 모임에 나가고 있다 고 했으니까, 거기서 만난 누군가가 존재할 가능성이 컸다. 같 은 처지의 아이들. 아니다. 한때는 아이였던 어른들이 모여서 서로가 서로에게 의지한 모임, 어디에서도 드러낼 수 없던 이 야기를 털어놓던 곳. 거기에서 만난 누군가에게 돈을 빌렸을 가능성이 있다. 이게 다 뭘 의미하는 거지? 그 모임에 윤현기 와 함께 있던 누군가가 대포폰을 쓰면서, 자신이 드러나지 않 도록 애쓰면서 거액을 빌려주었다. 윤현기 뒤에 누군가 있으 리라는 상상은 미처 하지 못했다. 1993년 당시 건물로 뛰어 들 어간 강경파의 또 다른 자식이 거기, 그 모임에 있었다. 채유 형은 말했었다. 자신의 아버지는 베트남 참전 군인이었지, 노 동자가 아니었다고. 그 말을 어째서 쉽게 무시했을까? 진 형 사는 자꾸 흥분하려는 자신을 제어하려고 애썼다. 침착하기 위해 음료수를 벌컥벌컥 마셨다.

"지금 무언가 떠올리신 거죠?"

"자네도 무언가를 알아냈겠지." 진 형사는 그 어느 때보다 침착하고 느릿한 말투였다.

"네. 윤현기가 계속 정기적으로 입금을 한 곳, '체불임금 파월노동자·파월군인 유족의 모임'의 입출금 내역을 알아봤죠. 하지만 별거 없었어요. 장학생 명단이라도 알아볼까 해서 그 모임의 출금 내역을 찾아봤지만 역시 특별한 게 나오지 않았어요. 현금으로 지급했나 보더라고요. 왜 그런 거 있잖아요. 봉투에 넣어서……."

진 형사는 초조함을 느꼈다. 그래서 이 친구가 뭘 알아냈다는 건가, 못 알아냈다는 건가.

"그래서 어쩔 수 없이 '체불임금 파월노동자·파월군인 유족의 모임'에 찾아갔죠. 선배님을 위해 그런 수고까지 하고 싶지는 않았는데 말이죠. 여하튼 거기서 명단을 받았어요."

"명단을 받았다고?"

진 형사는 깜짝 놀라서 자신도 모르게 언성을 높이고 말았다. 이제까지 강태민 앞에서 애써 지킨 자존심이 한순간 날아가버린 순간이었다. 어떻게 저이가 명단을 얻었단 말인가? 그 깐깐한 노인은 절대로 명단을 줄 수 없다고 단호하게 말했는데. 진 형사는 이제 자존심 따위는 저 멀리 던져버리고 강태민을 닦달하듯 물었다.

"영장을 발급받은 거야?"

"영장을 어떻게 발급받아요? 그분께 말씀드렸죠. 이 단체에 속해 있던 누군가 때문에 끔찍한 범죄가 일어나고 있다고, 협조를 안 하면 당신도 범죄에 가담하는 거나 마찬가지라고요. 그런데 그분이 그러시더라고요, 전날 경찰이 찾아왔었다고. 그 경찰이 한 번 더 찾아오면 명단을 줄 생각이었다면서요. 그렇게 순순히 물러나는 경찰이라니, 너무 근성이 없는 게 아니냐고."

이 말을 한 후 강태민은 씩 웃었다. 진 형사는 속이 뒤틀리는 것 같았지만, 아직은 강태민에게 화를 내거나 그런 비슷한 감정이라도 내비쳐서는 안 된다고 자신을 다독거렸다. 어쨌든 지금 칼자루를 쥐고 있는 건 강태민이었으니까. 게다가 다시 찾아가지 않은 건 명백한 실수였다. 실수에 실수…… 대체 언제까지 실수를 반복할 셈이냐, 진경언……. 진 형사는 자신의 머리를 쥐어뜯고 싶었다.

"명단에서 윤현기와 비슷한 시기에 모임에 나왔던 인물을 추렸어요. 그러고 나서 그 인물들의 통장 내역을 거슬러 올라가 살펴봤죠. 그랬더니, 그중 한 명이 2011년부터 2013년까지 윤현기에게 돈을 입금한 기록이 있더군요. 그렇게 큰돈은 아니었어요. 100만 원일 때도 있고, 2,300만 원일 때도 있고. 윤현기가 돈을 돌려준 이체 내역도 고스란히 남아 있었어요. 2014년 후로는 더 이상 그런 식의 입출금 내역은 없더라고요. 뭔가 느낌이 와서, 윤현기에게 돈을 빌려준 남자의 입출금 내역을 살펴봤죠."

이 녀석, 그동안 많이 컸구먼. 진 형사는 생각했다.

"그런데 그 남자가 2015년에 이 은행, 저 은행을 돌아다니면서 돈을 출금한 적이 있더라고요. 400만 원, 500만 원, 300만 원, 200만 원…… 이런 식으로."

1993년 방화 사건 때 복역한 남자의 자식이 또 다른 복역자의 자식에게 돈을 빌려주었다. 여기까지는 호의나 동병상련. 그런데 그 후에 윤현기가 청우기술 사건으로 입건된 후에 또다시 돈을 빌려준다. 이번에는 차용인의 자취를 지우려고 애쓰면서. 돈을 나눠서 출금하고 대포폰까지 썼다. 그렇다면…… 이것은 교환, 혹은 협상인 걸까? 2015년에 무슨 일이 있었지? 2015년에는 W시티가 완공되고 대대적인 행사가 있었다. 마치 축제라도 벌이는 것처럼.

진 형사가 입을 열었다. "그리고 2년 전이랑 올해 초에 또 돈을 야금야금 출금했을 거고."

강태민이 별로 놀랍지도 않다는 듯이 고개를 끄덕였다. 어떻게 이런 간단한 사실을 잡아내지 못했던 걸까? 청우기술 사건 이후에 다시 복귀했지만 윤현기는 도박을 끊지 못했다. 여기저기서 돈을 끌어 쓰다 못해 자존심을 구기고 옛 동료에게 돈을 빌리러 가지만 그것 가지고는 턱도 없었을 것이다. 그때, 예전부터 돈을 준 누군가가 지민준의 변호를 맡아주면 이번에도 돈을 주겠다고 했겠지. 그 후 그 일에서 벗어나고 싶었던 윤현기는 이름을 바꾸고 새 삶을 살려고 한다. 그게 바로 그가 이미 유명무실해진 '체불임금 파월노동자·파월군인 유족의

모임'을 기를 쓰고 후원했던 이유였을 것이다. 어떻게든 죄책
감을 덜어내고 싶어서. 하지만 도박 중독을 끊어내지 못했던
그는 또다시 돈을 받고 심효전을 변호한다…….

"네, 2년 전에 3천만 원, 그리고 올해 초에 2천만 원."

진 형사는 깊게 숨을 들이쉬며 물었다. 눈앞에 드러난 것을
연결한다……. 오로지 우연만이 우리를 진실로 데려다줄 것
이다……. 젠장, 젠장, 젠장.

"선배님."

강태민의 나지막한 목소리가 진 형사를 생각의 늪에서 빠져
나오게 했다.

"강태민, 그 이름이 뭐야? 누구야? 돈을 보내준 그 사람은
대체 누구야?"

"선배님, 말해줘요."

"뭘 말해야 하는지 모르겠어. 내가 지금 생각한 게 맞는 건
지 확신할 수도 없어. 나는……. 모르겠나? 나도 이제 늙었어.
감은 떨어지고, 머리도 안 돌아가고, 모든 게 엉망진창이야.
난 어떤 사건도 해결할 능력이 안 돼. 젠장, 왜 그걸 알아차리
지 못했지? 난 계속 어딘가를 빙글빙글 돌고만 있었던 거야.
실수에 실수를 반복하면서."

강태민은 손을 뻗어서 진 형사의 한쪽 팔을 꽉 잡았다. "아
니요. 선배님, 그거 말고요."

진 형사는 영문을 모르겠다는 표정으로 강태민을 바라보

았다.

"그때…… 인서가…… 선배님에게 전화를 걸어서 마지막으로 했던 말이 뭐였어요?"

머리를 복잡하게 만들던 그 모든 생각이 순식간에 사라져버렸고, 진 형사는 할 말을 완전히 잃은 표정으로 강태민을 바라보았다. 그가 그걸 다시 물어보리라고, 그 일과 그 이름을 입에 담으리라고는 생각 못 했다. 다시 만난 이래로 계속 능글맞게 굴던, 진 형사를 난처하게 굴고 싶어서 안달이 난 것처럼 보이던 강태민은 이제 비참하고 슬픔에 가득 찬 표정을 짓고 있었다.

"밤에 잠들려고 누우면 그때 구급차에 실려서 응급실로 들어가던 인서의 모습이 생각나요. 선배님은 몰랐겠지만, 그때 우리는 파혼을 진지하게 고려하고 있었어요. 파혼 이야기를 먼저 꺼낸 건 인서였지만…… 선배님을 원망하기도 했어요. 선배님만 모른 척했다면 그냥 모든 게 없던 일이 될 수도 있었다고. 선배님 때문에 그 일들이 명명백백하게 드러나버린 거라고. 그전으로 절대 돌아갈 수 없게 된 거라고……."

"그럴 순 없었어. 내가 모른 척한다고 있던 일이 없어지진 않아. 그 일 때문에, 자네도 정인서도 평생 괴로워하면서 살았을 거야."

그 말에 강태민이 진 형사를 똑바로 바라보았다.

"네, 맞아요. '살았을' 거예요. 인서는 지금 살아 있을 거라고요. 걔가 어떤 짓을 했는지 안 했는지 이젠 내게 중요하지 않아요. 그냥 인서가 내 곁에 살아 있기만 한다면……. 선배님, 진실이 뭔 줄 알아요? 진짜로 일어났던 일이 뭔지 알아요? 내가 인서를 믿었어야 했는데, 믿지 않았다는 거예요. 그래서 인서가 죽었다는 사실이에요. 자신을 가장 사랑한다고 믿었던 사람이 자신을 믿어주지 않아서 인서가 죽은 거라고요. 인서가 살아 있기만 한다면 난 그 모든 걸 받아들일 수 있었을 거라고요."

진 형사는 고개를 젓고는 쥐어짜는 듯한 목소리로 말했다. "그건 인서가 이미 죽었기 때문에 하는 생각일 뿐이네. 자네는 절대 그 애를 용서 못 했을 거야."

진 형사의 팔을 꽉 잡고 있던 강태민의 손에서 힘이 빠지는 게 느껴졌다. 진 형사는 강태민을 바라볼 엄두가 나지 않았다. 잠시 그들 사이에 침묵이 감돌았다. 증오와 슬픔, 후회와 번민, 고통과 좌절로 들썩이는 침묵이.

"자네만 그 애를 사랑한 게 아니야. 나도 그 애를 사랑했어. 어쩌면 자네보다 더 그 애를 사랑했다고."

강태민이 천천히 진 형사를 바라보았다. "알고 있어요, 그러니까 말해봐요. 그때 선배님에게 전화를 걸어서 인서가 남긴 말이 무엇이었는지 말해보라고요. 유서 한 장 없이 죽은 걔가 마지막으로 남긴 말이 뭐였는지요."

진 형사는 마지막 통화 때 자신에게 속삭이듯 말하던 정인서의 목소리를 잊지 않고 있었다. 아니, 그 목소리가 끝난 이후까지도 잊지 않았다. 잊을 수 없었다. 드디어 정인서의 목소리가 그치고 거친 바람 소리가 들리는가 싶더니 갑자기 통화가 끊어졌었다. 정인서는 전화기를 바닥으로, 빌딩 저 아래로 집어 던진 다음 자신의 몸도 힘껏 내던졌다.

진 형사는 코를 훌쩍이며 고개를 내저은 후 숨을 고르고 말을 이었다. "말해줄 수 없어. 그 친구와 약속을 했다고."

"젠장, 제발요. 선배님, 제발요!"

강태민이 갑자기 소리를 지르는 바람에 주위 사람들이 깜짝 놀라 그들을 바라보았다. 진 형사는 테이블 위에 팔을 괸 후 두 손으로 이마를 짚었다. 지금 강태민에게 얻은 정보들은 조금만 더 집중했더라면 스스로 얻을 수 있는 것들이었다. 그러므로 강태민에게 이런 부탁을 한 건 실수였다. 실수? 진 형사는 고개를 흔들었다. 실수가 아니야. 이런 식으로 일이 흘러가리라는 걸 예측하지 못했다는 게 말이 되는가? 정인서에 대한 이야기가 나오리라는 사실, 마지막으로 정인서가 진 형사에게 남긴 말에 대해 물어보리라는 것은 불 보듯 뻔한 일이었다. 그가 정보를 빌미로 그것을 알아내려고 하리라는 걸 진 형사도 알았다. 어쩌면 진 형사는 정인서가 남긴 그 말을 강태민에게 털어놓고 싶었는지도 몰랐다. 그게 바로 진 형사가 원하는 일인지도 몰랐다. 강태민이 닦달하면 못 이기는 척 그 말을 해주려고. 진 형사는 자신이 일부러 강태민에게 이런 부탁을 할 상황을 만들어낸 걸 수도 있다고 생각했다. 마치 실수하는 척 하면서, 어떤 여지를 계속 남겨두는 것.

진 형사는 자기 자신을 감쪽같이 속이는 것에 성공했고, 동시에 자기 자신에게 감쪽같이 속았다. 진 형사는 강태민을 바라보았다. 바닥을 응시하고 있던 강태민이 천천히 자리에서 일어났다. 주먹을 쥐고 있었는데 너무 세게 힘을 줘서 손목까지 붉어져 있었다.

"난 지금 선배님이 무얼 하려는지 몰라요. 그렇지만 선배님이 하는 일 때문에 불행해지는 사람이 더는 생기지 않길 바랄 뿐이에요. 선배님 때문에 죽는 사람이 없기를 바란다고요."

그렇게 말한 후 강태민은 식당 바깥으로 저벅저벅 걸어 나가버렸다. 모든 자료를 남겨둔 채.

진 형사는 그의 뒷모습을 바라보다가 손가락으로 코를 쓱 닦았다. 이번에도 나 혼자 남았구먼. 강태민은 윤현기가 자신처럼 개인적인 관계가 일절 없었다고 말했다. 하지만 자신은 개인적인 관계는커녕 비즈니스 관계도 없는 거나 마찬가지였다. 불행…… 불행한 사람이라……. 진 형사는 그제야 그동안 불행이라는 단어를 사용하지 않기 위해 죽기 살기로 피해 다녔다는 사실을 깨달았다. 그리고 어쩌면 지금 이 순간, 자기 자신이 이 세계에서 가장 불행한 인간일지도 모른다고 생각했다. 이러한 순간에도 자신은 강태민이 내팽개쳐버리고 간 자료들에서 눈을 뗄 수 없었기 때문에. 진 형사는 손을 뻗어

종이를 자신 앞으로 끌어온 후 자료들을 읽어보았다.

그리고 결국 이름을 발견했다.

24

고개를 숙이고 노트에 무언가를 적던 진 형사는 연필을 내려놓고 의자에서 일어났다. 스트레칭하고, 드문드문 자리가 비어 있는 형사 1팀을 쭉 둘러본 다음, 다시 털썩 앉았다. 종일 내리다 말다 한 비는 이제 작정이라도 한 것처럼 쏟아졌다. 진 형사의 책상 위에는 다양한 쿠키 봉지들이 주르르 세워져 있었다. 오래 놔두어도 상하지 않고 냉장 보관이 필요하지 않으며 따로 데워 먹지 않아도 괜찮은 종류들. 강태민과 헤어지고 경찰서로 들어온 후 진 형사는 자신이 저 쿠키에 손도 대지 않았다는 사실을 깨달았다. 그 사실을 깨달은 지금도 여전히 손을 대고 싶은 마음이 들지 않았다.

강태민이 던져준 입출금 내역에서 이름을 발견한 진 형사는 채유형에게 전화를 걸었지만 받지 않았다. 두 번 더 전화를 건 후 오피스텔로 직접 찾아갔으나 집 안에는 아무도 없는 것 같았다. 대체 어디서 무얼 하는 걸까? 문자를 보내볼까 했지만 뭐라고 써서 보내야 할지 알 수 없었다. 물론 자신이 써서 보내야 할 문장은 단순하고 짧았지만 그 단순하고 짧은 문장을 보냈을 때, 채유형이 어떤 행동을 할지 짐작할 수 없었고, 상황을 통제할 수 없으리라는 사실 때문에 두려웠다. 진 형사는 채유형의 얼굴을 마주하고 이야기하고 싶었다. 그게 불가능하다면, 적어도 자신의 목소리로 전하고 싶었다. 그게 지금 자신이 채유형에게 해줄 수 있는 최선의 일이리라. 경찰서로 돌아오면서는 계속해서 채유형이 한 말을 떠올리고 있었다.

'이런 식으로 계속 스토커처럼 구는 게 정상이란 말이에요? 경찰들은 원래 그렇죠? 스토킹을 범죄가 아니라고 생각하잖아요!'

맞다, 경찰들은 원래 그런다. 어떤 이유였든 간에 그래서는 안 되는 거였다. 그런 식으로 범죄를 손쉽게 넘겨버리다니. 뼈가 저릴 정도로 후회가 되었고 어처구니가 없었다. 진 형사가 채유형의 말에 귀를 기울이지 않은 건, 채유형이 진실을 외면하고 계속 도망치려고 한다고 여겼기 때문이었다. 그렇게 판단하면서 진 형사는 사태로부터 비겁하게 도망치는 사람이 자기 혼자만은 아니라고 위안을 얻고 싶었던 건지도 모른다. 진 형사는 '체불임금 파월노동자·파월군인 유족의 모임'에 같이 가자고 했을 때, 채유형이 했던 말을 떠올렸다.

'가고 싶어요.'

어쩌면 채유형은 자신보다 훨씬 더 강인한지도 몰랐다.

채유형은 자신의 아버지가 파월 노동자가 아니라 군인이었다고 말했다. 윤현기가 자신에게 바란 건 심효전 사건과 관련된 일을 다 잊고 새롭게 사는 것이었다고 말했다. 이 말을 좀 더 진지하게 받아들였다면, 윤현기가 일종의 꼭두각시였다는 사실을 좀더 일찍 파악했을지도 몰랐다.

"그냥 어떤 우연들이 겹쳐서 우리 앞에 모습을 드러냈고 우리는 그냥 보고 싶은 걸 보고 있는 건지도 모르죠. 멋대로 의미를 부여하면서 말이에요."

이 말을 한 건 다름 아닌 진 형사 자신이었지만, 진 형사는 자신의 눈앞에 들이밀듯 나타난 사항들을 의도적으로 무시하고 있었던 셈이다.

진 형사는 책상 위 쿠키들을 바라보다가 방금 전까지 눈이 빠지도록 몇 번이나 읽은 1993년 방화 사건 서류와 입건되었던 사람들의 명단에 다시 시선을 옮겼다. 열일곱 명 중 참전 군인 출신이 열 명. 그리고 그중 최 씨 성을 가진 사람이 두 명. 그때 채유형이 받은 우편물에는 미성년으로 참전한 사례에 대한 자료가 있었다. 입대한 날짜를 확인하자 한 명이 남았다. 이름은 최무진. 1968년, 열아홉 살의 나이로 참전했던 어린 군인. 채유형의 말마따나 총을 들고 목에는 죽은 토끼의 귀를 달고 다니던 소년. 1971년 한국으로 돌아온 최무진은 나이트와 유흥업소에 직장을 구했지만 여러 가지 신체적, 정신적 후유증으로 오래 일하지는 못했다. 그러다가 1990년에 파병 군인 단체에 들어가 같은 처지의 사람들을 만나고, 1993년 시위를 주동한다. 그때 그에게는 이미 자식이 있었다. 아홉 살짜리 아들,

다섯 살짜리 딸. 최무진 역시 15년 형을 선고받았고, 2003년에 가석방된 다음 2005년 6월에 자살했다. 채유형은 2005년 11월 첫 우편물을 받았다.

진 형사는 '남은' 아이의 이름을 낮은 목소리로 발음해보았다.

최영민.

진 형사는 자신이 노트에 적은 문장들을 다시 읽어 내려갔다.

첫 번째 촉발점은 아버지의 죽음. 아버지가 죽은 후 그는 동생의 행방을 수소문했다. 최영민은 동생에 대해 비교적 또렷한 기억을 가지고 있었을 터였다. 그때 그에게 촉발된 게 무엇이었을까? 아버지의 죽음이 '남은 아이'로 하여금 '보내진 아이'에 대한 어떤 종류의 악의를 부추겼다. 채유형이 일전에 말했던 양부모님과 함께 나온 기사를 읽었을 수도 있다. 아니다, 분명히 읽었을 것이다. 자신의 동생이 입양이라는 사실조차 기억하지 못하리라고 여겼을지도 모른다. 자신은 남아 있는 아이로 선택되어서 고통 속에 살았는데, 자신의 동생은 번듯한 집에서 풍요롭게 살아갔다는 사실이 그를 화나게 한 것일까? 그래서 그는 채유형에게 아버지가 어떤 사람인지 알려주고 싶었던 것일까? 그래서 우편물을 보냈던 걸까?

여기까지 다시 살펴본 진 형사는 마지막에 이런 문장을 덧붙였다.

왜 그런 형태여야만 했을까? 왜 좀더 직접적인 방식을 사용하지 않았을까?

최영민은 윤현기와 그리 다르지 않은 형태의 삶을 살았다. 아버지의 투옥, 어머니의 고생, 가난, 같은 상처와 울분. 그게 '체불임금 파월노동자·파월군인 유족의 모임'에서 만난 그 둘을 더욱더 가깝게 했다. 그래서 윤현기가 도박 때문에 재정적인 어려움을 겪을 때 최영민은 그를 도와줬다. 하지만 무언가 바뀌었다. 최영민은 갑자기 다른 사람들이 알아차리기 어려운 방식으로 윤현기에게 돈을 주었다. 윤현기가 W 관련 일을 하고 있다는 사실을 알았기 때문이다. 최영민은 윤현기를 이용하기로 한 것이다. 이때만 해도 윤현기는 최영민이 빌려주는 돈을 그저 호의로 여겼을 가능성이 크다.

최영민은 어떻게 윤현기가 그 일을 맡았다는 사실을 알게 되었을까? 이유는 간단하다. 윤현기가 최영민에게 말했으므로. 윤현기는 굉장한 스트레스를 받았던 게 분명하다. 그래서 자신의 마음을 친구에게 털어놓은 것이리라. 아마 최영민은 이 일에서 1971년과 1993년도의 사건을 떠올렸을 것이다. 임금도 제대로 받지 못하고 떠밀린 자신의 부모를 떠올렸을 것이다. 임금도 제대로 받지 못하고 감옥살이를 한 사람들, 그 탓에 가난과 고통 속에서 살아야 했던 자식들. 그리고 W기업은 사세를 불리다 불리다 못해 도시의 중앙에 자신의 작은 성곽을 만들어버렸다. 원래 그곳에 살던 사람들은 마구잡이로 쫓아내고……. 진 형사는 노트에 이렇게 적었다.

두 번째 촉발점은 W기업이 세운 새로운 랜드마크.

진 형사의 입에서 절로 한숨이 나왔다. 만약에 윤현기가 '송문'에서 일을 하지 않았더라면, '송문'의 다른 변호사가 그 일을 맡았더라면, 윤현기가 변호사가 지켜야 하는 변호인과 고객 간의 비밀을 지켰더라면, 그래서 그런 일에 대해 최영민에게 말하지 않았더라면. 애초에 윤현기와 최영민이 만나지 않았더라면, '체불임금 파월노동자·파월군인 유족의 모임'이 만들어지지 않았더라면……. 현재를 바꾸기 위해 진 형사는 계속 과거에서 과거로 거슬러 올라갔다. 그러다가 그 모든 가정이 아무런 의미도 없다는 것을 인정했다. 일어난 일은 일어난 일이었다.

최영민의 마지막 촉발점, 채유형을 일에 끌어들인 이유는 무엇이었을까? 을지로에서 채유형을 쫓던 그 남자는 바로 최영민이었을 테지. 그는 채유형을 지켜보기만 했다. 채유형이 이 사건을 파헤치고 있다는 사실을 알고 있었을 것이다. 하지만 그는 내버려두었다. 무엇을 위해? 진 형사는 최영민이 채유형에게 신체적 위해를 가하고 싶어 한다고는 생각하지 않았다. 그럴 기회는 얼마든지 있었다. 최영민은 충동적인 부류가 아니었다. 그는 자신이 하는 일에 정당한 이유를 붙이고, 그 이유가 정당하다는 것을 증명하기 위해서라면 얼마든지 오랜 시간이 걸려도 상관하지 않을 타입이었다. 정교한 시나리오를 짜고, 그 시나리오가 완성될 때까지 자신이 할 일을 하면서 기다리는 부류. 그는 채유형에게 우편물을 세 번 보냈다. 그것들은 수신인에게 아무런 의미도 주지 못하는 한낱 종이 쪼가리에 불과할 수도 있었다. 만약에 채유형이 자신이 입양되었다는 사실을 제대로 기억하지 못했다면 그 우편물은 쓰레기통에 가게 되었을지도. 그러므로 그가 보낸 우편물이 의미가 있으려면 수신인의 '반응'이 필요했다. 그는 채유형이 '반응'하리라는 사실을 미리 알고 있었을까? 아니면, 그저 도박하는 심정으로 한번 시도해본 것일까? 알 수 없었다. 분명한 건 최영민이 아이들을 모으고 시간을 들여 아이들을 심리적으로 지배했다는 사실이었다. 그것을 위해 아이들을 사랑하는 척 몇 년 동안 연기를 했다는 사실이었다. 이루 말할 수 없이 최고의 연기를. 왜 그래야만 했던가? 아이들이 '반응'하게 하려고.

최영민은 무대를 짜는 부류다.

무대, 그에게는 무대가 필요했다. 그는 연출을 한 것이다. 무대 위의 연출가이자 연기자. 자신의 존재를 과시하고 싶어 하는 마음, 인정받고 싶어 하는 마음. 하지만 진 형사는 여전히 알 수 없었다. 무엇을 위한 무대란 말인가? 지금 그가 원하는 것은 어떤 종류의 공연일까?

'남은' 아이와 '보내진' 아이.
'죽인' 아이와 '죽은' 아이.

진 형사는 참을 수 없다는 듯이 자리에서 일어났다. 형사 한 명이 진 형사를 흘긋 바라보다가 눈이 마주치자 시선을 돌렸다. 안경을 벗은 진 형사는 창문을 열어 빗줄기로 잠식되어가는 어둠 속 세상을 바라보았다. 그러고는 잠시 후 창문을 닫고 자리로 돌아왔다. 두 눈을 문지르고 다시 안경을 코 위에 걸친 진 형사는 방금까지 읽던 문장을 한동안 바라보았다. 계속 읽고, 읽고, 읽고 읽었던 문장. '남은' 아이와 '보내진' 아이. '죽은' 아이와 '죽인' 아이.

진 형사는 노트를 서랍에 넣은 다음, 다시 채유형에게 전화를 걸었다. 여전히 전화를 받지 않았다. 진 형사는 채유형을 떠올렸다. 지금 어디에 있을까? 집으로 돌아왔을까? 진 형사는 채유형에게 문자를 남기기로 했다. 더 이상 지체할 수 없었으므로. 뭐라고 남겨야 할까? 최영민이 피디님의 오빠예요. 아니면 최영민이 을지로의 숲에서 아이들을 지배하고 조종한 사람이에요. 아니면, 피디님의 말을 믿지 않아 미안해요. 결국 진 형사는 이렇게 썼다.

'최 피디가 피디님의 오빠예요. 그가 아이들을 죽고 죽이게 만들었어요. 내가 다시 연락할 때까지 절대 집 밖에 나가지 말아요.'

갑자기 설명할 수 없는 피곤함이 진 형사를 덮쳐왔다. 돌이켜보면 전날부터 제대로 잠 못 자고 끼니도 때우지 못했다. 먹고 싶은 빵도 먹지 못했고……. 진 형사가 의자에 등을 기대고 눈을 감았다. 얼마나 지났을까? 진 형사가 눈을 떴을 때 시계는 자정을 훌쩍 넘겨 있었다. 그래, 을지로의 숲으로 가야 한다. 그가 거기에 있을까? 알 수 없었다. 거기에 무언가가, 최영민의 범죄를 증명할 무언가가 남아 있을까? 그것도 알 수 없다. 하지만 가봐야 한다. 진 형사는 책상 위에 있는 쿠키 봉지에 차례로 손을 집어넣어 종류별로 꺼낸 후 한꺼번에 입에 넣고 우걱우걱 씹어 넘겼다. 그리고 자리에서 일어나 스트레칭을 한 후 사무실 안쪽 작은 창고로 들어가서 절단기를 가지고 나왔다. 당직 형사가 그걸 보고 쯧 소리를 내며 고개를 흔들었다.

절단기를 들고 경찰서 바깥으로 나온 진 형사는 깜짝 놀랐다. 빗줄기가 생각보다 너무 강해서, 자신의 신체에 상처를 남길 것 같아서, 온 세상이 비 오는 소리로 가득 찬 것 같아서. 진형사는 땅 위로 끊임없이 흔적을 남기며 떨어지는 빗줄기를 보다가 조용히 중얼거렸다.

"하늘에 구멍이 난 것 같네."

3부

아이들의 마을

"아이들의 마음을 조종하려면,

진짜로 그 애들을 사랑하면 돼. 그것뿐이야."

25

채유형은 번쩍 눈을 떴다. 침대 위에 머리를 대고 앉은 채로 잠든 모양이었다. 바깥에서는 비가 내리고 있었다. 도시의 밤을 물속에 잠기게 하리라 마음먹은 듯 쉴 새 없이 쏟아지는 빗줄기. 밤 11시 5분 전. 집 안이 너무 밝았다. 집의 모든 전등을 켜두었기 때문이다. 아무렇게나 벗어둔 옷가지들, 먹다 만 생라면과 스프 가루, 맥주병들이 거실 바닥에 이리저리 굴러다니고 있는 게 보였다. 머리가 너무 지끈거렸다. 아니, 온몸이 욱신거리는 것 같았다. 맥주를 잔뜩 사서 돌아온 후 마구 마시기 시작한 것까지는 기억이 나는데, 그 후로는 전혀 기억이 나지 않았다. 일단 창문을 닫아야 했다. 몸을 일으키다가 채유형은 문득 자신의 오른손에 여전히 커터칼이 들려 있다는 것을 깨달았다. 그리고 손등 위에 난 자잘한 상처들을 발견했다. 그 애들의 아지트로 가기 위해 철조망을 넘다가 생긴 상처만이 아니었다. 칼날을 집어넣었다가 뺀 흔적, 말라붙은 피, 스스로 낸 상처.

그걸 발견한 순간, 오토바이 무리의 은신처에서 만났던 그 여자애가 했던 말이 떠올랐다.

"유정 언니가 이야기해줬어요. 을지로의 숲에는 변호사도 있어서, 도망가지 않아도 된다고요. 하지만 우리는 다르다고 했어요. 우리는 죽기 살기로 도망가야 한다고 말했어요. 달리기를 잘해야 한다고 말했어요. 그래서 나는 매일 달리기를 연습해요."

그게 온전한 그 애의 삶인 걸까? 그 애도 귀에 구멍을 뚫고 술을 마시고 마약성 진통제를 흡입하게 될까? 그녀는 침대에 걸터앉아 흐느끼기 시작했다. 매일 달리기를 연습하는 아이. 아무도 없는 터널에서 누군가 오기를 기다리는 아이. '언니, 오빠'들 눈 밖에 나지 않기 위해 애쓰는 아이. 어쩌면 이미 마약에 중독됐을 아이, 아니면 앞으로 중독될 아이, 언젠가는 자신도 오토바이를 타고 싶다고, 자신의 두 다리가 아니라, 두 개의 바퀴로 도시를 달리고 싶다는 소망을 가진 아이, 좋은 휴대전화와 에어팟을 가지고 싶고, 태블릿 피시에 스마트펜으로 무언가를 끼적거리고 싶은 아이……. 아니다. 아니야, 그 애가 원한 건 그저 몇 만 원이었을 뿐이었어. 그 애는 그 지폐를 절대로 손에서 놓지 않으려고 꽉 잡고 있었어. 그녀는 소리 내서 울기 시작했고, 더 이상 눈물이 흐르지 않을 때까지 쏟아냈다. 채유형은 오른손에 든 커터칼을 왼손 손등에 가까이 댔다. 칼날이 피부를 뚫는 느낌이 들었지만 그뿐이었다. 고통은 느껴지지 않았다. 칼을 잡은 손에 힘을 주었다. 피가 솟아나오자 갑작스럽게 통증이 엄습했다. 불에 데인 듯한, 뜨거운 무언가가 피부 표면에서 폭발하는 것 같은 기분. 그녀는 견딜 수 없다는 듯 칼을 바닥에 던졌다. 그때 갑자기 떠오른 그 애의 말. 을지로의 숲에는 변호사도 있어서 도망가지 않아도 된다는 말. 변호사도 있다는 말은 변호사 말고 다른 사람이 있다는 말인 걸까? 다른 사람?

세상에! 어떤 예감이 그녀의 전신을 파고드는 것 같았다. 그녀는 벌떡 일어나 서성이기 시작했다.

그랬다. 다른 사람이 있었다. 그때, 심효전을 두 번째 만나고 온 날, 윤종은 그녀에게 전화를 걸었다. 그러고는 심효전을 만나러 갔는데 면회를 할 수 없었다고 말했다. 그래, 그건 이상한 말이었다. 윤종은 일반인 접견을 신청할 이유가 없었다. 그는 변호인이었으니까! 그렇다면 일반인으로 분류되는 누군가와 함께 심효전을 만나러 갔다는 말이다. 다른 사람이 있다는 뜻이었다.

다른 사람이 있다고?

채유형은 손톱을 물어뜯으며 빠른 걸음으로 좁은 집 안을 빙글빙글 돌았다. 윤종이 자신에게 처음 연락했을 때의 용무가 기억났다. 그는 자신의 선배가 사람을 구하고 있다고 말했다. 선배가 방송을 만들려고 하는데 피디가 필요하다면서. 세상에, 그게 모든 것의 시작이었다! 심효전에게 그녀를 데리고 간 건 윤종이었지만, 그걸 계속 독려한 사람은 따로 있었다. 채유형은 바닥의 옷가지를 이리저리 뒤져서 전화기를 찾아냈다. 그리고 진 형사의 문자메시지를 확인했다.

……내가 다시 연락할 때까지 절대 집 밖에 나가지 말아요.

거대한 감정의 파고가 자신을 덮치는 것 같았다. 이질적인
것들이 마구 섞여 있어서 그 정체를 파악하기도 어려운, 말 그
대로 무수한 감정의 물방울들이 내부에서부터 솟아 나오는
듯한 기분. 자신을 둘러싼 시공간이 일렁이는 듯한 착각이 들
어서 자리에 주저앉아야만 했다. 온몸에 힘이 빠지는 것 같았
다. 오빠, 자신에게 악의를 가지고 있던 오빠. 그는 우편물을
보내던 시절부터 지금까지 한 번도 그 악의를 멈춘 적이 없다.
주저앉은 채로 멍하니 비 오는 밤거리를 바라보던 채유형의
볼 위를 또다시 눈물이 타고 흘렀다. 채유형은 알고 있었다.
이 눈물을 흘리는 이유는 고양이 때문도, 윤종 때문도, 자신을
키워준 양부모 때문도, 자신을 버린 친부모 때문도, 그 작은
여자아이 때문도, 비에 젖은 이 도시 때문도 아니라는 사실을.
그 모든 것과 관련이 있지만 그 무엇과도 관련이 없는, 처음이
자 마지막 눈물이라는 것을.
채유형은 눈물을 닦지 않고 문자 차단 목록을 열었다. 최영
민이 보내온 문자들은 그녀가 생각했던 것보다 훨씬 적은 숫
자였다. 그리고 그 내용은 모두 같았다.
'당신에게 원하는 것이 있어. 그걸 줘. 그럼 모든 게 끝나.'

남아 있는 마지막 문자는 나흘 전이었다. 그전에는 그가 말하는 '원하는 것'이 심효전에 대한 자료라고 생각했었다. 그녀의 손이 부들부들 떨렸다. 도대체 내게 원하는 게 뭐야? 대체 뭐가 끝난다는 거야? 그가, 오빠가, 최영민이 내게 원하는 것. 잠시 후 그녀는 여전히 떨림이 멈추지 않는 손으로 통화 버튼을 눌렀다.

비 오는 새벽의 도로는 한산했지만 가끔 빠르게 지나가는 자동차의 바퀴는 요란한 소리를 내며 물보라를 만들었다. 저 멀리 위용을 뽐내며 우뚝 서 있는 호텔 바움이 보였다. 빗속을 뚫고 도시로 퍼지는 은은한 불빛들. 호텔 바움과 달리, 구시가지의 가게들은 모두 문을 닫았다. 복권 판매소도, 오래된 프랜차이즈 빵집도, 테이크아웃을 전문으로 하는 커피집도, 맥주를 파는 치킨집도⋯⋯. 거리의 모든 것이 끈질기게 침묵을 지키며 고립되려고 애쓰는 것 같았다. 살아 있음을 증명하는 건 가로수의 동그란 빛 안으로 세차게 퍼붓는 빗줄기들의 궤적뿐이라고, 그녀는 생각했다.

한 시간 전쯤 그녀가 최영민에게 전화를 걸었을 때, 그는 전혀 당황하지 않았다. 마치 그녀에게서 전화가 올 날만을 기다리고 있었다는 듯이 이렇게 말했다.

"생각보다 훨씬, 훨씬 더 오래 걸렸어."

그리고 아주 똑똑한 발음으로 주소를 불러주었다. 채유형은 한마디도 할 수 없었다. 마치 꿈속의 꿈에 갇혀 있다가 갑자기 깨어난 것 같은 기분이 들었다. 지금의 삶 속에서 똑똑히 눈을 뜬 채 전생을 들여다보는 기분이 들었다. 택시를 타고 최영민이 말해준 주소로 이동하는 동안, 채유형은 가슴이 터질 것 같았다. 하늘에서는 물 폭탄이 떨어지는 것 같았고, 택시 전면창의 와이퍼는 힘겨워 보였다.

그가 말한 장소에 도착했을 때, 터질 것같이 빠르게 뛰던 채유형의 심장박동은 점점 떨어지기 시작했고 이제는 심장이 멈출까 봐 두려운 마음이 들 정도였다. 현실 감각을 되찾으려고 노력했지만, 현실 속 자리가 어디인지 가늠할 수가 없었다. 알 수 있는 건 지금 이 순간, 그녀의 세상에는 물, 물, 온통 물뿐이라는 사실이었다. 이 많은 물이 어디에서 쏟아지는 걸까? 세차게 불어온 바람이 우산을 어디론가 날려버렸다. 그녀는 온몸으로 비를 맞으며 차도의 중간까지, 시야에 모든 건물이 들어올 때까지 뒷걸음질을 쳤다. 눈 속으로 들이치는 빗물 때문에 눈을 뜰 수가 없었다. 채유형은 후드를 뒤집어쓰고 건물을 바라보았다.

최영민이 기다리고 있다는 그 건물은, 도시의 중앙에 떡 하니 자리를 차지하고 있는 낡고 스러져가는 거대한 콘크리트 덩어리였다. 더 이상 살아 있지도, 그렇다고 완전히 죽은 것도 아닌 흉물스러운 고체 덩어리. 아니, 그 흉물스러움을 완강하게 간직하고자 욕망하는 콘크리트 덩어리. 가장 꼭대기 층의 외벽에 일정한 간격으로 설치된 여섯 개의 배수관을 통해 엄청난 양의 물이 지상을 향해 쏟아지고 있었다. 마치 영화 속 거대한 괴물이 끊임없이 물을 토해내는 것처럼. 콸콸콸, 물소리가 너무 컸다. 그 물소리는 마치 그녀에게 이렇게 외치는 것 같았다. 아니야! 아니야! 난 살아 있어! 여기에 이렇게 살아 있어! 난 죽지 않았어! 영원히 죽지 않을 거야!

또다시 몸이 떨려왔다. 순간 채유형은 진 형사가 보낸 문자를 떠올렸다.

진 형사는 문자의 마지막에 이렇게 썼다. '내가 다시 연락할 때까지 절대 집 밖에 나가지 말아요.'

진 형사에게 연락을 해야 한다. 심장박동은 시간이 지날수록 더 약해지는 것 같은데 몸의 떨림은 잦아들기는커녕 점점 더 그 강도를 더하고 있었다. 두려워서? 아니면 물소리가 지나치게 시끄러워서? 아니면 내가 지금 무언가를 기대하고 있기 때문에……?

일단 건물 안으로 들어가야 했다. 건물로 들어가는 입구 손잡이는 체인으로 꽁꽁 감겨 있었고, 그 아래에 자물쇠가 채워져 있었다. 최영민은 자물쇠를 풀어놓을 거라고 말했었다. 그의 말대로 자물쇠는 풀려 있었지만, 감긴 체인을 푸는 건 순전히 채유형의 몫이었다. 빗물이 눈과 입으로 들이쳤고, 손은 자꾸 미끄러졌다. 체인을 잡고 비틀다가 그녀는 빗길에 미끄러졌고, 그 바람에 후드 주머니에 있던 휴대전화가 바닥으로 떨어졌다. 손바닥 피부가 찢어져서 피가 줄줄 흘렀다. 어차피 지금 내 손은 상처투성이잖아, 하는 갑작스러운 자각. 채유형은 비에 젖은 휴대전화를 챙기고 다시 체인을 푸는 데 전념했다. 그녀의 피가 쏟아지는 빗물에 섞여 흘러가는가 싶더니 곧 멈추었다. 그리고 피가 멈출 즈음 체인을 다 풀어냈다. 자물쇠를 빼낸 후 입구를 두 손으로 밀고 안으로 들어갔다. 엄청난 굉음으로 그녀의 온몸을 파고들던 물소리는 비교적 잠잠해졌고, 마치 저 멀리서 들려오는 것처럼 느껴졌다. 너무 어두웠다. 랜턴을 사용하려고 주머니에서 휴대전화를 꺼낸 그녀는 탄식을 내뱉었다.

"제기랄."

종전에 떨어졌을 때 휴대전화가 완전히 망가진 것이다. 괜찮아, 어차피 어둠에는 익숙해질 테니까……. 하지만 진 형사에게 연락할 수 없으리라는 사실 때문에 불안감이 파고들었다. 이제 이 건물에 고립된 거나 마찬가지였다. 아무 일도 없을 거야. 나는 그저 내 혈육을 만나는 것뿐이잖아. 채유형은 눈이 어둠에 익숙해질 때까지 조금만 기다리기로 했다. 물속에 있다 나온 사람처럼 숨이 가빴다. 잠시 숨을 정돈하며 눈을 감았다 떴다. 그래도 창밖으로 은은하게 흘러 들어오는 가로등의 빛이 건물 안 윤곽은 알 수 있게 해주었다. 정면에는 위층으로 올라가는 계단이 있었고, 왼쪽 통로에 오랫동안 멈춘 것처럼 보이는 엘리베이터가 있었다. 바닥 곳곳에는 부서진 목재와 노끈, 종이 상자가 나뒹굴었다. 물에 젖은 생쥐. 그게 나야. 몸이 너무 떨려서 채유형은 젖은 후드를 벗었다. 그러고 두 손으로 비틀어 물을 짜냈다.

그때, 갑자기 뒤집혀 있던 종이 상자 중 하나가 움직였다. 어두웠지만 분명히 채유형은 그걸 봤다. 그리고 자신의 시신경이 잘못 작동하고 있는 거라고, 자신의 뇌가 고장 난 것이라고 생각했다. 다시 상자의 움직임을 느꼈을 때, 채유형은 한 손에 옷을 들고 상자 쪽으로 천천히 걸어갔다. 정말 내 머리가 어떻게 된 건가? 채유형은 그 앞에 쭈그리고 앉아 있다가 단번에 상자를 들어 올렸다. 그러고 짧은 비명을 내지르며 뒤로 넘어졌다. 순식간에 튀어나온 작은 생쥐 한 마리가 찍찍거리며 그녀의 다리를 타고 넘어가 벽에 있는 작은 구멍으로 들어갔다. 몇 초 동안 돌처럼 굳어 있던 채유형의 입에서 허탈한 웃음이 삐져나왔다. 내 머리가 잘못된 게 아니었구나, 작은 생쥐 한 마리가 물에 젖은 생쥐를 놀려준 거였구나. 채유형은 뒤로 자빠진 채로 한동안 소리 내어 웃었다. 마치 건물이 떠내려갈 것처럼 크게 웃었다. 자신이 처한 이 모든 일이 거대한 코미디 같다고, 그리고 이 코미디는 분명히 흥행에 참패하리라 생각하면서.

엉덩이를 털고 일어난 그녀는 후드를 바닥에 던져두고, 반팔 티셔츠 차림으로 어둠 속에서 더듬거리며 계단을 따라 올라가기 시작했다. 2층부터는 복도식 아파트 같은 구조로 되어 있었다. 복도 쪽 벽의 닫힌 유리창으로 쉴 새 없이 부딪히는 빗소리가 들려왔다. 그녀는 복도를 천천히 걸었다. 그리고 특별한 뜻 없이, 207호라고 적힌 현관문 앞에 서서 손잡이를 돌려보았다. 문은 잠겨 있었다. 그녀는 208호의 손잡이를 열어보았다. 그리고 209호, 그다음엔 210호, 그리고 그다음엔 211호…… 211호의 문이 달칵 하고 열렸다. 예상치 못한 사태에 흠칫 놀랐지만 그 안으로 들어갔다.

어른 두 명, 거기에 아이 한 명 혹은 두 명이 함께 살 수 있을 만한 크기. 천장의 체리색 몰딩과 같은 색의 방문들. 손잡이는 얼마나 잡아당겼던지 반쯤 빠져나와 있었다. 찢긴 장판과 낙서를 잔뜩 해놓은 벽지. 부서진 가구들. 채유형은 아무런 목적도 없이 싱크대의 상부장을 열었는데, 먼지가 날려서 한동안 허리를 굽히고 기침을 해야 했다. 상부장 안에는 쓰다 남은 간장과 뜯지 않은 크래커가 있었다. 갑자기 그녀는 맹렬한 허기를 느꼈고 크래커 상자를 꺼냈다. 먼지를 털고 봉투를 열어서 하나를 입에 집어넣었다가 금방 뱉었다. 크래커에서는 오래된 먼지 맛이 났다. 입을 닦으며 채유형은 베란다 쪽으로 다가갔다. 베란다에는 작은 화분 여섯 개가 나란히 놓여 있었다. 두 개는 비어 있고, 세 개는 흙만 담겨 있었다. 그리고 놀랍게도, 나머지 화분 하나에는 아주 작고 붉은 꽃송이가 피어 있었다. 아, 이런 일이 어떻게 가능한가? 먼지를 흡입하지 않으려고 한쪽 소매로 입과 코를 가린 채, 낑낑거리며 창문을 연 다음 베란다로 나갔다. 도시를 쓸어갈 듯이 내리는 빗소리를 들으며 여전히 살아 있는 작은 꽃잎 앞에 쭈그리고 앉았다. 이 식물의 이름을 알았다면 좋았을 텐데…… 중얼거리면서.

잠시 후, 거실로 들어온 채유형은 그 안을 다시 한번 둘러보았다. 여기에 사람들이 살았다. 그들은 모두 다 어디로 갔을까? 이 거대한 건물에 살고 있던 그 많은 사람은 어디로 사라졌을까?

그는, 최 피디는, 최영민은 왜 나를 여기로 부른 걸까? 채유형은 아까 생쥐 때문에 소리를 지른 사실을 떠올렸고, 그러므로 자신이 지금 이 건물 안에 당도했다는 사실을 최영민이 알고 있으리라고 추측했다. 그는 잠자코 나를 기다리고 있는 거야. 인내심이 강한 사람이구나, 나와는 달리……. 채유형은 고개를 끄덕였다.

211호를 나온 채유형은 계단을 다시 올라갔다. 위쪽으로 올라가면 갈수록 멀어졌던 물소리가 다시 가까워지는 것 같은 기분이 들었다. 맨 위층에 도달했을 때에야 비로소 그 이유를 알아차릴 수 있었다. 복도 쪽 창문이 열려 있었기 때문이었다. 빗물이 복도를 향해 세차게 들이치고 있었다. 그리고 배수로를 통해 지상으로 떨어지는 물소리가 훨씬 더 가까워진 느낌이었다. 복도의 끝, 현관문 하나가 열려 있었다. 그 안에서 새어 나오는 희미한 빛. 채유형은 복도 입구 앞에 멈추어 섰다. 심장이 뛰었다. 어찌나 심하게 뛰었던지, 그녀는 자신의 심장소리가 저 거대한 물소리를 잠식하는 것 같은 기분이 들었다. 온몸이 심장의 일부가 된 것 같은 기분이 들었다. 채유형은 열어놓은 문을 향해 천천히 걸어갔다. 들이쳐오는 빗줄기 때문에 복도 바닥은 물이 흥건했고, 그 잠깐 사이에 채유형은 다시 흠뻑 젖었다.

26

이곳은 211호와는 달랐다. 벽지나 장판이 낡기는 매한가지였지만, 찢어지거나 낙서가 되어 있는 곳은 없었다. 거실 중앙에 위치한 커다란 식탁은 깔끔했고, 스탠드형 전등 하나가 켜져 있었다. 집 안에 빛이라고는 그것밖에 없었지만 계속 어두운 곳에 있었던 탓인지, 채유형은 갑자기 시야가 트이는 듯한 착각에 빠졌다. 작은 책장, 의자, 집 안의 단출한 가구들도 부서진 곳 하나 없었다. 베란다 창문에는 검은색 종이가 몇 겹씩이나 덕지덕지 발려 있어서 바깥을 볼 수 없었다. 식식거리는 소리가 나는 쪽으로 가봤더니, 휴대용 버너 위 작은 주전자 속 물이 펄펄 끓고 있었다. 끓는 물을 멍하니 바라보고 있을 때, 갑자기 바깥에서 들려오던 물소리가 희미해졌다.

현관문이 닫힌 것이다.

채유형은 천천히 뒤를 돌아보았다. 최영민이 서 있었다. 검정 모자와 검정 반팔 티셔츠, 반바지와 방수 슬리퍼를 착용한 채로. 모자를 벗은 그가 저벅저벅 거침없이 채유형이 있는 곳으로 걸어왔다. 순간적으로 채유형은 움찔했지만, 그는 그녀를 그대로 지나쳐서 싱크대에서 컵 두 개와 인스턴트커피 두 봉지를 꺼냈다. 먼지 하나 없이 잘 닦인 컵 안으로 인스턴트커피를 털어 넣은 후 조심스럽게 뜨거운 물을 부었다. 최영민은 컵 두 개를 들고 커다란 식탁으로 가 앉았다. 전등의 둥근 불빛 아래로 그가 들어왔다. 그는 마치 손님을 대접한다는 듯 자신의 앞에 컵 하나, 맞은편에 다른 컵 하나를 두었다. 단내가 채유형의 후각을 자극했다. 커피 냄새에 굴복하는 것에 일종의 수치심을 느끼며 그녀는 순순히 그의 맞은편에 앉았다. 단숨에 커피를 마셔버리고 싶은 충동이 일었지만, 손이 너무 떨렸다. 그가 자신이 떨고 있다는 사실을 눈치챌까 봐 커피를 마실 수 없었다.

"안녕." 그는 두 손으로 커피잔을 감싸며, 채유형의 눈을 들여다보며 말했다.

"나를 왜 여기로 부른 거예요?"

떨림을 잦아들게 만들려고 채유형은 식탁 아래로 주먹을 불끈 쥐었다.

"그게 첫 질문이야? 이십몇 년 만에 만나는 친오빠인데, 섭섭하네."

채유형은 입술을 앙다물었다. 그의 눈을 피하지 않으려고 애썼다.

유능하다고 인정받는 피디, 본인을 비하하면서 다른 사람들이 자기 비위를 맞추게 만들었던 최악의 상사, 돈으로 친구를 매수하고, 아이들을 지배하고 조종해서 서로를 죽이게 만든 범죄자, 친부모님에게 선택받은 남자아이, 나의 오빠…….

잠자코 채유형을 바라보던 그가 이 상황이 따분해서 견딜 수 없다는 듯이 입을 열었다. "내가 원한 건, 네가 나를 찾아오는 것뿐이었어. 내가 너를 찾아 헤맸듯이 말이야. 매일 밤 여기서 너를 기다렸어. 내가 너의 오빠라는 걸 스스로 알아차리고 찾아올 날을. 생각보다 너무 오래 걸렸지만 말이야."

"내가 만약 당신이 내 오빠라는 걸 알아차리지 못하면 어떻게 하려고 했어요?"

그는 대수롭지 않다는 듯이 어깨를 으쓱했다. "영원히 너를 기다렸겠지, 여기서."

채유형의 손 떨림이 더욱 심해지고 있었다.

"그러다가 지치면 다른 방법을 생각해냈겠지."

"다른 방법? 또 다른 살인을 말하는 거예요?"

그는 가볍게 미소 지었다.

"나를 왜 기다렸어요?"

최영민은 그런 질문을 던지는 그녀가 안쓰럽다는 듯 미소를 지었다. "왜? 왜냐고? 당연한 거 아니야? 너는 내 동생이잖아? 나는 너의 오빠잖아?"

채유형은 입이 말랐다. 모래로 가득한 느낌. 믿을 수가 없었다. 사방 천지가 물인데 이토록 메마를 수 있다니.

"가엾게도 벌벌 떨고 있네. 내가 무서워?"

깊은 상실감을 담은 목소리. 그는 점퍼 주머니에서 구겨진 사진 하나를 꺼냈다. 그녀가 양아버지의 서재에서 발견했던 것과 똑같은 사진. 아니, 똑같은 사진은 아니다. 같은 옷을 입은, 똑같은 사람들이 프레임 안에 담겨 있었지만, 서 있는 순서가 달랐다. 채유형은 사진 속 순서를 똑똑히 기억하고 있었다. 이날, 이들은 한 장소에서 여러 장의 사진을 찍었다. 이리저리 자리를 바꾸어가면서, 이런저런 포즈를 취하면서, 미소를 지으려고 노력하면서. 마른 몸에 남루한 셔츠와 카고 바지를 입은 남자와 뽀글거리는 파마를 하고 칙칙한 색의 원피스를 입은 여자. 그들의 손을 잡고 있는 작은 남자아이와 여자아이. 그러니까, 가족사진.

"사진이 들어 있는 우편물을 보냈잖아. 기억나? 사진 속의 너는 네 살, 나는 여덟 살이었어."

그녀는 떨리는 손으로 사진을 집어서 자기 쪽으로 가지고 왔다. 네 살 때 찍은 사진이라면, 1992년이었다. 이 사진을 찍을 당시의 부모는 아이를 입양 보낼 계획은 없었을 터였다.

그녀의 생각을 읽기라도 한 듯 그가 말했다. "그때도 행복한 가족이었다고 말할 순 없지만, 불과 1년 후에 벌어질 일을 생각하면 그때가 그나마 좋은 시절이었지. 그래, 그랬어. 그거 알아? 2005년에 아버지가 죽고 나서 내가 몇 달 후에 너에게 우편물을 보낸 거야."

채유형은 아무 말 없이 사진을 뚫어지게 바라보기만 했다.

그가 물었다. "왜 11월에 보냈는지 궁금하지 않아?"

하지만 그는 대답을 기다리지 않았다. 그런 건 필요하지 않다는 듯이.

"네가 태어난 달."

"아니에요. 나는 8월에 태어났어요."

"그건 너네 양부모가 너를 데려간 달이지."

"아……"

"어머니는 작년 9월에 돌아가셨어."

채유형은 자신이 어떤 감정을 느껴야 하는 건지 알 수 없었다. 슬퍼해야 하는 걸까? 하지만 나는 그들을 제대로 알지도 못하는데? 얼굴조차 기억하지 못하는데? 하지만, 그런 생각과 달리 저도 모르게 그녀의 입에서 질문이 튀어나왔다.

"어떻게요?"

"어떻게 돌아가셨는지가 중요해?"

그녀는 기가 죽어서 나지막이 대답했다. "알고 싶어요."

"매일 술에 찌들어 아무거나 부수는 게 취미였던 아버지는 자살했어."

그의 목소리는 아무런 감정도 담고 있지 않았다. 그녀는 사진 속 어머니의 얼굴을 바라보았다. 어색한 웃음으로는 절대

덮이지 않을 것 같은 고단한 삶의 궤적이 고스란히 느껴졌다. 자신의 손을 꽉 잡고 있는 여성, 어머니, 엄마. 사진을 찍을 때 이 여자는 무슨 생각을 하고 있었을까? 어떤 앞날을 꿈꾸고, 자식들에게 어떤 삶을 물려주기를 바랐을까?

"아버지가 감옥에 간 후에 어머니는 할 수 있는 모든 일을 하면서 나를 키웠어. 폐지를 줍고, 좁은 식당에서 종일 설거지를 하고, 쇼핑몰 화장실 청소를 하고……. 네가 그런 삶을 알아? 집이 추워서 겨울엔 손등이 부르트고, 여름에는 더위에 질식하지 않으려고 은행이나 마트 같은 곳을 전전해야 하는 그런 삶. 배가 고픈 게 당연한 삶, 그렇지만 자존심 때문에 아무에게도 무언가를 요청할 수 없는 삶. 너는 모르겠지. 너는 근사한 집에서 부자 부모와 아무런 고통 없이 살았을 테니까. 난 네가 양부모랑 함께 나온 기사를 봤거든."

최영민은 한숨을 쉬고 말을 이었다.

"아버지가 출옥한 후에는 어떻게 됐을 거 같아? 아버지는 매일 술에 절어 살았고, 틈만 나면 모든 걸 다 부수고 때려야 직성이 풀렸어."

갑자기 자리에서 벌떡 일어난 최영민은 부엌으로 가, 가스버너의 스위치를 올렸다. 채유형에게서 등을 진 채. 물이 끓을 때까지 잠자코 기다렸다. 채유형은 그의 뒷모습을 바라보았다. 이윽고 물이 끓기 시작하자 그는 주전자를 가지고 와서 자신의 컵에 물을 따랐다. 그리고 그녀에게도 뜨거운 물이 필요하느냐고 물었다. 그녀는 고개를 끄덕였다. 그는 그녀에게 물을 따라주고 주전자를 제자리로 가져다놓은 후에 다시 그녀 앞에 앉았다.

"아버지가 출옥한 해에 나는 대학 입시를 앞둔 수험생이었어. 집에서 벗어나려고 이를 악물고 공부를 했지. 그리고 서울에 있는 사립대학에 합격했어. 학비가 비싸긴 했지만, 여기저기에 수소문해서 알아보니까 장학금을 받을 수도 있더라고…… 그런데…… 어머니가 나를 서울로 보내주지 않았어. 절대 안 된다고 했어. 왜인지 알아? 아버지와 단둘이 집에 있는 게 두려웠던 거야. 내가 가면 어머니는 죽어버릴 거라고 했어. 목숨을 가지고 자식을 협박하는 부모를 상상이나 할 수 있어? 나는 졌어. 어머니를 두고 갈 수 없었지. 그리고 그 지역에 있는 대학에 들어갔어. 그런데 그러고 나서 불과 2년도 안 되어서 아버지가 죽어버렸지. 그 후에 무슨 일이 벌어졌는지 알아?"

그녀는 불쑥불쑥 솟아오르는 감정을 누르려고 노력하면서 물었다. "무슨 일이 벌어졌는데요?"

"어머니가 완전히 정신을 놓은 거야. 아버지가 살았을 때도 지옥이었지만 아버지가 죽은 후에도 난 여전히 지옥에 있었어. 넌 모를 거야, 그렇지? 너는 지옥에 있지 않았으니까. 운 좋게 거기서 빠져나갔으니까."

그녀는 뜨거운 물을 부어서 밍밍해진 커피를 한 모금 마셨다. 이상하게도 떨림이 점점 잦아들었고, 그 대신 설명할 수 없는 감정이 저 밑바닥에서부터 서서히 차올랐다.

"이상하지? 아무리 내가 무언가를 극복하려고 노력해도 언제나 제자리였어. 앞으로 나갈 수가 없었어. 내 삶 자체가 저주받은 것처럼."

"내게 왜 우편물을 보냈어요?"

"알려주고 싶었어."

"뭐를요?"

"너의 기원."

악의. 채유형은 다시 한번 그 단어를 떠올렸다.

하지만 그는 이번에도 그녀의 마음을 읽었다는 듯이 말했다. "그래, 너는 아무 잘못이 없어."

"나한테 원하는 게 뭐예요? 왜 나를 심효전에게 데리고 가게 한 거예요? 왜 나를 여기로 오게 한 거예요? 나한테 뭘 원해요?"

"맞아, 난 네게 원하는 게 있어. 그게 뭔지는 곧 알게 될 거야."

"돈을 원해요? 난 당신에게 줄 돈이 없어요. 그럴 이유도 없고요. 당신이 불행한 삶을 살았다는 게 내게 무언가를 요구할 이유는 되지 않아요."

최영민은 그녀를 바라보며 다시 한번 미소를 지었다. 그녀는 다음 말을 기다렸지만, 그는 입을 꾹 다물고 있었다.

하릴없이 컵을 만지작거리던 채유형이 겨우 입을 열었다.
혼신을 다해, 내뱉듯이. "정말로…… 당신이, 아이들을…… 서
로 죽이게 만들었어요?"

"많은 걸 알아냈구나."

그가 한숨을 쉬었다. "너도 알 것 아니야."

"뭘요?"

"내가 왜 그랬는지."

"몰라요."

그는 슬픔에 가득 찬 목소리로 말했다. "너도 우리 아버지의
자식이니까 알 텐데."

"몰라요."

그녀는 자신도 놀랄 정도로 커다란 목소리로 다시 한번 그
말을 반복했다.

"모른다고!"

"너에 대해 조사했지. 대학에서, 대학원에서, 회사에서, 오
래 버티지를 못했더군. 사람들에게 욕설하고, 막말하고, 때로
는 무언가를 부수고, 사람들을 질리게 만들고……."

채유형이 무언가를 말하려고 하자, 그가 갑자기 한쪽 손을
허공에 들고 핑거 스냅을 했다.

"그 사장…… 내게 새로운 프로그램을 만들어보라고 말했
던 그 사장…… 이상하지 않아? 어떤 사람은 핑거 스냅 하나
만으로도 모든 것을 할 수 있는데, 나는 죽도록 손뼉을 쳐도

아무것도 할 수 없는 거야. 아무리 발버둥을 쳐봐도 나는 언제나 지옥에 머물러 있어. 왜 그렇게 된 거지? 내가 무슨 잘못을 저지른 거지?"

"그래서 윤종을 이용해서 이런 일들을 꾸민 거예요?"

"윤종은 그래도 나보다 운이 좋았지……. 아버지에게 맞은 적도 없고……. 내가 그 친구였다면 절대 도박따위 하지 않았을 거야. 인생을 망치는 일 따위는 하지 않았을 거라고."

"그럼…… 당신은 당신의 인생을 망치는 걸로도 모자라 다른 사람의 인생을 망친 게 어쩔 수 없었단 말이에요? 그런 말을 하고 싶은 거예요?"

"예전에 W빌딩이 있던 곳이 지금은 어떻게 변했는지 알아? 하긴 모를 수 없겠지. 이 도시의 거대한 랜드마크, 예술적 마력을 지닌 곳, 사시사철 사람들로 북적이는 곳……. 그래, 예전에 거기에 불을 지른 사람들이 있었어. 그 결과로 죽은 사람들도 있었지. 아무 죄도 없는 사람들이 거기에서 죽었어. 하지만 불을 지른 사람들이 바란 게 뭐였는지 알아? 고작해야 자신들이 일한 대가를 받는 거였어. 우리 아버지는 그들을 도우려고 했던 것뿐이야."

우리 아버지라니, 갑자기 채유형의 눈에서 눈물이 차오르는 것 같았다. 하지만 그녀는 눈물을 참았다, 있는 힘껏.

최영민은 계속 말을 이었다. "그거 알아? 결국 그 임금을 제대로 받은 사람은 아무도 없었어. 내가 알아봤거든. 단 한 사람도 없었어. 그 대신 그 돈으로 뭘 했을까? 불탄 건물이 있던 그 주변의 땅을 야금야금 사 모으고, 거기에 살던 사람들을 내쫓고……. 그렇게 해서 도시의 중앙에 거대하고 더러운 왕국을 세운 거야, 목숨을 내놓은 사람들의 대가를 빼돌린 돈으로, 탐욕과 죄악으로 만들어진 건물을 떡하니 만들어놓은 거야! 창피한 줄도 모르고! 사람들은 아무것도 모르면서 거기에서 문화를 즐긴다느니, 예술을 즐긴다느니, 건물이 아름답다느니, 그런 말을 늘어놓지. 날 견딜 수 없게 만든 게 바로 그거였어.”

그녀는 눈물을 흘리지 않으려고 노력하면서, 자신이 그런 노력을 하고 있다는 사실을 들키지 않으려고 애쓰면서 어금니를 앙다물며 질문했다.

“그래서…… 그 관계자들의 자식들에게 접근한 거예요?”

“접근, 접근이라…… 그렇게 말할 수도 있겠지. 그런데 접근이라는 단어는 너무 차갑네.”

“차갑다고요? 그 애들은 아무 잘못도 없이 그냥 죽어버린 거예요! 누군가를 죽인 경험을 하게 된 거라고요! 삶을 망쳐버린 거라고요! 그래서는 안 되는 거였다고요!”

“왜? 누군가의 아이는 아무 잘못도 없이 평생을 고통 속에서 살았는데, 누군가의 아이는 왜 그래서는 안 되는 건데? 그건 누가 정하는 건데?”

그녀의 몸이 더 심하게 떨리기 시작했다. 하지만 그건 두려움 때문이 아니었다. 분노 때문이었다.

"그럼 심효전이나, 지민준에게 살해당한 박준호는요? 그 애들의 부모는 W와 아무런 관련도 없었어요."

최영민의 얼굴에서 미소가 완전히 사라졌고, 상처받은 짐승의 참담함 같은 것이 대신 그 자리를 차지했다. 일렁거리는 불빛 아래 상처받은 눈빛으로 그녀를 바라보던 그는 고개를 숙였다. 두 손을 깍지 낀 채 한동안 식탁 위, 이제는 비어버린 컵을 가만히 응시했다.

"목적이 방법을 정당화하지 않아요. 그건 완전히 잘못된 방법이었어요. 아버지는…… 건물에 불을 지른 사람들은, 그저 분풀이하고 싶었을 뿐이에요. 잘못된 방향으로 복수심을 품고 있었던 거라고요. 당신도 마찬가지예요. 진짜로 분노심을 표출해야 하는 대상이 누군지 당신은 몰랐던 거예요."

이 말을 하고 나서 채유형은 깜짝 놀랐다. 이건 '체불임금 파월노동자·파월군인 유족의 모임'에서 만난 노인이 했던 말이었으므로. 그 말을 들을 때 그녀는 무슨 생각을 했던가? 그 여자가 오만하다고, 그런 고통을 겪은 적이 없는 관찰자가 지껄이는 말이라고 생각하지 않았나.

최영민이 고개를 들었다. 좀 전의 참담함은 온데간데없이 사라졌다. 그는 과장된 포즈로 두어 번 박수를 치고, 놀랐다는 듯 채유형을 바라보았다.

"와, 정말 감탄스럽네, 훌륭해. 사랑스러운 내 동생. 나도 그 애들 때문에 마음이 아팠어. 이건 진심이야. 마음이 아파서 며칠 동안은 잠도 못 자고 밥도 못 먹었지. 정말이야. 하지만 내 마음이 아픈 것과 별개로, 이런 걸 생각해봐. W시티와 관계된 수많은 관계자가 있어. 그중에서 내가…… 그래, 사랑스러운 내 동생의 단어를 빌려서, 내가 접근한 아이들이 있어. 무슨 기준으로 접근했다고 생각해? 내 말, 무슨 말인지 알아? 그 아이들은 뽑기를 당한 거야. 심효전이나 박준호도 마찬가지로 뽑기를 당한 거지."

"뽑기를……당한 거라고요?"

"그래! 내가 이런 삶을 살도록 뽑기를 당한 것처럼, 그 애들도 나로부터 뽑기를 당한 거야!"

세상에…… 채유형의 가슴이 무너지는 것 같았다.

"당신은 미쳤어요! 그 애들을 조종하고 부추겨 서로 죽이게 만들었어요!"

"그래, 그럴지도 몰라. 하지만 아이들은 아주 조그마한 이유 때문에 서로를 뼛속까지 사랑하고, 아주 조그마한 이유 때문에 뼛속까지 증오하는걸. 그것까지 내가 어쩔 수 있었겠어? 효전이가 이정이를 좋아한다고 말했을 때, 나는 그저 그 말만 했어. 네가 가난하기 때문에 이정이는 너랑 만나기 싫을 거라고. 아무리 노력해도 민수처럼 이정이에게 잘해줄 수 없으니까 포기하라고. 민수에게는 이정이가 혹시라도 효전이랑 사귀게 되면 불행해질 거라고 말했지. 그리고 이정이에게는…….”

채유형은 애원하듯이 그에게 물었다. “지민준이나 심효전 말고 다른 아이들이 연관된 사건이 또 있어요? 또 죽고 죽인 아이들이 있어요?”

그는 그녀를 빤히 바라보다가 입을 열었다. “내가 한 건 겨우 그 정도야. 조금의 격려, 충고, 위안.”

“당신 때문에…… 죽은 아이들이 더 있냐고!”

그는 이번에도 한동안 그녀를 바라보기만 했다.

잠시 후, 시선을 떨군 채로 그가 대답했다. “나 때문에? 그런 아이들은 없어.”

그녀는 고개를 흔들면서 한층 더 애원하는 듯이 말했다. “심효전이 진술을 바꾼 것도 당신이 시킨 거예요? 나를 끌어들이려고? 그렇게까지 그 애를 이용한 거예요?”

채유형을 내려다보는 그의 얼굴은 이제 어둠의 영역에 속해 있었다. 그녀는 어둠에 잠식된 그의 얼굴을, 아니, 어둠이 잡아먹은 그의 얼굴을, 아니, 어둠 자체를 바라보았다. 그는 천천히 그녀의 곁으로 와서 무릎을 꿇고 앉았다. 그리고 두 손으로 그녀의 얼굴을 감싸듯 잡고 자신의 얼굴을 마주하도록 했다.

“맞아. 하지만, 나도 멈출 수가 없었어.”

무엇을? 채유형은 질문하고 싶었다. 무엇을 멈추고 싶었어? 무엇을 멈추고 싶었는데 그럴 수 없었다는 거야? 대체 이렇게

411

까지 해서 나를 끌어들인 이유가 뭐야? 내게 바라는 게 뭐야? 하지만 입이 떨어지지 않았다. 자리에서 일어난 최영민은 팔로 그녀의 얼굴을 감싸 안았다. 약간은 어색하고 엉거주춤한 자세로. 채유형은 도시에 대해 생각했다. 이 도시는 어디로 향하게 되는 걸까? 여기에 살던 사람들은 어디로 사라졌을까? 그녀는 텅 빈 자리를 비추는 동그란 불빛을 바라보며, 그의 팔이 자신의 머리통을 누르는 그 단순하고 미약한 압박을 느끼고 있었다.

이윽고 최영민이 입을 열었다. "왜냐하면, 아이들의 마음을 조종하는 건 생각보다 너무 쉬운 일이었거든."

오, 세상에. 채유형은 마음속으로 중얼거렸다. 만약 자신이 믿는 신이 있다면, 그 순간 신의 이름을 소리 내어 불렀을 거라고 생각하면서.

"아이들의 마을을 조종하려면, 진짜로 그 애들을 사랑하면 돼. 그것뿐이야."

채유형의 눈에 순식간에 눈물이 차올랐고, 볼을 타고 내려와 그의 팔을 적셨다.

"개소리 집어치워."

최영민은 아무런 말도 하지 않고 상체를 숙여서 그녀와 자신이 좀더 밀착되도록 했다. 두 손으로 작은 새를 품는것처럼 조심스럽고 신중하게. 어디론가 떠밀려가는 듯한 그의 심장박동이 그녀에게 오롯이 전달되었다. 채유형은 열여덟 살 때

'유일하게 좋은 베트남인은 죽은 베트남인이죠'라는 문장을 읽었을 때, 두려움과 쾌감을 구분하지 못하는 특질을 물려받았을지도 모른다고 생각했던 걸 떠올렸다. 진 형사에게서 환자에 대한 이야기를 들었을 때, 자신은 조롱하기 위한 비명과 고통에 찬 웃음을 구분하기 힘들다고 생각했던 걸 떠올렸다. 채유형은 자신이 '체불임금 파월노동자·파월군인 유족의 모임'의 노인에게 들었고, 그리고 최영민에게 돌려준 그 말을 떠올렸다. 맞다. 그 말은 오만한 위치에 있는 사람만이 할 수 있는 것이었다. 비교 우위를 점하는 것. 객관적 관찰자가 되어서 사태를 해석하고 의미를 부여하는 것. 그건 기만적인 태도에 불과했다. 하지만 때로는 사태를 해석하고 의미를 부여하는 행위를 통해, 기만적이고 오만한 태도를 통해서만 살아갈 힘을 얻게 되는 삶이 존재했다. 그런 식으로만 앞으로 나아갈 동력을 얻게 되는 삶이 존재했다. 그런 식으로 작동하는 진실이 있다. 그런 세계가 존재한다. 여기에, 바로 여기에.

"당신도 갈팡질팡한 거죠. 어떻게 해야 할지 몰랐던 거죠? 만약 내게 아버지에 대해 알려주고 싶었다면 그냥 그걸 직접 알려줬어도 됐어요. 그런데 당신은 암호 같은 기사와 사진만 보냈어. 내게 태생을 알려주고 싶은 마음과 내가 그걸 모르는 채로 그저 행복한 아이로 살았으면 좋겠다는 마음이 둘 다 있었던 거예요. 그 두 마음을 어떻게 할 수가 없었던 거예요. 그렇죠? 그래서 우편물을 세 번만 보내고 말았던 거예요. 당신은 마치 자신이 신이라도 된다는 듯이, 아이들을 뽑았다고 말하지만, 사실은 괴로웠던 거예요. 그렇죠?"

최영민이 그녀를 안고 있던 팔을 풀더니 눈을 마주쳤다. 채유형은 그가 눈물을 흘렸으리라고 생각했지만, 눈물 자국은 보이지 않았다. 어둠이 그의 눈물을 가려버린 걸까? 아니면 어둠이 그의 마음을 가려버린 걸까?

그는 조그만 목소리로 말했다. "아, 내 동생. 정말 똑똑하구나. 바로, 이게 너를 여기에 부른 이유야."

순식간에 그는 현관문을 열고 복도로 나갔다. 영문을 알 수 없어서 멍하니 바라보던 채유형은 벌떡 일어나 그를 따라갔다. 열린 창문으로 빗줄기가 끊임없이 들이쳐서 창문 쪽 바닥은 빗물이 찰랑거렸다. 창문 밖으로 상체를 내밀고 바깥을 바라보던 그는 그녀를 향해 몸을 돌려 창문 앞에 버티고 섰다. 최영민은 마치 물의 한가운데에 서 있는 사람 같았다. 머리카락과 턱과 몸에서 물방울이 뚝뚝 떨어졌다. 의구심을 느끼며 채유형은 그에게 천천히 다가갔다.

그가 미소 짓고 있었다. 조소도 아니고, 헛웃음도 아닌, 아무 의미도 담지 않은 완전무결한 미소 그 자체.

그는 소리쳤다. "이게 바로 내가 너에게 원하는 거야!"

최영민이 창문틀로 올라가는 걸 보자마자, 채유형은 뛰었다. 창문 바깥으로 손을 뻗었다. 무언가 자신의 손에 탁 하고 잡히는 느낌이 들었다. 그의 팔목이었다. 채유형이 최영민의 팔목을 잡은 것이었다.

"내가 잡았어요!"

채유형은 두 손으로 있는 힘을 다해 그를 잡았다. 빗물이 그녀의 머리카락을 타고 얼굴과 목과 가슴으로 흘러 들어갔다. 그는 채유형의 손에 매달린 채 그녀를 올려다보았다. 그가 신고 있던 슬리퍼가 저 아래 지상으로 추락하는 게 보였다. 하나, 그리고 다른 하나. 그의 눈과 입으로 빗방울이 인정사정없이 내리쳤다.

"내 손 잡아요!" 채유형이 소리쳤다. "제발 내 손을 잡아요! 제발, 제발, 끌어올릴 수 있게 나를 잡으란 말이야!"

그는 이제 자신의 손에 힘을 완전히 풀고서 말했다. "네 말이 맞아, 아이들은 아무 잘못이 없어."

그가 말을 할 때마다 입속으로 빗물이 들이쳤다. 그녀의 손에서는 점점 힘이 빠지고 있었다.

"젠장, 제발 손을 꽉 잡아! 힘을 풀지 말라고!"

목구멍으로 흘러 들어간 빗물 때문에 괴로운 표정을 짓고 있던 그가 갑자기 절규하듯이 소리쳤다. "하지만 잘못이 없다는 거, 그게 가장 큰 잘못이 되는 때도 있는 거야!"

그의 팔목이 그녀의 손에서 점점 빠져나가고 있었다.

그녀는 고개를 흔들며 울부짖듯이 말했다. "제발 내 손을 잡아! 올라오라고! 죽지 말라고! 살아서 죽은 아이들의 죗값을 치르라고! 당신이 한 일에 대한 벌을 받아! 용서를 빌란 말이야! 살아남으라고! 죽지 마! 살아남아줘! 제발 부탁이야!"

채유형의 상체가 점점 바깥으로 딸려가고 있었다. 지금 그의 손을 놓지 않으면, 자신 또한 죽을 수도 있다는 사실을 알았다. 다시 그 문장이 떠올랐다. '넌 어때?' 그는 무엇을 묻고 싶었던 것일까?

넌 어때? 나 대신 행복해?

넌 어때? 나만큼 불행해?

채유형은 행복했었나? 불행했었나? 그 어느 쪽도 아닌 삶도 있다. 억지로 불행해질 필요도 없지만 억지로 행복해질 필요도 없었다. 채유형은 그녀 자신과 최영민이 몰랐던 게 바로 이것이었다고 생각했다. 어디선가 자신을 애타게 부르고 있는 듯한 기분이 들었다. 환청일까? 몸이 창밖으로 조금씩 조금씩 딸려 나가고 있었다.

죽고 싶지 않아. 살고 싶어. 그러니까 오빠, 제발 내 손을 잡아. 함께 살아남아줘. 그때 그 패거리의 어린 여자아이는 이 세상이 쓰레기 같다고, 쓰레기 세상이라고 말했다. 그래도, 오빠…… 쓰레기 세상에서라도 나와 함께 살아남아줘.

그녀가 미친 사람처럼 소리쳤다. "죽고 싶지 않아! 나는 살고 싶어! 그러니까!"

그 순간 그녀는 누군가 자신을 뒤에서 힘껏 끌어당기는 것을 느꼈다.

27

한 손에 절단기를 든 진 형사는 소리를 내지 않으려고 애쓰며 천천히 계단을 올라가고 있었다. 절단기는 결국 필요 없는 것으로 판명이 났지만, 무기 삼아 들고 있는 것도 나쁘지 않았다. 각 층의 계단과 복도는 너무 어두워서 안경은 쓰나 마나였지만 절대 안경을 벗지 않을 생각이었고, 휴대전화 랜턴도 켜지 않을 생각이었다. 예감이 좋지 않았다. 체인과 자물쇠가 이미 풀려 있는 걸 봐서 이 안에 누군가가 있다는 의미였다. 누가? 최영민? 아이들? 휴대전화의 랜턴으로 건물의 1층을 살펴보다가 진 형사는 이곳에 누가 있는지 확실하게 알 수 있었다. 채유형의 후드가 바닥에 아무렇게나 버려져 있었던 것이다. 여기에 온 거야? 어떻게 알고? 어떻게 알긴! 어디선가 웅웅거리는 소리가 났다. 오래된 건물의 벽을 타고 어떤 소리들이 지나가고 있었다. 사람의 목소리인지, 아니면 빗소리 때문에 자신이 무언가를 착각하고 있는 건지, 진 형사는 도저히 알 수 없었다. 착각인가? 아닌가?

순간 진 형사는 분명히 남자의 목소리를 들었다고 생각했다. 내가 들었어. 뭐라고 하는지는 불분명하지만, 분명히 들었어. 분명히 최영민일 것이다. 그렇다면 채유형은 어디에 있는 거지? 둘이 함께 있는 걸까? 그가 채유형에게 위해를 가할까? 자신의 동생인데? 하지만 최영민은 아이들을 조종해서 죽게 만든 장본인이었다. 그 누구보다 악랄한 범죄자였다. 갑자기 속이 타기 시작했다. 원하지 않는 기억이 진 형사의 마음속을 파고들었다.

자신의 파트너, 정인서가 건물 옥상에서 투신한 날.

정인서가 죽고 난 후, 진 형사가 알게 된 사실이 있었다. 서울이 북극보다 더 기온이 낮다고 일기예보에서 호들갑을 떨던 날, 정인서는 맨발이었다고. 정복을 입은 정인서는 맨발로 걸어서 옥상까지 올라갔다고 했다. 투신하기 직전에 정인서는 진 형사에게 전화를 걸었다. 세상으로 보내는 마지막 메시지. 정인서는 진 형사에게 뭐라고 했던가? 강태민이 그토록 알고 싶었던 그 말. 제발 알려달라고 애걸복걸했던 그 말.

'멈추지 마. 절대, 절대 멈추지 마, 선배.'

그리고 이렇게 덧붙였다.

'내가 한 말, 죽을 때까지 선배 혼자만 간직하겠다고 나와 약속해줘.'

나중에, 진 형사는 멈추지 말라는 그 말이 죽어서도 진 형사를 증오할 것이라느니, 절대 용서하지 않을 것이라느니, 그런 말 따위와는 비교도 할 수 없을 만큼 잔인하다는 사실을 깨달았다. 차라리, 당신 때문에 내가 죽는 거라고, 당신 때문에 여기서 몸을 날리는 거라고, 당신 때문에 모든 걸 망쳤다고, 그렇게 말했다면 마음이 훨씬 더 편했을지도 모른다. 훨씬 더 편했을 거라고? 어불성설이다.

진 형사는 정인서가 남긴 말대로 절대로 멈추지 않았다. 그리고 정인서의 유언을 그 누구에게도 발설하지 않았다.

정인서가 죽고 나서 한동안 진 형사는 매일 밤 같은 꿈을 꿨다. 정인서가 몸을 던지기 전 그 건물의 계단을 뛰어 올라가는 꿈. 하지만 아무리 진 형사가 뛰어 올라가도 절대 옥상에 도착할 수 없었다. 계단의 수는 줄어들지 않았다. 아니, 줄어들기는커녕 불어나고 또 불어났다. 길게 이어지기만 했다. 꿈속이지만, 진 형사는 언제나 땀 범벅이 되었고 숨이 찼다. 하지만 숨이 차서 곧 죽을 것 같다고 여겨질 때쯤, 옥상으로 통하는 문 앞에 도착해 있었다. 그 문, 커다란 철제문. 심지어, 그 문은 잠겨 있지도 않았다. 너무 쉽게 스르륵 열렸다. 옥상은 언제나 환한 낮이었다. 빛이 온 세상을 구원하기라도 할 것처럼. 그 빛 아래에서 정인서는 맨발로 난간 위에 서서 진 형사를 바라보고 있었다. 정복을 입고 모자까지 쓴 채로. 마치 진 형사를 기다리는 사람처럼. 구해주기를 원하는 사람처럼. 하지만 달려가서 손을 잡으려는 찰나, 정인서는 뒤로 눕듯이 몸을 날렸고, 간발의 차로 언제나 진 형사는 정인서의 손을 놓쳤다. 그러면 온 세상에 어둠이 번져갔다. 칠흑 같은 어둠 속에서도, 진 형사는 자신의 눈앞에서 정인서의 몸이 산산이 부서지는 걸 똑똑히 볼 수 있었다. 마치 현미경을 들이댄 것처럼. 고개를 돌리고 싶었지만, 돌려지지 않았다. 몇 번이고, 몇 번이고, 반복해서 그걸 봐야 했다.

정인서의 유언대로 진 형사가 절대 멈추지 않고 그 모든 조사를 끝낸 후 보고서를 상부에 제출했을 때 비로소 그 꿈은 끝이 났다. 꿈은 끝났지만, 보고서는 폐기 처분되었고 진 형사에게 남은 것은 동료들의 증오와 혐오뿐이었다. 죄를 지은 건 정인서였지만 죄인 취급을 받는 건 진 형사였다. 진 형사는 그 모든 것을 받아들일 수밖에 없다고 느꼈지만 때로는 화가 났다. 누구에게? 도대체 누구에게?

진 형사는 모든 층의 복도를 뛰어다니며 문을 잡아당겨보았다. 문은 대부분 잠겨 있었고, 문이 잠기지 않은 집 안은 텅 비어 있었다. 젠장, 어디에 있는 거야? 이 모든 문을 다 열어봐야 하는 거야? 진 형사는 4층 복도 한가운데에서 소리쳤다.

"피디님! 어디에 있어요?"

이번에는 어디선가 채유형의 목소리가 들려오는 것 같았다. 어디선가 아득히 먼 곳에서 들려오는 것 같은 목소리.

"젠장, 어디에 있냐고!"

복도 한가운데에 서서 절규하듯 소리치던 진 형사는 다시 계단을 뛰어 올라갔다. 숨이 차오르는 것을 느끼며, 빌어먹을 계단을 뛰어 올라가면서 계속해서 그녀를 불렀다.

"피디님! 피디님!"

그러고는 마침내 진 형사는 고래고래 악을 쓰면서 그녀의 이름을 불렀다.

"채유형! 채유형, 어디에 있어!"

어느새 계단은 끝이 났다. 가장 꼭대기 층까지 올라갔을 때, 진 형사는 빗물이 쏟아지는 복도 창문 바깥으로 상체를 반쯤 내밀고 있는 그녀를 발견했다.

"채유형!"

진 형사는 절단기는 던져버리고 죽을힘을 다해 채유형에게로 달려갔다. 그리고 두 손으로 뒤에서 그녀의 몸을 꽉 끌어안고 낚아챘다.

잡았어, 드디어.

순식간에 채유형이 복도 안쪽으로 빨려 들어왔고 둘은 빗물이 고여 있는 바닥으로 내동댕이쳐지듯이 넘어졌다. 진 형사의 안경이 부서지며 파편이 눈썹과 볼에 상처를 입혔고 피가 흘렀다. 하지만 더 급박한 통증은 왼쪽 엉덩이 쪽에서 전해져 왔다.

채유형은 진 형사의 팔을 뿌리치고 벌떡 일어나 창문 쪽으로 달려가 바깥으로 몸을 내밀었다. 갑자기 모든 것이 침묵 속에 머무는 듯했다. 빗소리도, 배수로를 통해 떨어지는 물줄기도, 진 형사가 뭐라고 떠드는 소리도, 그 모든 소리가 끊긴 것 같았다. 그저 장면만이 그녀의 눈앞에 펼쳐졌다. 음소거를 한 TV 화면을 보는 것처럼. 저 멀리, 땅 위에 최영민이 누워 있었다. 아주 멀리, 마치 달과 지구가 떨어진 만큼 먼 거리에 그가 누워 있었다. 아니다, 그렇게 먼 거리는 아니었다. 채유형은 그의 몸에서 빠져나오는 피가 긴 띠를 이루며 빗물을 따라 흘러가는 걸 똑똑히 알아볼 수 있었다. 고요 속에서, 그의 피가 멀리 흘러가고 있었다. 저 피가 어디까지 흘러갈 수 있을까? 도시의 하수구로 흘러 들어갈 테지. 온갖 오물들에 섞여 들어갈 테지. 그런 식으로 저 사람의 피는 의미를 잃어버릴 것이다. 이 세상에 남아 있던 단 하나의 혈육. 오빠, 내가 당신을 사랑해야 해? 아니면 증오해야 해? 나를 사랑했어? 아니면 증오했어? 채유형은 소리를 지르고 싶었지만, 그렇게 할 수 없었다.

진 형사는 통증 때문에 자리에 주저앉은 채 숨을 몰아쉬며 말했다. "피디님, 괜찮아요. 이제 괜찮아질 거예요."

채유형은 천천히 진 형사 쪽으로 몸을 돌렸다. 진 형사의 얼굴을 타고 흐르는 피를 바라보며, 완전히 얼이 나간 표정으로 쥐어짜듯이 말했다. 자신의 목소리가 너무 낯설어서 소름이 끼쳤다. "괜찮아진다고요?"

진 형사는 여전히 숨을 몰아쉬며 크게 고개를 끄덕였다. 피가 진 형사의 시야를 가렸고, 엉치 쪽의 뻐근한 통증 때문에 정신을 차릴 수가 없었다. 채유형은 진 형사가 그런 말을 했다는 사실을 믿을 수 없어서 한 번 더 물었다.

"괜찮아진다고요?"

조금은 자신감이 없어진 말투이긴 했지만 그래도, 이번에도 진 형사는 고개를 끄덕이며 말했다. "꼭 그렇게 될 거예요. 채유형 씨."

괜찮아질 거야. 진 형사는 이런 종류의 말을 증오했다. 그 참을 수 없는 뻔뻔함을 증오했다. 진실을 가장한 그 헛된 희망을 증오했다. 하지만 이 순간, 진 형사는 자신이 증오해온 그 문장에 기댈 수밖에 없다는 사실 때문에, 때로는 바로 이것이 최선이리라는 사실 때문에 무력감과 안도감을 동시에 느꼈다. 그녀는 무너지듯 주저앉았고, 진 형사의 어깨에 기대어 마지막 눈물을 쏟아냈다.

28

사상 최악의 피해를 낸 장마가 끝난 후, 도시에는 지루한 무더위가 계속되고 있었다. 아스팔트 도로는 이른 시간부터 믿을 수 없을 정도로 강렬한 열기를 뿜어내고, 해는 기필코 도시를 점령하고 말겠다는 포부를 가지고 이글이글 타오르는 것 같았다. 전철역에서 나와 200미터도 채 걷지 않는데, 채유형의 이마와 코밑에는 땀이 송골송골 맺혔다. 땀을 닦을 생각도 하지 못할 정도로, 채유형은 휴대전화로 지도를 들여다보는 것에 신경이 쏠려 있었다. 귓불에는 여전히 작은 반창고 몇 개가 붙어 있었지만, 얼굴에 있던 멍 자국은 사라졌다. 손바닥과 손등에 자잘한 상처들이 남았고, 어떤 상처들은 영구적인 흔적을 남기겠지만, 눈여겨보지 않으면 알아채지 못할 정도였다. 길이 너무 복잡했다. 아무리 휴대전화를 이쪽저쪽으로 돌려봐도 자신이 가야 하는 길이 어디로 뻗어 있는지 읽어낼 수 없었다.

도시를 걷다가 가끔 걸음을 멈출 때가 있었다. 도시 한가운데에 서 있는 낡은 건물들이 눈에 들어올 때마다 채유형의 가슴은 견딜 수 없이 울렁거렸고, 지독한 어지러움증이 덮쳐왔다. 어째서 이 도시에는 금방이라도 무너질 것 같은 건물들이 이다지도 많은 걸까? 어지러움증에도 불구하고 채유형은 그런 건물을 그냥 지나치지 않았다. 기어코 그 앞에 멈추어 서서 찬찬히 시간을 들여 건물을 훑어보곤 했다.

한참 동안 길을 돌고 돈 끝에 목적지인 조그만 빵집에 도착할 수 있었다. 빵 종류는 많지 않지만, 판매하는 모든 빵이 맛있다고 정평이 난 곳이었다. 진 형사가 만족할지는 미지수였지만 여하튼 열심히 검색한 결과로는 그랬다. 채유형은 진 형사가 한 말을 기억했다.

'고구마치즈식빵이 아니라, 밤식빵을 좋아한다우. 그렇지만 사실 식빵보다는 캉파뉴나 바게트를 더 좋아하지. 브뢰첸이나 라우겐도 좋아하고. 솔티캐러멜스콘이 아니라 버터스콘, 앙버터가 아니라 버터라우겐, 초코크림빵이 아니라 그나마 우유생크림빵을 더 선호해요.'

그녀는 캉파뉴 한 덩이와 버터스콘, 크루아상과 팽오쇼콜라, 그리고 라우겐을 하나씩 고르고, 잠시 망설이다가 치아바타도 하나 달라고 했다. 그녀는 치아바타라는 빵을 먹기는커녕 본 적도 없었지만, 그 모양과 이름이 어쩐지 마음에 들었다. 직원이 그녀에게 맛보기 빵을 건넸고 그녀는 괜찮다고 말했다.

직원은 어깨를 으쓱하고는 그녀에게 물었다. "화이트치아바타와 브라운치아바타 중 뭘로 드릴까요?"

그녀는 그 둘의 차이를 물어볼까 하다가, 그냥 대답했다.

"브라운치아바타요."

빵을 포장해주면서 직원이 물었다. "치아바타 뜻이 뭔지 아세요?"

그녀가 고개를 흔들었다.

"이탈리어로 슬리퍼예요."

슬리퍼.

그날, 최영민이 지니고 있던 것 중 가장 먼저 추락했던 것.

그날 밤, 진 형사는 채유형을 끌어당기다가 뒤로 심하게 넘어졌다. 병원에서 진 형사는 얼굴에 박힌 안경 렌즈의 파편을 제거했고, 금이 간 엉덩이뼈 수술을 했다. 입원한 진 형사를 찾아오는 사람은 없었다. 수술이 끝난 후 얼굴 반쪽을 붕대로 감싼 채 진 형사는 6인용 병실에 머물렀다. 아무도 자신을 보지 못하도록 언제나 커튼을 내리고 있었고, 밤마다 진통제로도 달래지지 않는 고통을 홀로 주워 삼켰다. 아니, 딱 한 명, 찾아온 이가 있긴 했다. 진 형사의 상관. 그는 진 형사에게 대체 무슨 일을 하고 돌아다니는지 모르겠지만 그냥 조용히 있으라고 했다.

상관은 커튼 안쪽으로 들어와 진 형사의 발치에 우뚝 서서 달래는 듯한 말투로 말했다. "조용히 있다가 은퇴하는 게 꿈 아니었던가?"

맞다. 그게 진 형사의 꿈이었다. 경찰서에서 고립된 후로 진 형사는 자신의 책상 앞에 앉아서 노트를 펼쳐놓고 의미 없는 글자들을 나열하곤 했다. 다른 동료들이 해결 중인 사건의 사안들을 적어두던 시기가 있었다. 그리고 그다음 시기엔 의미 없는 그림을 그려 넣으며 시간을 때웠다. 방문할 빵집의 리스트와 좋아하는 빵의 레시피들을 열심히 적어두던 때도 있었다. 그나마 가장 견딜 만한 시간들이었다. 이제 그 노트는 채유형과 채유형의 오빠인 최영민, 최영민의 친구인 윤종에 대한 정보로 가득했다. 상관의 말에 진 형사는 잠자코 고개를 끄덕였다. 그래도 된다고 생각했다. 이번에는 자신에게 멈추지 말라고 말한 이가 없었으므로. 그 사람은 이제 이 세상에 남아 있지 않으므로. 채유형, 그녀는 어떨까? 구급차에 실려오며 진 형사는 채유형에게 절대 문병을 오지 말라고 했다. 사실 진 형사가 그런 말을 하지 않았더라도 채유형에게는 당장 다른 사람을 생각할 만한 마음의 여유가 없었다. 시간이 흘러 현실 감각이 돌아온 후에도 채유형은 진 형사의 문병은 가지 않기로 했다. 콕 집어 설명 하기는 어려웠지만, 진 형사가 왜 그렇게 말하는지 알 것 같았고, 진 형사의 의견을 존중해야 한다고 생각했다.

그리고 진 형사가 퇴원한 다음 날, 채유형은 진 형사가 좋아하는 빵을 사 진 형사를 방문하기로 마음먹은 것이었다. 슬리퍼라는 이름을 가진 (진 형사가 좋아할지 안 좋아할지 알 수 없는) 빵을 포함해서.

초인종을 누르고 한참이 지나서야 현관문이 열렸다. 진 형사는 목발을 짚고 있었다. 얼굴에는 반창고가 붙어 있었고 살이 좀 빠진 것 같았지만, 전체적으로 혈색이 나빠 보이지는 않았다. 얼굴에 덕지덕지 붙은 반창고로도 숨길 수 없는 진 형사의 부루퉁한 표정 때문에 채유형은 좀 안심했다. 하지만 무언가 허전했다. 무언가가 빠진 것 같은데…… 그게 뭘까?

진 형사는 일부러 과장되게 말했다. "아이고, 세상에. 이렇게 깔끔한 모습을 본 게 얼마 만인지 모르겠네요. 처음인가? 아, 그거 혹시 빵 봉투예요?"

채유형은 못 말리겠다는 듯 픽 웃으며 물었다. "몸은 좀 어떠세요?"

"보시다시피 이놈의 목발이랑 얼굴 반창고 때문에 제대로 씻지를 못해서 말이우. 그날 이후로 빨래도 못 해서 입을 옷도 거의 없더라고. 냄새가 좀 나긴 할 거예요."

하지만 진 형사에게서 나쁜 냄새는 나지 않았다.

진 형사가 허탈하게 웃으면서 말했다. "처음 피디님한테 빵을 받았던 날이 생각나네요."

진 형사는 목발에 의지해서 부엌으로 갔고 채유형은 진 형사의 뒤를 따랐다.

진 형사가 뒤를 돌아보며 말했다. "아이고, 제발 그냥 앉아서 기다려요. 손님이면 손님답게 굴어야지. 나 원 참."

채유형은 진 형사가 끙 소리를 내며 찬장에서 꺼낸 접시에 빵을 담는 동안, 거실로 가서 앉았다.

"세상에, 여기 내가 정말 좋아하는 빵집인데!"

진 형사의 목소리를 들으며 채유형은 테이블 위에 덩그러니 놓인 작은 노트와 연필을 바라보았다. 그녀는 자신이 처음으로 경찰서를 방문했을 때, 진 형사가 노트에 무엇인가를 적고 있었다는 사실을 떠올렸다. 그때 형사님은 노트에 뭘 적고 있었던 걸까? 노트를 펼쳐볼까 말까 고민하고 있던 차에 어느새 다가온 진 형사가 빵 접시와 홍차가 든 컵 두 개, 빵칼을 내려놓았다. 목발을 짚고도 그것들을 한꺼번에 다 가지고 온 것이다. 진 형사는 벽 한쪽에 목발을 세워두고 절뚝거리며 의자로 다가와 앉았다. 이번에는 끙 소리를 내지 않았지만, 얼굴이 조금 일그러졌다. 진 형사는 후 하고 숨을 내뱉고는 홍차를 한 모금 마셨다. 채유형도 진 형사를 따라서 한 모금 마셨다. 커피가 훨씬 더 나았으리라고 생각했지만 그런 말을 하지는 않았다. 그러고 보니 진 형사의 부엌에서 어울리지 않게 큰 자리를 차지하고 있던 구식 캡슐 커피 기계가 사라져 있었다.

"커피 기계 어디 갔어요?"

진 형사는 원래 커피 기계가 있던 자리를 흘긋 보았다.

"어제 집에 오자마자 그것부터 치웠잖수."

"무겁지 않았어요? 그 몸을 하고 그걸 옮기셨어요?"

진 형사는 무언가를 자신에게서 털어버리기라도 하겠다는 듯이 어깨를 과장되게 으쓱했다.

"속이 시원한걸, 뭐." 손에 들고 있던 컵을 내려놓으며 진 형사가 말했다. "지난 4년간 을지로에서 일어났던 청소년 살인 사건을 다시 조사해달라고 부탁했다면서요?"

"네."

진 형사는 잠시 망설이다가 어쩔 수 없다는 듯이 입을 열었다. "굳이 그럴 필요가 있겠어요?"

그런 질문을 받자, 채유형은 뭐라고 대답해야 할지 모르겠다고 느꼈다.

"혹시 모르잖아요. 그리고 만약…… 최 피디…… 최영민이 가스라이팅하고 조종한 아이가 더 있다면, 그 아이가 재수사를 받을 수도 있을 거고…… 심효전도……."

"경찰은 안 움직일 거예요."

진 형사의 말투가 너무 단호해서 채유형은 섭섭한 기분마저 느꼈다.

"이 도시에는 너무 많은 사람이 죽고 다치니까, 그런 사건까

지 다시 살펴보지는 못할 거예요. 운이 좋아서 재수사를 받는
다 한들…….”

“알아요. 그래도 할 수 있는 건 다 해보고 싶어요. 혹시 최 피
디 때문에 희생된 아이들이 더 있다면. 그걸 밝혀내는 게 제
일인 것 같아요.”

할 수 있는 건 다 해보고 싶다. 진 형사는 그 말을 되뇌었
다. 이거야말로 진정한 낙관주의자의 발언이네. 채유형 씨
가 언제 이렇게 낙관주의자가 되었나? 낙관주의자는 나였는
데…….

“윤현기…… 아니, 윤종은 만나봤어요?”

다른 사람의 입에서 그 이름이 나오자, 채유형은 자신도 모
르게 쓸쓸한 웃음이 지어졌다. 그녀는 여전히 윤종이 자신을
안았을 때의 감정, 살결이 스칠 때 마음속에 새겨진 감촉을 기
억하고 있었다.

“그는 새로운 삶을 살기를 바랐으니까…… 내가 연락하는
거 원하지 않을 거예요.”

진 형사는 아무 말도 하지 않고 물끄러미 그녀를 바라보기
만 했다.

그녀가 말했다. “최 피디…… 최영민……의 유골을 제가 화
장했어요.”

진 형사가 크게 한숨을 쉬며 두 손바닥으로 이마를 문질렀
다. “아이고 참, 유감이에요. 나라도 같이 있어줘야 했는데.”

채유형은 고개를 흔들다가 문득 깨달았다. 진 형사가 접시 위의 빵들을 물끄러미 바라만 볼 뿐, 손을 대지 않는다는 사실을. 그녀는 빵칼로 스콘을 잘랐다. 빵을 칼로 잘라보는 건 처음 하는 경험이었다. 게다가 진 형사와 함께 있을 때 빵에 관한 건 언제나 진 형사의 몫이었다. 그녀는 작게 자른 스콘 조각을 입에 집어넣었다. 진 형사가 뭐라고 했더라? 스콘은 겉은 단단하고 속은 촉촉해야 한다고 했던가? 한입 베어 물자, 버터의 풍미가 입안을 가득 채웠다. 그녀가 반쪽을 다 먹을 때까지 진 형사는 그녀를 물끄러미 바라보기만 했다. 그제야 채유형은 이 집에 왔을 때 진 형사를 보고 허전함을 느낀 이유를 알 것 같았다. 진 형사의 목에 걸린 안경이 사라진 것이다. 그래, 그날 안경이 박살 났었지…….

"드라마나 영화에서 안경 쓴 여자 형사, 본 적 있어요?"

채유형의 질문에 진 형사가 입을 다문 채로 미소를 짓다가 되물었다. "이렇게 통통한 형사는 본 적 있어요?"

이번에는 그녀가 입을 다문 채로 미소를 지었다. "안경을 쓴 통통한 형사님이 저를 구해주셨죠."

진 형사는 남은 스콘 반쪽을 오랫동안 오물거리며 씹었다. 그리고 잠시 망설이다가 빵칼로 치아바타를 조금 잘라 입안으로 집어넣었다. 진 형사가 치아바타를 조금 더 뜯어서 신중하게 씹는 동안, 채유형은 그날 밤 자신이 어떻게 을지로의 숲에 가게 되었는지, 최영민이 자신에게 무슨 이야기를 했는지

들려주었다. 채유형이 말하는 내내 진 형사는 그녀의 얼굴을 유심히 들여다보았다. 어느 순간, 채유형은 진 형사에게 표정을 내보이기 싫은 마음이 들어서 고개를 숙인 채 대수롭지 않은 사실을 전달하는 듯한 말투를 꾸몄다.

"사실은…… 내 이름…… 지금 이름 말고 예전 이름이 궁금했어요. 그런데 물어보지를 못했어요."

"피디님, 피디님의 이름은 채유형이에요."

채유형은 그날 밤 진 형사가 자신의 이름을 불렀던 걸 기억했다. 채유형이라고 부르며 자신을 잡아당기던 그 손의 힘을 기억했다.

"그는 자신이 죽는 모습을 내게 보여주고 싶었던 걸까요? 그런 식으로 내게 복수하고 싶었던 걸까요?"

진 형사가 홍차를 한 모금 마신 후에 물었다. "그가 왜 피디님에게 복수해야 하는 건데요?"

이상했다. 최영민이 자신에게 복수하고 싶은 마음을 품는 게 너무 자연스러운 일처럼 느껴왔는데, 정작 진 형사가 질문하니까 뭐라고 대답을 해야 할지 알 수 없었다.

"이상해요. 최영민은…… 한 번도 부모님을 사랑한 적 없다는 듯 말했으면서 아버지가 죽었을 때, 그리고 어머니가 죽었을 때 나를 찾았다고 했어요."

진 형사는 의자에 몸을 깊게 파묻었다. 최영민이 바랐던 것은 무엇이었을까? 지옥에서 벗어나는 것. 그뿐이었을까? 그 지옥은 누가 만들었을까? 두말할 필요도 없이 그 지옥 설계에 가장 많은 지분은 최영민 자신에게 있었다.

"최영민은…… 멈추고 싶었던 걸까요? 아이들을 조종하는 걸…… 아이들을 죽게 만드는 걸, 누군가 멈춰주기를 바랐던 게 아닐까요? 그의 마음속 깊은 곳에서는 그런 바람이 있었던 게 아닐까요? 어머니가 돌아가신 후에 저를 찾은 이유가 자신을 멈출 누군가가 필요해서였을 수도 있어요. 그리고 심효전이 친구들을 죽였을 때, 적극적으로 저를 끌어들인……."

"피디님……."

"그는 아이들의 마음을 조종하는 게 너무 쉬운 일이라고 했어요. 그냥 그 애들을 진심으로 사랑하기만 하면 된다고요. 저에게 죽는 모습을 보여주는 게 목적이었다면, 그래서 저에게 상처를 남기는 게 목적이었다면 왜 그렇게 복잡한 과정을 거쳐야 했을까요?"

"그 이유가 뭐라고 생각하는데요?"

"그는 우왕좌왕했던 거예요."

진 형사는 잠시 망설이다가 입을 열었다. "피디님, 최영민이 원한 건 지민준을 살인자로 만드는 거였어요. 그렇지만 지민준은 교묘하게 법망을 피해갔죠. 최영민은 그다음에는 죽은 아이와 죽인 아이의 자리를 바꾸어버린 거예요. 그에게 아이들은 그런 식으로 자신의 복수를 위한 체스판 위의 말 같은 존재였을 뿐이에요."

채유형은 최영민이 했던 말을 떠올렸다. 신에게 자신이 '뽑기'를 당한 것처럼, 자신도 그 아이들이 '뽑기'를 당하도록 했다던 그 말. 채유형은 진 형사의 표정에서 부루퉁함이 사라져 있다는 것을 깨달았다. 그럼 지금 진 형사의 저 표정에는 어떤 감정이 담겨 있는 걸까? 슬픔? 무력감? 외로움?

이윽고 진 형사가 입을 열었다. "피디님, 그가…… 피디님 앞에서 그런 식으로 죽어서…… 상처받았죠?"

채유형은 진 형사의 얼굴을 바라보고는 천천히 고개를 끄덕였다. "맞아요. 너무 무섭고, 너무 괴롭고, 너무 슬퍼요."

"그게 바로 그가 의도한 거예요. 그 사람의 의도대로 되지 말아요."

채유형은 고개를 숙였다. 더는 눈물 흘리고 싶지 않았다. 지난 몇 주 동안 그녀는 이미 너무 많은 추측을 했고, 너무 많은 가정을 했다. 최영민이 처음에 자신에게 우편물을 보냈을 때 그가 품었을 마음에 대해. 최영민이 자신을 이 사건에 끌어들이기로 결심한 그 결정적 평거 스냅에 대해……. 상상 속에서 어떤 특정한 순간으로 되돌아갈 때도 있었다. 자신이 놓친 것들을 떠올렸다. 그때, 우편물을 받았을 때, 부모님에게 말을 했다면 어땠을까? 부모님에게 친부모나 혈육을 만나고 싶다고 말했다면 어땠을까? 자신이 입양아라는 사실을 알고 있다는 말을 했다면 어땠을까? 그랬다면 무언가가 달라졌을까? 그랬다면 아이들이 서로를 죽고 죽이는 걸 막을 수 있었을까?

채유형은 너무 많은 종류의 시나리오, 자신이 직접 살아보지 못한 삶의 가능성을 떠올렸다. 상상 속에서 언제나 그녀와 최영민, 그리고 아이들은 현실보다 늘 행복했고, 그것 때문에 그녀는 마음이 찢어지는 것 같았다.

너무 많은 생각을 한 건, 진 형사도 마찬가지였다. 을지로의 숲에 대해 좀더 빨리 알아차렸다면, 최 피디가 계속 채유형에게 연락하는 것에 어떤 조치를 취했다면, 최 피디가 채유형의 진짜 오빠라는 사실을 좀더 일찍 알았더라면 ……그랬다면 그는 살아 있을까? 어떤 형태로든 죗값을 받게 할 수 있었을까? 하지만 그렇게 한다 한들 뭐가 달라졌을까? 달라지는 건 없었으리라고 진 형사는 확신했다. 최 피디의 어머니가 죽은 것, 심효전이 친구들을 살해한 것, 그의 회사에 새로운 사장이 부임한 것…… 그 모든 사건은 따로 떼어놓고 보면 아무런 연관 관계도 갖지 못했지만, 최 피디, 최영민은 그 일들을 자신의 의지와 방법을 사용해서 하나로 엮어냈다. 그러므로 개별적인 사건의 내용은 최영민에게 중요하지 않았는지 모른다. 최영민에게는 그것(그것이 무엇이었든 간에)을 엮는 것 자체가 중요했고, 무슨 수를 써서라도 엮었을 터였다. 진 형사는 그저 지금의 삶이 최선이라고 믿는 수밖에 없다고 생각했다. 그리고 그런 식으로 멈추지 말라던 정인서의 말을 다르게 받아들일 수 있었다. 그 말을 들은 지 몇 년이나 지난 지금 그 말의 진정한 의미에 도달한 것이다. 중요한 건 어쨌든 살아남는 것이었다.

"그는…… 어쩌면 자신의 죽음을 누군가가 기억해주길 바란 건지도 모르죠……."

이렇게 말하고 진 형사는 고개를 흔들었다.

채유형은 이마를 문지르며, 숨겨놓은 사실을 털어놓듯이 말했다.

"사실은 심효전을 만나러 갔었어요."

"심효전을요?"

"네, 그 일대의 청소년 살인 사건을 재조사하려고 하는데 도움이 되는 진술을 해줄 수 있느냐고 물어봤어요."

"최영민이 죽었다는 것도…… 알려줬어요?"

그녀는 고개를 끄덕였다.

"뭐라고 하던가요?"

"울었어요. 아이처럼. 아니, 아이처럼이 아니라 아이죠. 그 아이는 오랫동안 눈물만 쏟았어요. 왜 우냐고 물었더니, 그러더라고요. 자기가 김이정과 허민수를 죽여서 최영민을 곤란하게 만들었다고요. 그래서 그가 죽은 거라고…… 자기는 '형'을 정말로 사랑했다고…… '형'은 자신들을 진심으로 사랑해준 단 한 명의 어른이었다고요."

진 형사는 망연자실한 표정으로 그녀를 바라보기만 했다. 살인 피의자의 입에서 나온 말이라고는 믿을 수 없을 정도로 천진난만한 것이어서.

436

"최영민은 아이들을 이용했을 뿐인데…… 그 아이들은 최영민을 진심으로 사랑했던 거군요."

그녀는 최영민이 했던 말을 떠올렸다. '아이들의 마음을 조종하려면, 진짜로 그 애들을 사랑하면 돼. 그것뿐이야.'

"을지로의 숲에 대해 말하지 않은 것도 최영민 때문에 그런 거냐고 물었더니, 그런 게 아니라고 하더군요."

"그럼 대체 왜……?"

"다른 친구들의 안식처가 없어질까 봐 그랬대요. 다른 친구들이 편하게 쉴 수 있는 장소가 자신 때문에 없어질까 봐, 형이 곤란하게 되어서 다른 친구들이 불행해질까 봐 무섭고 미안해서 그랬대요. 그런 일이 벌어지는 게 가장 무섭고 두려운 일이었대요."

심효전이 한 말을 그저 고스란히 전할 뿐인데도 채유형은 무언가 큰 잘못을 저지른 것 같다는 생각이 들었다. 그녀는 진 형사가 남은 홍차를 마시는 동안 심효전을 떠올리고 있었다. 심효전의 커다란 손바닥을 떠올렸다. 한때는 친구 둘을 잔인하게 살해한 손으로 자신의 볼을 타고 흐르는 눈물을 닦아내고 닦아내고 또 닦아내던 그 연약하고 유약한 모습을 떠올렸다. 그 모습을 지켜보면서 무슨 생각을 했던가? 채유형은 그녀 자신이 그저 어린아이로 머물고 싶어 했는지도 모른다는 생각을 했었다. 그녀도, 윤종도, 죽어버린 최영민도, 누군가를 보호하고 사랑해줄 어른이 아니라, 어설픈 어른 흉내를 내는 어린아이였을 뿐인지도 모른다는 생각을. 그제야 '체불임금 파월노동자·파월군인 유족의 모임'에서 만난 그 여자가 했던 말, 자신과 윤종이 많이 닮았다고 한 말의 의미를 깨달을 수 있었다.

채유형은 접시 위에 여전히 남아 있는 빵을 바라보다가 진지하게 물었다. "그런데 왜 빵을 조금밖에 안 드세요?"

진 형사가 엄살을 부리듯이 끙 소리를 냈다. "사실은 밀가루를 끊어볼까 했어요. 누가 그러더라고요, 밀가루를 끊으면 몸에 좋고. 활력이 생긴다나 뭐라나."

그녀는 황당하다는 듯 말했다. "하지만 아까 스콘이랑 치아바타 드셨잖아요."

진 형사는 하나도 당황하지 않았다. "그 정도는 안 먹은 거나 마찬가지라우. 그런데 그 가게에 화이트치아바타랑 브라운치아바타가 있단 말이에요. 둘 중에 브라운치아바타를 선택한 이유가 있어요?"

"그냥 그걸 형사님이 더 좋아하실 것 같았어요."

진 형사가 혀를 내둘렀다. "역시 빵 고르는 데에는 천재적인 감각을 가진 게 틀림없어요."

그녀는 남은 치아바타를 조금 뜯어 먹어보았다. 그냥 밀가루 맛이 났고, 특별함이라고는 느껴지지 않았다. 화이트치아바타는 달랐을까? 그건 어떤 맛일까? 그런 생각을 하고 있을 때 진 형사가 입을 열었다.

"피디님…… 예전 이름이 궁금하다면 그걸 알 수 있는 방법이 있잖아요."

"제가 있었던 보육원을 찾아가라는 말씀이에요?"

"아니, 그거 말고요……. 피디님의 부모님에게 물어보는 거요. 겪은 모든 일을 말할 수 없겠지만 입양되었다는 사실을 알고 있다는 것만이라도 부모님에게 알려줘요. 부모님은 오히려 기뻐하실지도 몰라요. 난 가족에 대해서는 잘 모르지만, 그래도 서로의 아픔을 감싸줄 수 있는 게 가족이 아닌가…… 하는 생각이 들거든. 그게 진짜…… 가족이 아닌가 하는 생각이 들어요……."

"생각해볼게요." 채유형은 대답하며 자리에서 일어났다. "흉터는 안 남겠죠?"

처음에 진 형사는 그게 누구의 어떤 흉터를 지칭하는 건지 몰라 잠시 주춤거렸다. "……안 남을 거예요."

진 형사는 의자에 앉은 채로 채유형에게 한쪽 손을 내밀었다. 그녀는 진 형사의 손을 잡고 힘차게 흔들다가 갑자기 진 형사를 끌어안았다.

"아이고, 피디님. 왜 이러는 거예요?"

처음에 진 형사는 어색해하며 손을 풀려고 했지만 엉덩이가 아팠기 때문에 그냥 그녀가 하고 싶은 대로 내버려두었다.

채유형이 돌아가고 난 뒤, 진 형사는 접시 위에 남은 빵들을 한동안 노려보았다. 그리고 결국은 굴복하는 심정으로 남은 치아바타를 입에 넣고 씹었다. 질깃한 껍질과 촉촉한 빵결, 올리브오일의 풍미, 밀의 구수함과 적당한 염도가 입안을 감돌았다. 올리브오일을 꺼내오고 싶었지만, 이번만큼은 참기로 했다. 평생 돈을 안 벌고 빵만 사 먹을 수 있다면 얼마나 좋을까? 갑자기 어떤 생각이 진 형사의 머릿속으로 떠올랐다.

진 형사는 의자에서 일어나 절뚝거리며 빨래통으로 갔다. 빨래통을 뒤져서 강태민을 만나러 가기 전 갈아입었던 야상 점퍼를 찾아냈다. 야상 점퍼에서는 말도 못 하게 역한 냄새가 났다. 진 형사는 냄새를 맡지 않으려고 입으로만 숨을 쉬며 열심히 주머니를 뒤졌다. 한참을 뒤적거린 끝에, 진 형사는 거기에서 로또 복권을 찾아낼 수 있었다. 완전히 구겨지고 모서리는 찢어져 있었지만, 번호를 알아볼 수는 있었다. 진 형사는 다시 절뚝거리며 테이블로 와 앉았다. 빨래를 돌리지 않은 게 다행이구면. 하지만 뭐가 다행인 건지 알 수 없어서 약간 어리둥절했다. 진 형사는 복권을 식탁 위에 올려놓은 채, 창밖만 하염없이 바라보았다. 만약에 로또가 당첨된다면 변호사 사무실에서 앉았던, 엉덩이를 감싸 안아주던 의자를 구입해보리라고 생각했다.

하늘은 어지러울 정도로 파란빛이었다. 흉터는 안 남겠죠? 채유형은 그렇게 물었고 진 형사는 안 남을 거라고 대답했다. 하지만 영구불변한 흉터가 무슨 대수란 말인가? 흉터가 남아 있단 한들 그게 무슨 의미가 있단 말인가?

에필로그

여름의 저녁 해가 넘어가고 있었다. 그녀는 대문 옆 벽에 달린 조그만 초인종을 누르면서 초조함을 느꼈다. 지난 몇 년 동안 서울로 나가 살면서 연락도 없이 본가에 내려온 건 처음이었다. 진짜 가족은 어떻게 할까? 진짜 가족들은 이렇게 그냥 불시에 서로의 집에 드나드는 것일까? 서로의 집? 진짜 가족은 '서로의 집'이라는 단어를 사용할까? '서로의 집'이 아니면 과연 어떤 단어가 적절한 걸까? 진짜 가족도 이렇게 초인종을 누르고 기다리는 동안이 어색할까? 이런저런 생각을 하고 있을 때 인터폰으로 놀란 어머니의 목소리가 흘러나왔다.

"얘, 유형이니? 너야?"

그녀가 정원을 반쯤 지났을 때 집 건물의 여닫이문이 열렸고 어머니가 나타났다. 목이 잠겼는지, 어머니는 헛기침을 한 번 했다.

"연락이라도 하고 오지 그랬어."

"죄송해요."

"죄송하라고 한 말이 아닌데……."

채유형은 어쩔 줄 모르는 어머니를 보며 자신이 정말로 잘못을 저지른 것 같다는 기분이 들었다.

"너 올 줄 알았으면 미리 맛있는 거라도 만들어놓았을 거 아니야. 저녁 안 먹었지? 집에 먹을 게 없는데 어떡하니?"

언제나처럼 집 안은 깔끔하고, 고요하고, 정갈했다. 모든 것이 제자리에 머무르는 집. 이상하지, 아까까지는 바깥에 있었는데도 미처 느끼지 못했던 여름밤의 공기가 오히려 집 안으로 들어오자 확연했다. 이 집에서는 계절마저도 언제나 정확하게 자신의 자리를 찾아 머무르는 것이다.

환한 빛 아래에서 채유형은 어머니의 눈시울이 붉어졌다는 것을 알았다. 그리고 미처 염색하지 못한 어머니의 정수리에 솟아난 흰머리들을 볼 수 있었다. 언제 저렇게 머리가 하얘졌지? 그런 생각을 하는 동시에 어머니의 시선이 자신의 귀와 손등, 그리고 얼굴의 상처에 가 있다는 사실을 알아차렸다. 채유형은 어머니가 질문해준다면 좋겠다는 생각을 하고 있었다. '귀를 다친 거니? 어쩌다가 그런 거야?', 아니면 '칠칠치 못하게 얼굴이 그게 뭐니?', 아니면 '대체 뭐를 하고 돌아다니는 거야?'라든지……. 그렇게 물어봐준다면 채유형은 무엇이든 다 털어놓을 수 있을 것 같았다.

하지만 어머니는 아무것도 묻지 않았다. 그녀의 얼굴에서 바로 시선을 거두고, 못 본 척을 했다. 그러고는 식당으로 들어가서 앞치마를 하고 분주하게 냉장고에서 이것저것 꺼내기 시작했다. 채유형이 도우려고 하자, 어머니가 말했다.

"그냥 앉아 있어." 그러고 아까 했던 말을 반복했다. "집에 먹을 게 없는데, 어쩌니?"

채유형은 이미 수북하게 쌓여 있는 각종 식재료들을 보면서 장난스럽게 대답했다. "그냥, 라면 먹어도 되는데."

"아니, 집에 이렇게 오랜만에 왔는데 라면을 먹으면 되겠어? 평소에 밥도 잘 안 챙겨 먹고 라면 같은 걸 먹으니까 살도 빠지고 안색도 좋지 않은 거야. 채소나 과일 같은 건 챙겨 먹는 거니……?"

마늘을 으깨고, 양파를 썰고, 파프리카와 오이를 썰면서 말을 잇던 채유형의 어머니가 갑자기 입을 다물었다. 자신의 말이 과도한 잔소리처럼 들렸을까 봐 걱정해서 그런다는 걸, 채유형은 알고 있었다. 그래서 채유형은 이렇게 대답했다. "네, 잘 먹어요."

물론 어머니가 자신의 말을 믿지 않으리라고 생각하면서.

"아버지는 어디 가셨어요?"

"아휴, 내 정신 봐. 네 아버지에게 전화해봐야겠다. 운동하러 갔어. 건강 때문에 저녁을 아주 간단하게 먹고…… 운동을 가시거든. 내가 전화해볼게."

"아버지, 어디 편찮으세요?"

"아니야. 그런 게 아니라, 혈압이 조금…… 뭐 그런 게…… 아휴, 그냥 나이 드는 거지 뭐. 네 아버지가 너 왔다고 하면 당

장 달려오실 거야. 얼마나 궁금해했는지, 너를 얼마나 보고 싶
어 했는지 몰라."

어머니는 채유형을 살짝 쳐다보았다. 그녀는 어머니의 시선
을 느꼈지만 모르는 척했다. 어머니는 아무 말 없이 냉동실에
서 꺼낸 손질된 새우를 계란물과 빵가루에 담갔다가 기름에
튀겼고, 썰어놓은 채소와 라이스페이퍼로 먹기 편하게 스프
링롤을 만들었다. 전복이 들어간 미역국과 오이냉국을 만든
다음, 양념된 더덕을 오븐에 넣은 후에야 거실로 나가서 아버
지에게 전화를 걸었다.

"아버지, 바로 오신대. 너 왔다니까 아버지는 거의 울기 일
보 직전이네."

채유형은 웃어 보이고는 식탁에 앉아 요리하는 어머니의 뒷
모습을 지켜보았다. 요리를 하면서도 어머니의 마음속에서는
궁금증이 떠오르고 있을 것이다. 채유형이 또 어떤 문제를 일
으킨 건지, 어떤 잘못을 저지르고 회사를 그만둔 것인지, 어
떤 식으로 삶을 밀어내려고 발버둥을 친 것인지에 대해. 그리
고 자식의 삶에 부모가 얼마만큼 개입해도 되는 건지, 어떤 질
문까지 해도 되는 건지, 그런 것들을 내내 고민하고 있을 것이
다. 아마도 어머니는 아버지와 통화를 하면서 이렇게 말했을
것이다.

'유형이에게 부담이 되는 질문은 하지 말아요.'

채유형은 벽에 나 있는 창문 바깥으로 시선을 주었다. 언제

나 그림처럼 거기에 서 있는 이팝나무가 눈에 들어왔다. 마지막으로 이 집에 왔을 때 나무는 마치 죽은 것처럼 보였다. 그 집에서 사는 동안 채유형은 매년 나무가 변하는 모습을 지켜보았다. 하지만 늘 겨울이 되면 나무가 그대로 죽어버릴까 봐, 다시는 잎을 피우지 못할까 봐 걱정하곤 했다. 그런 생각을 입밖에 낸 적이 없는데, 아버지는 가끔 이렇게 말하곤 했다.

"걱정하지 말아라."

맞았다. 아버지 말이 맞았다. 이팝나무는 매년 이맘때 그랬던 것처럼 완전한 초록이었다. 문득 그녀는 그런 생각을 했다. 그토록 모든 것을 철저하게 정리해놓는 아버지와 어머니가, 서재의 책상 맨 아래 서랍 속 사진 중 한 장이 없어진 사실을 알아차리지 못했을 리 없다는 걸. 이미 그때, 부모님은 채유형이 사진을 가지고 갔다는 사실을 알았을 것이다. 채유형 본인이 입양아라는 사실을 안다는 걸 알아차렸을 것이다. 그때부터 지금까지 쭉 알고 있었을 것이다. 진 형사는 부모님에게 마음을 솔직히 털어놓으라고 했지만, 채유형은 그럴 수 없었다. 그 말을 하고 나면 진짜로 부모님에게 버림을 받을까 봐. 그들이 자신으로부터 손을 털어버릴까 봐. 그러면서 한편으로는 언제나 자신에게 다가오는 사람들을 밀어내고, 자신이 속했던 사회에서 지탄받을 만한 짓을 했다. 그리고 그게 자신의 잘못이 아니라고. 그저 자신에게 때맞추어 도달하는 차용증 같은 거라고. 절대로 거부할 수 없는 운명 같은 거라고, 그렇게 생각했었다. 하지만 그건 잘못된 생각이다.

'우리가 너를 잘못 키운 거니?'

채유형은 어머니의 말을 떠올렸다. 깊은 무력감이 담겨 있던 그 목소리. 하지만 어쩌면 그녀를 일으켜 세우고 다시 살게 만들었던 건 바로 그 말이었는지도 몰랐다. 우리가 너를 잘못 키운 거니?

채유형은 잠시 후 돌아올 아버지 역시 자신에게 그 어떤 질문도 던지지 않으리라는 사실을 알고 있었다. 자신 또한 그 모든 일에 대해 한마디도 하지 않으리라는 사실도. 그리고 어머니와 아버지가 아무것도 물어보지 않아서 마음속 깊은 곳에서 안도감을 느끼고 있다는 사실도 인정했다. 채유형은 자신의 '진짜' 이름을 물어보지 않을 것이다. 자신이 입양아라는 걸 안다고 말하지도 않을 것이다. 부모님도 마찬가지이리라. 그렇다고 하더라도 채유형은 자신을 키워준 부모님을 사랑했다. 그리고 그분들이 자신을 사랑한다는 사실 또한 알았다. 거기에는 어떤 의심도 있을 수 없다. 세상에는 여러 종류의 사랑이 있고, 그들은 이런 종류의 사랑을 선택한 것이다.

소설가의 행운

이 소설은 세 번에 걸쳐 쓰였다. 2020년 초여름, 2021년 봄 그리고 2021년 겨울. 그러므로 이 소설과 관련된, 상이한 풍경을 배경으로 하는 기억들이 있다.

2020년 초여름, 작업을 할 만한 새로운 카페를 드디어 발굴(발굴이라는 표현이 딱 맞다. 그 카페를 찾기까지 얼마나 많은 실패와 고난이 있었던지!)해냈다. 소공동에 있는 베이커리 카페였는데, 전면이 통창이라서 초여름의 햇볕이 깊숙하게 파고들었다. 대부분의 시간 나는 가장 안쪽 좌석에 앉아서 크루아상이나, 스콘 혹은 요거트 통밀(이런 이름이었던 것 같다)과 커피를 먹으며 아, 이렇게 좋은 계절에 여기에 처박혀서 원고나 써야 한다니! 불평불만을 하거나, 한숨을 푹푹 쉬거나, 통창 너머 건너편 건물을 바라보곤 했다. 그러던 어느 날, 나는 그 건물에 아무도 거주하고 있지 않다는 사실을, 간판이 버젓이 달려 있는 업장들도 영업을 그만둔 지 오래라는 사실을 알게 되었다. 거대한 건물이 도시 한복판에서 저런 식으로 죽어

있을 수 있을까? 그걸 어떻게 이제야 알아차린 걸까? 나는 어
떤 의미에서 충격을 받았다. 하지만 언제나 그렇듯이 그런 충
격은 영속성을 가지지 못했다. 어쨌든 쓰고 있는 소설 속으로
돌아와야만 했다. 후딱 다 써버리고 여름을 즐기자, 온통 그런
생각뿐이었다. 소설 속 채유형이 진 형사를 만난 지 얼마 되지
않은 시점이었다. 돌이켜보면 그곳에서 먹었던 빵과 커피, 여
름의 햇살, 건너편 건물, 충격, 불평불만투성이던 나 자신……
그 모든 게 이 소설을 가능하게 만든 것 같다.

2021년 봄에는 광화문에 있는 프랜차이즈 카페에 출근하듯
나갔다. 제일 좋아하는 자리를 차지하려면 아침 일찍 나서야만
했다. 그게 내가 최초로 자발적 '아침형 인간'이 된 이유였다
(아닌가, 그래 봤자 9시, 10시 정도이니까 '오전형 인간'이라고 해
야 하나?). 오전 카페에는 독특한 분위기가 있다. 깊게 가라앉
은 차분함, 그리고 그 속을 감도는, 사람을 들썩이게 하고 은
근히 기대하게 만드는 공기. 그런 분위기 때문에 매일 아침 카
페에 앉아 워드 프로그램을 열 때마다 무언가 잘 되어가리라
는 기대에 빠져들었다. 집에 갈 시간즈음에는 헛된 망상에 불
과했음이 밝혀지긴 했지만, 그래도 괜찮았다. 왜냐면 다음 날
이 있으니까. 나는 이미 완성된 1,100매짜리 원고의 장면 장면
을 반복해서 읽었다. 그렇게 하면 뾰족한 수라도 생기는 것처
럼. 내가 제일 좋아한 장면은 진 형사가 처음으로 채유형의 이

름을 부르는 순간이었다. 좋아한다? 음, 뭐라고 해야 하지? 그냥 그 장면만 다시 읽으면 기분이, 좀 이상해지곤 했다.

　2021년의 마지막 한 달과 2022년의 첫 한 달 동안 나는 용산의 공유 오피스 라운지에서 이 소설을 수정했다. 공유 오피스는 생긴 지 얼마 되지 않는, 엄청나게 높은 건물에 있었다. 나는 끝도 없이 펼쳐진 도시의 전경과 한강이 보이는 창가에서 작업했다. 긴소매 옷이 약간은 부담스러울 정도로 실내가 따뜻해도, 강렬한 햇살이 통창을 통해 아무리 깊숙이 파고들어도, 눈앞에 펼쳐진 도시의 건물들은 추위에 잔뜩 웅크리고 있는 것 같았고, 햇살을 받아 반짝이며 흘러가는 물결은 베일 듯 차가워 보였다. 눈이 펑펑 내리던 어느 날 나는 거기, 라운지에 혼자 앉아 있었다. 왜 그랬지? 그저 정신을 차리고 보니, 도시가 온통 눈송이로 점령되는 중이었다. 너무 고요해서, 오히려 마음 깊숙한 곳으로 함성이 터져나오는 것 같은 기분. 그런 식으로 나는 (숨길 길 없는) 겨울의 도시를 바라보며, 소설 속 여름에 머물러 있었다. 소설 속, (기후 위기 때문에 찾아온) 이른 무더위와 땀, 열기를 품은 대기를 뚫고 쏟아지는 빗줄기 사이로, 서로를 보호하기 위해 고군분투하는 진 형사와 채유형과 함께 머물고 있는 중이라는 사실을 새삼 깨달을 수 있었다. 두 계절에 동시에 머물 수 있다는 것, (비록 내가 겨울을 무척 싫어하긴 하지만) 그건 소설가가 누릴 수 있는 손쉬운 행운일 것이다.

그리고, 지금 이 글을 쓰는 동안 특정한 소설을 통해 어떤 시기를 영원히 기억할 수 있다는 것 또한, 소설가가 누릴 수 있는 손쉬운 행운이리라는 생각이 든다.

이 소설을 완성하는 데 꼭 필요했던 순간들이 있다. 윤충로 선생님의 《베트남전쟁의 한국 사회사》를 접하지 못했다면 이 소설의 구상은 불가능했을 것이다. 이 원고를 처음 읽고 보내준 편집자의 메일(느낌표가 몇 개나 붙어 있던 그 메일!)이 없었다면 이 소설은 계속해서 쭈뼛거리다가 길을 잃고 종래 사라져버렸을지도 모른다. 또한 안온북스 대표님들의 지지와 응원이 없었다면 역시 이 소설은 힘을 잃었을 것이다. 최근에 다른 에세이에도 썼지만, 이 소설의 씨앗이 되는 아이디어의 일부는 물고기군 님(동물이 아닙니다. 함께 사는 사람입니다)과의 대화에서 비롯되었다는 사실을 밝히고 싶다. 물고기군 님은 아침마다 나를 데려다줬다. 심지어는 우리가 다투고 난 다음 날(우리는 꽤 자주 다툰다)에도 그렇게 해주었다. 그게, 그의 사랑하는 방식이라는 것을 나는 안다.

2022년 7월
손보미

진 형사 시리즈
사라진 숲의 아이들

ⓒ 손보미, 2022

초판 1쇄 발행 2022년 7월 27일
초판 2쇄 발행 2022년 8월 31일

지은이 손보미

펴낸곳 (주)안온북스 **펴낸이** 서효인·이정미
출판등록 2021년 1월 5일 제2021-000003호
주소 서울시 마포구 월드컵로14길 28 301호
전화 02-6941-1856(7) **홈페이지** www.anonbooks.net
인스타그램 @anonbooks_publishing
디자인 소요 이경란 **제작** 제이오

ISBN 979-11-978730-4-1(04810) 979-11-978730-3-4(세트)